Las vueltas del camino

Las vueltas del camino

Tony Gil

Ediciones Lima Limón

© Antonio Gil Menéndez
Primera edición 2019
© Ediciones Lima Limón S.L
Diseño y maquetación
ISBN 9788494885143
www.edicioneslimalimon.com
Tlf. 652213491

Editado en Asturias

*Encontramos nuestro destino
en los caminos que tomamos para evitarlo.*

Jean de la Fontaine

IN CAMPO APERTO
(A modo de prólogo)

Soy un hombre de principios, pero si no le gustan, tengo otros.

Los que me conocen saben que huyo de los guiones como del diablo, aunque, con este último tenga ido de la mano en muchas ocasiones, sumergiéndome en las calderas del infierno del Rock & Roll.

Cuando leí esta novela de Tony que tienes entre tus manos (vas a permitirme que te tutee), estaba convencido de que acabaría teniendo que prologarla convirtiéndome en prologuista de postín, y ello debido, sobre todo, a la frescura y el atrevimiento que destilan sus páginas.

Le he dado muchas vueltas a la función de este preámbulo y me ha costado encontrar el camino (¿se han fijado como juego con el título?). Si el autor hubiera elegido a un prologuista experto (por haber escrito muchos) seguro que habría obtenido un mejor resultado, pero el caso es que yo me siento orgulloso de corresponder al deseo del autor y, de paso, al de entrar a formar parte de la gran familia de prologuistas (solo se necesita uno para serlo).

Se supone que este discurso antepuesto al cuerpo de *Las vueltas del camino* debería de servir para darte noticia, lector, de la finalidad de esta novela, o para hacerte las oportunas advertencias a tener en cuenta al leer este libro (si es que no lo has hecho ya, y eres de esas personas que primero hojean los capítulos, después se deciden a leer la obra y, al final, le echan un vistazo al prólogo). Pues no. Este exordio debe cumplir otra función (si eres de las personas que primero leen el prólogo y, a continuación, la novela completa, desde el primer capítulo hasta el último).

Mi labor en este preámbulo tiene por objeto excitar tu atención y prepararte para encarar esta novela con el ánimo necesario. Para ello necesitas saber que Tony, como músico, no ejerce su profesión en una orquesta sinfónica, lo hace en una banda de Rock & Roll. Te aporto este dato — aunque sé que has empezado por la biografía y ya estás al corriente — para que seas indulgente con el autor y aprecies su sencillez en la forma de contarlo (sin *mordentes* ni *glissandos*) y valores más los personajes que te va presentando por como son y no por como van vestidos. Dales vida. Imagínatelos. Dótales de cuerpo y hazlos tuyos. Sumérgete en la Asturias de los sesenta. Disfrútala (sobre todo si eres insultantemente joven) y deléitate como yo lo hice en su momento. Te gustará.

Ya estás preparado o preparada para adentrarte en *Las vueltas del camino*.

Recuerda que el nivel cultural de un pueblo, de una colectividad, se mide por la capacidad que tengan sus habitantes para percibir la línea melódica del bajo.

La diferencia entre la frase que encabeza este prólogo y la que lo cierra radica en que la del inicio es una de las genialidades de Groucho, lo que, me consta, ya conocías. La del cierre, por su parte, tras haber dado muchas vueltas y acabar encontrando el camino, lo mejor que es, que es irrepetible. Y lo peor, que es de un recién estrenado prologuista.

Argimiro Álvarez, "Gimi"

CAPÍTULO 1

El alba comenzaba a despuntar por el este tiñendo con sus colores azulados el cielo. Las siluetas de las montañas se recortaban en el horizonte. Con la primera luz, el silencio de la madrugada era roto por el canto de algún gallo invitando a desperezarse ante la llegada del nuevo día.

En la primera casa de la aldea, un viejo y señorial caserón de piedra escondido entre la frondosa arboleda, la actividad hacía tiempo que había comenzado. La joven postrada en la cama del piso superior gemía con angustia mientras empujaba con la respiración entrecortada. Las mujeres que la rodeaban, ayudaban solícitas en el difícil trance del alumbramiento. Intentaban sacar de sus entrañas la criatura que estaba a punto de nacer.

La rechoncha matrona tuvo entre sus manos a la ensangrentada criatura y la retiró de entre las piernas de la desfallecida madre. Aun tardó unos segundos en llorar tras cortarle el cordón umbilical. Fue como un alivio para los presentes. Aquel llanto sonó como un canto de bienvenida a la vida. Resulta curioso comprobar que llegamos a este mundo entre sollozos, resistiéndonos a entrar en él y lo abandonamos entre llantos por no querer irnos.

Una de las tres mujeres, la más joven, descendió apresuradamente las escaleras e irrumpió en la estancia inferior. Se dirigió hacia el hombre que paseaba inquieto frente a la ventana.

— ¡Es una niña!

Él alzó la vista haciendo una mueca que sonó a desaprobación. Tras una pausa preguntó.

— ¿Como está la madre?

— Muy débil — respondió la joven.

— Cuidad de las dos — dijo con voz áspera, dando media vuelta.

Abrió la puerta que daba al patio y lo cruzó con paso cansino en dirección al establo. Ensilló el caballo con parsimonia. Estaba decepcionado, esperaba un varón y aquello había truncado sus planes. Realmente no podía decir por qué prefería un niño, era un sentimiento irracional pero estaba contrariado. Enfiló el camino hacia San Salvador donde últimamente trabajaba en la fábrica metalúrgica. Hasta bien caída la tarde, no regresó y conoció a su hija.

Pocas semanas después, en una sencilla ceremonia la pequeña fue bautizada con el nombre de Julia.

Con la exactitud que marca el calendario llegó el verano. Tras él, el otoño y luego el invierno que ponía fin a 1944. Julia fue creciendo. Su madre cuidaba de ella todo lo que las labores de una casa de campo le permitían. Pese a los duros tiempos, sobrevivían con cierta solvencia. En aquella aldea de las montañas en el corazón de Asturias, la guerra civil comenzaba a quedar atrás. No así sus secuelas de pobreza material y miseria espiritual.

La abuela Laura era la verdadera reina de la casa. Ejercía un auténtico matriarcado en una familia con mayoría femenina. El abuelo de Julia había muerto poco tiempo después de finalizar la guerra civil, aunque por causas que nada tuvieron que ver con ella. De los tres hijos que le quedaban vivos, dos orientaron sus caminos lejos del pueblo. Sus vidas habían corrido suertes dispares. Mientras uno parecía prosperar en la capital, pocas noticias se tenían del otro. Solo el padre de Julia, Luciano, permanecía en la casa paterna y ahora era el único hombre de la familia.

La madre de Julia era una bella mujer de rubios cabellos, aspecto delicado y un tanto enfermizo. Se había criado en la ciudad hasta el momento en que se casó con Luciano y se trasladó a la casa familiar de éste. Vivían en el pequeño pueblo de Noglés, perdido en las montañas del concejo de Quirós. Apenas le quedaba más familia que la de su marido. Sus recuerdos se desdibujaban a pasos agigantados con el tiempo. A pesar del trascurrir de los años, no se había adaptado por completo a la vida rural. Sentía sobre ella la mirada inquisidora de su suegra con la que nunca había llegado a intimar.

Las labores diarias se hacían duras. Al igual que en otras muchas poblaciones diseminadas por las montañas asturianas, la vida en aquellos pueblos transcurría con exasperante monotonía. Una sucesión de días repetidos, de labores que nunca veían el final. Cuidando el ganado, labrando las tierras, atendiendo la hacienda....

Los cambios que con el final de la guerra había sufrido la sociedad, en Noglés no fueron especialmente apreciables. Cierto que durante la guerra, parte de la población masculina fue movilizada y que tras la victoria del bando nacional, para algunos miembros de la comunidad hubo un cambio en el devenir de sus vidas. En Quirós no se produjeron batallas relevantes. Indudablemente, los dos bandos cometieron injusticias durante la contienda y con el final la represión cayó sobre los perdedores.

La familia de Luciano no se había significado por una posición política radical. Quirós estaba en "la zona roja" cuando estalló el conflicto.

Ellos capearon la situación con dignidad, sin posicionamientos claros, ni para un bando ni para otro. Al terminar la contienda mantuvieron las tierras y los bienes familiares, lo que les permitía tener una posición con cierto desahogo.

Luciano era "culo de mal asiento", como decía su madre. En su juventud probó el aprendizaje de varios oficios, pero en ninguno se adiestró realmente. Sorteó con habilidad su participación en la guerra, asombrosamente ninguno de los dos bandos logró reclutarlo en sus filas. Tras unos años desaparecido, regresó al pueblo con su flamante esposa.

Durante un tiempo, sus dos hermanos suplieron la ausencia del padre fallecido, haciéndose cargo de la hacienda familiar. Con el regreso de Luciano y su mujer, ambos abandonaron el pueblo en busca de otros horizontes.

Julia veía poco a su padre. Su presencia era poco habitual durante el día en la casa. Solía cambiar con frecuencia de trabajo. Algunas noches escuchaba a su abuela reñir con él en unas conversaciones que nunca llegaba a entender. Con su madre las cosas eran distintas. Ésta, volcaba todo su amor en ella. En los pocos ratos de asueto le gustaba sentarla en su regazo y cepillarle sus cabellos mientras le contaba historias de sitios lejanos y mágicos. El universo de la niña se limitaba a la extensión de terreno que sus pequeños ojos divisaban desde la casa de La Reguera. Así era como en el pueblo se conocía al caserón donde habitaban por el arroyo que atravesaba la finca. Durante los primeros años de su vida, aquella monotonía solo fue rota un par de veces en las que visitó el pueblo de Bárzana, capital del concejo.

El viaje de Noglés a Bárzana no era tan sencillo de realizar en aquellos tiempos. La distancia si bien no era significativa en cuestión de kilómetros, sí lo era en cuanto a dificultad para cubrir el trayecto. Especialmente se hacía duro en invierno recorrer aquellos empinados caminos que zigzagueaban a través de las montañas, en continuas subidas y bajadas. Los habitantes de las aldeas, cubrían las distancias que las separaban caminando a lomos de asnos y caballos. Aun pasaría mucho tiempo para que se construyeran carreteras por las que circular en automóvil. La única carretera que atravesaba el concejo, unía Bárzana en dirección norte con Proaza, el camino natural hacia Oviedo. En la dirección contraria se dirigía hacia el puerto de la Cobertoria, camino del concejo de Lena.

Era una tierra de frondosos bosques. Pasaba del policromado colorido otoñal o el luminoso verde de la primavera, al siniestro aspecto de los días invernales cubiertos de brumas. Allí donde las silenciosas y húmedas noches daban pie a historias y leyendas de xanes y nuberos, o donde la Güestia bajaba con su procesión de espíritus anunciando la muerte próxima. Cualquier viajero tenía la sensación de llegar a una tierra donde el tiempo parecía haberse detenido.

No habían transcurrido dos años, cuando Julia recibió el regalo de una hermana y se sintió la niña más afortunada del mundo. Allí en la cunita de madera, podía ver la cara de la pequeña recién nacida. Con sigilo introducía su mano y tocaba con delicadeza los pequeños piececitos que se movían inquietos. Realmente era mucho más apasionante aquella niña que las inanimadas muñecas de trapo con las que podía jugar. Lástima que constantemente le advirtiesen que aun era demasiado joven para que la pudiese coger en sus brazos. Por el momento se debía de contentar con mirarla.

La abuela contrató los servicios de una criada. Antes de la guerra había tenido sirvientes a su cargo. Los tiempos difíciles y la mayoría de edad de sus hijos que asumieron las labores del campo, hicieron que se prescindiera de ellos.

Marcelina, era una joven de complexión fuerte, mejillas sonrosadas y torpes maneras, pero trabajadora y cariñosa con las niñas. Tenía un parentesco lejano con la abuela Laura. En ocasiones había acudido para prestar ayuda esporádicamente, como cuando Julia nació. Ahora venía para quedarse. La joven solía cuidar de las niñas al atardecer, cuando acababa las tareas domésticas. Tareas que en aquel tiempo revestían especial dureza por las precarias condiciones en que se realizaban. Era la encargada entre otras cosas de lavar la ropa, para lo cual acudía al lavadero público de reciente construcción. Las casas no disponían de agua corriente y hasta entonces las mujeres bajaban al rio para hacer la colada. Regresaba con el cargamento de ropa, rojas las manos del agua fría y arrastrando los pies por la pesada carga. Pese a ello nada hacía borrar la sonrisa de su cara, ni su actitud siempre dispuesta.

Julia rápidamente se sintió unida a Marcelina. La solía acompañar al corral para dar de comer a los animales. Recogían huevos en una pequeña cesta, daban de comer a los perros. Lo más divertido era llevar verdura al compartimento de los conejos. Casi siempre tenían pequeñas crías que a ella le encantaba coger en brazos, para lo que tenía que solicitar ayuda, por supuesto. Paseaba tranquilamente entre los dos cerdos que durante el día andaban sueltos por el corral y al anochecer, cuando su padre encerraba el ganado en la cuadra, se sentaba sobre un pequeño tronco para ver como las mujeres ordeñaban a las vacas.

El tiempo pasó inexorable. Los verdes ojos de la niña vieron pasar ante sí luminosos veranos y policromados otoños que se fundían en blancos inviernos. Muchas veces, en los meses que iban de Diciembre a Marzo, quedaban casi incomunicados con las otras aldeas. Meses en los que un blanco manto cubría el terreno y las ramas de los árboles se doblaban por el peso de la nieve. Era el tiempo de juntarse al anochecer en torno a la lumbre. La época del año donde los lobos se acercaban a las poblaciones en busca de alimentos y el viento silbaba entre los arboles inquietantes melodías.

Cada estación tenía su ritual. Julia añoraría con los años algunas de aquellas cosas que grabó su despierta mente infantil. Los viajes a lomos del borrico, cuando su madre llevaba la comida en el verano a su padre y a los otros segadores que desde temprano faenaban en la montaña. Los "magüestos", pequeñas fiestas otoñales para saborear la primera sidra dulce de la temporada, y degustar las abundantes castañas que se daban en aquella parte del mundo. Las felices navidades, cuando su madre y su abuela vivían, con sus dulces y sus regalos. Pero sobre todo las primaveras, esos días teñidos de color en los que el campo ofrecía sugestivas fragancias. La época donde pasaba largos ratos cogiendo flores para su madre o su hermana, intentando conseguir el ramo más bello que nadie pudiera reunir.

Un buen día le llegó la hora de acudir a la escuela. Ya había cumplido los seis años de edad. Durante la guerra civil la escuela había permanecido cerrada. El último maestro que la regentó había muerto en trágicas circunstancias. Se decía, aunque nadie podía asegurarlo, que había sido fusilado en el concejo de Teverga, cerca de Villanueva de Valdecárzana. Cuando la bandera de la Falange de Lugo penetró por las trincheras del puerto Ventana, el bando nacional reprimió con dureza a los derrotados, familiares y colaboradores. Muchos de ellos fueron arrojados al pozu Táranu, algunos aun vivos. La vieja chimenea de la mina sirvió como tumba silenciosa de la masacre y probablemente como última morada del maestro de Noglés, quien nunca había ocultado sus simpatías republicanas.

En los años siguientes, la escuela permaneció cerrada. Fue sobre 1945 cuando el párroco don Lucio consiguió que se asignara una nueva maestra y se reabriera.

La primera mañana que acudió a clase, Julia calzó "les nueves madreñes" que su padre le había regalado para poder transitar los embarrados caminos. Cogió la pequeña cartera donde llevaba los lápices de colores y una libreta. Marcelina la acompañó hasta la puerta de la escuela. Allí se despidieron dejándola a su suerte. Todo fue mejor de lo esperado, la ansiedad y los temores ante el nuevo reto se disiparon pronto. En la escuela encontró un mundo apasionante. Cuando regresaba a casa, asumía el rol de maestra y enseñaba a Marta lo que había aprendido, pese a que ésta no sentía mucho interés por los nuevos conocimientos de su hermana.

No tardó en aprender a leer y escribir. Cierto que su madre colaboró mucho en tal fin. La maestra procedía de un lugar de fuera de Asturias. Su acento y sus palabras eran muy diferentes al lenguaje que usaban los lugareños. Estaba empeñada en que los niños abandonaran aquella manera de hablar bable y se expresaran en castellano, algo que Julia asumió con prontitud. Era el dibujo la disciplina preferida por la niña. En las tardes otoñales, extendía un folio en blanco sobre la mesa de la mal iluminada cocina y coloreaba paisajes poblándolos de animales y objetos. Luego regalaba a los miembros de la familia sus trabajos. Excepto su madre, pocos apreciaban o alababan su talento.

En el momento en que su hermana tuvo edad para asistir a la escuela, Julia asumió una nueva responsabilidad, cuidar de Marta. La pequeña era un ser inquieto difícil de someter a las normas. Julia hacía de apagafuegos cada vez que su hermana se buscaba problemas con los otros alumnos, entrometiéndose en sus cosas o quitándoles algún objeto.

En la vida cotidiana, el comportamiento de las dos niñas también resultaba muy dispar. Marta era un verdadero diablillo, decía Marcelina. Cuando apenas contaba con seis años se encaramó en un árbol que había junto al camino. Permaneció allí escondida durante horas ante el disgusto general por su desaparición. Aquello originó una búsqueda que tuvo en vilo a los habitantes de la casa. La razón de su desaparición fue evitar que su padre la castigase por una de sus habituales travesuras.

Una tarde entró en la cocina dando tumbos. Se apoyó en la vieja mesa de madera con la mirada extraviada y se quedó mirando al techo mientras su cuerpo se balanceaba suavemente. La abuela se acercó a la niña y la sujetó por los hombros mirándola con intriga. Tan solo unos segundos después Marta vomitó. Un vómito ácido que salpicó toda la estancia, especialmente las ropas de la abuela. La llevaron a su cama y se quedó dormida como un tronco. Nadie supo diagnosticar tan repentina dolencia. Pocos días después Marta volvió a cruzar el patio dando tumbos y llevándose las manos a la cabeza. Marcelina cogió a la niña interesándose por su estado, pero ésta no acertaba a decir nada, tan solo se limitaba a sacar la lengua en una mueca tragicómica. La madre salió de la casa alarmada. Fue entonces cuando repararon en el fino tubo de goma que la niña llevaba en la mano. Marcelina lo acercó a su nariz y exclamó:
— ¡Huele a sidra!

Entraron en la pequeña bodega que había bajo la casa. En el fondo de la estancia dos grandes barricas de madera yacían recostadas conteniendo el zumo de las manzanas que como cada otoño se recogía. Comprobaron, que la primera de ellas estaba desprovista del tapón que en la parte superior jalonaba la "pipa". Desde aquel día en la casa se tuvo especial atención a los coqueteos de la niña con el alcohol.

Julia nunca recordó cuándo se le cayó el primer diente, pero sí cuándo le cayó a su hermana. Era un domingo primaveral, habían regresado de la tradicional misa en la pequeña iglesia del pueblo, acto obligado en aquellos tiempos entre las gentes de bien. Julia observaba como las hormigas transportaban pequeños granos haciendo una larga procesión hasta el hormiguero mientras su hermana correteaba. Algunos animales andaban sueltos por el patio delantero de la casa. La gran cerdita había salido del corral acompañada por sus pequeñas crías. Esto era un hecho bastante común pero cuando estaba Marta de por medio los animales debían de tomar precauciones. De pronto Julia oyó gritar a su hermana. Al girarse, observó como el animal salía corriendo llevando montada en su lomo a la pequeña. La gocha se encontraba tumbada plácidamente al sol cuando la niña decidió sentarse a horcajadas sobre ella. En un intento de zafarse de la molesta carga, la cerda emprendió una alocada carrera a través del patio. En un principio no pudo deshacerse de su cabalgadura pues Marta se asió con fuerza a sus orejas. Avanzó a lomos del animal al menos veinte metros hasta que salió catapultada por encima de la cabeza, yendo a parar al matorral más próximo. Julia corrió en su ayuda. Afortunadamente la vegetación amortiguó el golpe, así que cuando llegó, Marta trataba de salir por su propio pie de entre la hojarasca. Llevaba el pelo desaliñado y se tapaba la boca con las manos donde parecía concentrarse el dolor. Aunque la palidez de la cara reflejaba el susto de la niña, no lloraba y eso tranquilizó a Julia. Reparó que sangraba ligeramente por el labio. Entonces advirtió a su hermana sobre la falta de uno de sus dientes. Inmediatamente, Marta giró sobre sus pasos y comenzó a buscar con avidez tan preciosa pérdida. Los sollozos ahogaban las palabras que pedían a su hermana ayuda en la búsqueda. Aquel diente que desde hacía días se movía en su boca, estaba destinado para el ratoncito Pérez y ahora desgraciadamente se había esfumado. No apareció, pese a que su madre y Marcelina se sumaron a la búsqueda.

A la mañana siguiente su abuela le sugirió que mirase en el lugar del accidente por si el famoso ratón hubiese encontrado lo que los humanos no habían logrado encontrar. La fortuna estaba de su parte, un pequeño regalo envuelto en un papel brillante, se encontraba entre las plantas. Aquel hecho que tanto alegró a Marta creó en Julia cierta incertidumbre, especialmente porque aquel papel brillante lo había visto guardado entre la cosas de su abuela hacía algún tiempo.

1955, sería un año de marcados cambios en las vidas de todos los habitantes de la casa de la Reguera. Era primavera cuando Marcelina partió para casarse. Julia no podía creerse que a partir de entonces ya no volviera a vivir con ellos. Un sentimiento de tristeza que antes nunca había experimentado, llegó a su vida. Unos días después toda la familia, a excepción de la abuela a la que su salud no lo permitía, viajó hasta Trubia para celebrar el enlace. Bajaron hasta Bárzana y tomaron el autobús de la línea que comunicaba Quirós con Oviedo. Para las niñas era un acontecimiento, nunca habían salido de la comarca. El viejo y pintoresco autocar con sus bancos de madera les resultó algo extraordinario. Mientras el autobús recorría la angosta carretera, Julia se preguntaba cuántas sorpresas se encontrarían fuera de aquellas montañas. Recordaba las imágenes y los dibujos de los libros y se imaginaba como sería su vida viviendo lejos de Noglés.

Pasaron ante la fábrica de armas. Allí era donde trabajaba el nuevo marido de Marcelina. Los muros de esta le parecieron sombríos e impresionantes. ¿Para qué se necesitaba fabricar armas si no había guerra?

Tras la boda, regresaron al pueblo. Marcelina les prometió que las visitaría siempre que pudiese, siempre las tendría en su corazón.

El puesto de criada, lo cubrió Petra, una viuda del pueblo. Por el día acudía a la Reguera para sacar un dinero que la ayudara a sobrevivir. La mujer era trabajadora y eficiente. En lo sentimental en cambio nunca llegó a obtener el mismo cariño de las niñas, ni a llenar el hueco que dejó Marcelina.

En agosto, como cada año, los pueblos de la comarca celebraban la festividad de la virgen de Alba. Subiendo por las morteras, en pleno corazón de la sierra del Aramo. La ermita de la virgen de Alba, atraía a centenares de peregrinos. Llegaban cada 15 de agosto dispuestos a cumplir con la tradicional romería, tanto los devotos religiosos, como los incrédulos agnósticos.

Tras la misa y los desfiles de las caballerías, toda la familia y algunos amigos buscaron una agradecida sombra en la que cobijarse del fuerte calor. Las mujeres extendieron un mantel sobre la hierba, y entorno a él todos se sentaron para dar cuenta de las viandas preparadas para el almuerzo.

Mientras comía, Julia observaba como el azul del cielo se teñía por el oeste de grises y amenazantes nubes. Las tres cruces que clavadas en la cima de la colina se recortaban sobre el cielo le parecieron de pronto siniestras y desafiantes. La amena conversación de los mayores fue interrumpida de pronto por la niña.

— ¿Cuándo nos vamos a marchar? — dijo elevando la voz.

— Cariño, ¿por qué dices eso? — interrogó la madre. —Aun no hemos acabado de comer.

— Es que me da miedo estar aquí— respondió con rotundidad.

Todos la miraron incrédulos y alguno sonrió. Luciano puso fin a la situación.

— Vale ya de tonterías, acábate la comida y vete a jugar con tu hermana y los demás niños.

Julia guardó silencio, su padre no era precisamente alguien sobrado de buen humor. Cogió una pieza de fruta y se fue a sentar sobre una gran piedra, mientras observaba el lento avance de las nubes devorando el azul del cielo.

Marta se acercó a ella y le preguntó:

— ¿De qué tienes miedo? ¿De que venga un lobo?

— ¡No! con tanta gente los lobos están asustados y no vendrán, pero ¿ves esas cruces?, parece que están diciendo que va a ocurrir algo malo.

Su hermana puso cara de asombro. Miró hacia la colina y preguntó:

— ¿Pero si las cruces están vacías, quién te lo dice?

Julia se mordió el labio con gesto pensativo.

— No me hagas caso, vete a jugar. Yo iré luego.

El fuerte calor de la mañana dio un giro radical en las primeras horas de la tarde. Una brisa molesta acompañó a las nubes que en minutos ensombrecieron el paisaje. Todo el mundo comenzó a recoger sus cosas. Las verdes praderas pobladas hasta hacía poco por un gentío animoso y festivo, comenzaban a despoblarse apresuradamente ante la amenaza de los primeros relámpagos que cruzaban el cielo. Julia y su familia recogieron sus pertenencias. Se encaminaron hacia el lugar donde los caballos y el asno que les habían transportado pastaban inquietos. Las primeras gotas de agua habían empezado a caer. Allí arriba había pocos sitios para guarecerse. La capilla de la virgen, donde algunos corrieron a refugiarse quedaba a una distancia bastante alejada. Lo mejor era emprender el camino montaña abajo. Siguiendo la ruta que llevaba hacia Salcedo buscarían alguna cabaña en la que protegerse. Los pocos árboles que había en las cumbres resultaban un refugio peligroso. De pronto, un brillante fogonazo que se precipitó desde el cielo hacia la tierra fue seguido por un estallido atronador. La gente gritó mientras corría. El rayo cayó sobre un hombre que perseguía a su mula tratando de calmarla. Luciano y uno de sus amigos corrieron hacia el lugar del suceso. Mientras, las mujeres trataban de guarecer entre sus ropas a los niños. Nada se podía hacer por aquel desgraciado que yacía en el suelo carbonizado. Algunos hombres que acudieron en su ayuda solicitaron un carro donde cargar el cuerpo. Luciano hizo gestos para que el grupo que estaba con su familia se fuese en busca de cobijo. Marta fue cargada entre sollozos en una de las alforjas del asno que su madre trataba de guiar. Uno de los jóvenes vecinos del pueblo aupó en volandas a Julia y la subió en su caballo.

Después de recorrer un par de kilómetros montaña abajo, se refugiaron en un establo donde otro grupo de romeros ya lo había hecho primero. La lluvia había arreciado y los relámpagos rasgaban la prematura oscuridad de la tarde.

Poco a poco el cielo comenzó a dar tregua. Cuando Luciano y el otro vecino se unieron al resto del grupo todos emprendieron el regreso a casa.

Tony Gil

Julia se despertó a la mañana siguiente. Abrió los ojos y un sol radiante entraba por la ventana de su cuarto. Parecía que la naturaleza trataba de borrar las huellas siniestras del día anterior. Su abuela la observaba sentada sobre el borde de la cama.

— Bueno, bella durmiente, ¿es que no piensas bajar a desayunar? — le preguntó.

— ¿Qué hora es?

— Son más de las once — sentenció la anciana.

Resultaba extraño que la abuela estuviese preocupándose por ella.

— ¿Ocurre algo? — preguntó la niña.

— Nada especial — le respondió con un gesto de indiferencia. Tras una leve pausa añadió. — Creo que ayer tuviste un presentimiento de que algo malo ocurriría.

Julia asintió con la cabeza.

— Mala cosa.— dijo la abuela, y prosiguió— Mi madre tenía ese don y eso hace infelices a quienes lo poseen.

Luego acarició los cabellos de la niña y abandonó la habitación.

Durante un tiempo las palabras de la abuela estuvieron rondando en la mente de Julia, pero las charlas con su madre y el tiempo llevaron al olvido aquellos pensamientos.

Tras un verano que se prolongó más de lo habitual en lo climatológico, llegó un otoño dispuesto a encapotar de grises nubes el cielo. Era el mes de diciembre poco antes de las navidades, cuando las primeras nieves cubrieron el paisaje. Una noche antes de acostar a las pequeñas, la madre las reunió en su cuarto y les preguntó si les gustaría tener un hermanito o hermanita. Julia sorprendida por la pregunta tan solo se encogió de hombros. Por su parte Marta dijo que si tenía que elegir; ella prefería un gato. Debemos de puntualizar que pese a que en la casa había todo tipo de animales, los gatos habían sido descartados hacía tiempo por Luciano. Al último lo mató lanzándole una madreña cuando intentaba huir de la casa con una chuleta robada en la cocina. La madre sonrió ante la ocurrencia. Luego les indicó que tocaran su vientre y les explicó como allí estaba empezando la vida de su nuevo hermano.

Aquel anuncio de una nueva vida tuvo su réplica pocos días después con una inesperada muerte. La mañana del domingo Julia escuchó voces y ajetreo en la planta baja de la casa. Su hermana aun dormía plácidamente. Descendió las escaleras de madera con sigilo intentando no hacer ruido. Lo primero que vio fue algo insólito, el cura con su negra sotana conversaba con su padre mientras la asistenta y su madre hablaban en voz baja con los ojos humedecidos por las lágrimas. Todos giraron la cabeza en su dirección, quedando en silencio al notar su presencia. El único que se atrevió a hablar fue su padre. Tarde o temprano habría que decírselo, así que no se anduvo con rodeos. La abuela había muerto mientras dormía.

Julia corrió hacia el cuarto de la anciana, su madre no llegó a tiempo de impedírselo. Para ser algo tan terrible como la muerte, no vio en su rostro una expresión de dolor ni de angustia. Cierto que ella nunca había visto a ningún muerto y no podía comparar, pero le pareció que su abuela había abandonado el mundo en paz consigo misma.

Aquel día, mientras miraba a través del cristal como los copos de nieve se estrellaban contra las ramas de los árboles, sintió como si hubiera envejecido de repente, con la sospecha de que el futuro iba a ser muy diferente a partir de entonces.

CAPÍTULO 2

El alba comenzaba a despuntar por el este tiñendo de colores azulados el cielo. Las siluetas de las montañas se recortaban en el horizonte y el silencio de la madrugada era roto por el canto de algún gallo que invitaba a desperezarse ante la llegada del nuevo día.

Juan cerró con suavidad la puerta de la casa. Bajó los cuatro peldaños que le separaban de la calle y entró en el pequeño tendejón anexo. Se subió sobre su bicicleta y con rapidez zigzagueó por las callejuelas del pequeño pueblo donde vivía. Pronto dejó atrás las últimas casas. Giró a la derecha y pedaleó con energía hasta llegar al cruce con la carretera general que atravesaba todo el valle del Nalón. La ruta que llevaba desde La Felguera hasta Laviana, en dirección al puerto de Tarna.

Era su rutina diaria para acudir al trabajo. Aquel día era sin embargo un día especial. Su primer hijo acababa de nacer la noche anterior. Todo había salido de maravilla. Manolita, la comadrona que asistió en el parto a su mujer, les felicitó por lo bien que había resultado todo. Dijo que era un niño sano y hermoso y Manolita sabía lo que decía, no en vano había sido arte y parte en todos los nacimientos habidos en el pueblo y alrededores.

Se dirigió hacia el pozo minero donde trabajaba. Pese a no tener más de veinticinco años, ya empezaba a ser un veterano. Llevaba siete años trabajando de minero. Fue el mismo año en que la guerra civil se dio oficialmente por finalizada, con la victoria de Franco y el bando nacional. Atrás quedaba el miedo y la angustia de los primeros tiempos que hubo que superar, porque la miseria y la situación así lo exigían. Estaba esperando un puesto de picador. Era de lo mejor pagado en aquel duro trabajo. Ahora ya tenía una familia. Estaba decidido a luchar para ofrecerle a su hijo una vida con las oportunidades que él no tuvo.

En la segunda mitad de los años cuarenta, las secuelas de la guerra civil aun mostraban sus huellas en aquellas tierras mineras que se extendían a lo largo de la cuenca del Nalón. Los valles de Langreo, de Aller y del Caudal, fueron especialmente beligerantes. En 1934 antes del estallido de la guerra, la revolución de los mineros trajo en jaque al gobierno de la nación. El Ministro de la guerra Diego Hidalgo puso a los generales Goded y Franco, al frente de las fuerzas que controlaron la sublevación. Para ello intervinieron incluso fuerzas mercenarias de los regulares o la legión. Estos hechos, sumados a la guerra del treinta y seis, crearon una profunda división y odio en la sociedad asturiana. Durante años, especialmente en aquellas comarcas, se vivieron muchos episodios de injusticia y sangre.

Trabajar en la mina era una de las mejores salidas que Juan pudo encontrar. Su padre también había sido minero durante algunos años, pero durante la huelga revolucionaria del 34 decidió dejar su trabajo en la mina. Abandonó junto a su familia la casa de el Entrego donde vivía y regresó al pueblo que le vio nacer en las montañas del concejo de Lena. Allí, un tanto apartado del epicentro de los graves altercados retomó las labores de campesino. Era la tradición heredada de sus antepasados.

Con el tiempo, la miseria y las penurias de la guerra llevaron a Juan a desandar el camino tomado por su padre. Partió del domicilio familiar en busca de trabajo. Gracias a un viejo amigo de su padre, encontró sitio en una de las muchas explotaciones mineras que jalonaban la cuenca del Nalón. Tenía dieciocho años cuando comenzó como "guaje" ayudante de picador.

Enfrascado en sus pensamientos llegó hasta los primeros edificios que conformaban la explotación minera. Hacía frío, el vaho que producía su aliento le sirvió para desentumecer las manos. Las frotó con fuerza. Luego, tras aparcar su bici en el lugar habilitado para tal fin, penetró en la casa de baños, nombre por el que los mineros se referían a los vestuarios.

No era un hombre pródigo en amigos, ni de conversación muy fluida, pero sí había intimado hasta cierto punto con un par de compañeros con los que compartía las duras tareas diarias. Al llegar les hizo un gesto de ok. Ellos se levantaron de sus bancos y se acercaron a felicitarle.

—Bienvenido al club de los sufridores, —dijo Luis con una sonrisa— Pero aun tienes que aplicarte para alcanzarme, yo ya voy por el tercero.

Después de cambiar sus ropas, siguieron hablando animadamente mientras se dirigían a la jaula que les llevaría a las profundidades. Era la dura rutina de aquellos hombres aguerridos que cada día desafiaban al destino para robarle a la tierra sus entrañas.

Manuel, como su abuelo materno, fue el nombre elegido para el pequeño primogénito. Creció feliz, ajeno a los duros tiempos en los que le había tocado nacer. Era un niño reservado y tranquilo. Algunas veces preguntaba a su madre por qué él no tenía hermanos como la mayoría de los otros niños con los que jugaba. Ésta nunca encontró palabras para explicarle que ellos lo intentaron, pero un par de abortos no deseados llevaron a desistir de tal pretensión. Así que la única respuesta era que Dios decide dónde y cuándo la cigüeña puede traer un nuevo niño a la vida.

Acudir a la escuela fue algo fascinante para Manuel. Como la aldea no disponía de escuela propia, debía de trasladarse a la localidad más próxima que distaba a unos mil quinientos metros de su casa. Tras la guerra, la población infantil volvía a crecer. No había bastantes escuelas, por lo que cada uno debía de acogerse a la posibilidad más cercana.

Afortunadamente todo el valle del Nalón estaba bastante poblado. Al nutrido grupo de poblaciones de cierta importancia que se extendían en una interminable hilera a las márgenes del río, había que sumar la gran cantidad de pequeños pueblos y caserías diseminadas por las laderas de las montañas. Una variedad de viviendas esparcidas aleatoriamente, de forma anárquica y singular distribución.

Manuel mostraba un enorme interés por todo lo que le rodeaba. Algunos niños no podían comprender como le gustaba ir al colegio. Eso le creó algunas antipatías, especialmente con Pablo Ruiz. Cuando tenía ocho años, el distanciamiento entre ambos era ya notable. Pablo era el más fuerte de la clase. Tenía dos años más que Manuel. En aquellos tiempos era frecuente que los alumnos de distintas edades compartieran clase y maestro.

La rutina de la escuela no era un problema para Manuel. Su avidez de conocimientos y su tesón en las tareas, pronto le hicieron ganar el afecto de la maestra. Por el contrario, esto motivó que con el tiempo no fuera muy popular entre algunos compañeros. Los listillos no estaban muy bien vistos por el sector más torpe. Paradójicamente los últimos de la clase suelen compensar la torpeza con otros atributos como la fuerza física. Debido a que los alumnos de distintos grados compartían aula, en los primeros tiempos Manuel era demasiado pequeño para hacer sombra a nadie. Con el transcurrir de los años las cosas fueron cambiando. Al salir al recreo la jerarquía de la maestra perdía fuerza. Cierto que en teoría vigilaba el patio. En la práctica la realidad era que se quedaba dentro de la escuela o se despistaba charlando con su colega encargada de la parte anexa, donde las niñas asistían a clase debidamente separadas del sector masculino, como imponía la moralidad de la época.

Manuel debía acatar las normas, especialmente la voluntad de Pablo si no quería ser humillado o ignorado. Muchas veces deambulaba solitario por el pequeño patio.

Un año, por la festividad de Reyes le regalaron un balón. Era un balón reglamentario de la época. Su padre lo había comprado en Oviedo durante un viaje. Estaba hecho de cuero marrón. Realmente pesaba mucho comparado con los balones que él había visto hasta entonces.

Un día decidió llevarlo al colegio esperando que de aquella manera le aceptarían mejor en los juegos. Cuando llegó la hora del recreo, sacó el balón de la bolsa y lo ofreció para que pudieran jugar todos. Pablo Ruiz lo cogió entre sus manos:

— ¿De dónde lo sacaste?

— Fue mi regalo de Reyes — respondió tímidamente Manuel, y añadió. — Mi padre dice que es igual que los de verdad, con los que juega el Real Madrid.

— ¿Como eres tan tonto? ¿Acaso crees que esos los puede tener alguien como tú?—. Apuntilló con sorna Pablo.

Algunos rieron, pero Manuel fingió no importarle, creía plenamente las palabras de su padre.

— Si no queréis jugar, lo guardaré.

— ¡Vale! jugaremos — dijo Pablo.

A continuación se formaron los equipos. Algunos no estaban muy de acuerdo con la distribución pero se vieron obligados a acatar la decisión de los capitanes que habían sido elegidos de forma "democrática". Jesús el mejor amigo de Pablo dijo que Manuel debía de ocupar la demarcación de portero. Según su teoría era el sitio donde menos iba a estorbar. Se resignó, sabía que su opinión no sería tomada en cuenta y se dirigió hacia el extremo del patio donde dos piedras delimitaban la portería.

La tierra estaba mojada. A medida que se iba empapando el cuero de la pelota, ésta pesaba más. Los niños más pequeños tenían problemas para desplazarla. Manuel no estaba entrando mucho en juego, apenas le habían llegado dos o tres veces sin peligro. Pero la tranquilidad no dura eternamente. Jesús se deshizo de los contrarios y avanzó decidido hacia su portería. En el momento que se disponía a chutar, providencialmente un defensa se cruzó y desvió la pelota. El delantero lanzó una patada que no llegó a impactar con el balón, lo que le hizo perder el equilibrio e irse al suelo. Manuel sintió alivio y esbozó una sonrisa ante la caída que resultó cómica. Jesús se levantó como movido por un resorte y gritó enfurecido;

—¡Penalti!— dijo, mientras miraba fijamente al defensor, culpándolo de algo que no había hecho.

Nadie protestó. Puso la pelota en el punto desde donde debía de ejecutar el castigo.

— ¡Fusílale sin piedad! ¡Quítale esa sonrisa! —comentó Pablo.

Jesús se abalanzó sobre el balón con todas sus fuerzas. Manu instintivamente protegió su cara con el brazo, esperando que la pelota no impactara sobre él. Esta salió desviada y se estrelló con potencia en la piedra que servía para delimitar la portería. El rebote se fue a estrellar directamente en el rostro de Pablo Ruiz que se hallaba desprevenido. Nadie dijo nada, por la nariz del dolorido niño comenzó a brotar un

hilo de sangre. En aquel momento la maestra llamó a los muchachos para entrar en la clase. Mientras todos se apresuraban a abandonar el patio Pablo se dirigió hacia el balón, lo tomó entre sus manos y dijo:
— Ahora verás lo que voy a hacer yo con esta mierda.
Caminó hasta la parte en la que el muro del patio era más bajo y lanzó el balón por encima de éste. Manu se subió como pudo sobre un saliente de la pared para ver como la pelota, tras rodar por un pequeño terraplén, botó sobre la carretera y se precipitó al rio que discurría en paralelo. Con los ojos humedecidos, siguió su trayectoria viendo como el agua la arrastraba hasta desaparecer de su vista. Abatido y secando las lágrimas que brotaban de sus ojos, dio media vuelta y se dirigió al edificio. Antes de entrar en el aula, Pablo se le acercó y le susurró:
— Ten mucho cuidado con lo que dices, o lo pagarás caro.
Manuel no dijo a nadie lo que había ocurrido, incluso aguantó estoicamente la bronca de su padre que le recriminó su dejadez por la pérdida de la pelota. Desde entonces, miraba a Pablo como a un enemigo al que evitaba constantemente.
Una tarde al regresar a casa, se retrasó del pequeño grupo de niños con los que habitualmente volvía. Había visto una ardilla corretear en dirección a la cantera abandonada que se encontraba a un lado del camino, y la siguió. Fue entonces cuando divisó a Jesús y a Pablo escondidos tras unos matorrales. Como accionados por un resorte, ambos se volvieron al sentirse sorprendidos por una presencia inoportuna. Al comprobar de quién se trataba se tranquilizaron de inmediato. Llevaban sendos cigarrillos encendidos que trataban de fumar lejos de miradas indiscretas.
— ¡Vaya, vaya! mira quien está aquí,— exclamó Pablo mientras se le acercaba.
— ¿Acaso nos espías? — inquirió Jesús.
No contestó, simplemente se dispuso a dar media vuelta y retroceder pero Pablo le retuvo.
— Espera, ¿como sabías que estábamos aquí?
— Yo no sabía nada, a mí no me importa lo que vosotros hagáis —
dijo tembloroso Manuel.
— ¿Como sabremos que no le dirás a nadie que nos has visto fumar?
— Yo no diré nada, solo quiero irme a mi casa.
Pablo le cogió por el hombro y le llevó hacia los matorrales.
— Tengo una idea — expuso con aire condescendiente — Fuma un poco con nosotros y así estaremos seguros de que también te conviene callar.
Manuel negó con la cabeza intentando zafarse del brazo de Pablo, no lo consiguió. Entre los dos le acorralaron y le ofrecieron el pitillo

encendido. Sabía que no había muchas alternativas, tomó el cigarrillo y lo llevó a sus labios aspirando tímidamente.

— ¡No! eso no vale — dijeron casi al unísono.

Pablo añadió:

— Hay que tragar el humo.

Manuel lo intentó con más convicción, pero una sensación abrasiva hizo que sus ojos se volviesen llorosos y estalló en un incontenible ataque de tos.

— ¡Qué nenaza! — dijo Jesús.

Pablo recogió del suelo el cigarrillo caído y sentenció en tono chulesco— ¡Verás, yo te enseñaré a fumar como un hombre!

A la vez que le sujetaban, Pablo le puso el cigarrillo en los labios y le instó a que aspirase. Tras dos intentos no muy convincentes, Manuel dio una fuerte calada al pitillo esperando que aquello les sirviera para que le dejaran en paz. Entonces Pablo tapó con una mano su nariz y con la otra su boca evitando que pudiera expulsar el humo. Su rostro enrojeció, sus pulmones se llenaron de tabaco y una angustiosa sensación de asfixia le llevó casi a perder el conocimiento. Durante los primeros instantes agitó los brazos en un intento de lucha desesperada por conseguir aire limpio. Luego sintió como si las luces se apagaran y los sonidos se diluyeran en la distancia, a la vez que una súbita palidez teñía su rostro.

Le soltaron asustados. Mientras Manuel caía al suelo, los dos abusadores huyeron en una alocada carrera, temiendo haberse excedido en sus actos. Salieron precipitadamente hacia la angosta carretera al tiempo que Rufo, un joven minero de la zona transitaba con su vieja furgoneta. Cruzaron ante él inesperadamente. El vehículo debió realizar una imprevista maniobra para evitar llevárselos por delante. Pese a que la vieja furgoneta no era capaz de circular a mucha velocidad, sus ruedas chirriaron y fue a parar a la pequeña cuneta lateral.

Rufo, soltó el volante y se bajó maldiciendo a gritos, en tanto que los muchachos se perdían cuesta abajo como alma que lleva el diablo. Caminó en círculo rodeando el vehículo para evaluar que daños habría recibido. Entonces escuchó algo parecido a un sollozo que provenía del contiguo solar de la cantera.

Distinguió la figura de un niño intentando incorporarse. Se acercó con curiosidad. El pequeño, que estaba arrodillado levantó la cabeza para mirar al recién llegado. Había vomitado y tenia restos del vómito en su barbilla y en su mano. Rufo le ayudó a incorporarse.

— ¿Qué coño te ha ocurrido? — le preguntó el hombre intrigado.

Manuel tenía los ojos llorosos y el aliento entrecortado. Apenas acertó a pronunciar unas palabras que Rufo no pudo entender. Todo apuntaba a que los fugitivos eran los causantes de los males del pequeño. Le ayudó a limpiarse y se ofreció a llevarle a su casa, pero antes debía de decirle lo que había pasado. Inseguro de sus palabras, Manuel relató los hechos, pidiéndole que no dijera nada a sus padres. Si Pablo y Jesús eran reprendidos le harían la vida imposible.

El pequeño furgón se detuvo cerca de la casa de Manuel y éste bajó con parsimonia. Colocó sus ropas y se perdió por el camino que le llevaba a la vivienda. Mientras conducía hacia a su casa, Rufo le daba vueltas a los hechos. Pese a su carácter bruto y a que nada le unía a aquel niño, no soportaba las injusticias. Bastante tenía que aguantar en el trabajo. Bueno quizás pudiese hacer algo, pensó.

Casi de forma inconsciente, a la tarde siguiente Rufo aparcó su furgoneta un tanto alejada de la escuela. Se apeó, encendió un cigarrillo y camuflado entre los matorrales esperó la inminente salida de los niños. Pasados unos minutos las puertas de los patios, tanto de las niñas como de los niños, se abrieron y la carretera se pobló de una multicolor y ruidosa muchachada. No sabía si reconocería a los dos pequeños matones. Quizás en el más fuerte se había fijado mejor, pero no estaba seguro. Al fin avistó a Pablo, iba con otros dos. No sabría decir si alguno de ellos era el crio que le faltaba por identificar. Les siguió a una distancia prudencial. A la salida del pueblo los otros dos se despidieron de Pablo y este tomó un sendero hacia la derecha. Rufo corrió hasta ponerse por sorpresa a su altura.

— ¡Quieto! ¿No crees que tú y yo tenemos algo pendiente?

Mientras decía estas palabras, agarró con su fuerte mano la parte de atrás del cuello del sorprendido mozalbete que no entendía lo que pasaba.

— ¿Qué he hecho yo? — contestó intentando zafarse de la presión.

— ¿Recuerdas ayer en la cantera que hay un poco más arriba? Yo viajaba en la furgoneta, que se estrelló por tu culpa ¡Maldito hijo de puta!

Aquel era un lenguaje que Rufo utilizaba de forma coloquial pero intimidaba realmente.

— Yo no tengo la culpa — balbuceó tímidamente.

— ¿Por qué escapabais? ¿Qué le habíais hecho al más pequeño que dejasteis allí tirado?

Rufo tenía cara de pocos amigos. Intentaba no elevar la voz por si alguien se acercaba mientras le sujetaba con fuerza haciéndole daño.

— Si no me sueltas se lo diré a mi padre.

— ¿Crees que eso me da miedo? — respondió poniéndose más furioso — Dile que venga, así me paga los abollones de la furgoneta y de paso se entera de quién le roba los cigarrillos.

Un par de lágrimas asomaron por los oscuros ojos del crío. Le tenía cogido por la solapa con tanta fuerza que casi lo suspendía en el aire. Entonces dudó. Él era un tipo de casi treinta años que tenía acorralado

a un "guaje" que apenas tendría doce. Probablemente se estuviera excediendo en su actuación. Soltó a su presa y antes de dar media vuelta para desaparecer, sentenció:
— ¡No te vuelvas a acercar a Manuel!
Manu nunca supo lo que había ocurrido. Lo cierto es que desde entonces, durante el poco tiempo que compartirían juntos la escuela, sorprendentemente Pablo pareció ignorarle.
A finales de aquel año de 1954, Juan decidió gastar sus ahorros en comprarse una moto. Una flamante Vespa que hacía tiempo rondaba en su cabeza. Para estrenarla llevó aquel domingo a su hijo al fútbol a la Felguera. A pesar de que Sama quedaba más cerca de su casa, Juan se había hecho seguidor del "Círculo Popular De La Felguera". Equipo del cual eran seguidores sus dos mejores amigos y compañeros de trabajo.
El equipo había ascendido en la temporada anterior a la segunda división del fútbol español, siendo recibidos en loor de multitudes. Ahora la rivalidad con sus vecinos del "Racing de Sama" estaba desequilibrada a favor de los felguerinos. Estos habían ascendido a una división superior, en tanto que los de Sama, a pesar de haber sido campeones de España de futbol aficionado ante el Sevilla FC el año anterior en la final de Valencia, competían aquel año en la tercera división.
El Sestao era el rival de aquel domingo. Padre e hijo, gozaron juntos de aquella tarde deportiva. Al regreso a casa, Manu le comunicó a su padre que a partir de entonces él también sería para siempre seguidor de Círculo. Desde entonces, casi nunca faltó a su cita con el fútbol en la Felguera. Uno de los motivos que facilitaron este hecho, fue el traslado de domicilio que toda la familia realizó a finales de1954.
La muerte tras una corta enfermedad de su suegra, llevó a Juan a convencer a su esposa de la mejoría que sería para sus vidas el irse a vivir a una población más urbana. Un lugar donde facilitar la vida a su hijo. Desde su matrimonio habían vivido en una modesta casa familiar de aldea, cuidando de la delicada salud de la anciana viuda. El fallecimiento de ésta les abría las puertas a emprender una nueva etapa.
Vendieron la casa con el poco terreno colindante que les pertenecía a unos parientes lejanos de su mujer, y se trasladaron a un modesto piso en una barriada obrera de la Felguera. Un cambio drástico en la vida del pequeño Manuel, quien cumplía por entonces los diez años de edad. Desde su ventana, cambió el paisaje de las verdes montañas silenciosas, por otro de chimeneas y humo, de sirenas de las fábricas y bullicios callejeros.

CAPÍTULO 3

El alba comenzaba a despuntar por el este tiñendo con sus colores azulados el cielo. Las siluetas de las montañas se recortaban en el horizonte. Aunque no se escuchaba el canto del gallo, las gaviotas que sobrevolaban bajas empujadas por el viento del noroeste, rompían la paz de la madrugada con sus graznidos estridentes.

El aire olía a mar. El inconfundible aroma de Septiembre a ocle, las algas que las mareas traían hacia la orilla de la costa gijonesa. En la parte colindante a la ciudad, allí donde el paisaje urbano se mezclaba progresivamente con el entorno rural, una vez sobrepasado el rio Piles nacía el barrio de Somió. Era esta una parroquia tradicionalmente elegida por la clase alta de la sociedad Gijonesa. Los palacetes y las casonas señoriales se entremezclaban con las caserías y las fincas rurales en un paisaje de verdes matices. Algunos nobles como el conde de Benhavis, los condes del Real Agrado o el duque de Riansares, edificaron quintas y palacetes notables que daban lustre a la parroquia.

En una señorial casona, flanqueada por dos palmeras ante la puerta principal y rodeada por un muro de piedra que marcaba los límites de la finca, la actividad ya había comenzado temprana. El nuevo inquilino de la casa reclamaba el pecho materno. Era el cuarto hijo de don Alfredo Rivera, notable empresario y comerciante, ligado a una pequeña naviera entre otros negocios. Aunque la empresa se había constituido oficialmente en Madrid, lugar desde el cual se dirigían buena parte de las operaciones, Alfredo Rivera había fijado su domicilio en la casa familiar de Gijón, construida por su padre, un indiano que siguiendo los pasos de su familia trasladada de España a Uruguay, había hecho fortuna en "las Américas". La muerte le sobrevino al anciano Rivera, antes de que pudiera regresar a la "madre patria", ahora era uno de sus hijos quien ocupaba su lugar.

Durante los años siguientes a la Guerra Civil y posteriormente tras el final de la Guerra Mundial en 1945, España se vio aislada de los nuevos órdenes establecidos en Europa y en el resto del mundo. El aislamiento que sufrió el país creó una autarquía con la que autoabastecerse.

Aquella década de los años cuarenta en España, era una época de racionamientos y penurias económicas. El fuerte intervencionismo del estado y su aislamiento con el resto del mundo, hacían imposible la expansión de las empresas y los productos españoles hacia el exterior. Pese a la situación, Alfredo, aprovechando la experiencia familiar en aquel tipo de negocios, decidió invertir para aprovechar la creciente actividad industrial y minera del norte de España tras la Guerra Civil. El principio de desarrollo de los puertos del Cantábrico como "El Musel" en Gijón o el puerto de Bilbao, le otorgaban la posibilidad de actuar en los transportes de graneles y combustibles. Mantenía con ello una buena rentabilidad para la oficina que regentaba en la zona norte. Acomodado entre la burguesía gijonesa, no poseía tanta fortuna ni un apellido tan notorio como; los Rato, los Figaredo etc, pero si una holgada y próspera posición, viviendo en la ciudad de sus antepasados, en la casa que su padre había mandado construir pero nunca llegó a disfrutar.

Su cuarto hijo había llegado con un notable retraso sobre sus hermanos. Más de siete años de diferencia con Andrea (la menor de los tres anteriores) y once con el mayor.

Eduardo, nombre previsto para el recién nacido, no había venido al mundo en la casa familiar. Unas noches antes, la madre fue trasladada a una clínica privada donde un ginecólogo amigo de la familia ofició el alumbramiento. El parto conllevó algunas complicaciones. El cordón umbilical venía enrollado en el bebe a causa de la mala posición. Realmente se trataba de un inquieto inconformista desde antes de nacer. Afortunadamente los doctores lograron un alumbramiento exitoso.

Aquella era la primera noche del benjamín de la familia con los suyos. En los primeros tiempos, sus hermanos le observaban con curiosidad. Rodeaban la cuna de finos barrotes dorados, contemplando un tanto incrédulos que aquel recién llegado fuese uno más de la familia. A Alfredo, el mayor que había heredado de su padre además de su apellido, también su nombre, le parecía increíble que un hombre al nacer pudiera ser tan pequeño.

La vida, durante los primeros años pasó en una placentera monotonía para Eduardo. El desahogo económico que gozaba su familia en aquellos duros tiempos, le permitieron vivir ajeno e inconsciente de en qué tipo de país habitaba. Su estatus de benjamín le otorgaba una protección extra. Mientras sus hermanos lidiaban con las tareas del colegio y del aprendizaje en general, él se quedaba en casa durmiendo o jugando bajo los cuidados de la niñera. Ser el pequeño tenía sus ventajas. Imitar a su hermano o a sus hermanas, fue una buena escuela de sabiduría práctica. Se interesaba por todo lo que ellos hacían. Le encantaba hurgar entre sus pertenencias, cosa que a los mayores les fastidiaba y cuando se sentía acosado rápidamente buscaba la protección, en especial de su madre.

Don Alfredo Rivera, había depositado grandes esperanzas en su hijo mayor. Estaba destinado a regentar los negocios familiares como su sucesor. El pequeño Alfredo estudiaría una carrera orientada hacia la ingeniería, la ciencia que dominaría el futuro. Para sus hijas los planes no estaban muy definidos. Evidentemente recibirían una buena educación y se casarían con alguien de una buena familia que estuviese acorde con su posición. Qué más podía desear una mujer que ser una buena madre y ejemplar esposa. Esa era la consigna educacional del "régimen". Como decían aquellos artículos de las publicaciones de la Sección Femenina en aquel tiempo:

"Cuando Dios creó al hombre consideró; no es bueno que esté solo y creó a la mujer para que fuera su compañera, como un complemento que le diera hijos".

Ahora don Alfredo se planteaba un nuevo reto, había un recién llegado en la familia y había que preparar nuevos planes para él.

Eduardo era un torbellino en la casa, más de una vez se cambió de niñera o institutriz, incapaces de seguir su marcha. Daba más trabajo su cuidado que el del resto de sus hermanos juntos. Esta situación pasaba un tanto desapercibida para don Alfredo, que ocupaba gran parte del tiempo fuera del hogar, absorbido por su trabajo. Era su esposa Isabella la encargada del control de los niños.

Isabella había nacido en Uruguay. Era una mezcla de descendiente de españoles e italianos, cosa común en un país como Uruguay. Un crisol donde fundir las más variadas nacionalidades que allí se dieron cita a finales del siglo XIX y principios del XX.

El padre de Isabella, pertenecía al consejo de la compañía "Maritimes line Company". Compañía que operaba tanto en Uruguay como en Argentina o Brasil. Aceptó con buenos ojos la unión del hijo de los Rivera con su hija. Se celebró la boda. El joven matrimonio se vio bendecido por tres sanos y alegres hijos nacidos en aquellas tierras americanas. Pero apenas finalizado el año 1941, Alfredo decidió trasladarse a España, a la casa gijonesa que su padre había construido. Matías, con quien le unía un lejano parentesco, le convenció para formar parte de una nueva y ambiciosa empresa marítima. España le recibió con los brazos abiertos. Hacía mucha falta hombres (sobre todo con dinero) dispuestos a invertir en un país pobre y aislado tras la guerra.

Para Isabella, adaptarse a la vida social que se encontró en el Gijón de los años cuarenta resultó más duro. Tras la victoria del bando nacional, el país se había vuelto ultra conservador. Con un catolicismo radical y una sociedad llena de tabúes. Cierto que para las empresas de su marido el amparo del régimen les facilitaba su labor. Gijón para ella era una ciudad demasiado provinciana, un lugar que intentaba olvidar tiempos de represión y sufrimiento.

Eran finales de 1950, cuando el pequeño Eduardo que ya había cumplido los seis años de edad, asistió a la despedida de su hermano. Éste se iba a estudiar a un colegio de postín lejos de Asturias. Algunas familias pudientes solían enviar a sus hijos fuera de la provincia. Su destino era algún centro privado de probada reputación donde consolidar unos estudios acordes con la clase social a la que pertenecían.

Edu vio como disimuladamente su hermano secaba con el borde de su manga una lágrima inoportuna que brotó de sus ojos. Después subió al lustroso coche que le llevaría lejos de allí. Sus hermanas persiguieron durante varios metros el cansino arranque del automóvil, agitando sus manos para despedirle. Eduardo se cogió a la mano de su madre y preguntó cuándo volvería, pero Isabella no pudo contestar. Reprimió un sollozo y abrazó al pequeño antes de entrar en la casa.

En los primeros tiempos echaba de menos a su hermano, aunque éste nunca había estado muy pendiente de él, siempre ocupado en otras cuestiones. Sus hermanas por el contrario le tenían acaparado, utilizándole como comodín en sus juegos, tanto ellas como sus amigas. Poco a poco eso fue cambiando. Con seis o siete años era todo un personaje independiente. Tenía claro que lo mejor era establecer las distancias oportunas con las niñas y en general con las mujeres (excepto con su madre), esa era una cuestión aparte.

Su primera etapa escolar se saldó con notable éxito. Entre sus compañeros pronto se convirtió en un personaje popular, divertido e ingenioso pese a su corta edad. Los frailes también le tenían en buena estima, cosa que por otra parte avalaba la posición de su padre.

Cuando su hermano regresaba a casa durante las vacaciones, le observaba atentamente en todos sus actos. Le veía tan mayor, con ese aplomo y seguridad de un adulto. Inconscientemente copiaba sus gestos y sus poses, repitiendo algunas veces cuando estaba con sus amigos las frases o palabras que este decía. El resto de los niños fruncían el ceño sin saber a qué se refería.

Su madre era una aceptable pianista. En Montevideo como una niña de bien que había sido, estudió durante algún tiempo solfeo y piano. La música era una válvula de escape muy apreciada para ella. Intentó transmitir a sus hijas su pasión por la música, pero no consiguió grandes logros. Las horas que le dedicaron al piano, solo fueron un complemento rutinario que daba un toque de elegancia a cualquier señorita.

En la vida de Eduardo, el piano siempre causó una gran atracción. Cierto que según la época de distinta manera. Hubo un tiempo en que el instrumento estaba colocado en un pequeño salón de té, justo a la vuelta de la esquina con el gran salón comedor. Esto se convirtió en una auténtica trampa. Varias fueron las veces en las que sus locas carreras por la casa acabaron estrellando sus huesos contra la esquina del piano. De esta manera, con el tiempo, llegó a tener un pequeño chichón de forma permanente en el extremo de su frente. Justo es aclarar que el mueble del piano también tenía sus marcas, especialmente en la esquina inferior donde Eduardo le devolvió varias patadas en justa venganza. La solución fue cambiarlo de sitio hacia un rincón a salvo de cualquier ruta infantil.

Había tardes, en que mientras su madre tocaba, él se hacía hueco en el banco y metía a hurtadillas algún dedo sobre las teclas. Lo hacía solo con el ánimo de juguetear, aunque al principio a Isabella no le gustase. Con el tiempo Edu fue convencido por su madre para que participase de las clases musicales con sus hermanas, opinión no compartida por su padre que lo consideraba una pérdida de tiempo. "hay muchas cosas más prácticas para la vida de un hombre a las que dedicar tiempo que a la música" solía decir. Con el paso de los años, sus hermanas fueron abandonando los hábitos musicales. Él por el contrario, comenzó a sentir una verdadera atracción por la música.

Todas las mañanas Ernesto, empleado modélico de la familia que hacía las veces de conductor, guarda o jardinero, repartía a los niños por los colegios gijoneses. Primero las chicas en sus colegios de monjas y luego al "señorito" con los frailes. La moral de la época aconsejaba no juntar los dos sexos en un mismo recinto. Durante el trayecto, Edu solía interrogar al viejo conductor sobre cuestiones y dudas que surgían en el día a día. Ernesto capeaba con soltura casi todas las cuestiones, era muy prudente y comedido sobre muchos temas. Tenía presente que por la boca muere el pez y los tiempos que corrían aconsejaban prudencia.

Una tarde el niño le preguntó:

— Oye, ¿qué es el aborto?

Mientras conducía, Ernesto frunció el ceño a la par que echaba un vistazo a su interlocutor a través del retrovisor.

— ¿De dónde se te ha ocurrido semejante pregunta?

Esta tarde, Don José nos ha explicado, que los ingleses, que siguen doctrinas apartadas del verdadero Cristianismo, lo permiten. Pero no nos dijo de qué se trataba.

— Pues si él, que es el profesor no lo dijo, como te lo voy a explicar yo.

— Porque tú siempre dices que a tus años ya lo has visto todo y nada te extraña.

El conductor permaneció en silencio unos segundos buscando una respuesta apropiada, pero Edu le interrumpió:

— Mi amigo Adrián dice que seguramente los ingleses matan a las cigüeñas para que no traigan niños.

— Es probable que tenga algo de razón tu amigo, me enteraré de todas formas de si las responsables del problema son las cigüeñas. Yo no he tenido hijos y no conozco muy bien el tema — apuntilló— .

Para don José, los ingleses eran uno de los pueblos más malvados del universo, o al menos esa impresión trasmitía. Habían renegado del Papa, nos habían quitado un peñón que se llamaba Gibraltar y entre otras cosas habían inventado unos piratas malvados llamados corsarios, que nos habían robado el oro y unos sitios que se llamaban las colonias. Menos mal que hacía pocos años, España había vencido a los ingleses en Brasil con un gol de Zarra que salvó el honor patrio. Su padre le decía que algún día irían a América del Sur. Una tierra maravillosa donde él y su madre se habían conocido y donde su hermano y sus hermanas habían nacido. Por unas razones o por otras ese día tardó en llegar, pero llegó. En el verano de 1953, toda la familia viajó hasta Montevideo. Un viaje largo y exótico a través del Atlántico. Los abuelos maternos disfrutaron de la alegría de ver a unos nietos que no veían desde su visita a España, con motivo del nacimiento de Eduardo. No solo tenían familia allí, Alfredo aun conservaba una pequeña parte en el accionariado de los negocios familiares. De todos, la que más disfrutó de aquel viaje fue Isabella. Se reencontró con sus padres, pero también con las sensaciones y los recuerdos de su infancia. La situación de España con el exterior era complicada. Alfredo Rivera la sorteaba con habilidad para mantener todos sus vínculos.

En ocasiones, Edu acompañaba a sus padres para visitar a las amistades que éstos tenían en la capital, Oviedo. Quizás su padre se llevase bien con sus amigos, pero él no sentía ninguna simpatía por aquellos presuntuosos. Le insinuaban que vivía en un pueblo, lejos de la categoría de una ciudad señorial como Oviedo. Ernesto le tranquilizó.

— Ya quisieran tener ellos una playa como la nuestra. Además les llaman Carbayones. Todo porque un día tuvieron que tirar un centenario árbol llamado "carbayu" para construir la calle principal y casi se pegan entre ellos para tomar la decisión.

Sin embargo, Oviedo tenía algo que admiraba, era su catedral. No por su arquitectura grandiosa, cosa que le traía sin cuidado, sino por su órgano de tubos. Era Navidad cuando acudió con su familia a una misa en la catedral. No podía precisar de dónde salía aquella música impresionante. Sonidos que mezclaban la tristeza y la grandiosidad, impregnando las oscuras paredes de piedra y haciendo temblar las débiles llamas de las velas. Su alma de niño se sintió tocada por aquellos sonidos misteriosos. Aquella música siempre le vendría a la cabeza en los momentos tristes de su vida.

Los años fueron pasando puntualmente. Tras las citas navideñas donde se reunía toda la familia, algunas veces con parientes que venían incuso de la lejana América, el calendario fue desgranando sus hojas mes a mes mientras los inviernos daban paso a los veranos.

Para finales de 1957, Eduardo había cumplido los trece años. Pese a los continuos planes que le preparaba su padre y a los razonables consejos de su madre, no tenía ni idea de hacia dónde orientar su vida. Su hermano era el modelo a seguir. Sus estudios de ingeniería iban por excelente camino. Dominaba el francés y se defendía con el inglés. Pronto se marcharía al extranjero para completar su formación. Todo el mundo hablaba de lo elegante y distinguido que era. Cuando regresaba a casa en sus días libres, las amigas de sus hermanas revoloteaban sin parar por el lugar. Pese a todo, Edu no tenía la impresión de que su hermano fuese extremadamente feliz, siempre teniendo que cumplir su papel de perfecto en todo.

La trayectoria estudiantil de Eduardo, sufrió continuos altibajos. Su inteligencia iba de la mano de su indolencia para los estudios. Dependiendo del interés que le causara la materia, pasaba del todo a la nada, desconcertando al más pintado. Pero siempre salvaba la situación a tiempo. Para él, sus amigos eran de lo más geniales, en cambio los profesores decían a sus padres que se juntaba a los más trastos de la clase. Si había algún lío, fácilmente se le podía localizar por las inmediaciones. Durante su vida estudiantil diseñó numerosas fórmulas para hacer "chuletas" con las que copiar en los exámenes. Su amigo Luis "el pirata", decía que solo estudian los que no se fían de la inteligencia de sus compañeros. De algunos de esos métodos desistió, llevaba más tiempo su realización que estudiar la asignatura. También era bueno poniendo mote a los profesores. Él solito había bautizado a varios con tal éxito, que sus apodos siguieron siendo utilizados por la siguiente generación. Pero donde destacaba era en su faceta farandulera. Actuaba en las obras teatrales de Navidad o en las representaciones festivas de cualquier índole. Lo mismo hacía una imitación parodiando a los profesores, que interpretaba al piano canciones con letras que inventaba, para el jolgorio de sus compañeros.

La década de los años cincuenta estaba llegando a su fin. Pronto acabaría sus estudios de bachillerato elemental. Su padre esperaba que siguiendo los pasos de su hermano, él también se trasladase a un gran colegio fuera de Gijón. Esta era una solución rechazada frontalmente por su parte. No estaba dispuesto a envejecer prematuramente como le sucedió a su hermano Alfredo. Él deseaba la vida que llevaba en su casa, cerca de sus amigos y para ello buscaba la ayuda de su madre. Definitivamente no estaba dispuesto a vivir en otra parte. Ernesto el jardinero decía que era como los mejillones, que se agarran a la roca donde nacen y allí intentan resistir hasta el fin de sus días.

CAPÍTULO 4

Los últimos rayos de sol se desvanecían, ocultándose tras las montañas de Quirós. Ya comenzaban a caer las primeras hojas de los árboles anunciando el fin del verano. Julia sirvió en una taza la infusión de manzanilla. Con cuidado de no verter el líquido, subió las escaleras que llevaban hacia los dormitorios de la planta superior. Su madre postrada en la cama agradeció con una sonrisa las atenciones de su hija mientras extendía la mano para coger la taza. Reclinada sobre dos gruesos almohadones, su cara demacrada y delgada contrastaba con el prominente volumen de su vientre por el embarazo. Su salud se había deteriorado poco a poco. Algunos problemas renales que arrastraba desde hacía algún tiempo, hacían más difícil de llevar la situación.

Julia regresó a la cocina y se dispuso a ayudar en la preparación de la cena. Batió los huevos mientras Petra freía las patatas. A continuación la mujer mezcló ambas cosas y las volcó en un sartén donde elaboró una jugosa tortilla. Una vez hecha la retiró del fuego. Acto seguido subió al cuarto y se despidió de la señora abandonando la casa tras pedir a las niñas que se portasen bien.

Las dos niñas se quedaron solas en la cocina. Julia indicó a Marta que se sentase a la mesa y repartió para ambas un buen trozo de tortilla y pan. Antes se dirigió a una esquina. Alzándose de puntillas encendió la radio de lámparas que se hallaba sobre una ennegrecida estantería. Aquel aparato de dorados y gruesos botones semejantes a un par de ojos saltones, tenía por boca una tira de cristal con números grabados, bajo la cual se deslizaba una aguja que sintonizaba las emisoras. Para Julia era como el cordón umbilical que la unía a un mundo soñado, más allá de aquellas montañas.

Mucho parecía haber cambiado la vida desde la muerte de la abuela Laura. Con la desaparición de ésta, su padre se había convertido en un ser imprevisible y distante. La partición de la herencia trajo problemas con sus hermanos y la relación con ellos quedó muy deteriorada. Luciano había abandonado su último trabajo conocido y se hizo tratante de ganado. Algunas veces no aparecía por casa y cuando lo hacía el alcohol enturbiaba su razón. Siempre había sido una persona egoísta e independiente. Despidió a Petra como criada pues decía que aquella bruja se metía en asuntos que no le incumbían. Ahora que su mujer estaba enferma, había tenido que recurrir a ella y ésta aceptó volver a regañadientes. La situación de su esposa y de sus hijas pudo más que el desprecio que sentía por él.

Tras la cena, las dos muchachas acudían al cuarto de su madre y se sentaban en el borde de la cama para contarle los avatares del día. Cuando llegaba Luciano, Julia corría a llevarle las zapatillas y servirle la cena antes de irse a dormir. Una vez en su cuarto, Julia aprovechaba el tiempo para leer. Tras la muerte de su abuela había descubierto un viejo baúl lleno de libros en el cuarto de ésta. Según le contó su madre, cuando el conflicto con la república desembocó en la guerra civil, la pequeña biblioteca que había en el ayuntamiento fue desvalijada. Su abuelo rescató aquellos libros y los guardó en un baúl a escondidas. Con la muerte del viejo, la abuela no se atrevió a sacarlos de allí. Permanecieron olvidados del mundo, en un rincón de la casa. Para Julia, aquel secretismo añadió un plus de interés en saber de qué trataban aquellas lecturas. Algunos títulos le parecieron extraños y exóticos. Decían cosas como: "El jardín de los suplicios" "El caballero de Grieux y Manon Lescaut" o "La interpretación de los sueños" de un tal S. Freud. Por fin encontró un título que le pareció sugestivo: "Las mil y una noches", aquellas historias que contaba una hermosa Scheherezade cautivaban su imaginación y evadían sus pensamientos y preocupaciones.

Una tarde, Petra envió a Julia a buscar a la vieja matrona. Todo indicaba que el parto sería inminente. Julia corrió todo lo que sus delgadas piernas le permitieron, Habían dado aviso al médico durante la mañana por un vecino pero el doctor aun no había hecho acto de presencia. La consulta más cercana quedaba en Bárzana por lo que atender a los enfermos de los pueblos no era cosa sencilla en aquellos tiempos.

La comadrona se encontró con que la situación era complicada. Quizás aun no estaba para parir pero su evolución no invitaba al optimismo. Poco después llegó el doctor acompañado por Luciano. Decidió, tras examinarla, que el estado de la mujer y las pérdidas de sangre no auguraban cosa buena; debían evacuarla a un hospital. Hacía tiempo que lo había recomendado pero no se había tenido en cuenta.

Se preparó una camilla que sobre un carro tirado por caballos la llevaría hasta Bárzana. Una vez en la carretera general, habría que trasladarla en una ambulancia hasta Oviedo. Era un viaje complicado, especialmente bajar por los irregulares caminos sobre el improvisado carruaje. Las niñas querían acompañar a su madre, pero aquello no era posible. Algunas vecinas se ofrecieron a Luciano para cuidar de ellas. Fue Petra quien decidió llevarlas aquella noche a su casa. Julia durmió abrazada a su hermana. Marta no paraba de llorar, y aunque Julia sentía un enorme nudo en la garganta que no dejaba pasar la saliva, buscó palabras de aliento para consolarla.

Cuando Luciano llegó al hospital general de Oviedo, los médicos trataban de salvar la vida de su esposa. Durante el trayecto su mujer había empeorado. El parto fue complicado y el bebé un varón, pasó a una sala de cuidados intensivos. Una hemorragia incontrolable llevó a la madre a un estado crítico y pocas horas después, Luciano recibía la noticia de su muerte. Deambuló por el pasillo del hospital con la mirada perdida maldiciendo su suerte. Su hermano menor había acudido al hospital junto a su mujer en cuanto tuvo noticias de los hechos. Pese a que las relaciones no eran muy buenas entre los hermanos, no dudaron en acudir dada la gravedad del caso y le acompañaban apesadumbrados sin encontrar palabras de consuelo. Casi rompía el alba cuando lograron convencer a Luciano para que los acompañase a su casa de Oviedo donde poder descansar unas horas.

La noche en Noglés se hizo interminable para Julia. Cuando la luz comenzó a colarse a través de las rendijas de las gastadas contraventanas, decidió levantarse. Su hermana había logrado conciliar el sueño así que salió sin hacer ruido. Atravesó el pasillo y se sentó en la cocina. Tras la ventana las ramas movidas por la brisa se balanceaban suavemente. Se sentía sola y desamparada y se le ocurrió rezar. Necesitaba que su madre se pusiese bien, volver a verla entrar por la puerta para abrazarla. Pero había algo que la sobrecogía. Cuando su madre se iba y a ella la apartaron del carro en el que se la llevaban, aun pudo sentir como mamá le apretó la mano. Fue como una despedida mucho más intensa que mil palabras. Una corriente eléctrica que llegó hasta su corazón y le decía que nunca más la volvería a ver.

Durante el día no tuvieron noticias o al menos a las dos pequeñas nadie les informó de la situación.

Les dijeron que no necesitaban ir a la escuela aquel día. Petra intentaba distraerlas encomendándoles pequeñas tareas, pero las niñas estaban pendientes de la llegada de alguien que les contara lo sucedido.

Luciano se sentía desbordado por lo acontecido. Debía de preparar el entierro de su mujer. Su hermano le aconsejó que la enterrase en Oviedo, su seguro de defunción no cubría el traslado y resultaba caro. Además ellos habían comprado un nicho en el cementerio ovetense y se lo cederían, ya arreglarían más adelante la parte económica. También estaba el tema del bebé, el recién nacido tenía graves problemas y su situación era crítica durante las próximas horas. Al atardecer de aquel día Luciano llamó por teléfono a Bárzana donde vivía un primo suyo. Debía de encargarse de llevar la noticia a Noglés y pedir que alguien trajera a sus hijas para el entierro del día siguiente.

Cuando al anochecer llegó la noticia, varias personas esperaban en la humilde casa de Petra. Algunos eran parientes lejanos de la familia como suele pasar en las pequeñas poblaciones rurales, quienes también esperaban impacientes el desenlace de los hechos. Las miradas y los silencios parecían hablar a gritos y Julia comprendió que algo terrible había pasado. Después vinieron los abrazos y las palabras compasivas, pero ya nada servía a las dos pequeñas. Aquella triste noche tuvo algo especial, Julia vio en sueños llegar a su madre sobre una carreta. Llevaba el pelo suelto y parecía bellísima y alegre. Cuando estuvo a su altura descendió para recoger al recién nacido y le dijo que se lo tenía que llevar, mas no debía de estar triste, algún día regresaría para reunirse con ellas.

Era una mañana gris que amenazaba lluvia. Las niñas acompañadas por Petra y algunos vecinos subieron en el autocar que hacía la línea Oviedo — Quirós. Todos hablaban en voz baja, cosa inusual pues la gente del lugar solía emplear un tono de voz elevado habitualmente. Les dirigían miradas compasivas y trataban de ser cariñosas con ellas. El traqueteo irregular del viejo autobús provocó el sueño en la pequeña Marta que viajaba acurrucada contra Petra. Julia miraba tras los cristales los cambios de paisaje con sus ojos vidriosos por las lágrimas que luchaban por salir. Al adentrarse en Oviedo el paisaje se había transformado por completo. Nunca había estado en una ciudad y le pareció sorprendente el bullicio en torno a aquellas calles repletas de edificios.

Su padre las recibió con frialdad, su gesto amargado y su mirada perdida. Entonces las niñas se enteraron de que el bebé había fallecido aquella mañana. A la mente de Julia volvieron las imágenes de su sueño y sintió un escalofrío, pero no contó a nadie su visión.

Cuando regresaron a casa, el pesimismo y la tristeza dominaban el ambiente. Petra acudió durante un tiempo a ayudar en las tareas domésticas. Poco a poco la situación se fue torciendo. La relación con Luciano nunca había sido muy buena. Ahora que faltaba su esposa, éste se había vuelto un déspota insoportable y no estaba dispuesta a aguantar sus modos. A esto había que añadir que Luciano pagaba mal el dinero convenido por sus servicios. Aguantó lo que pudo por las chicas a las que tenía un gran cariño, pero un día se despidió de sus obligaciones. Mandó a paseo a aquel viudo egoísta y desconsiderado. Aun así, ayudaba a las niñas a escondidas de su padre.

Julia, pasó de niña a mujer sin casi tiempo de asimilarlo. Se vio en la obligación de ser el ama de la casa. Aunque solamente tenía doce años, asumió el rol de mujer adulta. A menudo faltaba a la escuela para hacer las tareas domésticas. Aprendió a ordeñar las vacas, a sembrar en el huerto y puso en práctica los conocimientos de cocina y otras labores hogareñas que aprendió de su madre y su abuela.

Apenas había pasado poco más de un mes desde la trágica muerte de su madre. Julia desde una ventana esperaba ver aparecer a Marta por el camino que venía del pueblo. Ella no había ido a clase, su padre la necesitaba para hacer los preparativos de la matanza del cerdo, como era costumbre en aquella época. Las nubes amenazaban agua y el aire frío traía presagios de nieve. Por la curva que aparecía tras la última casa del pueblo vio surgir una figura femenina. Agudizó la vista para intentar reconocerla. Llevaba un abrigo gris y una bufanda y caminaba en zig zag evitando los charcos. Entonces la mujer alzó su mano y gritó:

— ¡Julia!

La muchacha reconoció la voz, era Marcelina. Salió precipitadamente de la casa, bajó los peldaños, cruzó el patio y salió al camino para fundirse en un abrazo interminable.

— ¡Pero como has crecido! – le dijo Marcelina mientras acariciaba su mejilla.

Julia no pudo contestar, tan solo la volvió a abrazar, mientras las lágrimas brotaban de sus ojos. Poco a poco se fue calmando y las dos entraron en la vivienda.

Marcelina le contó como se había enterado casi por casualidad de lo sucedido y lo mucho que lamentaba la muerte de su madre. Esperó a que llegara Marta interesándose por la situación difícil en la que ahora vivían. Cuando se despidió de las niñas, aun no había regresado Luciano. Abandonó la casa, dándole vueltas en su cabeza a la idea de como ayudar a sus pequeñas amigas.

En la primavera, la escuela desapareció definitivamente de la vida de Julia. Su padre consideraba que ya tenía los suficientes conocimientos que una mujer necesitaba para llegar a ser una buena madre y esposa. Ahora su puesto estaba en atender la casa y ayudar en la hacienda. Su único vínculo con la cultura era el baúl de libros olvidado en la vieja habitación de la abuela. Ella era la única que apreciaba aquel pequeño tesoro. Su padre nunca reparó en su existencia y para su hermana, no eran los libros precisamente un motivo de gran interés. En los escasos ratos de asueto, trataba de seguir el hilo de aquellas historias de personajes apasionantes, a veces desgraciados, que le contagiaban su angustia y otras exultantes que la llenaban de esperanza. Viajaba a paisajes que le costaba imaginar, islas solitarias, desiertos inmensos....Y el mar, algo donde nunca había estado y que soñaba con ver. Muchas noches llevaba el libro de turno a la cama. Sacaba una pequeña linterna y leía hasta que el sueño la rendía.

La situación en la casa de la Reguera se fue deteriorando, como una polilla silenciosa que va carcomiendo la madera empezando por sus partes más ocultas. Los despropósitos pusieron en jaque la precaria estabilidad familiar. Luciano, que durante años había tenido el freno de su madre y en cierto modo, aunque mucho menor de su esposa, ahora era libre para hacer y deshacer a su antojo. Su vida comenzaba a ser caótica. La bebida se convirtió en una compañera habitual. En ocasiones faltaba de casa durante un par de días, especialmente cuando iba al mercado y lograba vender alguna res. Parte de aquel dinero fresco le servía en el juego, o en pagarse alguna mujer en la que desahogar sus penas. Sus hermanos también tenían desavenencias con él. Hartos de discutir su forma de llevar las cosas, decidieron zanjar la situación. Vendieron las tierras y las propiedades que les tocaron en el reparto de la herencia a otros vecinos del pueblo. Llegaron a un acuerdo económico, para que se quedase con la casona y la pomarada contigua y se desligaron de toda participación en los bienes y asuntos de su hermano.

Poco a poco los recursos empezaron a escasear. En el pueblo, los vecinos veían el deterioro. Aquella familia que en tiempos habían sido los "señoritos" de Noglés y su gran casa de la Reguera un símbolo de prosperidad en el pasado, era ahora una familia "venida a menos". Benita, la más anciana del lugar, comentaba que la marca "del mal de ojo" planeaba sobre Luciano, como castigo seguramente de los pecados de su abuelo, a quien los más viejos del lugar recordaban como un déspota.

En la primavera, la junta vecinal había hecho su asamblea para organizar el traslado del ganado y los rebaños de ovejas, a las laderas de las morteras y las cumbres del puerto. En la época del buen tiempo las distintas aldeas y pueblos se repartían unas zonas de pastos en las cumbres. Luciano propuso que su hija mayor hiciese uno de los turnos, por lo cual él cobraría un dinero que necesitaba. Las vacaciones escolares estaban a punto de llegar, y Marta bien podría ocuparse de la casa en ese tiempo. La oposición de las niñas no se tuvo en cuenta y Julia debió partir hacia la montaña para ejercer de pastora.

Durante el día, cuidaba de que el ganado no se fuese de los límites establecidos. Al llegar la noche, se recluía en una cabaña donde se fabricó una cama entre la paja utilizando unas viejas mantas. Debía de compartir la estancia con un pastor que también pernoctaba en aquellas solitarias cumbres. Se trataba de un hombre cuya edad nadie conocía a ciencia cierta. Su aspecto era el de un sexagenario, taciturno y callado, pero quizás esa pinta descuidada y su barba llena de canas le hiciesen aparentar más edad de la que en realidad tenía. Su padre le presentó a la muchacha y le encomió a que cuidara de ella en la soledad de las noches. Julia estaba aterrada en un principio ante la presencia de aquel desconocido, pero tampoco se sentiría más segura si tuviese que vivir sola. Con el paso de los días se fue habituando a aquel hombre de pocas palabras y aspecto huraño. Al amanecer, él se iba a cuidar de los rebaños que estaban a su cargo y solo cuando la luz de la tarde comenzaba a desvanecerse regresaba. Encerraba a las ovejas en la cerca, se sentaba a la puerta de la cabaña y a veces tocaba una curiosa flauta de madera que él mismo había tallado.

En la montaña aprendió a convivir con la soledad. Afortunadamente el verano acababa de comenzar y los días eran más largos y luminosos. Las montañas y los paisajes mostraban su cara más amable y su aspecto más grandioso en los días soleados.

Marta era la encargada de llevarle la comida. Para llegar, debía de caminar durante casi dos horas por aquellas empinadas sendas. Transportaba consigo una pequeña tartera con comida recién hecha. A pesar de los cuidados, parte del caldo se le iba derramando por el camino y por supuesto llegaba fría. Solía llevar un zurrón donde cargaba pan de escanda o tortas de maíz. Dependiendo del día de la semana algunos embutidos, queso u otros alimentos que no necesitan cocción. Cada dos días, Julia esperaba con impaciencia la llegada de su hermana. Se sentaba apoyándose en un viejo castaño desde donde divisaba una gran extensión de terreno. La veía surgir como un puntito que' aparecía y desaparecía entre la arboleda. En la parte final, donde las montañas estaban más desnudas de vegetación, las dos atravesaban las praderas corriendo al encuentro. Con el tiempo aprendieron a evitar aquellas eufóricas carreras si no querían desparramar el resto de la comida. Más tarde mientras Julia comía, le pedía a su hermana que la pusiera al día sobre las cosas que acontecían en el pueblo. Para Marta casi nunca ocurría nada nuevo, excepción hecha de algunos sucesos reseñables; el día que Jesusín, el hijo de una tal Maruja, se cayó en el lavadero por intentar hacer equilibrios circenses. Lo que sí ocurría, es que la echaba mucho de menos, especialmente cuando se iba a dormir en la soledad de su habitación. Menos mal que los ronquidos de su padre en el cuarto contiguo la tranquilizaban; no estaba sola.

Para Marta, la idea de que Julia permaneciera sola allí arriba durante la noche le parecía algo aterrador, y temía por su hermana. Julia disimulaba su miedo y le decía que no había ningún peligro. Lo cierto fue que durante las primeras noches tenía el alma en vilo, recelosa de aquel desconocido. Poco a poco sus temores se disiparon. Durante los primeros días, aquel hombre casi no le había dirigido la palabra. Ni siquiera conocía que su nombre fuese Emilio. Él se limitaba a preguntarle como le había ido el día, luego tras una frugal cena, salía a la puerta de la cabaña a fumar de su olorosa pipa. Contemplaba durante largo rato en silencio aquel cielo del incipiente verano jalonado de estrellas, antes de arroparse en su manta y quedarse dormido.

Una tarde, cuando el sol ya había desaparecido tras las cumbres y las sombras luchaban por establecer su hegemonía sobre la luz, Emilio regresó con paso cansino. Soltó su zurrón y dejó en el suelo el bastón que siempre llevaba consigo. Julia, apoyada en la pared con las piernas estiradas, leía un libro que Marta le había subido. Pronto dejó la lectura, la luz empezaba a escasear. Se frotó los ojos y apoyó la novela sobre la hierba. El se acercó y le preguntó:

— ¿Puedo?— dijo señalando con su mano hacia el libro.

— Sí, claro — asintió la joven.

El pastor lo tomó en sus manos. Las tapas estaban un tanto descoloridas pero en general tenía un aspecto cuidado. Leyó el título y ojeó las primeras páginas. Julia lo observaba con curiosidad.

— ¿Te gusta la historia de Jim?

— ¡Sí! – contestó Julia, con cierta timidez.

— Es una bonita historia,— añadió él—. Habla de la ambición de los hombres por conseguir tesoros y riquezas.

— ¿Acaso usted la conoce? —interpeló la chica.

La verdad es que Julia ni siquiera había imaginado que una persona de su edad, que vivía en el monte supiese leer, y menos que conociese "La isla del tesoro".

— ¡Oh, sí! — contestó con voz queda, mientras su mirada perdida parecía buscar entre los recuerdos.

Después le entregó el libro y sin más, penetró en la cabaña.

Al día siguiente cuando al atardecer Emilio regresó, Julia se atrevió a hacerle una pregunta:

— Perdona, ¿podrías decirme qué es un motín?

—Claro... ya veo que has llegado a la parte donde los piratas se quieren hacer con el barco, ¿verdad?

— Aun no, pero Jim escuchó escondido en el barril de manzanas que Silver preparaba un motín.

El hombre se sentó sobre el pequeño muro de piedra que había a un lado de la cabaña. Tenía la vista fija en la muchacha, que a su vez le observaba con sus vivos ojos verdes esperando respuesta. Le explicó lo que era un motín y siguió hablando de cuanto él disfrutó en su juventud leyendo obras como aquella. Hablaba con cierta pausa, como saboreando las palabras. Mientras, Julia escuchaba sorprendida. En unos minutos, salieron de su boca más palabras, que en las semanas que llevaban conviviendo allí arriba.

Aquella noche antes de dormir, Julia se preguntaba por qué un tipo como él estaría viviendo tan solitariamente en la montaña. Una cosa era segura, habría nacido muy lejos de allí, su acento y sus palabras eran muy distintos al lenguaje que utilizaban el resto de la gente del pueblo. Si acaso, se parecía mucho a la forma de hablar de la maestra, pero claro ella también había llegado de un lugar lejano llamado Castilla.

Al siguiente atardecer, se decidió a preguntarle su nombre y como había llegado hasta aquellas tierras.

— Oh pequeña,— dijo con un aire de cierta melancolía—.El pasado se me ha vuelto borroso en mis recuerdos. Ya poco importa de dónde se viene, o adónde se va, ahora soy de aquí y eso es lo que cuenta.

Para Julia aquella forma de hablar le resultaba enigmática. No entendía muy bien el sentido de sus frases, pero a sus casi trece años podía entrever un cierto tono de misterio que a ella le atraía, como si estuviera ante un personaje de aquellas novelas que la cautivaban.

Durante días trató de averiguar si alguien sabía algo de Emilio. Le encargó a su hermana que se enterase en el pueblo, e incluso le preguntó a algún otro pastor o segador con los que coincidía durante el día. Nunca supo la respuesta verdadera. Él no tenía amigos, los que le conocían era de forma vaga y superficial. Era un solitario taciturno para la mayoría. Marta le contó que alguien decía que había sido cura en algún pueblo lejano. Otros decían que no lo había sido, pero que tenía un pariente cura que lo había traído alejándolo de la mala vida que llevaba.

La verdadera respuesta siempre permaneció oculta a los ojos de la gente del pueblo. Emilio, que en realidad tenía otro nombre, había sido un brillante maestro en tierras castellanas. Pese a provenir de una familia acomodada, ejerció su magisterio durante la Segunda República. Intentó ser independiente, por encima de los prejuicios de las "dos Españas" que pugnaban por imponer sus ideales. Pero los equilibrios sobre la delgada línea de la justicia son muy difíciles. Los radicalismos se vuelven ciegos y contaminan todo lo que tocan, haciendo de lo irracional la norma.

Una tarde, cuando el país entró en una guerra que transformó a hermanos y vecinos en enemigos irreconciliables, vio como un grupo de hombres llevaban a rastras al cura y lo introducían en el cementerio. Emilio corrió hacia el lugar. El grupo armado se dirigía hacia la tapia de oscuras piedras que limitaba el camposanto. Tenían la intención de fusilar al clérigo, mientras este desesperadamente suplicaba clemencia. El maestro avanzó hacia los hombres. Algunos no eran del lugar, pero sí reconoció entre ellos a uno de los concejales del Ayuntamiento. Les pidió que no lo hiciesen. Él no era una persona muy religiosa, pero… aquel pobre cura no merecía morir por el simple hecho de pertenecer al clero. Es posible que muchos, ya fueran o no miembros de la Iglesia, debieran de pagar por sus abusos e injusticias. Todos los hombres, independientemente de su ideología, tenían derecho a una defensa justa. Manuel conocía a aquel párroco, un hombre prudente, y su conciencia no le permitió quedarse impasible ante la ejecución. Sorprendentemente, el concejal, movido por la intervención del maestro, logró parar la ejecución. Aquella noche, por sorpresa, el cura pudo huir, aunque Emilio nada tuvo que ver con la fuga. Aquello le trajo problemas y el maestro fue retenido y observado con recelo, como amigo de los fascistas. Cuando pocas semanas más tarde los nacionales se hicieron con el pueblo, él fue arrestado, considerado como un maestro servidor de la República y amigo de los "rojos". Las vueltas del destino le hicieron aparecer como enemigo de los dos bandos. Tras días de incertidumbre, acabó con sus huesos en la cárcel de Valladolid.

Un día, inesperadamente, unos guardias le vinieron a buscar a su celda. Le dijeron que quedaba libre, alguien que le esperaba en el exterior había arreglado su libertad. Al salir a las puertas del penal se encontró con el cura al cual había salvado de ser fusilado. Desde que la guerra había acabado, el humilde párroco pasó al servicio del obispo. Ahora gozaba de algunas prerrogativas gracias a su nueva posición. Nunca olvidó lo que el maestro había hecho por él. Cuando se enteró de su desgracia, hizo lo que pudo para devolverle el favor y conseguir su libertad. Le recomendó que usara otro nombre y que cortara los vínculos con su pasado yéndose lejos. Le ofreció un billete para un lugar en el corazón de Asturias. Un sacerdote amigo le ayudaría a encontrar una ocupación y una nueva vida. Aunque con sus antecedentes no podría ser por el momento nada relevante. De este modo se convirtió en pastor. Al menos las montañas no tenían muros ni rejas. La vida se convirtió en algo atemporal, donde poco contaba el ayer o el mañana.

A partir de esa primera conversación, los libros significaron un vínculo que les empezó a unir a los dos. Julia, le pidió a su hermana que le subiera alguno del baúl para poder prestárselo a Emilio. Todas las noches antes de dormir comenzaron a ser frecuentes las conversaciones, que a Julia le sabían a lecciones y al viejo profesor le revitalizaban su alma oxidada por la soledad.

Emilio la animaba a que algún día regresara a la escuela, debía de aprovechar el talento que pese a su juventud demostraba. Cuando ella se quejaba de las circunstancias que la vida le había deparado, él le daba ánimos. Cierto día le contó algo que se le quedaría grabado para siempre;

— Un escritor muy famoso, llamado William Shakespeare, — dijo Emilio con voz solemne – escribió que en la vida, como en el juego, "El destino baraja las cartas y nosotros jugamos la partida" — y añadió — no te debes desanimar si no tienes la suerte de poseer ases o triunfos en el principio, si juegas con inteligencia quizás tengas tus oportunidades, pues el azar da muchas vueltas.

El verano se fue desgranando poco a poco. A medida que los días se hacían más cortos, el turno en la montaña llegaba a su fin. Aquellos dos meses le parecieron años. Su hermana no cesaba de repetir las ganas que tenía de que regresase a casa. En algunas ocasiones recibió la visita de su padre, pero a ella no le parecía que él sintiera mucha añoranza de su presencia. Si acaso la echaba de menos, era porque la casa estaba mucho peor atendida desde que Marta se quedó sola al frente.

Había sido una tarde extremadamente calurosa. En el cielo se habían formado grandes nubarrones que fueron ensombreciendo el paisaje. Las señales de tormenta eran evidentes. Inevitablemente, a la cabeza de Julia volvieron los recuerdos de la gran tormenta que un tiempo atrás vivió muy cerca de allí. Recogió el ganado y se metió en la cabaña esperando la llegada de Emilio. La noche cayó con rapidez. Ya había comenzado a llover cuando éste llegó acompañado de otro hombre que buscaba refugio. Encendieron el pequeño brasero y los tres se sentaron en torno al fuego para comer algo. Los truenos sonaban lejanos e iluminaban el horizonte, pero por el momento la tormenta parecía evitarles. La joven pronto abandonó la conversación para acurrucarse en su camastro e intentar dormir. Mientras, ellos hablaban en voz baja y fumaban su tabaco de pipa.

Era la media noche más o menos cuando un relámpago iluminó con una fuerza inusual la cabaña. Su luz se coló a través de las rendijas de las contraventanas de madera y los resquicios de la puerta. Julia despertó de su sueño sobresaltada. El ensordecedor estallido del trueno retumbó en la estancia. Como movida por un resorte, se incorporó dando un grito que despertó a los otros inquilinos. Un sudor frío recorría su frente. Había sentido la llamada de su hermana pidiéndole ayuda. Juraría que no fue un sueño, la había sentido a su lado. Emilio encendió el candil y acudió para tranquilizarla.

— Solo es una pesadilla, la noche invita a los malos sueños — dijo.

Pero Julia se sentía realmente angustiada. Temía el poder de sus propios presentimientos. Se levantó y se dirigió hacia la puerta. No le fue sencillo abrirla, la lluvia golpeaba con fuerza y el viento silbaba al chocar contra las aristas de la cabaña. El maestro la cogió con delicadeza por los hombros impidiéndole que saliera al exterior.

— Pero, ¿a dónde vas alma de dios?

— Creo que a mi hermana le ocurre algo y me necesita.

— A tu hermana no le ocurre nada, tú misma me has dicho que estuvo contigo este mediodía durante la comida. Seguro que ahora duerme plácidamente en su cama.

No muy convencida, Julia regresó a su lecho, pero tardó en conciliar el sueño. No solo el ruido de la tormenta la desvelaba, también los pensamientos sobre su hermana daban vueltas en su cabeza.

Al caer aquella tarde, Marta había ido al corral para encerrar a los animales que aun andaban sueltos por el patio. Corrió tras las gallinas y los patos jaleándolos para que le hicieran caso, y optó por darles unos escobazos a los más rezagados que se resistían a entrar en razón. Más tarde, mientras preparaba la cena, observó a través de la ventana como la noche se iluminaba a lo lejos con el fulgor de algunos rayos esporádicos. No le gustaban las tormentas, le daban miedo. Puso la radio, giró la gruesa rueda del sintonizador en busca de una emisora que se pudiese oír sin interferencias. Por fin localizó una emisora que emitía una bonita música y decidió bailar sobre el viejo suelo de madera. Era un relax para sus nervios mientras esperaba la llegada de su padre.

Las horas fueron pasando y la llegada de Luciano no se producía. A medida que la tormenta se fue acercando y el viento azotaba con más fuerza las ramas de los árboles, la ansiedad se iba apoderando de la niña. La radio se escuchaba con dificultad y Marta decidió desconectarla. El silencio de la casa dio mayor relevancia al estruendo de la tormenta.

Era sobre la media noche cuando la potente luz azulada de un relámpago cruzó vertiginosamente el exterior. A éste le siguió un trueno ensordecedor, como un rugido llegado desde el cielo. La luz se fue en toda la casa y las tinieblas se hicieron dueñas del entorno. Marta se encontraba junto a la ventana. Afuera había la misma oscuridad que en el interior, tan solo el golpeteo de la lluvia contra el cristal era el único signo de vida. A ciegas, tanteando los objetos con sus manos, llegó hasta la mesa y buscó la linterna en el cajón. El haz de luz la tranquilizó un poco. Se dirigió hacia el interruptor de la corriente pero las bombillas no respondían. Agudizó el oído, le pareció oír sonidos intermitentes, como de pasos que venían de abajo, de la bodega. Quizás fuesen ratones que trataban de subir ante el peligro de morir ahogados. No era la primera vez que alguno había entrado en la casa. En aquellos momentos en los que la vista no puede actuar, el sentido del oído parece cobrar un mayor protagonismo. Durante los siguientes minutos, le pareció escuchar todo tipo de ruidos. Incluso le pareció oír voces en el exterior.

Al lado de la escalera que subía hacia el piso superior, estaba colgada una vieja chaqueta que había pertenecido a su abuela. Se arropó dentro de ella. Aunque le quedaba grande y las manos apenas sobresalían de las mangas, seguro que la protegía contra la lluvia.

Abrió la pesada puerta que daba al rudimentario porche, desde el que descendían unas escaleras de piedra de apenas cinco peldaños. La oscuridad era total. Aunque la lluvia había remitido en su fuerza, el viento zarandeaba las ramas de los árboles que a la luz de la linterna formaban sombras espectrales. Miró hacia el pueblo, las primeras casas estaban a poco más de trescientos metros, pero no se veía nada. Parecía que la noche se las hubiese tragado. No había ninguna señal de la presencia de su padre. El miedo se estaba apoderando de Marta. Se convenció a si misma de que debía buscar ayuda. Iría a casa de Petra, ya que siempre se preocupaba por ella y por su hermana.

Comenzó a avanzar con dificultad. Las madreñas se hundían en el barro y parecían quedar pegadas al lodo. El agua resbalaba por su cara y nublaba su visión. De pronto la linterna se le fue de las manos y en su caída golpeó sobre una piedra. La luz desapareció por completo y quedó sumergida en la más absoluta oscuridad. Gritó pidiendo ayuda pero su voz se diluyó en la noche sin obtener respuesta. Tanteó con sus manos el suelo y se tropezó con la linterna sobre un charco de agua. La movió y agitó en vano pero ya no volvió a funcionar. Trató entonces de recordar la trayectoria del camino imaginándoselo en la oscuridad. Debía de seguir hacia delante hasta llegar al pueblo, allí la ayudarían. Intentó avanzar todo lo apresuradamente que el barro y el incomodo calzado le permitían. En un pequeño desnivel pisó mal, el tobillo se dislocó y su cuerpo fue a caer sobre el fango sintiendo un agudo dolor. Entre sollozos llamaba a su hermana pidiendo un auxilio que ésta no podía oír. Medio a rastras siguió avanzando. El chaquetón estaba empapado y se convertía en un lastre que le dificultaba el avance. Se lo quitó dejándolo abandonado en el suelo. No se podía incorporar, casi gateando, fue ganando metros. Perdió la noción del tiempo que estuvo arrastrándose dificultosamente entre las sombras de la noche. Entonces, vio la oscilante luz de una lámpara de carburo que alguien portaba. Era Paco, el dueño de una de las primeras casas. Había salido hacia el establo para echar una ojeada a los animales. Marta pidió ayuda con su desfallecida voz. El hombre se le acercó sorprendido.
— Pero… ¿qué te ha sucedido?
Marta apenas podía hablar, tan solo lloraba con un llanto entrecortado.
— ¿Dónde está tu padre?
— No lo sé – acertó a decir la niña— yo quería ir a casa de Petra.
Paco cogió en brazos a la muchacha. Estaba empapada y llena de barro. Se dirigió a la cercana casa de Petra. Sabía de la relación que la unía con las hijas de Luciano.
Petra quedó sorprendida por el suceso pero la acogió encantada. Se volcó en los cuidados, cambiando sus ropas y aplicando un ungüento sobre el dolorido tobillo. Luego se acostó a su lado velando el inquieto sueño de la pequeña.
La primera luz de la mañana ya planeaba sobre los campos. Luciano enfiló el tramo de senda que llevaba a su casa. Avanzaba al trote sobre su caballo cuando reparó en la prenda de ropa que tirada en mitad del camino se confundía con el barro. Juraría que era igual a una chaqueta propiedad de su difunta madre, aun así no se paró y continuó su camino. La casa estaba en silencio. Al entrar en la cocina vio sobre la mesa platos y cubiertos sin usar y una fuente de barro con patatas cocidas y panceta frita. Por alguna razón la cena permanecía intacta. Se dirigió al cuarto de su hija pero no la encontró. La cama no parecía haber sido usada. Buscó en las demás estancias de la casa infructuosamente, ni

rastro de Marta. Un sentimiento de preocupación le sobrevino. Salió, ya no llovía pero el aire no parecía resignado a calmarse. Desanduvo sus pasos por el camino que le había llevado a casa. La chaqueta aun seguía tirada sobre el barro. No había duda, aquello tendría alguna relación con la desaparición de su hija. Se dirigió hacia el pueblo, quizás Petra pudiese darle alguna información. Su relación con aquella mujer nunca había sido muy buena, especialmente desde la muerte de su esposa pero aun seguía muy unida a sus hijas.

Golpeó con los nudillos sobre la tosca puerta de madera. Después de repetir la acción por segunda vez, ésta se abrió para dejar paso a la dueña de la casa.

— ¡Vaya! Por fin das señales de vida—. Dijo ella en tono irónico.

— ¡Escucha! no estoy aquí para perder el tiempo, solo quiero saber si sabes algo de mi hija.

—Por supuesto que lo sé — contestó con rotundidad.

— Afortunadamente, está aquí a salvo y no precisamente por los cuidados de su padre.

La discusión fue en aumento. Petra narró la versión que ella tenía sobre los hechos. Reprochó sin miramientos lo abandonadas que tenía a sus hijas y lo desgraciadas que eran por tener un padre tan egoísta. Luciano también esgrimió los argumentos en su defensa. Era un hombre solo y sin suerte, buscándose la vida para mantener su casa y su familia. No era un tirano que explotaba sus hijas, simplemente ellas eran ahora las mujeres de la casa y esa era su obligación. Estaba seguro de que en aquellos tiempos, la mayoría de hombres pensaban como él. La discusión fue agria. Él debió de tragar su ira, al fin y al cabo aquella mujer había cuidado de su hija como tantas otras veces. Marta estaba muy débil, tenía una tos ronca y una fuerte afonía que casi no le permitía hablar. Su tobillo y su pie estaban tremendamente inflamados, bajo la piel, el color azulado trepaba por la pierna indicando el derrame de la sangre. Petra no permitió que su padre se la llevase a casa hasta recibir la visita del doctor.

El diagnóstico no fue bueno, deberían trasladarla a un hospital. Parecía tener algún hueso roto y descolocado además de algún otro problema del esfuerzo tras la caída. Ya habían pasado muchas horas y el tiempo corría en su contra.

Llevaron a Marta a un hospital en Oviedo. Luciano habló con los vecinos para relevar a Julia en sus obligaciones y hacer que regresara a casa. De todas formas, el otoño estaba próximo y el ganado ya debía de regresar al pueblo dejando los pastos del puerto.

El día de su regreso, Julia se despidió con cierta tristeza de Emilio. De él había aprendido a valorar muchas pequeñas cosas que ahora eran importantes para ella. Emilio le prometió que siempre que pasara por Noglés la visitaría. Cuando llegó a su casa, recorrió las estancias una a una empapándose del olor de los muebles y de las cosas que le recordaban a quienes ya no estaban con ella. La casa presentaba un cierto desorden, necesitaba una limpieza a fondo que su pequeña hermana no logró hacer, pero ahora eso no le importaba. Lo único que quería era ir a Oviedo para visitar a Marta.

A la mañana siguiente la llevaron al hospital. Marta estaba acostada en una blanca cama, tenía la pierna escayolada hasta la rodilla y colgada de una barra. Corrió hacia ella y la abrazó mientras una lágrima resbalaba por su mejilla. Tenían tanto de qué hablar que el tiempo pasó volando. Marta le contó como ocurrieron los hechos, pero lo que más la asombró fue cuando su hermana le dijo que había escuchado en sueños su llamada y que rezó para que nada le ocurriera.

Marcelina,que había sido avisada por Petra, visitaba con frecuencia a la niña. Trubia quedaba mucho más cerca de Oviedo que Quirós y eso le facilitaba las visitas. Cuando la pequeña estuvo en condiciones de abandonar el hospital, Marcelina convenció a Luciano para que Marta se quedase en su casa, allí estaría bien atendida. Podría cuidar de su rehabilitación mucho mejor que en Noglés y de paso, Marta la ayudaría a cuidar a su pequeño hijo en el tiempo libre de clase.

Julia quedó como la única mujer de la casa. Tan solo tenía trece años, pero sentía que las cartas de su partida como diría aquel Shakespeare, no habían sido barajadas muy a su favor por el momento.

CAPÍTULO 5

El concejo de Langreo gozaba de un creciente desarrollo industrial. La minería de la cuenca del Nalón y empresas como Duro Felguera, por aquellos días uno de los referentes de la siderurgia a nivel nacional, daban miles de puestos de trabajo a sus habitantes.

Tanto Juan como su familia, estaban completamente adaptados a la vida cotidiana en la Felguera. Hacía tres años desde que abandonaron la aldea para trasladarse a la vida urbana.

Manuel estudiaba con los frailes. Su padre deseaba que no tuviese la necesidad de trabajar nunca en la mina y que los estudios le llevaran a tener la vida que él nunca tuvo. Lo cierto es que era un buen estudiante y aprovechaba con rigor las clases a las que asistía. Al contrario que para muchos de sus compañeros, las matemáticas eran su asignatura preferida y sus profesores creían en sus aptitudes para el estudio. En el colegio no le gustaban los protagonismos. Aunque no tenía muchos amigos, tan poco mantenía mala relación con ninguno de sus compañeros. Qué atrás quedaban los tiempos en la vieja escuela, donde Pablo le acosaba y le amargaba su vida escolar. Ser hijo único le reportó ciertos beneficios. Pese a la modesta situación económica que tenía su familia, siempre intentaron darle lo mejor para cubrir sus necesidades. Cierto es que él hubiese preferido tener hermanos, la mayoría de los chicos que conocía los tenían, pero como decía su padre; así no tendría que pelear con nadie para compartir sus cosas, todo era para él.

1957 fue un año complicado para la minería. Las condiciones laborales de los mineros en Asturias eran de precariedad, como lo eran para el resto de sectores obreros. La modernización de las explotaciones no estaba a la altura de las circunstancias. Los accidentes se cobraban numerosas víctimas en aquellos años. Las remuneraciones percibidas por el trabajo estaban muy lejos de estar acordes al sacrificio realizado por los mineros. Aquel año se produjo la primera huelga importante desde el final de la Guerra Civil. Esto enturbió el panorama laboral y la vida cotidiana en las cuencas mineras. Aunque las reivindicaciones eran económicas y por mejoras laborales, los trasfondos políticos y sindicales flotaban en el ambiente. Eso no podía ser permitido por un gobierno dictatorial.

Juan procuró en todo momento estar al margen de cualquier conflicto. Su padre, que había vivido la guerra, siempre había dicho "de héroes está lleno el cementerio". Él, solo aspiraba a poder mantener a su familia del mejor modo posible. Era una persona tranquila y familiar, poco amigo de las tertulias y los chigres. Después de un tiempo trabajando en distintas labores dentro de la mina, pasó a ser picador. Aquello requería un gran sacrificio por su parte. Era la forma de ganar un dinero con el que poder vivir decentemente, sobre todo si se trabajaba a destajo. Alguna vez le habían tentado con algún puesto como sindicalista, él rehusó siempre ese tipo de cuestiones. En aquellos tiempos el único sindicato posible y legal era el sindicato vertical, de afiliación obligatoria, establecido por ley estatal y funcionando desde 1940. Pertenecer a su organigrama era una cuestión comprometida. Por una parte la situación política controlaba y marcaba los caminos. En general no era buena idea "sacar los pies fuera del tiesto" contra los empresarios. Y por otra parte, los sectores obreros más combativos solían considerar a los enlaces sindicales unos "vendidos" a favor de la empresa. Juan pensaba que nada podía ser peor que ser una cabeza visible entre dos partes y no contentar a ninguna.

La situación aquel año había empeorado considerablemente. El descontento entre los mineros estaba propiciando un clima conflictivo. Los sectores más radicales esperaban aprovechar las protestas para minar los cimientos del Estado. Por su parte los estamentos del poder agudizaban sus sentidos para no permitir ningún tipo de subversión.

Una mañana, cuando Juan salía de la jaula hacia la galería que le llevaba al "puntu", Mario, el vigilante minero que dirigía su sección, le llamó aparte para pedirle un favor.

— Más tarde, a la hora del bocadillo, escucha bien si alguien nombra a alguno de estos.

Disimuladamente, introdujo un papel en el bolsillo de Juan y se fue sin más.

Cuando tuvo un momento, dirigió la luz de la lámpara hacia el papel. Los nombres allí escritos no le sonaban de nada, volvió a introducirlos en el bolsillo y continuó hacia el tajo. Durante toda la jornada nadie mencionó a ninguna de aquellas personas. De regreso a la casa de baños tras la dura jornada, Juan le preguntó con discreción a su amigo Luis si aquellos dos nombres le decían algo.

— ¿Por qué lo quieres saber? — respondió con expresión de cierta sorpresa su compañero.

— Solo es curiosidad — dijo Juan restándole importancia.

¡Sí! a uno de ellos le conozco, trabaja en el turno de noche.

Tras una pausa, fue Luis el que preguntó.

— Si no los conoces, ¿qué interés tienes en ellos? ¿Como sabes sus nombres y apellidos?

— Estaban escritos en un papel que encontré en el suelo —respondió mientras vestía su chaqueta.

— ¿Tienes el papel?

— ¡No!, lo tiré, para qué lo voy a tener.

Salieron juntos del edificio. Ahora era Luis quien parecía tener mayor interés en el asunto.

— ¿Ese papel tenía algo más escrito?

— No.... ¿Qué querías que trajera?

— No lo sé, algo más.

Se despidieron. Durante el regreso a casa, Juan fue preguntándose por qué el vigilante tenía tanto interés en saber si alguien nombraba a aquellos dos tipos.

Al día siguiente, Mario, el vigilante, se acercó a Juan y le interrogó con discreción.

— ¿Has oído algo?

— No ¿Qué tendría que haber oído?

— La gente anda revuelta. En otros pozos la amenaza de huelga está revoloteando el ambiente y no nos gustaría tener problemas—. Y continuó— el capataz sospecha que estos dos pueden ser de los que están moviendo el cotarro por aquí. Cree que tú eres una persona de fiar y nos puedes informar. Confío en tu discreción.

Se fue dejando a Juan con un sentimiento de preocupación. La situación estaba efectivamente volviéndose difícil. El capataz le había avalado cuando consiguió el puesto de picador y ahora parecía querer cobrarse el favor. Juan regresó a casa aquel día pero no comentó nada a su esposa, no quería preocupar a su familia.

En los días siguientes las cosas empeoraron. Las condiciones de trabajo eran muy difíciles en aquel tiempo. Algunos entierros de trabajadores muertos en accidente, servían como asambleas reivindicatorias que prendían la mecha en la conciencia de los más revolucionarios.

Finalmente la huelga estalló. Los paros corrieron como la pólvora de una explotación minera a otra. El primer día de huelga, en el pozo donde él trabajaba se realizó una asamblea para secundar el paro. Muchos devolvieron la lámpara y decidieron no entrar. Mario, intentó convencer a algunos como a Juan para que depusieran su actitud. Aun había mucha división entre los hombres, el miedo a las represalias, los perjuicios económicos, las presiones de las dos partes.... Aquel primer día, Juan entró. Al acabar la jornada se encontró delante de su taquilla un puñado de maíz. Estaba claro que a los esquiroles los tenían por unos gallinas.

A la madrugada siguiente, cuando se disponía a arrancar su Vespa para dirigirse al trabajo, alguien le llamó desde un rincón del callejón que había tras su casa. Era su compañero Luis, estaba acompañado por otro tipo. Los dos se resguardaban en una zona poco iluminada, así que se acercó hasta donde estaban.

— ¿Qué hacéis aquí?

— ¿Conoces a Hidalgo?— respondió Luis con otra pregunta.

— Solo de vista.

— Mira Juan, Hidalgo está bien informado, las cosas se están poniendo difíciles. ¿Recuerdas los nombres de los que me hablaste escritos en un papel?

— ¡Sí!

— Fueron detenidos anoche.

Tras un tenso silencio, Luis continuó — Hidalgo quiere preguntarte si alguien más vino a hablar contigo sobre ellos.

— ¡No!, ¡Claro que no! Yo a ésos ni les conozco.

— ¡Joder!, ten cuidado, nadie se puede fiar de nadie, está lleno de chivatos… ¡Ah! si la mayoría para, tú también lo deberías hacer.

Juan se quedó viendo como los dos mineros se alejaban en sus bicicletas. Luego subió sobre su moto y se fue hacia la mina preocupado de lo que se encontraría allí.

Los días siguientes fueron tensos. Algunos hombres tenían miedo de secundar los paros. Otros muchos querían llevar las cosas hasta el final. La Guardia Civil tomó los pozos. Empezaron las detenciones, las revueltas y los problemas.

La huelga estaba cogiendo una notable fuerza. Comenzaron los hostigamientos policiales. La vida en los valles mineros asturianos se vio totalmente alterada. La repercusión del carbón tenía una importante incidencia sobre toda la economía de la región. La siderurgia podía comenzar a tener problemas de abastecimiento. Los puertos del Musel o San Esteban de Pravia también notaban las consecuencias. Juan intentaba involucrarse lo menos posible en todo. Según Luis, era una actitud cobarde pero él lo tenía claro; no había nacido para héroe.

Era medio día y los mineros se arremolinaban entorno a los edificios de entrada al pozu. La guardia civil vigilaba los aledaños de la mina. Decidió volver a su casa. Estaba preparado para irse en la moto cuando Hidalgo se le acercó y le pidió si podía llevarle hasta Sama. Juan no sentía una especial simpatía por aquel individuo pero accedió. Al llegar a Sama de Langreo, Hidalgo le invitó a tomar una pinta antes de que se fuera. En principio rehusó pero ante la insistencia decidió aceptar la invitación. Entraron en un chigre, se dirigieron a la barra y pidieron dos vinos. Un grupo de hombres sentados en torno a una mesa parecían discutir. Uno de ellos se levantó y dio un puñetazo sobre el mármol mientras decía.

¡Mecagoen dios!, si creen esos hijos de puta que voy a seguir bajando a jugarme el pellejo, con una bomba de grisú bajo mis pies, sin ninguna garantía de seguridad y por una miseria de sueldo, lo tienen claro.
Algunos corearon sus palabras. Mientras los parroquianos del bar discutían, Hidalgo se llevó a una mesa del rincón a Juan y le dijo:

— La gente está muy quemada, si no estamos todos unidos no conseguiremos nada ¿entiendes?

— ¿Y qué quieres de mí?— dijo Juan mirando a los ojos de su interlocutor.

— Tú tienes una buena relación con ese lameculos de Mario, espero que no le cuentes nada de lo que se habla en los corrillos de los compañeros.

— ¿Qué le voy a contar?

— Lo que sea que pueda comprometer a cualquiera de nosotros, él se debe al capataz, y éste informa a la policía de todos nuestros movimientos.

— ¿Crees que soy un chivato?

— Luis dice que eres un tipo de fiar, espero que lo demuestres.
Juan se levantó, hizo ademán de sacar unas monedas pero Hidalgo retuvo su mano.

— Esto corre de mi cuenta.

Salieron a la calle. Cada uno tomó una dirección. Juan arrancó su moto y se dirigió a su casa. En el camino se cruzó con algunos vehículos policiales que se dirigían hacia los pozos. Malos tiempos para ser pobre, pensó.

Para Manuel, los acontecimientos no habían cambiado excesivamente su vida. En su casa, sus padres no hablaban mucho sobre la huelga, al menos en su presencia. Su madre decía que había que apretarse el cinturón pues el dinero no entraba en casa. Por el contrario, su padre le tranquilizaba diciendo que pronto llegarían buenos tiempos. En el colegio, solo los alumnos cuyos padres eran mineros parecían saber que afuera estuviera ocurriendo un conflicto. El hijo de un comerciante compañero de clase, decía que la culpa la tenían "los rojos". Según había oído, estaban detrás de todo lo malo que pasaba. Poco a poco los mineros declinaron en sus protestas y todo pareció volver a la calma, pero la herida no estaba ni mucho menos cicatrizada.

El año 1957, el C.P. la Felguera, descendió a la tercera división después de unos años codeándose en la división de plata del futbol español. Manuel, no por ello mermó su afición hacia aquellos colores. Una tarde de aquel otoño, el Circulo P. de la Felguera se enfrentaba al Racin de Sama. Durante algunos años habían permanecido en categorías diferentes, por fin volvían los enfrentamientos y la rivalidad, como era de suponer entre dos vecinos.

El partido respondió a lo esperado, con notable pugna no solo en el césped, también en la grada. Manuel acudía al campo con su amigo de clase Jiménez. Solían situarse en la zona donde los hinchas más ruidosos vivían el partido. Al finalizar el encuentro, dos grupos de jóvenes, calientes por la tensión del partido, tuvieron un pequeño rifirafe que no llegó a mayores por la presencia de la Guardia Civil. Habría pasado media hora desde el final del encuentro. Manu y Jiménez caminaban por la calle junto a otros dos muchachos mayores que portaban una pequeña bandera del Felguera. Al doblar la esquina se dieron de bruces con un grupo de seguidores del Racin. Aquella panda, decidió que las rencillas del campo bien podían continuar en la calle y se dirigieron hacia los cuatro en actitud provocadora. Manuel los miró con recelo. Él solo quería volver hacia su casa y aquellos jóvenes les cortaban el paso. Fue entonces, justo antes de que sus compañeros salieran en desbandada, cuando se fijó en uno de ellos. Había pasado el tiempo pero sus facciones eran muy reconocibles. Se trataba de Pablo Ruiz, su "enemigo" de la infancia. Este, también pareció reconocer a Manuel y le nombró en tono amenazante.

— ¡Hombre, mira quien está aquí! Si es la pequeña rata de Manuel.

En ese momento, los acompañantes de Pablo se abalanzaron hacia ellos. Manu salió corriendo como el resto de los muchachos. Al llegar el final de la calle la precipitación le hizo tomar otra dirección distinta a sus compañeros de huida. Se consoló pensando que en solitario le sería más fácil despistarles. Un viejo furgón aparcado junto a una tapia sirvió como improvisado escondite. Esperó unos segundos antes de salir sigilosamente. Parecía que nadie le había seguido. Se dispuso a volver sobre sus pasos para dirigirse hacia su domicilio y lo hizo con paso inseguro. Había avanzado unos cien metros cuando la voz de Pablo sonó a sus espaldas.

— ¡Tío! ¡No creas que te vas a librar tan fácil de mí!

Manuel giró la cabeza. En la esquina estaba Pablo y parecía tener ganas de saldar viejas cuentas. Aquello ya no tenía nada que ver con el fútbol. Es posible que esa fuese la excusa inicial, pero ahora pasaba a ser cosa solamente de los dos. Mientras retrocedía caminando de espaldas comprobó, que a pesar de que Pablo no tendría más de quince o dieciséis años, se había convertido en un muchachote corpulento con el que estaba en evidente desventaja física. No había duda, lo mejor era correr por si acaso las palabras no servían para aquella situación. Dio media vuelta y salió pitando. Sus piernas se movían ligeras, pero su perseguidor también era veloz. Tras varios minutos de huida, se percató de que estaba saliendo de la zona urbana. Había llegado a un terreno más solitario donde no encontraría la ayuda de nadie. Decidió saltar el muro que corría en paralelo a la carretera. Al otro lado estaban las vías del tren. Sus piernas se arañaron con la maleza y las ortigas que crecían pegadas a la tapia. A lo lejos estaba la estación, miró nuevamente hacia atrás. Pablo estaba saltando con cierta dificultad el muro, tenía que conseguir distanciarlo. Pensó que seguir corriendo por la vía sería peligroso. Frente a él, en una vía muerta, había estacionado un largo tren de mercancías. Decidió que lo mejor era pasar al otro lado y huir por la ladera de la montaña. El convoy era demasiado largo para rodearlo. Buscó la manera de pasar entre los vagones. Estaba indeciso, su corazón palpitaba deprisa, como si quisiera salir por su boca. De pronto, escuchó el jadeo de Pablo demasiado cerca. No lo pensó más, se lanzó al suelo y arrastras sobre las vías pasó al otro lado, bajo los enganches de dos vagones. Una vez en la otra parte se incorporó. Su ropa estaba sucia e impregnada de hollín. Sangraba por las rodillas al restregarse contra las piedras y su chaqueta había perdido un botón. Nada importaba, debía seguir adelante. Su perseguidor le gritó algo pero él no le escuchó, solo siguió corriendo. Buscaba un lugar propicio para salir de allí. En aquella parte de la vía la maleza crecía sin control. Paró un momento a coger aliento. Al volverse comprobó que ya nadie le seguía. Le pareció escuchar la voz de Pablo a lo lejos pero no estaba seguro. No debía confiarse, quizás había decidido dar la vuelta alrededor del tren y en cualquier momento aparecería frente a él. Agudizó el oído, la luz empezaba a escasear demasiado. La noche acechaba y aquel lugar desprotegido de luz eléctrica se convertiría en peligroso. Aguantó unos minutos, no sabía qué decisión tomar ni hacia dónde dirigir sus pasos.

Con el alma en vilo comenzó a retroceder lentamente. Quizás lo mejor era ir en dirección hacia la estación, antes de que la oscuridad hiciese muy difícil caminar por la orilla de la vía, pero, ¿y Pablo? ¿Estaría acechándole en alguna parte?, no podía haberse esfumado por arte de magia. De pronto se quedó clavado escrutando con la mirada su entorno. Se escuchaba una especie de gemido o de llanto que salía de algún lugar del tren. Sentía temor   pero la curiosidad podía más y le arrastraba. Lentamente reinició la marcha. Caminaba sigilosamente y entonces pudo oír con claridad la voz quejumbrosa;

— ¡Manuel!… ¿estás ahí?

Manuel no contestó, simplemente guardó silencio sin saber qué hacer.

— ¡Por favor, ayúdame!

Quizás fuese una trampa, pensó, pero… su voz no parecía normal. Despacio, se fue acercando mientras los quejidos de Pablo continuaban. Al llegar, se encontró a su perseguidor entre los dos vagones por donde él había pasado a rastras unos minutos antes.

Pablo había intentado pasar. Al contrario que Manuel, en lugar de arrastrarse por las vías, había decidido subir por encima de los topes que une un vagón con otro. En su precipitación, su pie se deslizó enredándose en el enganche. Fue a caer sobre la vía y su pierna quedó atrapada. Tenía la cara, los brazos y parte del torso superior apoyada en el suelo pero el resto del cuerpo estaba suspendido en el aire colgado del vagón.

— ¡Por favor ayúdame a salir!— suplicaba con insistencia.

El pie de Pablo estaba enganchado en una especie de eslabón de hierro. Por una rotura del pantalón, se podía ver que la pierna se había deformado al romperse. Recordó que en realidad, quien ahora le pedía ayuda hasta hacía poco le estaba persiguiendo. Durante unos instantes dudó que hacer, estaba absorto mirando incrédulo la escena. Por fin reaccionó.

— Iré a buscar ayuda — dijo mientras se alejaba apresurando el paso.

La voz de Pablo se escuchaba cada vez más lejana pidiéndole que no le abandonase. A lo lejos, las débiles farolas de los aledaños de la estación ya habían encendido sus amarillentas luces. Miró nuevamente atrás, visto el tren desde aquella perspectiva, no se veía ni rastro de Pablo. Estaba oculto entre dos de los vagones del mercancías. Si el tren partía, le arrollaría irremediablemente y nadie se percataría de ello. Pese a que la luz comenzaba a escasear, distinguió a un guardagujas que caminaba por las vías. Le llamó mientras corría en su dirección. El hombre se paró y observó con el ceño fruncido la llegada del muchacho. Manuel se acercó hasta él jadeando y dijo con el aliento entrecortado:

— Hay un chico… atrapado entre los vagones…—Tomó aliento y continuó —¡Venga, tiene que ayudarle!

— Pero, ¿qué coño estás diciendo guaje?

— ¡Pida ayuda! por favor—replicó impaciente.

El guardagujas caminó con cierto recelo hacia el tren seguido por Manuel. Llegaron al lugar. En efecto allí estaba el muchacho, atrapado, sollozando, en una posición rocambolesca. Tenía la pierna enganchada en un estribo.

— ¡Jodidos críos! — miró hacia Manu y le indicó— espera aquí, vuelvo en seguida.

Mientras veía al hombre alejarse, escuchaba a Pablo llorar. Ahora no parecía tan valiente ni tan fiero.

— ¿Por qué me perseguías?, siempre has estado en mi contra.

— No quería hacerte nada, solo era para asustarte — balbuceaba Pablo entre sollozos.

Una vibración interrumpió la conversación, era como si el tren se fuese a poner en marcha. El pitido de una maquina provocó un escalofrió en Manuel. Si aquello arrancaba, Pablo no tendría salvación. Contuvieron el aliento, por fortuna el sonido y la vibración era producido por otro convoy que pasó veloz por la vía que discurría paralela al otro lado y ambos muchachos respiraron aliviados.

Habían pasado unos quince minutos, aunque a ellos les pareció una eternidad, cuando varios hombres con linternas se acercaron. Traían alguna herramienta y una lona que usaron de camilla. Manu, se sintió aliviado al comprobar que Pablo era rescatado entre gritos de dolor. Cuando llegaron a la estación, alguien le sugirió que la Guardia Civil le interrogaría sobre los hechos. No estaba dispuesto a meterse en líos, así que aprovechó un descuido para escabullirse y regresar a su casa.

Su madre estaba realmente cabreada cuando apareció. Pero al verle, el enfado y la preocupación por la tardanza se fueron tornando en alivio. Llegaba sucio y desaliñado, pero no pudo sonsacarle mucho a su hijo sobre lo ocurrido. Tan solo el evasivo y endeble argumento de que se había entretenido con unos amigos y al regresar corriendo sufrió una caída. Ni siquiera a Jiménez le contó nada cuando le vio al día siguiente. Lo mejor era guardar en el olvido lo sucedido.

Cuatro semanas después, Manuel salía del colegio enfrascado en sus pensamientos. Alzó la vista del suelo para cruzar la calle y entonces vio a Pablo. Estaba apoyado en la esquina. Una escayola cubría su pierna y las marcas de una herida eran visibles sobre su frente. Llevaba una bolsa de papel en la mano, que a su vez sujetaba una de las muletas en las que se apoyaba. Durante unos segundos dudó entre seguir o dar media vuelta. Pablo le hizo un gesto para que se acercase y él lo hizo, no muy convencido, pero se acercó.

— Quiero darte algo— dijo, en tono amistoso.

Manuel le miró con cierta desconfianza.

— ¡Toma, es para ti! — volvió a decir mientras le invitaba a coger la bolsa.

Miró dentro, había un balón y parecía nuevo. Realmente no entendía nada. De pronto, la persona a la que menos deseaba encontrar aparecía para hacerle un extraño regalo.

— ¿Para mí...? ¿Por qué?

— Quiero agradecer tu ayuda, sin ti, no sé que habría sido de mí.

No salía de su asombro, era la primera vez que aquel grandullón le trataba con amabilidad, hasta parecía una buena persona.

— Creía que me odiarías por lo que te ocurrió.

— No, tú no tuviste la culpa, yo era el que te perseguía. En la estación me dijeron que si tú no los avisas, el tren habría partido de madrugada y poco hubiese quedado de mí.

— ¿Y por qué me das un balón?

— Una vez hace mucho, perdiste uno por mi culpa ¿recuerdas?—. Hizo una pequeña pausa y continuó —. Me gustaría recompensártelo en agradecimiento.

No sabía qué responder, era como si le hubiesen robado las palabras. Pablo forzó una sonrisa antes de dar media vuelta y alejarse con paso dificultoso. Manuel, permaneció inmóvil y desconcertado. Unos metros más adelante, Pablo aun se giró para decirle:

— ¡Ah! El Racin de Sama siempre será mejor que el Círculo.

Luego desapareció definitivamente. Nunca más le volvería a ver. La vida da giros inesperados y los caminos se cruzan y se separan manejados por los caprichos del azar.

CAPÍTULO 6

El año 1958 avanzaba consumiendo sus días. Tiempos de tensa calma para los mineros. Mientras Juan regresaba a su casa, dentro de su cabeza brotaban ideas poco tranquilizadoras. Había sido destinado a una nueva galería. Las condiciones de trabajo eran más duras en aquellas posiciones. La madre tierra se resistía a entregar el mineral de sus entrañas. Había peligro de filtración de agua y cuando llegaba al taller (así se denominaba el puesto de trabajo donde los picadores ejercían su trabajo), las condiciones eran duras y peligrosas para extraer aquella veta. Lo que más le desconcertaba era la actitud de algunos compañeros. Su amigo Luis le había hablado en un par de ocasiones de una emisora que Hidalgo le había recomendado, "Radio Pirenaica". En ella se decía que los trabajadores debían estar unidos. Pronto el régimen de Franco caería si el pueblo unido se sublevaba. Para Juan aquello era un auténtico tabú. Un humilde minero como él, lo que menos necesitaba eran revoluciones y monsergas que le complicasen la vida, de por sí ya bastante jodida.

Regresaba de Tuilla en donde había visitado a un viejo amigo. El hombre pasaba momentos difíciles a causa de una enfermedad. Decidió parar en una pequeña tasca cerca de su casa. No era muy amigo de chigres ni tabernas, pero aquel sitio le era familiar. Siempre podía encontrar algún conocido con quien echar un trago. Entró, el local no estaba muy concurrido a aquellas horas. Pasó hasta el final de la barra y pidió una botella de sidra y un vaso para escanciar. Bebió un largo culín mientras miraba las viejas fotos de la pared, amarillentas por el paso del tiempo. Se encontraba absorto en dicha contemplación, cuando una mano sobre su hombro le devolvió a la realidad.

— ¿Como va esa vida?

Ante él se encontraba Alberto. Era su vecino, un hombre de escasa estatura y oronda figura, amigo de los chismorreos. Juan contestó sin mucho entusiasmo.

— Supongo que ni bien ni mal, sino todo lo contrario.

— ¿Sabes lo del "pozu María Luisa"?

— ¿Qué es lo que debería saber?

— Algunos mineros se han encerrado allí en protesta por los despidos de varios compañeros.

— ¿Como te has enterado?

— ¿No recuerdas que mi cuñado vive muy cerca de la mina? En Ciaño hoy era el comentario general. – Afirmó con la rotundidad de quien está bien informado.

Juan se frotó la mejilla con gesto pensativo. Estaba seguro de que los problemas andaban al acecho y esto lo venía a confirmar.

Como un reguero de pólvora, la huelga se extendió. El pozo Santa Eulalia, El Fondón, las minas de la cuenca del Caudal…. Pronto más de 15.000 mineros habían parado. Para muchos de aquellos trabajadores, los motivos eran salariales y de mejoras en las condiciones laborales. Pero en el trasfondo, bajo la capa de la clandestinidad, los movimientos políticos y sindicales pugnaban en precarias condiciones contra el régimen establecido.

Las jornadas siguientes no fueron fáciles para los mineros huelguistas, en un tiempo en el que las familias vivían al día con unos salarios precarios. En cuanto los jornales y los ingresos económicos desaparecían, el endeudamiento y la necesidad afloraban con todo su rigor.

Manuel veía con preocupación la situación familiar y juraba para sus adentros que él algún día se iría de allí en busca de una vida mejor. Observaba a su padre más taciturno e irascible que de costumbre. Pese a todo, por el momento no les faltaba para comer. Además en su casa no se necesitaba tanto como en otras. En la mayoría de las familias eran más numerosas las bocas que había que alimentar.

En el cuarto día de paros generalizados, Hilario, el guaje ayudante minero que Juan tenía, se presentó en su casa al final de la tarde.

— Perdona que te moleste. Luis me pide que vayas hasta el bar "El Puente", que necesita hablar contigo.

— ¿Por qué no vino él hasta aquí?

— No lo sé, solo te puedo decir lo que él me dijo.

Luis, su mejor amigo desde hacía tiempo, se rodeaba de gente que se movía en tierra peligrosa y eso no le gustaba. Juan no quería saber nada de política ni de utopías subversivas. Puede que fuese un cobarde como alguna vez le habían acusado, pero solo deseaba vivir en paz con su familia y resignarse con su destino. Se calzó las botas, puso su chaqueta y se fue en busca de su motocicleta para acudir a la cita.

Al entrar en el bar buscó a Luis con la mirada. No le vio entre los parroquianos que en grupitos charlaba con un elevado tono de voz. Nadie le prestó especial atención, aunque conocía de vista a varios. Se acercó a la barra y pidió una pinta de vino. Unos segundos después, el viejo chigrero con su boina calada hasta las cejas se le acercó. Con un gesto le insinuó que saliese al patio por la puerta que había en un lateral del establecimiento. Echó un par de tragos, puso las monedas sobre la barra y salió tal como le habían indicado.

Su amigo le esperaba al otro lado del patio. Con una seña le indicó que le siguiese. Se adentraron en un pequeño cobertizo construido detrás de unas carboneras. Cuando Juan se introdujo, la puerta se cerró tras de sí. A la luz de una tenue bombilla se encontraban otros dos hombres además de Luis. En un principio no reconoció a ninguno, luego cayó en la cuenta de que al más alto lo había visto alguna vez con Hidalgo. Luis tragó saliva, parecía estar nervioso y titubeó al comenzar la frase.

— Mira... ya sé que quieres estar al margen pero... te necesitamos.

— ¿A mí?... ¿Para qué?

— Tienes que ir con tu moto a llevar unos papeles, un compañero los espera cerca de Pola de Laviana.

— ¿Y por qué no los podéis llevar vosotros?— respondió en actitud defensiva.

— Se necesita un vehículo para llegar hasta allí y a alguien a quien no conozcan ni controlen.

— ¿Para quién tengo que ser un desconocido?

El hombre más alto interrumpió la conversación entre los dos amigos para exponer.

— No tenemos tiempo que perder. — Y señalando una especie de grueso sobre de papel, continuó.— Esto tiene que llegar, así que ¿Vas a colaborar o no?

Juan lanzó una mirada de reproche a Luis. ¿Por qué le metía siempre en líos? Pensó para sus adentros.

— ¿Qué es lo que queréis que lleve y a quién?

— Es mejor que no lo sepas, mientras menos conozcas del tema mejor para ti—. Terció el otro individuo.

— ¡Eh! , creo que no debería estar aquí.

Juan giró el cuerpo y se dirigió hacia la salida dispuesto a regresar a su casa. Entonces Luis le sujetó el brazo antes de que girase la manilla de la puerta y le dijo:

— Escucha, solo son unas hojas con un texto para que impriman las octavillas que apoyan la lucha. Hidalgo las iba a llevar pero hace varias horas que nadie sabe de él. Creemos que le han detenido. No se puede fiar nadie de nadie, seguro que hay chivatos infiltrados que informan a la policía de cualquier movimiento sospechoso.

— ¿Y queréis que yo me la juegue? — respondió Juan con incredulidad.

— Tú no corres ningún peligro, nadie te relaciona con nada de esto— insistió Luis.

— ¡No! Nadie me relaciona y espero que así sea por mucho tiempo.— hizo una pausa y añadió.— Yo también sufro las consecuencias de esta situación.

Salió, atravesó el patio sin mirar atrás. Cruzó entre las mesas del bar y llegó a la calle. La noche había caído por completo. Subió sobre la moto y enfiló la carretera de vuelta a casa. Hacía una noche desapacible. Una densa neblina envolvía en un halo borroso las amarillentas bombillas que colgaban de los postes al lado de la carretera. Dejó a un lado los talleres de la Duro Felguera. Como fantasmas entre la niebla, surgían las altas chimeneas iluminadas por los reflejos del fuego que fundía el hierro y el acero.

Por fin llegó a su casa. Sentía el mismo alivio que un náufrago al llegar a tierra. Él también participaba en la huelga, también creía en sus derechos, pero… enfrentarse a los patrones y a los poderes públicos a la vez le parecía temerario. Ellos tenían la ley y el poder de su parte. Procuró evitar hablar del tema con su familia durante la cena. Luego, cuando su hijo se retiró a su cuarto, puso la radio buscando algún comentario sobre la situación. Las noticias no eran muy de fiar en ese aspecto. Tan solo algunas referencias en los informativos sobre las palabras del ministro de Franco, Camilo Alonso Vega, quien anunciaba que la situación en los conflictos de los mineros asturianos estaba ya casi controlada. (Nada más lejos de la realidad en aquel momento). Lo que si era cierto es que la preocupación del gobierno era enorme. El ministro había ordenado, que desde Madrid, agentes de la brigada social se trasladaran a Asturias para controlar la insurrección.

El reloj estaba a punto de señalar la medianoche. Unos fuertes golpes sonaron en su puerta rompiendo el silencio. Juan se estaba desvistiendo para acostarse. Durante unos segundos quedó paralizado por la sorpresa. Agudizó el oído. Los golpes volvieron a repetirse si cabe con más fuerza. Cogió el jersey que acababa de quitarse y lo vistió de nuevo mientras se encaminaba hacia la entrada de la vivienda. Antes de poder abrir una voz impaciente resonó por encima de los golpes:

—¡Abran la puerta!

Giró el pestillo y abrió. Ante sí encontró la figura de un hombre con gafas oscuras flanqueado por dos guardias. Apenas le dio tiempo a preguntar qué querían. El desconocido le preguntó si la Vespa que estaba aparcada bajo el pequeño cobertizo que había enfrente de la casa era suya. Juan titubeo un momento y luego asintió.

— ¡Acompáñenos!

Su esposa y su hijo Manuel que habían despertado sobresaltados, observaron impotentes como los guardias se lo llevaban sin poder hacer nada para evitarlo. Juan no opuso resistencia. Estaba tan sorprendido que no fue capaz ni de articular palabras de protesta. Mientras, un guardia le asía por el brazo y le empujaba escaleras abajo.

La calle estaba desierta. Al salir del portal observó un leve movimiento de cortinas tras la ventana de su vecino Alberto. En la vivienda no había luz y no le pudo ver, pero era de suponer que lo observaba todo.

Estaba claro que un cotilleo así no se lo podía perder. Seguramente mañana la noticia de su detención habría corrido como la pólvora.

Le subieron a un furgón policial y le trasladaron hasta un cuartel. Estaba tan aturdido que no podía precisar dónde se encontraba. Le introdujeron en un pequeño cuarto. Una silla era todo el mobiliario de la estancia. Se sentó, tenía las manos esposadas y las piernas le flaqueaban. Un ligero temblor delataba su nerviosismo. El hombre de las gafas oscuras penetró en el cuarto secundado por un guardia civil. Le interrogó mientras paseaba a su alrededor. En un principio las preguntas giraban en torno al motivo de su estancia la tarde anterior en el bar el Puente, y la relación que tenía con Luis y los otros tipos que allí estaban. Juan alegó que hasta aquel lugar le llevó solamente la casualidad, que algunas veces paraba allí cuando salía del trabajo. Otros compañeros también lo hacían. De Luis solo podía contar que eran amigos y compañeros en la mina. Cuando se encontraron allí, éste le preguntó si podía llevarle hasta Pola de Laviana. Finalmente no lo hizo porque su moto tenía problemas para llevar a dos personas con garantías. Luego la conversación tomó otros derroteros más amenazantes. En alguna ocasión el inquisidor le agarró por el cuello haciéndole difícil poder respirar. Afortunadamente no usó una violencia desmedida. Se sucedieron las preguntas sobre qué sabía de una imprenta clandestina o si conocía a alguien relacionado con el ilegal Partido Comunista. Juan solo podía alegar un desconocimiento total sobre aquellas cuestiones. Esa era la verdad por más que le amenazasen y presionasen. Para su alivio, decidieron darle una tregua. El mal encarado hombre de las gafas negras, llamó al sargento y le indicó que lo llevaran al calabozo. Por la mañana sería trasladado a Oviedo, donde "ya será más explícito".

Al salir al pasillo que le llevaba hacia la celda, se cruzó con un hombre. Éste caminaba a duras penas, arrastrado por dos guardias que le escoltaban asiéndole de sus brazos. El reo levantó la vista y miró a Juan, era Hidalgo. Su rostro aun ensangrentado mostraba evidentes señales de violencia. Una expresión de abatimiento y dolor se reflejaba en su cara. Pasó a su lado impasible, con la mirada ausente, sin hacer el mínimo gesto o mueca que delatase que ambos se conocían. Juan entró en el calabozo con el corazón encogido. Había otros dos hombres allí encerrados. Los tres se miraron en silencio durante un tiempo, después uno de ellos se le acercó, se sentó a su lado en el desvencijado banco, y le dijo:

—Creo que te conozco, eres compañero del "Moro"—. Así es como algunos llamaban a Luis por sus facciones y su tez morena.

Apenas le miró, pero asintió con un parco monosílabo.

— ¿Cuándo te han detenido?— volvió a preguntar.

— Hace un par de horas, me sacaron de mi casa y aun no sé por qué.

— No importa si has hecho algo o no, ellos se curan en salud, no se fían ni de Dios. Probablemente cuando amanezca, se encargarán de nosotros los de la brigada político social. ¿Has oído algo sobre los hombres que la dirigen?

Juan negó con la cabeza.

— En especial hay un comisario, creo que vino de Zamora— continuó — Un hombre implacable, un auténtico hijo de...— no terminó la frase al notar la presencia de un guardia que se acercaba.

Luego, mientras se pasaba la mano por la frente puntualizó abatido:

— ¿Qué será de nosotros?

Juan no pudo conciliar el sueño durante las horas posteriores, daban vueltas en su cabeza las más absurdas e inquietantes conjeturas sobre el devenir de la situación. La ronca voz de un guardia llamándole por su nombre y apellido le devolvió a la realidad. Se abrió la reja metálica. A empujones, fue conducido al mismo cuarto en el que había estado a su llegada. Después de una incierta espera, un guardia civil con galones penetró en la habitación. A éste le seguía Mario, el vigilante que había sido su inmediato superior durante mucho tiempo en la mina. El suboficial de policía situó su cara frente a la de Juan y clavando su mirada sobre él le dijo:

—Este hombre responde por ti. — Señalando a Mario— pero ándate con ojo, no te equivoques sobre el camino a seguir.

Luego se apartó para que Mario hablase:

— ¿Pero qué coño hacías la pasada tarde allí con aquella gente?

— Ya les he dicho que fui allí por casualidad, yo no conocía a nadie más que a Luis.— hizo una breve pausa y continuó. — Tú sabes que somos amigos desde hace mucho tiempo, no creo que eso sea un delito.

— Durante el tiempo que trabajaste bajo mi responsabilidad, siempre fuiste un tipo prudente y de fiar. Sé que no estás metido en nada, pero algunos de tus amigos si lo están. Deben de atenerse a las consecuencias. Luis y otros como él están detenidos. Hace algún tiempo que estaban vigilados—. Luego apoyando la mano sobre el hombro del desconcertado Juan concluyó diciendo—. Afortunadamente para ti, ellos también ratificaron que tú no sabes nada de sus actividades.

El guardia se le volvió a acercar y apuntilló:

— Puedes irte a tu casa, pero espero que si llega el momento nos sirvas de ayuda.

Le quitaron las esposas. Antes de salir por la puerta que le llevaba de nuevo hacia la libertad, Mario le recomendó que no hablase de los hechos con nadie y especialmente, le pidió:

— No es aconsejable que digas nada sobre mi presencia aquí. Recuerda, estás en deuda conmigo.

El aire fresco de la mañana le sentó bien. Comenzó a caminar como un autómata. Sus ideas estaban bloqueadas y no tenía ganas de pensar.

En los bolsillos encontró algunas monedas, decidió coger el autobús que unía los pueblos de la comarca langreana, para llegar a su casa.
Sin poder contener las lágrimas, su desesperada esposa se abrazó a él en cuanto le vio. Juan fue parco en palabras. Ni quería, ni sabía qué decir. Intentó tranquilizar a la mujer aunque solo lo consiguió a medias. Manuel regresó del colegio a la hora de costumbre. No quería ir a clase, pero su madre había insistido en que lo mejor era cumplir con la rutina. Fue un gran alivio encontrarse con el regreso de su padre. Aunque nadie le explicó con claridad el porqué de la detención ocurrida durante la noche anterior.
Semanas después la huelga llegó a su fin. Las medidas represivas y las condiciones difíciles para subsistir, pusieron fin a los paros. Pero el problema no cicatrizó. Apenas pasarían cuatro años cuando en la primavera de 1962, otra huelga amenazaría los cimientos del régimen. Esta vez con mucha más repercusión y que se extendería a otros territorios del estado español. Pero para que esto ocurriera, aun faltaba tiempo.
La marca de los acontecimientos quedó indeleble en el carácter de Juan y se extendió como una sombra sobre su familia. Algunos se preguntaron: ¿Por qué había sido detenido? y ¿como había salido tan rápido de su detención? La mujer de Luis, acudió a él desesperada en busca de información sobre aquella fatídica noche. Le reprochaba que él había sido puesto en libertad sin problema, mientras su marido había sido deportado a la prisión de Burgos. ¿Por qué ella no tenía derecho a ninguna explicación ni ningún contacto?
Una tarde, su hijo Manuel regresó a casa con gesto disgustado. Ante las preguntas de su madre sobre el porqué de su preocupación, le dijo:
— El hijo de Alberto, nuestro vecino, dice que mi padre es un chivato de la policía.
Juan se volvió taciturno y reservado desde ese momento, evitando a la gente. Tampoco olvidó las palabras de Mario, insinuando que le debía un favor. ¿Qué favor? Él solo quería ser un anónimo ciudadano. Mientras, Manuel observaba a su padre intentando comprender qué había tras aquella mirada abatida. Poco quedaba del hombre jovial con el que jugaba en su niñez.
Algunas veces pensamos que las desgracias van acompañadas de signos que muestran y allanan el camino al dolor. Los días lúgubres y lluviosos podrían ser un buen marco para resaltar estas desgracias. La lluvia debería llorar gruesas gotas para acompañar en los funerales, o un viento fuerte y huracanado que estremeciese las copas de los árboles, anunciando con sus canticos una próxima tragedia. Pero nada de esto ocurrió el día de la muerte de Juan. Amaneció un día radiante. El sol envió a pasear sus rayos sobre los valles de la cuenca del Nalón. Mientras en la superficie, el principio del verano mostraba

su luz más espléndida, en la oscuridad de las entrañas de la tierra, ésta se rebelaba contra la profanación de los hombres que extraían su mineral. Según un informe posterior, la filtración de una bolsa de agua provocó el derrumbe y el corrimiento de tierra. A Juan y su ayudante no les dio tiempo a ponerse a salvo. Cuando el crujido de las rocas hizo temblar la tierra, fueron aplastados, quedando sepultados en la silenciosa oscuridad que sobrevino al derrumbe. Los demás hombres de la galería consiguieron salvar sus vidas. Juan e Hilario, el guaje minero que le ayudaba con apenas dieciocho años de edad, pagaron con su vida como tantos otros, el peaje que la tierra cobraba por ser saqueada. Nadie pudo asegurar cuánto sufrimiento hubo en su agonía, seguramente fue menor que el que sufrió su esposa al recibir la noticia.

Para Manuel, el mundo pareció detenerse con aquella muerte. Las cosas parecieron perder todo su sentido. La vida se mostraba como una lotería que reparte fortuna y desgracia sin aparente sentido lógico ni equitativo. Con el paso de los años, muchas veces lamentó no haber hablado más con su padre, no haberle demostrado cuánto le importaban sus sentimientos. Los días siguientes significarían un reto que le fortalecería o le hundiría para siempre.

CAPÍTULO 7

El final de la primavera tenía una luz especial que invitaba al optimismo. Eso pensaba Eduardo mientras cruzaba el jardín de su casa. El invierno quedaba definitivamente atrás. Ya era hora de cambiar los grises días por soleadas mañanas. Cuando el verano empezaba a vislumbrarse por el horizonte y el fin del curso escolar se acercaba, una inyección de vitalidad parecía recorrer sus venas.

Penetró en la casa familiar. Del salón provenían las notas del piano que las manos de su madre extraían al instrumento. Dejó la cartera con los libros en el suelo y se acercó. Sin dejar de tocar, Isabella miró de reojo a su hijo y le dedicó una sonrisa de complicidad. Eduardo sabía que aquello era una invitación en toda regla a participar. Se hizo hueco en el pequeño banco donde su madre estaba. Aguardó unos instantes, contando mentalmente los compases y se incorporó a ejecutar la pieza a dúo. Deslizó sus manos sobre las octavas más agudas del teclado, en perfecta sincronía con su madre. Al terminar, ambos chocaron sus palmas y rieron.

— Si tú quieres, llegarás a ser un gran pianista — Afirmó la mujer, mirándole complacida.

— No opina eso mismo papá — respondió, mientras recogía los libros del suelo y salía de la habitación.

Tenía razón Eduardo. Alfredo Rivera, esperaba que sus hijos se realizaran en la vida como hombres prácticos y triunfadores. La música o el arte en general estaban bien para sus hermanas. Sus hijos varones debían de triunfar como hombres de negocios, manteniendo o aumentando la reputación de la familia.

Su primogénito era el hijo perfecto. Con sus estudios de ingeniería recién terminados, se había trasladado a los Estados Unidos. Allí completaría su formación empresarial en una importante universidad, a la par que mejoraría sus conocimientos de inglés. Edu, en cambio, era una veleta, incapaz de decidir hacia dónde orientaría su futuro. En cierta ocasión comentó a sus padres que seguramente se dedicaría a la arqueología, con el fin de trasladarse a Egipto. Había escuchado que aun existían tumbas por descubrir que poseían grandes tesoros. Sus profesores, insistían en que su rendimiento escolar era mucho menor de lo que por capacidad e inteligencia podía desarrollar. Pero para él era suficiente con aprobar. Se trataba de pasar cursos y en eso no tenía ningún problema. Desde siempre, los frailes les comentaban a sus padres la actitud un tanto contestataria y rebelde que su hijo adoptaba. En las notas de aquel mes, llegó a casa con un suspenso en religión, tras haber tenido un acalorado debate con el titular de la asignatura. Eduardo argumentaba que si Dios existía desde siempre y había sido creador de cielo y tierra, ¿dónde vivía antes de haber construido el cielo? La respuesta del viejo fraile no parecía convincente. Para todo lo que no tenía respuesta apelaba a la fe y eso era como decir: No tengo ni idea. Así pues, para él era injusto aprobar o suspender una asignatura en la cual había cosas que nadie podía demostrar.

Dejó la cartera en su habitación y ojeó el TBO que había sobre su cama. Pronto escuchó la voz de su madre llamándole a la mesa para el almuerzo. Bajó las escaleras y entró en el comedor. Su padre le dio una palmadita en el hombro. Durante la semana no solía coincidir con él en la comida del mediodía. En esta ocasión, el señor Rivera parecía animado. Hablaba sobre una huelga de mineros que parecía haber llegado a su fin y enfatizaba sobre como el gobierno debía de trabajar con mejor tino. Estos actos no debían perjudicar a una España que en 1958, luchaba por modernizarse. Eduardo pronto perdió el hilo de la conversación que mantenían sus padres y hermanas. No sabía nada sobre mineros, ni sentía ningún interés por la modernización de la que hablaba su padre. Tenía la tarde libre de colegio y quería pensar en qué emplear el tiempo.

Hasta las seis, Gorostazu no vendría por tener cita con su dentista. Tras la comida, decidió poner al día las tareas escolares en la soledad de su habitación. Eran más de las cinco y media cuando terminó. Un vaso de leche con cacao estaría bien para reponer fuerzas, pensó. Bajó hasta la cocina. Luisa, la asistenta, planchaba la ropa en el pequeño cuarto contiguo mientras escuchaba la radio. La vieja criada era como de la familia, antes de nacer él, ésta ya trabajaba para sus padres.

—¿Qué desea el señorito?— dijo en tono jocoso la mujer— ¿Necesitas ayuda?

— ¡No!. Tranquila, creo que me tomaré un whisky —. Contestó mientras sacaba la botella de leche de la nevera.

Llenó el vaso y mientras revolvía el cacao prestó atención al programa radiofónico que Luisa escuchaba. La voz grave y ceremoniosa del locutor, leía una carta dirigida a una tal señora Elena Francis. Era un relato de una mujer angustiada.

Ella y su marido habían acudido a una fiesta en una localidad de la costa. Al regresar a casa ya en la madrugada, su marido, que había bebido más de lo aconsejable, invadió el carril contrario en una curva. Fue justo en el momento en que la luz de una motocicleta surgía ante ellos. Ambos conductores maniobraron instintivamente para esquivarse. El coche zigzagueó pero logró detenerse unos metros más allá. Al mirar hacia atrás no vieron nada. Bajaron del automóvil, la carretera estaba desierta. La luna iluminaba las siluetas de los pequeños acantilados que descendían hasta el mar. El murmullo del agua al romper contra la costa, era el único sonido en la silenciosa noche. Ni rastro del motorista. Su marido insistió en que debían irse. Aseguraba que la moto ya estaría lejos del lugar. La desazón de la mujer surgió cuando dos días después, leyó en la prensa el hallazgo del cadáver de un joven motociclista. Había caído por un acantilado en extrañas circunstancias. Su conciencia no encontraba paz y pedía consejo al programa.

La voz de una mujer respondió a la carta. Le aconsejaba que lo mejor era poner en conocimiento los hechos, pues es difícil llevar la carga de un secreto como aquel y terminaba con una sentencia:

— De una u otra forma, la vida, acaba cobrando las deudas que contraemos.

Estaba absorto escuchando el programa cuando la voz de su madre anunciando que su amigo había llegado, le devolvió a la realidad. Fue al encuentro de Gorostazu y ambos salieron al jardín.

— ¿Crees que todo lo malo que hagamos, la vida nos lo hará pagar de la misma forma?

Goro le miró con extrañeza.

— ¿De qué coño hablas?

— ¿Piensas que si hacemos algo malo a alguien, tarde o temprano nos harán a nosotros lo mismo?

— ¡Eso es una tontería!— afirmó llevándose la mano a su dolorida mandíbula.

— Tontería, ¿por qué?

Gorostazu recordó la última lección de clase de historia y respondió:

— Imagínate a Atila. Fue un sanguinario que mató a miles de personas, pero a él solo le pudieron matar una vez. De todas formas, se habría muerto igual que otros muchos hombres que no mataron a nadie.

Luego, se sentó pensativo en un banco, mientras hurgaba con su lengua en el agujero donde el dentista le había arrancado la muela.

—¿Sabes? — continuó, cambiando de tema con un aire melancólico en su voz.— Cuando el curso acabe, me iré con mi familia a vivir a Bilbao, mi padre trabajará allí en un hospital.

Eduardo le miró con cara de sorpresa.

—¿Ya no nos volveremos a ver?

—Sí, espero volver durante los veranos. Mi madre dice que esta casa siempre la conservaremos.

Edu se tumbó sobre la hierba, la noticia de la próxima marcha de su amigo le entristeció. Mientras miraba como las nubes se deslizaban sobre el fondo azul del cielo, comentó:

— ¿Como seremos dentro de unos años?¿aun conservaremos nuestra amistad?

— ¡Claro!, no te vas a librar de mí tan fácilmente.

— Jajaja, ya me imagino al señor Gorostazu con un gran bigote, rodeado de sus hijos, llegando desde Bilbao para visitarme.

— ¡Oh, no! Yo nunca tendré bigote, y…. no siento ninguna necesidad de casarme.

— Resulta extraño pensar que un día, nuestras vidas puedan llegar a ser parecidas a las de nuestros padres. — Concluyó Eduardo con la vista perdida más allá de las nubes.

Ambos muchachos quedaron divagando y haciendo conjeturas sobre qué acontecimientos guardaba el destino para ellos, y sobre las personas a las que conocerían. Pero por mucho que intentaran escudriñar en el futuro, la vida acabaría siendo diferente a lo que cada uno pudo imaginar.

Julia miró a través del cristal. El cielo, de un azul transparente durante casi todo el día, se estaba cubriendo de grises nubes que avanzaban rápidas. Salió de la casa y se dirigió al corral para encerrar a los animales, pronto caería la noche. Dirigió su vista hacia el camino que llegaba desde el pueblo intentando vislumbrar la figura de su padre. No vio a nadie. Sabía que era un hombre impredecible, sobre todo cuando bebía, pero en los últimos días estaba especialmente raro. Regresó con paso cansino al interior de la vivienda. Marta estaba entretenida recortando unas mariquitas de papel que extendía sobre la mesa de la cocina.

— Tienes que ayudarme a preparar la cena — dijo dirigiéndose a su hermana menor.

Marta se hizo la remolona, pero accedió a la petición. Las dos muchachas estaban pelando patatas para el guiso cuando escucharon ruidos en el exterior. Primero fueron los ladridos excitados del perro y luego el relincho de unos caballos. Julia se acercó a la ventana. Al principio no vio a nadie. La portilla que daba acceso al patio no se veía desde la cocina. Unos segundos después, unos hombres desconocidos se plantaron ante la casa. Sintió temor de aquellos extraños y llamó a su hermana para ver si ésta los reconocía. Marta tampoco sabía quiénes eran y comenzó a intranquilizarse.

— No te preocupes, ¡espérame aquí! — y Julia salió de la casa al pequeño soportal.

Sin descender las escaleras que llevaban al patio, preguntó:

— ¿Qué están buscando?

Los dos hombres dirigieron sus miradas hacia ella. Eran dos tipos mal encarados. El mayor llevaba la cabeza rapada y unas largas patillas que le confería un aspecto fiero.
— ¡Queremos ver a Luciano! — dijo éste último.
— Mi padre no está.
— Le esperaremos— respondió el más joven arrastrando las palabras.
— ¿Qué es lo que quieren?, puede que tarde en regresar.
— ¡Bien!.No hay problema. ¿Qué tal si nos invitas a beber algo mientras esperamos? ¡Estamos sedientos! — replicó nuevamente el más joven con una sonrisa, mientras se dirigía hacia las escaleras.
Julia comenzó a retroceder con paso tembloroso.
— ¡Tienen que marcharse! Le diremos a nuestro padre cuando llegue que le están buscando.
— Eso ya lo sabe guapa, pero el muy cabrón nos está evitando.
La muchacha sentía como su corazón aceleraba el ritmo. Se giró con rapidez y abrió la puerta, introduciéndose en la casa. Los dos desconocidos se lanzaron escaleras arriba en su persecución. Antes de que pudiera cerrarla tras de sí, el más joven llegó a su altura y logró poner uno de sus pies entre la puerta y el marco, de tal forma que esta no se pudiese cerrar. Julia no tenía suficiente fuerza para bloquear la entrada. Su perseguidor introdujo uno de sus brazos con facilidad por la ranura y le agarró con fuerza sus largos cabellos. Ella se retorció de dolor permitiendo que la puerta se abriese. En ese momento, la histérica y amenazante voz de Marta llamó la atención de todos los presentes. Tenía la espalda apoyada en el viejo mueble de cocina que había frente a la entrada. Asido con fuerza por el mango, blandía un gran cuchillo que se usaba para la matanza. Todos quedaron estupefactos. Julia abrió los ojos como platos mirando incrédula a su hermana. Los dos extraños titubearon durante unos segundos sin reaccionar. El tenso silencio que a continuación se produjo fue roto por el hombre de las largas patillas. Éste puso su mano sobre el hombro de su compañero y dijo:
— ¡Vámonos!, no necesitamos más problemas.
— Pero, ¿es que nos va a acojonar una chiquilla?
— No digas estupideces, no es con ellas con quienes tenemos que arreglar cuentas.
Antes de dar media vuelta, sentenció en tono amenazador:
— ¡Dile a tu padre que volveremos!
A regañadientes, el más joven soltó a Julia. Luego ambos montaron sobre sus caballos y se fueron.
Marta soltó el cuchillo una vez la puerta se cerró. Las dos se abrazaron. Julia no sabía si estaba más asustada por el suceso en sí, o por la reacción de su hermana. Ni siquiera cenaron, habían perdido

el apetito. Permanecieron en vela hasta que su padre regresó hacia la medianoche.

Relataron lo acontecido y Luciano reaccionó jurando y maldiciendo, incrédulo de que hubiesen localizado a su familia. No les dio a sus hijas ninguna explicación de por qué le buscaban. Luego cogió una botella de coñac y se encerró en su cuarto.

A la mañana siguiente cuando las dos hermanas se levantaron, Luciano ya había abandonado la casa. Julia miró en el tarro donde su padre habitualmente le dejaba algo de dinero para la compra, pero el frasco estaba vacío. Muchas veces lo estaba. Preocupada por las cosas que estaban pasando, decidió acompañar a Marta a la escuela. Aprovecharía para ir a casa de Petra, ella le aconsejaría qué hacer.

Mientras Julia le relataba los hechos, Petra miraba con tristeza aquel frágil cuerpo. Desde que había perdido a su madre y a su abuela, la vida le había robado la infancia a aquella niña para convertirla en una adulta prematura. Decidió hablar con el cura. Para la anciana mujer éste era un buen consejero. No se atrevió a ir a la Guardia Civil. Sabe dios en que estaría metido Luciano y con el mal carácter que éste tenía... No era muy aconsejable inmiscuirse en su vida.

Dos días después ocurrió un inesperado percance. Dos vecinos del pueblo encontraron al anochecer a Luciano. Estaba tirado al borde del camino cerca de Bárzana, malherido y semiinconsciente. Le llevaron como pudieron hasta su casa a lomos de una mula y avisaron a un médico. El herido insistió en que por favor no dijeran nada a nadie. Tenía un par de costillas fracturadas y varias contusiones en el rostro y el cuerpo. Sus hijas estaban aterradas. No era difícil imaginar que aquello tenía mucho que ver con la visita que ellas habían tenido un par de tardes atrás. Por el contrario, Luciano se negaba a reconocerlo y argumentaba que todo había sido por una desgraciada caída desde su caballo.

Pocos días después, Marcelina se presentó con su marido en la casa de la Reguera. Petra la había puesto al corriente de la precaria situación en que vivían aquellas niñas, dejadas de la mano de dios, con un padre irresponsable y caótico. La buena mujer se enteró por el cura, a quien a su vez se lo había contado un tal Froilán, (una especie de barbero ambulante que recorría las aldeas, muy puesto en chismorreos y cotilleos) que Luciano, no solo alternaba de cuando en cuando en bares de mujeres de mala vida, también en los últimos tiempos, cuando disponía de dinero fresco por alguna venta, acudía a un lugar donde en partidas ilegales se jugaban importantes cantidades de dinero. Estas sospechas se confirmarían en los días que siguieron al "accidente". Honorio, el vecino con quien mayor relación tenía Luciano, le visitó. Ya tenía comprador para la finca de la pomarada que había tras la casa. La mayor parte del dinero de la venta se esfumó en pagar una deuda secreta, al igual que poco a poco se había ido esfumando el patrimonio familiar, en otro tiempo no muy lejano, próspero y abundante.

A Marcelina y a Petra, les costó convencer a Luciano de que sus hijas no podían estar allí en aquellas condiciones. Por fin lograron que Marta, que apenas contaba con once años, se fuese a vivir con Marcelina a Trubia. Julia tendría que sacrificarse y quedar al cuidado de su padre por el momento.

El día de la despedida fue muy duro para Julia. Sentía que a todas las personas a las que había querido las iba perdiendo por distintos motivos. "La soledad es un cuchillo que te atraviesa el pecho y te deja sin aliento", pensó. Sin embargo, hizo un esfuerzo por no llorar. Su hermana estaba muy afectada y ella debía mostrarse fuerte. Acababa de cumplir catorce primaveras y quería fingir que estaba preparada para afrontar las pruebas que la vida le propusiese. Desde el tosco portón de madera que guardaba la entrada, vio perderse por el camino a Marta, quien acompañada de Marcelina y su marido se fue. Era una tarde cualquiera, de un día cualquiera, cuando el verano de 1958 estaba a punto de ceder su turno al lánguido otoño.

CAPÍTULO 8

A principios del mes de septiembre del cincuenta y ocho, el automóvil en el que viajaba Manuel enfiló la carretera que partía desde el cruce de la Guía hacia la Universidad Laboral. Habían recorrido la tortuosa carretera Carbonera, con su sinfín de curvas hasta llegar a Gijón. Ahora, dejando tras de sí la ciudad, circulaban por una estrecha carretera rodeada de verdes campos que les llevaba hasta el majestuoso edificio estudiantil.

Manuel observaba con detalle el paisaje tras el cristal de la ventanilla. Al llegar, el coche penetró en el patio interior a través de un pórtico monumental que le hizo sentirse pequeño. Una vez se detuvieron, el conductor, un joven fraile, le invitó a apearse del vehículo y seguirle. Así lo hizo, recogió del asiento posterior una pequeña y descolorida maleta y le siguió. Miraba con asombro aquel conjunto de edificios que ante sus ojos parecían tener dimensiones desorbitadas. Le hacían sentirse trasladado a alguno de aquellos castillos o palacios colosales que se mostraban en algunos libros. Lo más increíble era que aquel lugar fuera a convertirse en su nueva casa a partir de entonces.

En una sala a modo de oficina, un jesuita de avanzada edad les recibió. Comprobó que el chico estaba en una lista de alumnos que habían aprobado el examen de ingreso. El joven fraile que le había trasladado hasta allí desde la Felguera, entregó varios papeles y documentos. Tras intercambiar unos breves comentarios con el anciano, el fraile se despidió de Manuel deseándole suerte en su nueva etapa. Le aconsejó que aprovechara las nuevas oportunidades que la vida ponía a su alcance.

Más tarde, tras recibir algunas indicaciones sobre las normas que regían en el lugar, fue acompañado a las habitaciones. Ascendieron hasta el segundo piso y penetraron en una amplia y alargada sala. Un pasillo central la recorría separando dos hileras de camas. En cada una de aquellas habitaciones corridas, dormían más de treinta alumnos. Cada uno disponía de un pequeño armario con una repisa a modo de mesilla de noche al lado de la cama y, lo que más le sorprendió, sobre cada cama todos tenían su propia ventana, lo que daba un aspecto luminoso a la estancia.

El compañero que se alojaba en la cama contigua apareció unos minutos después. Extendió la mano con solemnidad y se presentó como Joaquín López. También era nuevo en la Laboral y al igual que Manuel, su padre había fallecido en un accidente minero. Provenía de la provincia de León. Tan solo llevaba allí un día más, pero confesó que añoraba mucho su casa.

A la hora de la cena fueron conducidos al comedor. Formaron filas alineadas que en riguroso orden fueron entrando. Manuel iba buscando referencias por las que guiarse. Temía perderse en aquel entramado de pasillos, escaleras y puertas. El comedor era una inmensa sala repleta de mesas, con manteles a cuadros. Alguien le puntualizó que aquel no era el único comedor. Para un chico provinciano de catorce años de edad, que apenas había salido de su casa, era un mundo sobredimensionado que le hacía sentirse encogido e inseguro. Las monjas clarisas, ataviadas con sus hábitos llegaron con la cena. Ellas eran las encargadas de la intendencia y el cuidado de la comunidad de alumnos y docentes.

Le costó mucho conciliar el sueño aquella noche. Poco después del toque de silencio, la rítmica y relajada respiración de sus compañeros de cuarto le anunció que la mayoría dormían profundamente. Se levantó con sigilo y se puso a mirar tras el cristal de la ventana. Una gran luna redonda lucía en el cielo. Su luz blanquecina iluminaba los muros de piedra de los edificios que rodeaban uno de los patios interiores, al que se asomaba su ventana. Unos muros de piedra salpicados de uniformes hileras de ventanas. La edificación ofrecía un aspecto más parecido a una robusta fortaleza o alcázar militar que a un centro escolar para niños y jóvenes.

De sus ojos brotaron dos incontenidas lágrimas. Miraba al cielo imaginando que su padre le pudiese ver desde más allá de las estrellas. Se prometió a sí mismo que haría realidad los deseos de éste, animándole a estudiar y a "ser alguien en la vida"como tantas veces se lo había repetido antes de morir. Luego regresó a su cama y pensó en su madre hasta que el sueño acabó por rendirle.

Después de la muerte de Juan, la salud de la mujer se quebró, especialmente en lo psicológico. De carácter débil de por sí, entró en una profunda depresión. Apenas tenía fuerzas para cuidar de ella y de su hijo. Afortunadamente, recibió la ayuda de unos parientes, los cuales estuvieron a su lado en los primeros momentos. Un joven fraile ligado a las Juventudes Obreras, movió los hilos para que Manuel fuese admitido en la Universidad Laboral. Centro que a mediados de los años cincuenta había nacido como orfanato minero.

Manuel pronto se adaptó a su nueva vida. Su buen hacer como estudiante le facilitó las cosas. Aquella actividad constante era una buena terapia contra la nostalgia. La formación profesional y el trabajo práctico en los talleres le satisfacían, aunque pensaba que más adelante le gustaría estudiar para otras metas más elevadas. En cuanto a la convivencia en "la Uni", con chicos que provenían de lugares que a él le sonaban remotos, como Andalucía o Euskadi, le fascinaba. Las navidades llegaron, con ellas las vacaciones y la posibilidad de regresar unos días con la familia. Su madre estaba viviendo en la casa de Amelia, una prima de la rama de su familia materna. En un pequeño pueblo en la montaña, más allá de Pola de Laviana. Manuel recibió un poco de dinero para que tomase el ferrocarril que desde Gijón le llevaría hasta Langreo. Allí le irían a recoger para trasladarle a la aldea.

Su madre, que le esperaba en el andén, le estrechó con fuerza entre sus brazos. No pudo evitar que las lágrimas brotaran de sus ojos al abrazar a su hijo. Le miraba con orgullo. Allí estaba Manuel vestido con ropa de domingo. Con su chaqueta y su corbata que le hacían parecer un auténtico señorito. Luego, acompañados por Amelia, tomaron el autobús que les acercó lo más posible hasta el pueblo. Aunque para llegar a él, debieron de caminar un buen rato por un empinado camino desde el lugar donde se acababa la carretera.

Manuel se sentía feliz de volver a estar al lado de su madre, sin embargo, la monótona vida rural pronto hizo avivar su deseo de regresar a Gijón y retomar el curso escolar.

Con la luz de la mañana, Julia descubrió una fina capa de nieve cubriendo las montañas y alfombrando el camino que llevaba hasta el pueblo. Estaba radiante de felicidad. Marcelina la había invitado a pasar la Nochebuena en su casa de Trubia. Incluso había sido capaz de convencer a Luciano para que también asistiera en tan señalada fecha. Bajaron caminando hasta Bárzana, fueron dejando un reguero de huellas sobre la nieve y soportando una brisa helada, cosa que a ella apenas le importó. Estaba feliz de volver a encontrarse con Marta y Marcelina.

Tomaron el coche de línea, un ruidoso autocar metido en años. Sobre el techo, tenía acondicionado un espacio con algunos bancos de madera, donde con buen tiempo, algunos pasajeros intrépidos podían viajar. Tomó asiento junto a su padre en el interior. Un olor, mezcla de gasoil y dios sabe qué más, le revolvió el estómago. No estaba acostumbrada a viajar y recordó que la última vez, con motivo de la muerte de su madre, se mareó. Cruzó los dedos y deseó que no ocurriera lo mismo esta vez.

Aunque la nieve cubría la totalidad de las montañas, abajo en los valles apenas había cuajado y la carretera estaba completamente limpia. Por fin, su padre le indicó que se preparase ante la inminente llegada a Trubia.

El recibimiento fue emotivo. Las dos hermanas se fundieron en un interminable abrazo. Risas y lágrimas se mezclaron en un batiburrillo de emociones. Marcelina resaltó lo alta que encontraba a Julia, aunque le insinuó que una chica tan guapa como ella, tenía un tanto descuidada su imagen. Pero eso tendría fácil arreglo, añadió.

Condujo a sus invitados hasta la casa. A media tarde, tras la jornada laboral, su marido llegó para unirse a ellas. Marcelina era una anfitriona ideal. Nuevamente estaba embarazada. Su figura comenzaba a insinuar las formas redondas propias de tal estado físico. En cuanto a su carácter, continuaba siendo jovial y bonachón.

Aquella Nochebuena fue una jornada muy feliz. También hubo un resquicio por donde se coló la melancolía, trayendo el recuerdo de las personas que ya no estaban. En la mañana de Navidad, Luciano partió de vuelta a Noglés. Antes, le convencieron para que Julia se pudiese quedar unos días más.

Pese a ser una pequeña población y que en aquellos momentos la fábrica de armas ya no viviese su mayor esplendor, Trubia era muy distinta a Noglés. Aquel ambiente hacía sentirse a Julia en un mundo que ofrecía mejores perspectivas que la monótona vida de su aldea. Su hermana parecía haberse integrado plenamente en el lugar. Asistía a la escuela y ayudaba a Marcelina a cuidar de la casa y del pequeño. Así que, aunque la echaba de menos, se alegraba mucho por Marta.

Un par de días después de su llegada, se trasladaron de compras a Oviedo. La capital estaba relativamente cercana. Julia disfrutó de la visita. De los grandes almacenes llenos de bullicio en aquella época navideña. De la calle Uría con sus tiendas y sus cafés, y de aquel parque de San Francisco, que era como un trocito de bosque en medio de una ciudad. Definitivamente ella deseaba un lugar así para vivir.

En la mañana del día 31 de diciembre, todo era ajetreo para preparar aquella noche tan especial. Se trataba de enterrar 1958 y recibir a 1959 con todos los honores. Sería el último año de la década. Toda la familia Rivera se había trasladado a la capital española con motivo de la Navidad. Se alojaban en la casa de un primo de don Alfredo.

Eduardo salió aquella mañana en compañía de su madre, su tía y sus primos, para realizar algunas compras navideñas. A ellos se unió el socio de su padre, Matías y su familia. Para Eduardo aquella salida era un tema muy aburrido. Su padre tenía razón cuando decía que prefería un día en la cárcel, a una sesión de compras con una mujer. De todos modos accedió a los deseos de su madre y aceptó la propuesta. Madrid presentaba un ambiente navideño, la capital del estado intentaba contagiar a los ciudadanos del espíritu festivo. Una vez todos juntos, recorrieron las calles más céntricas de la Villa y Corte en busca de los comercios más exclusivos. Se dirigieron hacia la Plaza Mayor y su mercadillo navideño, visitaron un par de belenes artesanales, pasearon bajo el reloj de La Puerta del Sol que se preparaba para las campanadas y tomaron un aperitivo en un céntrico café situado en la Gran Vía.

Eduardo observaba la ciudad con curiosidad, aunque nada le impresionaba en exceso. Indudablemente los coches se habían multiplicado por varias cifras en comparación a los que se podían ver por Gijón. Las hileras de casas en interminables calles repletas de gentes, hacían que la localidad de donde provenía le pareciese un pueblo al compararla con Madrid. Pero él no la cambiaba. Se sentía identificado con las calles de su Gijón natal en las que había crecido. El verde color de Somió y los alrededores, o el azul inmenso del mar postrado al pie de la playa de San Lorenzo.

Al regresar a la casa de sus familiares en la que se hospedaban, se dirigió directamente hacia el descubrimiento que más había impactado en su alma aventurera; el televisor. Aquello sí que era un auténtico invento de futuro. Lástima que solo en la capital del estado se pudiesen ver las emisiones. Su tío comentó, que según sus noticias, todo estaba casi preparado para conectar Madrid con Barcelona por televisión. Estaba previsto que para la inauguración de tal evento se retrasmitiría un partido de fútbol entre el Real Madrid y el Barcelona. De todas formas aquello aun tendría que mejorar. Solamente unas pocas horas al día se emitían programas, y a menudo, la pantalla sufría temblores inestables que distorsionaban la imagen. Cuando Edu preguntó cuándo podrían tener ellos uno de aquellos aparatos, su padre le desanimó diciendo:

— Hasta una tierra tan lejana de Madrid y tan montañosa como Asturias, sería complicado llevar la señal televisiva.

1959 entró por la puerta grande. Los adultos salieron aquella noche a bailar y beber en los salones de un lujoso hotel. Mientras, los adolescentes y los niños se quedaban en casa bajo la tutela de la niñera. Habría que esperar a cumplir algunos años más para poder gozar de todos los placeres, en los que la edad te otorga el derecho a disfrutar. Pese a todo, Eduardo se las arregló para hacerse con una botella de champagne. Invitó a sus primas mayores a tomarse una copita en el salón mientras escuchaban la música que reproducía el tocadiscos. Alejandra, que ya había cumplido los trece años, fue la única que se atrevió a probar. Unas cuantas copas más tarde, pese a que el burbujeante líquido aun no se había agotado dentro de la botella, Edu desistió de seguir bebiendo. La cabeza le pesaba más que de costumbre. Y el suelo comenzó a moverse en una especie de vaivén. Como flotando llegó hasta su cama. Ya no recordó nada más hasta la mañana siguiente.

El último año de la década le traería un descubrimiento que cambiaría su vida. Su hermano, recién llegado de Los Estados Unidos, le regaló algunos discos con las novedades que arrasaban en las listas americanas. Discos de artistas como Elvis Presley o Everly Brothers, que le encantaron. Pero un disco le impactó sobremanera. Era un pianista, de voz cálida y rasgada llamado Ray Charles, que atacaba las notas del piano con vehemencia. Aquel riff magistral que el piano repetía con obsesión en la canción "What'd I Say", le cautivaría para siempre.

Pese a sus notables cualidades musicales y a su buen oído, la música nunca había ido más allá de ser una afición que su madre le había inculcado. Ahora, de pronto, había descubierto en él una irresistible vocación. Todo el tiempo que tenía libre lo dedicaba, no a leer las solemnes partituras que su madre le había enseñado, ni a tocar hermosas canciones populares o cándidas melodías como las que interpretaban sus hermanas. ¡No! Lo que hacía, era aporrear el piano, al menos esa era la opinión de sus padres, por mucho que él se empeñaba en decir que aquello era Rhythm and blues. Se compró unas gafas negras, e incluso solía tomar el sol en el jardín, esperando tostar su piel para parecerse al tal Ray Charles.

Su padre, no se tomó a bien el repentino interés por la música que mostraba su hijo. Su deseo era que Eduardo siguiera el camino de su hermano mayor y se trasladase fuera de Gijón. Que se matriculase en algún colegio prestigioso, como hacían otros muchachos de clase pudiente, y labrase un futuro sólido y estable. Pero no, su hijo se negaba rotundamente a emigrar del domicilio familiar, con la complicidad de su madre que le apoyaba.

Los días en que su padre estaba fuera de la casa a causa de sus viajes, el artista de la familia realizaba auténticos conciertos. Algunas veces invitaba a algún amigo, pero ninguno sabía apreciar su estilo. La única música que les gustaba y entendían, era la que ofrecían cantantes milongueros como José Guardiola o aquella música romántica que venía de Italia y sonaba a todas horas por la radio. Optó entonces por renovar la audiencia. El servicio doméstico o sus hermanas pasaron a ser su nuevo público. Tampoco mostraban un excesivo entusiasmo. Finalmente decidió tocar para sí mismo.

Un compañero de colegio que sabía de su afición musical le habló de un tal Jerry Lee Lewis. Le contó haber leído sobre una gran estrella de la nueva música que arrasaba en USA, el "rock and roll". Según sus noticias su show era tremendo. Tocaba el piano con los codos y hasta con los pies. Edu decidió imitarlo. No tenía muy claro como se podía tocar usando los codos. Más difícil aun le pareció tocar el piano con los pies. Probó quitándose los zapatos, pero sus dedos del pie eran muy cortos y atrofiados. Debió de desistir del empeño cuando su madre se presentó en el salón atraída por los extraños y estrambóticos sonidos que producía el piano. Allí se encontró a su hijo dándole pisotones a las teclas. Realmente pensó que la revolución hormonal propia de la edad estaba haciendo estragos en su hijo.

Días después, Eduardo comentó a su informador que no parecía posible sacar sonidos coherentes pisando las teclas del piano, pues era imposible poner acordes lógicos. Su compañero le sugirió que quizás el tal Jerry, no pretendía poner ningún acorde. Sería seguramente una expresión de rebeldía juvenil contra las normas establecidas por los mayores. Esta explicación le pareció aceptable y en cierta manera innovadora.

Su hermano mayor residía en New York, ciudad en la que hacía las prácticas una vez finalizados sus estudios superiores. Tenía que conseguirle discos de aquel roquero. En un primer intento no fue posible. Al parecer el tal Jerry Lee Lewis era un tipo polémico. Había caído en desgracia, ya que le gustaban las chicas excesivamente jóvenes y la industria discográfica y mediática americana le habían dado la espalda. Por fin, algún tiempo más tarde, Edu recibió en casa un vinilo que contenía el tema "Whole Lotta Shakin". Realmente su precario dominio del inglés no le hacía posible entender lo que la canción decía, pero sonaba realmente subversivo en aquella época. Aquella música no se radiaba en las emisoras españolas.

Una tarde en la que algunas amistades familiares acudieron a una comida en la casa de los Rivera, durante la sobremesa, Isabella fue solicitada para que deleitase a los presentes con algún fragmento musical. La esposa de Alfredo complació a los invitados con un par de pequeñas obras clásicas para piano. Tras la actuación, cosechó, como era habitual, el beneplácito y los aplausos de los presentes. Entonces Andrea, propuso que su hermano Eduardo, interpretara algo del novedoso repertorio musical que con tanto ahínco ensayaba. Las jóvenes amigas de Andrea aplaudieron la idea, mientras el resto observaban con curiosidad.

Se dirigió hacia el piano con alguna reticencia. Decidió interpretar la versión de su tema favorito, "What'd I Say" de Ray Charles, incluyendo la letra que tanto le había costado memorizar. La mano izquierda atacó con contundencia las notas graves que marcaban el ritmo del bajo. Mientras, la mano derecha llevaba el contrapunto de los acordes. Su voz comenzó un tanto balbuceante, pero a medida que notaba como el ritmo contagiaba a algunos de los presentes, esta ganó en seguridad. Pronto se olvidó del público. Poseído por la fuerza de la canción, golpeaba con el pie rítmicamente contra el suelo. Los más jóvenes comenzaron a acompañarle con las palmas. El clímax del tema fue "in crescendo". Cuando llegaba a su final, le vino a la mente Jerry lee Lewis. Por un momento se le ocurrió pisotear las teclas del piano en un final apoteósico. Miró de reojo a su madre y pensó que no le gustaría que estropease tan valioso instrumento. Instintivamente se le ocurrió liarse a cabezazos. Golpeó varias veces con su frente las teclas, mientras sus manos extendidas en cruz martilleaban las notas más agudas y más graves de los extremos del piano.

Al finalizar levantó la cabeza. Exceptuando a su hermana y sus amigas, que muertas de la risa aplaudían sin parar, el resto de la audiencia le miraba atónito. Igual que si un marciano de color verde hubiese entrado volando por la ventana. Especialmente su padre parecía contrariado e hizo un comentario que Edu prefirió ignorar. Se incorporó con cierto aire de dignidad, inclinó la cabeza a modo de saludo y salió de la estancia. Aun no estaban tan preparados como los americanos para entender a los artistas innovadores, pensó.

En los días siguientes, don Alfredo Rivera cuestionó muy seriamente la conveniencia de que su hijo tocase el piano y escuchase aquellos vinilos que su hermano le enviaba desde los Estados Unidos. Era evidente que el paso de la niñez a la madurez causa desequilibrios y conflictos en los jóvenes, pero le parecía que Edu era un caso especial. Quizás por el hecho de ser el benjamín de la familia había estado más consentido que sus hermanos y ahora su cabeza estaba llena de pajaritos. Parecía no sentir el más mínimo interés por el futuro. Cuando llegó el día de elegir si los estudios de bachillerato superior tomarían el camino de las ciencias o las letras, fue incapaz de decidir. Cosa por otra parte lógica, pues ninguna profesión le atraía. Fue su padre quien tomó la decisión por él, obligándole a apuntarse en la rama de ciencias. El uso del piano debía de ser racionado y siempre supeditado a las calificaciones académicas. Asistiría a clases extras de inglés, ya que en el colegio, el francés era el único idioma obligatorio, (los frailes lo justificaban por ser el idioma de la diplomacia, al menos eso decían). Por último, se controlarían más de cerca sus aficiones.

CAPÍTULO 9

El otoño avanzaba tiñendo de colores ocres y añiles el bosque. Sentada sobre el pequeño muro que rodeaba la casa de La Reguera, Julia observaba los caprichosos haces de luz que proyectaba el sol jugando a esconderse tras las nubes. Mientras su mano, en un mecanismo automático e inconsciente arrancaba pequeñas briznas de hierba, su mente repasaba con nostalgia algunos capítulos de su vida. Aquel paisaje que se extendía ante su vista, era exactamente el mismo que recordaba desde su tierna infancia. En aquella parte del planeta, el reloj parecía haberse detenido. Quizás el resto del mundo evolucionase, las ciudades creciesen, las modas y las costumbres cambiasen como decían en la radio. Nada de esto ocurría en Noglés. Los días, los meses, los años, se convertían en una sucesión de tiempo, monótona y rutinaria. Cuando intentaba imaginar como sería su futuro, era como situarse ante un lienzo en blanco, sin saber hacia dónde orientar la primera pincelada.

De la lejanía, llegaban ecos de voces y sonidos de cencerros. Anunciaban el regreso de los pastores o del ganado. Como cada atardecer, Julia pasó su mano por la frente intentando dominar sus largos cabellos. La brisa de la tarde se empeñaba en arremolinarlos sobre su rostro. A su lado, Taky el viejo perro guardián, meneaba la cola en busca de una caricia de su dueña. Lástima que no pudiese hablar porque era su compañero más fiel.

Se bajó del muro, era hora de abandonar la nostalgia y de poner fin a las tareas domésticas de cada día. Su padre regresaría tarde como cada jueves solía hacer. Últimamente el comportamiento de Luciano había mejorado ostensiblemente. Encontró un empleo estable, al menos por el momento, y sus excesos con la bebida parecían ser cosa del pasado.

Acudió al corral, recogió los huevos y encerró a las gallinas. Luego se dirigió al establo para ordeñar a la única vaca que les quedaba. El declive en la casa de la Reguera, era patente. Los cerdos, los patos, las vacas, las ovejas....todo había ido desapareciendo. Las fincas con sus árboles frutales y sus pastizales habían sido vendidas. Tan solo el vetusto caserón, cuyo esplendor se iba desdibujando, y la huerta que había al final del patio delantero, eran todas las posesiones que quedaban.

Al entrar en la casa encendió la radio, el vínculo más fuerte que le unía a otra forma de vida posible. Aquellos programas que con el tiempo le parecerían cutres o ingenuos, eran ahora una ventana para conocer otras gentes y otras historias. Un vehículo en el que la mente viajaba, mientras el cuerpo se quedaba atrapado entre muebles y utensilios de cocina. Las emisoras casi nunca tenían una sintonía estable. A menudo había que mover el dial para captar una buena señal. Por fin sintonizó una que emitía agradable música orquestal.

No tenía ganas de cocinar para ella sola, así que cogió un pedazo de queso con pan. Mientras mordisqueaba la frugal cena, paseó su mirada por la estancia sin buscar nada en concreto. En muchas ocasiones cuando finalizaba el día y las tareas cotidianas ya estaban realizadas, se sentía perdida. No había ninguna ilusión ni aliciente en aquella rutinaria vida. Inevitablemente, siempre acababa pensando qué estaría haciendo su hermana. Luego venían los recuerdos de los tiempos en que la casa bullía de vida. Entró en la habitación de la abuela que en la actualidad nadie utilizaba. En un rincón seguía el viejo baúl cargado de libros. Aquellos libros habían sido su tesoro desde que los descubriera tres años atrás. Abrió la tapa, casi todos estaban leídos y algunos releídos. Solamente un libro se le había resistido, "La interpretación de los sueños", de Sigmund Freud. Parecía un título tan sugerente... Ella había soñado con frecuencia cosas que le inquietaban, a veces sus sueños eran premoniciones de hechos que de alguna manera habían ocurrido y eso la asustaba. Aun recordaba el día en que su abuela le dijo que tenía el mismo don que había tenido su madre, la bisabuela a la que Julia no conoció, y que eso más que un premio era un castigo. Buscó comprender sus sueños a través de aquel libro. Tarea estéril, usaba un lenguaje complicado de entender y ni siquiera conocía el significado de muchas de sus palabras. La primera vez que lo intentó no pasó de las cuatro primeras páginas. El ego, el superyó.... Recordó cierta ocasión en que fue a buscar a su hermana a la escuela y le preguntó a la maestra si conocía el libro de Freud. La maestra la miró sorprendida:

¿Qué hace una niña como tú, con ese libro? — dijo. — No sé quién te lo dejó, pero mejor se lo devuelves.

Luego se fue con una sonrisa que a Julia le sonó a menosprecio. Desde entonces, de vez en cuando, leía páginas sueltas de aquel complejo manuscrito, que tanto la intrigaba y del que tan poco comprendía.

Con la llegada de 1960, no solo se produciría un cambio de década. La vida de Julia también cambiaría radicalmente. Hacía tiempo que ella soñaba con marchar lejos. No se resignaba a envejecer como aquellas mujeres del pueblo, sin aspiraciones y abocadas a un destino en el que reinaba la monotonía y el sacrificio.

Julia tenía una relación superficial con la gente de Noglés. No porque ella fuese una persona huraña y poco sociable, más bien por su carácter reservado y un tanto tímido. Quizás las circunstancias también influían en ello. Cuando su abuela vivía, sí tenían una gran relación con sus vecinos. Algunos de ellos eran parientes y probablemente, en los orígenes de la aldea, casi todos tuviesen un nexo familiar. Recordaba como en la casa se reunían en torno a la lumbre cuando en el "amagüestu" de otoño, amigos y familiares saboreaban la primera sidra dulce de la cosecha y "les castañes". Entre las gentes del lugar, la colaboración era habitual en las épocas de siega, de recolecta, o ante las eventualidades que podían surgir en el día a día de la aldea. Normalmente, la buena vecindad era la tónica. Tras la muerte de su abuela, y posteriormente de su madre, Luciano se fue aislando del resto de la comunidad y con él su familia, de la que ya quedaba solamente su hija mayor a su lado.

Julia acudía a comprar a la única tienda que existía en Noglés. "La Nueva". Su nombre no estaba en consonancia con su aspecto. Aquel establecimiento era la única alternativa comercial posible. Éste se encontraba ubicado en el centro del pueblo. Se trataba de un local dividido en dos partes y regentado por el incombustible matrimonio de la dicharachera Dioni y su marido. La mitad funcionaba como comercio de ultramarinos. La otra mitad se destinaba a taberna, lo que los lugareños llamaban el chigre. Era el único local de ocio para los parroquianos. La clientela del bar era en su mayoría del género masculino. Les gustaba bromear y observar a la clientela de Dioni, en su mayoría mujeres. En los últimos tiempos, Julia evitaba acudir al lugar siempre que le fuera posible. Era irremediable que los usuarios de una parte coincidieran con los de la otra, pues la puerta de entrada era común.

A medida que el cuerpo de la joven dejó de ser el propio de una niña para convertirse en mujer, las miradas, las insinuaciones, o las bromas, la hacían sentirse incomoda y nerviosa. Ella no daba pie a las familiaridades. Petra le sugirió medio en broma alguna vez, que ciertos mozos la miraban con agrado. En alguna ocasión, Dioni u otras parroquianas se lo comentaron entre risas y cuchicheos. Julia se sonrojaba y rehuía el tema. Su corazón le decía que nada tenían que ver aquellos muchachos con su idea de hombre del que enamorarse.

Quien sí encontró el amor fue Luciano. Durante un tiempo había ocultado a su hija que tenía una relación con otra mujer, una viuda de otro pueblo, algunos años más joven que él. Cuando los rumores comenzaron a recorrer Noglés, decidió ponerlo en conocimiento de su hija. La noticia la conmocionó. ¿Como podía su padre traicionar así la memoria de su madre? Escribió a Marcelina y a Marta una carta buscando su consuelo. Éstas se trasladaron desde Trubia para estar a su lado. Luciano argumentaba que había querido a su esposa, pero el tiempo pasa veloz y él era un hombre que no soportaba la soledad. Julia no podía entender a qué soledad se refería ¿Acaso no estaba allí ella para cuidarle? Pero él hablaba de otro tipo de soledad. Con el paso de los días, intentó asimilar la idea de que otra mujer pudiese ocupar el lugar de su madre en aquella casa, pero le resultaba difícil.

Semanas más tarde, Marcelina encontró una solución y regresó a Noglés para proponérsela a padre e hija. Si Luciano quería rehacer su vida, era la oportunidad para que Julia abandonara el pueblo en busca de nuevas perspectivas. A ella le hubiese gustado llevársela a su casa como hizo con Marta, pero desde el nacimiento de su segundo hijo le era materialmente imposible. Entonces surgió una alternativa. La mujer de un oficial del ejército para la que Marcelina hacía algunos arreglos como costurera, le comentó la necesidad que tenía una anciana y rica tía suya de encontrar una chica de confianza para servir como asistenta en su casa. Para ello Julia debía de trasladarse a Gijón, lugar en el que vivía la susodicha mujer.

Era principios del verano de 1960, cuando Julia se preparó para partir hacia Gijón. Previamente, Marcelina había intentado pulir la imagen de su joven amiga. La llevó a comprar ropa nueva, zapatos y en la peluquería le hicieron un arreglo en sus cabellos que le daba un aspecto radiante. Julia se sentía nerviosa e insegura antes de la presentación. El día que abandonó el pueblo, justo antes de coger el auto de la línea que partía desde Bárzana, tuvo un encuentro inesperado que la llenó de alegría. Apoyado sobre un banco de piedra cargando de tabaco su pipa, estaba Emilio. Desde los días ya lejanos en los que había estado pastoreando en las morteras, no había vuelto a ver al viejo profesor. Julia se dirigió hacia él mientras una sonrisa iluminaba su cara.

— ¡Vaya, vaya, pero qué mujer más hermosa! — exclamó él, levantándose de su asiento.

Julia dudó sobre como saludarle y extendió tímidamente la mano, pero él se le acercó y le besó en la mejilla.

— Eres toda una señorita. Ya no queda nada de la gentil pastorcita que vivía en las montañas.

Ella rió y preguntó a su vez:

— ¿Aun sigues allá arriba en la montaña?

— Oh no, unos señores de noble origen me han ofrecido trabajo para cuidar sus fincas.

A ella le encantaba oír aquella forma de hablar que sonaba a los caballeros de los libros.

—Veo que te vas de viaje, y por tu equipaje para algún tiempo ¿verdad?

Julia le contó que se dirigía hacia Gijón para servir en la casa de una rica señora. También le expresó la mezcla de alegría y tristeza que sentía al cortar con su pasado y afrontar un futuro incierto. Él la animó a que confiara en sus posibilidades, que todo le iría bien. Las últimas palabras de Emilio quedaron grabadas en su corazón para siempre.

—Tienes que seguir adelante con paso firme y sin miedo. Aunque lo que veas en el horizonte parezca desconcertante. El camino da muchas vueltas, tiene muchos cruces, y a cada giro nos conduce a sitios insospechados. La vida te da señales, obsérvalas.

Luego el autobús partió. Mientras agitaba su mano para despedirse de Emilio y de su padre, les vio perderse en la lejanía. Tuvo la sensación, de que algo de su ser quedaba encerrado entre aquellas montañas.

Marcelina acompañó a Julia en su viaje a Gijón. Llegaron al atardecer. El autobús que las transportaba desde Oviedo finalizó su trayecto en el centro de la ciudad. Debieron de coger uno de los pocos taxis que encontraron, para dirigirse a la dirección de destino. Tras entregar al conductor un papel en el que estaban escritas las señas, se acomodaron en el coche intentando relajarse. Luego de recorrer varias calles, el automóvil tomó una carretera que parecía salir de la ciudad. Avanzó por unas estrechas callejuelas entre muros de piedra que guardaban señoriales casonas y se detuvo ante una verja en la que rezaba un nombre: Villa Marina.

Descendieron del vehículo. El sólido portón enrejado estaba abierto, así que penetraron en el jardín. Cruzaron por la empedrada senda que llevaba hasta la puerta principal. Mientras, desde el otro extremo del patio, el hombre que cortaba el césped hizo un alto en su labor para observar a las dos forasteras.

Llamaron a la puerta y ésta se abrió de inmediato. Una mujer entrada en carnes, con un blanco delantal les abrió la puerta y les dedicó una sonrisa.

— Buenas tardes,— dijo Marcelina.— La señora Laura Heinz nos está esperando.

— Por supuesto, ¿Supongo que tu eres Julia?— dijo, dirigiéndose a la más joven.

— ¡Oh, sí! — afirmó.

— Qué tal, yo me llamo María. Pero, ¡Pasad!, la señora os recibirá en un momento.

Entraron en el Hall. Estaba decorado con diversas antigüedades que le daban un toque distinguido. Sobre un recibidor de maderas nobles, una hermosa maqueta de un antiguo barco velero presidía la estancia. Julia y Marcelina se acercaron a admirarla.

—Buenas tardes —interrumpió una voz a sus espaldas.— ¿Os gustan los barcos?

Ambas se giraron hacia donde la anfitriona acababa de llegar. Laura Heinz era una mujer sexagenaria. De mediana estatura y esbelta figura. Tenía un aspecto relativamente jovial y unos ademanes elegantes de persona distinguida. La señora Heinz, que había adoptado el apellido de su marido, hablaba con pausa mientras su mirada examinaba de arriba abajo a sus invitadas. Tras las primeras presentaciones protocolarias, explicó a Julia sus cometidos dentro de la casa. Debería de ayudar a María en los quehaceres domésticos. Los jueves y los domingos dispondrían de las tardes libres, para poder salir si lo deseaba y cobraría una paga de 450 pesetas mensuales, además de disponer de alojamiento y manutención. Más tarde, una vez Marcelina se despidió para regresar a su casa, María la acompañó a un amplio cuarto que compartirían. Éste se hallaba en un anexo de la vivienda principal, zona a la que se accedía a través de la cocina.

En las primeras semanas no le fue fácil adaptarse a su nueva vida. Perdió aquella cuota de libertad y despreocupación que tenía en su casa de Quirós. Necesitó aprender el protocolo y las costumbres; a servir la mesa, recibir a las visitas…. El trabajo de limpieza de una casa tan grande requería mucha dedicación. A ella le tocaban las tareas más duras. María ya tenía una edad y algunos problemillas físicos que limitaban su capacidad. Ayudando en la cocina, aprendió recetas sobre menús de los que nunca había oído hablar y descubrió que existían máquinas que hacían más fácil el trabajo, como la lavadora eléctrica o el frigorífico.

Durante los primeros meses, apenas salió de "Villa Marina", no conocía a nadie fuera de la casa. Tan solo recorría Gijón en alguna esporádica visita de Marta y Marcelina, o cuando ocasionalmente acompañaba a María y a la señora Heinz a realizar las compras a la ciudad. Entonces subía encantada al auto conducido por Pepe, el hombre que hacía las veces de chófer y jardinero para la familia. Éste las acercaba a las zonas más comerciales.

La primera vez que vio el mar, tuvo la sensación de haberse trasladado a los confines del universo. Era algo tan distinto al paisaje que había visto durante toda su vida... aquella inmensidad azul, el sonido de las olas a sus pies. Quizás los que habían crecido a sus orillas, no entendieran como para ella a sus quince años, aquello fuese una cosa tan fantástica, pero lo era. Había salido en compañía de Marcelina y de Marta, la señora le dio el día libre para que lo disfrutase y realmente lo disfrutó. Aquella noche soñó que se encontraba esperando en el andén de una solitaria estación. Había sacado un billete para ir a una playa, pero cada vez que pasaba un tren, éste no se detenía. Por fin uno paró. De pronto, escuchó la voz de su madre que le decía:

— Hija, ¡sube, no le dejes partir!

Se despertó sobresaltada, sonó tan real... Sintió que el corazón galopaba en el pecho, era una sensación inquietante. Tardó en conciliar el sueño, ¿Por qué la mente juega con nosotros de esa forma? Hacía tiempo que no tenía sueños, ni premoniciones. Con la luz del día, aquella angustia se fue disipando. El trabajo y las obligaciones pasaron a ocupar sus pensamientos.

Tanto el señor Heinz como su esposa, trataban a Julia con afecto. Se interesaban por sus sentimientos y su adaptación y ella correspondía esmerándose en sus tareas cotidianas, ofreciendo siempre su gesto más amable.

CAPÍTULO 10

Manuel cruzó el patio central de la Universidad Laboral. A esa hora de la tarde estaba en pleno bullicio estudiantil. Los autobuses que trasladaban a los alumnos externos se preparaban a partir. Saludó a algunos de sus compañeros con los que se cruzó y se dirigió hacia el edificio en el que se situaba su habitación. Al pasar ante la iglesia que, majestuosa, presidía la plaza central, alzó la vista al cielo por el que surcaban deshilachadas nubes arrastradas por el viento. Se sentía feliz e identificado con aquel lugar. Una singular ciudad estudiantil que se había convertido en su hogar. La espectacular torre que presidía el complejo, parecía arañar el cielo con la punta del pararrayos que la coronaba. Había aprendido a apreciar la belleza de aquel sitio. Uno de los educadores seglares, les decía que eran unos privilegiados por disfrutar de un lugar como aquel.

— "Nosotros pasaremos y vendrán otras generaciones, pero este lugar permanecerá como permanecen las grandes obras hechas por el hombre", solía repetir.

Pese a todo, aquel ambicioso proyecto tenía sus enemigos. Cuando en 1957 cae del gobierno el sector más duro de la Falange y entre ellos, José Antonio Girón, el gran impulsor de aquella obra, la Universidad Laboral pasa a ser severamente cuestionada. Girón y su entorno, son acusados de malversación de fondos entre otros cargos. Por extensión, el arquitecto Luis Moya se ve involucrado en las acusaciones de despilfarro. El diseño de aquel complejo es tachado de anacrónico. Una arquitectura fuera de tiempo y lugar y un derroche propio de un megalómano. En las duras sesiones críticas contra Moya, los colegas de la época como Juan Corominas, dicen que a Moya "se le paró el reloj". Otros como Luis Gutiérrez Soto, le acusan de "tener demasiadas maletas cargadas de cultura para proyectar".Todos opinan que aquella obra nada tiene que ver con los tiempos modernos que corren. Una obra pretenciosa y desmedida. Su defensa de una arquitectura clásica con un sello español, es cuestionada por las nuevas generaciones. Alguien dijo: ¿para la entrada, un atrio corintio? ¿Acaso los alumnos asistirán a clase en cuadrigas? Tras estos episodios, las obras de la Universidad Laboral fueron paralizadas. Aquella ciudad de la cultura, que había comenzado a funcionar sin estar completamente finalizada, no sería inaugurada oficialmente y el proyecto de Moya nunca se vería concluido.

Manuel, aprovechó el tiempo libre del que disponía antes de la cena, para escribir una carta a su madre. Hacía algún tiempo que no la veía. Cierto era que pasaba con ella los periodos de vacaciones escolares, pero no le gustaba regresar al pueblo. Su madre se había convertido en una mujer depresiva. Se asentó definitivamente con sus familiares en las estribaciones del puerto de Tarna y nunca regresó a la Felguera. Para Manuel aquello fue un alivio. No deseaba volver a su antigua casa, demasiados recuerdos tristes. Mejor romper los puentes con el pasado y mirar solo adelante. Su obsesión era conseguir ser alguien importante y no ser pobre nunca más. En la carta contó a su madre, como de costumbre, sus progresos en los estudios y que había empezado a entrenar con el equipo de atletismo de la universidad.

A él siempre le había interesado más el fútbol, pero no consiguió hacerse con una plaza en el equipo estudiantil. Su profesor de gimnasia le aconsejó entonces que probara como atleta. Demostraba cualidades, tras haber sido seleccionado como uno de los gimnastas que participaron en la exhibición celebrada con motivo de la fiesta patronal de San José Artesano. El rector había quedado muy satisfecho de la citada demostración y apreciaba que los chicos no fueran solamente buenos estudiantes, también deseaba que la actividad física fuera un elemento importante de la formación.

Por su constitución, le encuadraron en las pruebas de resistencia. En cierta ocasión le pidieron que probara como pertiguista, pero aquello no era lo suyo. El día de la selección, nadie de los que fueron a probar logró clavar la pértiga y caer dentro de la colchoneta. Parecía realmente difícil y no estaba dispuesto a matarse, con correr tenía suficiente. Durante los entrenamientos, entabló una buena amistad con Imanol. Era un muchacho venido del País Vasco. De los más de mil estudiantes, Euskadi, tras Asturias era la región que más jóvenes aportaba a la Uni.

Imanol, sentía una gran atracción por lo esotérico y lo paranormal. A menudo intentaba inculcarles a los demás su interés sobre el "más allá", pero casi nunca lo conseguía. Una tarde, a la conclusión del entrenamiento deportivo, se sentaron junto a la escalinata que había en la parte superior de la piscina. Imanol les comentó que había leído en una revista como comunicarse con los espíritus a través de "la Güija". Era una revista editada en Sudamérica, y cuya edición en España estaba prohibida, aseguró.

—¡Estas chiflado! — dijo Joaquín — ¿Crees que porque no sea española va a tener razón?

— ¡Escuchad zoquetes! lo de menos es en dónde se ha escrito. Lo importante es que explica unas normas y asegura su efectividad.

— ¿Por qué no hablamos de otra cosa?— terció Manuel.

— ¡Eso, de chavalas! — apuntó otro de los muchachos.

— Realmente sois unos cobardes ¡menuda pandilla! – expresó con decepción Imanol.

Manuel se levantó y dijo mientras se alisaba la camisa:

— ¿De veras crees que alguien puede hablar con los muertos?

Imanol se encogió de hombros antes de contestar:

— Hay quien dice que no es posible, otros afirman que sí, ¿por qué no lo comprobamos?

Uno de los allí presentes, un fortachón que lanzaba peso, entró en la conversación para decir:

— Si los frailes se enteran de que quieres hacer brujería aquí adentro, ¡te la juegas!

— ¡Vale, vale!, solo era un comentario. ¡No voy a hacer nada!— exclamó Imanol malhumorado.

Seguidamente la conversación tomó otros derroteros hasta que la reunión se fue disolviendo.

A la mañana siguiente, cuando Manuel se encontró con Imanol en el patio no pudo evitar preguntarle:

— ¿Aun sigues con tu idea de convocar a los espíritus?

— ¿Puedo confiar en ti?

— ¡Por supuesto!

— ¿Conoces a Carlos? Él duerme en una habitación individual y está interesado en probar.

—Manuel se rascó la cabeza y preguntó.— ¿Estas decidido a hacerlo?

— ¡Sí! ¿Y tú te apuntas?

— Lo pensaré.

— De acuerdo, pero no se lo digas a nadie, este sitio está lleno de metepatas.

La idea de hacer aquella sesión no seducía mucho a Manuel. Pensaba que aquello de hablar con los espíritus no era más que una solemne tontería. Por otro lado, ¿y si se pudiese contactar con ellos? ¿Sería posible saber de su padre?

El sábado fue la fecha fijada para la intrigante sesión. Era el día que menos control y más relax había en el centro. Después de la cena, escapándose de la vigilancia, cinco jóvenes consiguieron llegar hasta el pequeño cuarto de Carlos, para iniciar la sesión con el más allá. Manuel logró convencer a Joaquín para que le acompañase.

El primer problema surgió al no poder disponer de una mesa redonda. Imanol había insistido que según el artículo de la revista, esto era importante. Carlos por su parte, explicó que no la pudo conseguir y que si querían seguir adelante, habían de arreglarse con una cuadrada. Sobre la mesa, haciendo un círculo, había pegado las letras del abecedario y los números del 0 al 9. Pusieron en el centro una copa de cristal boca abajo, y todo dispuesto. Afortunadamente la mesa tenía poca altura. Dos de ellos se sentaron en el borde de la cama y el resto se arrodilló en torno a ella.

Imanol hacía de maestro de ceremonias intentando dar los consejos pertinentes.

— Pondremos cada uno un dedo sobre la copa sin hacer fuerza. Si alguien contacta con nosotros, la copa se moverá hacia las letras para darnos su respuesta.

— ¡Un momento!,— interrumpió Joaquín, extrayendo una petaca con licor de su bolsillo — ¿Qué os parece un traguito antes de empezar?

— ¿Qué llevas ahí? –preguntó Carlos con interés.

— Estupendo orujo, de mi tierra leonesa— respondió, mostrando el pulgar hacia arriba.

— Está bien, echemos un trago y empecemos de una vez— insistió Imanol.

Aun tardaron algunos minutos en posicionarse en torno a la mesa. Alguno bromeó sobre los fantasmas que estaban al acecho y Carlos sugirió que apagaran la luz. Tan solo una pequeña lámpara de la mesilla de noche quedó encendida.

Los espíritus no parecían estar por la labor de aparecerse aquella noche. Quizás no sabían invocarlos adecuadamente. Tampoco había unanimidad de si apretar más o menos sobre la copa. Joaquín les animó a echar otro trago de orujo, mientras Imanol pidió un poco más de seriedad y concentración. Pasado algún tiempo, la copa pareció vibrar. Se miraron con recelo preguntando si alguien estaba haciendo trampa, nadie admitió hacer nada raro. Pusieron más atención, solo Imanol hablaba solicitando la comunicación con algún ente del más allá. Reinaba el silencio, cuando de pronto, Manuel saltó hacia atrás como sacudido por una descarga eléctrica. Todos se sobresaltaron mirando sorprendidos la reacción de éste. Al retirar las manos apresuradamente, la copa perdió el equilibrio. Rodó sobre la mesa y se precipitó hacia el suelo fragmentándose en varios trozos. Carlos encendió el interruptor general para volver a iluminar la habitación. Manuel se hallaba sentado en el suelo, su rostro estaba pálido y su respiración entrecortada.

— ¿Qué ha ocurrido?— preguntaron casi al unísono.

Manuel se incorporó lentamente con la mirada desconcertada y dijo:

— Sentí una mano posarse sobre mi hombro y agarrarme hacia atrás. Era una mano helada.

— Eso no puede ser, todos teníamos las manos sobre el tablero. – afirmó Joaquín con rotundidad.

— Juro que lo sentí, fue algo real.– respondió Manu con el rostro todavía desencajado.

Ángel, que hasta entonces había permanecido en silencio, le preguntó:

— ¿En qué estabas pensando cuando ocurrió?

— En….mi padre — y los ojos se le humedecieron al contestar.

— Quizás fue todo autosugestión, la mente puede realizar actos fuera de nuestro control.

— Sí,— añadió alguien,— los humanos apenas dominamos un pequeño tanto por ciento de nuestra mente.

Carlos intervino zanjando momentáneamente las elucubraciones:

— ¿Podéis hablar más bajo? Nos van a descubrir y esta es mi habitación, ¡Ah! y no os olvidéis que tenemos que recoger los vidrios del suelo.

Estaban un tanto desconcertados. Tendrían que dar la sesión por finalizada. Manuel parecía aterrorizado, solo deseaba irse a su cama. Además ya no tenían otra copa para usarla sobre el tablero.

Necesitaron de suerte y habilidad para llegar hasta sus aposentos sin ser descubiertos. Imanol se fue lamentando el fracaso del experimento. Estaba seguro que lo de la mano podría haber sido una señal. Manuel, por su parte, apenas pudo dormir aquella noche. ¿Acaso los muertos podían ser capaces de enviar una señal?

Apenas dos semanas después de aquel episodio, Imanol se le acercó un día y le comentó una nueva propuesta. Carlos había conocido a un alumno que le habló de un cementerio contiguo a la universidad donde pasaban extraños fenómenos. Manuel, había decidido no involucrarse más en temas relacionados con espíritus y muertos. Declinó sumarse a ninguna nueva iniciativa paranormal. Imanol, por el contrario, había decidido no darse por vencido. Una tarde le explicó, que alguien recorriendo los campos situados en la parte de atrás de la universidad al anochecer, vio unas luces fluorescentes que flotaban en el aire sobre las tumbas. Tenían que ir a verlo por sus propios ojos. La insistencia de su amigo acabó por convencerle.

La tarde del sábado había competiciones escolares. Imanol y Manuel participaban en las pruebas de atletismo. Ambos obtuvieron unos notables resultados que les clasificaron para futuras finales a nivel regional. Finalizada la competición, aprovechando que el fin de semana había mayor tolerancia para entrar y salir del recinto, planificaron visitar el cementerio al anochecer. Quizás en aquella ocasión lograsen tener más éxito sobre el conocimiento del más allá, que en la noche de la Ouija. Carlos, había encontrado el modo de regresar a través de unos túneles subterráneos que comunicaban la Uni con el exterior.

El sol estaba a punto de desaparecer cuando Imanol, Carlos y Manuel se reunieron. Nadie más quiso unirse. Joaquín había preguntado a uno de sus profesores, un jesuita con quien más confianza tenía, si era posible que sobre las tumbas de un cementerio apareciesen destellos luminiscentes. Con sorpresa, le respondió que algunas personas afirmaban haber visto en ocasiones esas luces, pero que probablemente se debía a un fenómeno natural, los fuegos fatuos. Esto estaría relacionado con la descomposición de los cuerpos, la oxidación de la fosfina y los gases del metano. A Joaquín esta explicación le pareció razonable, aunque no la comprendió. Definitivamente, él no iría a ningún cementerio a hacer el tonto. Su consejo era que sus compañeros desistiesen de esas obsesiones tan locas. Manuel tampoco se sentía muy atraído por la visita, bastante susto había llevado la noche de la guija, pero no quería decepcionar a su amigo. Finalmente acudió preguntándose por qué había aceptado.

Bordearon el majestuoso edificio. Dejaron a un lado el conjunto de naves que formaban los hangares destinados a los talleres, y llegaron hasta la tapia de piedra que separaba la morada de los muertos de la tierra de los vivos. Se suponía que aquel camposanto era el lugar donde se producían extraños fenómenos. Aun la oscuridad de la noche no había caído por completo. Imanol sugirió que aguardasen escondidos entre unos matorrales, no debían arriesgarse a ser vistos. Agazapados en la penumbra, aguardaron la espera del momento propicio. Dejaron que la luz solar se extinguiese por completo. Entonces Imanol consideró que era el momento de entrar trepando por los barrotes de la puerta de acceso.

Eduardo consultó su reloj de pulsera y exclamó.
— ¡Se ha hecho tarde! Creo que ya vale por hoy.
Aquel sábado, Guillermo, un compañero de clase, le había invitado a visitar la casa de su abuela situada en la parroquia gijonesa de Cabueñes. La visita tenía algo especial. En una pequeña edificación que servía de garaje multiusos anexo a la casa, el tío de Guillermo guardaba una rudimentaria batería. Con ella, durante algunos años, participó como percusionista en el ya desaparecido cuarteto musical "Los Dandys", de efímera vida y escasa reputación. Un buen día, su sobrino le pidió que le enseñara a tocar tan fantástico instrumento. De esa manera Guillermo, heredó el juego de tambores para desgracia de los oídos de sus abuelos. Como sabía de la afición y conocimientos musicales de su compañero Eduardo, le convenció para que le acompañase. Junto con la batería, en un rincón, su tío guardaba un viejo armonium, teclado que había traído hacía largo tiempo de dios sabe dónde. El improvisado dúo no resultó muy convincente. Especialmente para Edu, que acostumbrado al piano, no se adaptaba a aquel instrumento. En primer

lugar, para hacerlo sonar, el intérprete necesitaba dar continuamente pedales como si se tratase de Bahamontes en plena carrera ciclista. Y lo más importante, aquello estaba bien para interpretar música en el coro de alguna iglesia, pero no había forma de conseguir ningún clímax rítmico, por muchos palos que Guille le diese a la batería para acompañarle. Pese a todo, las horas habían pasado entretenidas con la presencia de un par de amigos del anfitrión que habían decidido acudir como espectadores ocasionales.

Al partir, Eduardo decidió hacerlo a pie en compañía de uno de los amigos de Guillermo. Era un muchacho pelirrojo que también vivía cerca de su casa. Recorrieron uno de los caminos que pasaban ante la iglesia de Cabueñes y tras circunvalar la Universidad Laboral se adentraron en Somió. Al llegar ante una casa cuya finca estaba protegida por un sombrío muro de piedra, el pelirrojo le comentó a Eduardo su curiosidad por saber a quién pertenecería. Le dijo que en cierta ocasión, al pasar con unos amigos ante aquel sitio, se encontraron con la puerta de la finca abierta y habían entrado. Tenía un jardín completamente descuidado, donde las plantas crecían sin control como en una jungla. Al fondo de éste, una casa con aspecto un tanto fantasmal parecía abandonada. Pero lo que mayor recuerdo le dejó, fue un cobertizo que se situaba cerca de la puerta de entrada. Tenía unas sucias cristaleras y al mirar a través de ellas habían descubierto extraños artilugios y cabezas de fieras disecadas.

Se detuvieron ante el portón pero estaba cerrado. El pelirrojo le propuso volver sobre sus pasos. Unos metros más atrás, una enorme higuera que crecía en el interior de la finca, asomaba sus ramas por encima del muro proyectándolas sobre el camino.

— Mira, por aquí será fácil trepar agarrándose a estas ramas. ¡Vamos a asomarnos!

Eduardo no tenía ningún interés en entrar pero se dejó convencer. Apoyó sus pies en una gran piedra que estaba al lado de la tapia. Agarrándose a una gruesa rama de la higuera, se aupó sobre la pared que apenas medía dos metros. A sus pies estaba el citado cobertizo. La suciedad de los cristales y la escasez de luz solar hacían imposible ver nada con claridad.

—Ya casi es de noche, ¡vámonos!

Pero el otro muchacho no se quería dar por vencido e insistió mientras también trepaba a lo alto de la cerca de piedra.

— Solo será un momento. ¡Salta!, si pegamos la cara al cristal lo podremos ver con claridad.

Apenas sus pies habían tocado el suelo cuando escucharon una airada voz. Provenía de la vivienda que se encontraba al otro lado del descuidado jardín. La luz del porche se había encendido y de la casa surgió la figura de un hombre. Blandía algo en su mano y pronunciaba palabras amenazantes. Por un momento, Eduardo pensó en dirigirse a él para explicar que no eran ladrones ni nada por el estilo. Pronto desistió de la idea. El joven pelirrojo, se abalanzó sobre el tronco de la higuera que se arqueaba sobre la tapia facilitando la huida. Trepó con agilidad por él y desde sus ramas saltó de nuevo al camino. Eduardo le siguió repitiendo sus movimientos. Ya se encontraba sobre el muro de piedra cuando echó una ojeada hacia atrás. Su perseguidor había dado media vuelta y estaba soltando a un fiero perro que guardaba la casa, amarrado al portón de la entrada. No había tiempo que perder. Sujetándose de las ramas se deslizó por el muro con habilidad. Al llegar al suelo escuchó como se abría la puerta de la finca, aunque no podía verla desde su posición por encontrarse en un recodo del camino. Estaba solo, su compañero había desaparecido sin dejar rastro. Durante unos segundos titubeó sobre qué dirección tomar. Pronto se le disiparon las dudas. De entre las sombras vio emerger la figura del perro a quien sujetaba por una cadena o correa un corpulento hombre. Dio media vuelta y emprendió veloz la huida regresando por el camino que le había llevado hasta allí. Sentía tras de sí la proximidad de sus perseguidores, los jadeos y ladridos del perro y las amenazas de su violento dueño. Al llegar a una bifurcación del camino eligió al azar dirigirse a la derecha esperando que sus perseguidores equivocaran su elección, pero no fue así. La oscuridad de la noche comenzaba a dominar el paisaje. Mientras corría con todas sus fuerzas pensó que lo mejor sería abandonar el camino. Saltó entre unos matorrales y fue a parar a un huerto. Sus pies se hundían en la tierra recientemente sembrada dificultando su avance. Tan solo había recorrido una veintena de metros, cuando notó la presencia de otro par de perros que le salían a su paso uniéndose a la fiesta. Se sentía como un conejo perseguido en una cacería. Una cerca de madera delimitaba el final del huerto. Se precipitó hacia ella y a trompicones logró saltar al otro lado. Afortunadamente los perros no le siguieron. Mientras corría pradera abajo, seguía escuchando el ladrido de los perros, unos ladridos que se habían unido a un coro canino que llegaba hasta sus oídos desde distintos puntos de los alrededores. Era como si todos los perros de la comarca se estuvieran avisando de la trayectoria de su huida. Por fin llegó hasta otro camino. Se detuvo para tomar aliento, no podía más. Un dolor en el costado le impedía seguir corriendo. Por fortuna parecía haber despistado a todos sus perseguidores. Frente a él se alzaba la silueta de la Universidad Laboral por su parte trasera. Pasados unos minutos emprendió la marcha. Esperaba que aquel camino que bordeaba el recinto le llevase hasta la carretera que bajaba del alto del Infanzón hacia Gijón. El sol ya se había ocultado por completo. Una radiante luna iluminaba con su pálida luz el entorno. Siguió el camino y fue a parar directamente a la puerta del cementerio.

Para su sorpresa no estaba solo, ante él había tres individuos a los que no podía distinguir con claridad. Uno de ellos acababa de trepar por el enrejado y se adentró en el camposanto. Los otros dos permanecieron inmóviles al advertir su presencia. En un principio nadie dijo nada mientras se observaban con mutuo recelo.

— ¿Quién eres? – por fin preguntaron ellos.

— Yo... solo estoy buscando por dónde salir a la carretera que lleva a la ciudad.

— ¿Te has perdido? — dijo Carlos mientras se le acercaba.

Eduardo, les miró con desconfianza antes de asentir con un escueto monosílabo, y añadir su pregunta.

— ¿Y vosotros qué hacéis entrando en el cementerio a estas horas?

Antes de que respondieran, se escuchó la voz de Imanol.

— ¿Qué tíos, pensáis entrar de una vez? ¿Con quién diablos estáis hablando?

— Sí, ¡ya vamos!— respondió Carlos mientras se apresuraba a entrar en el recinto.

Tan solo Manuel se quedó rezagado, a su lado Eduardo le observaba con curiosidad.

— ¿No vas a seguir a tus amigos?

Se encogió de hombros y respondió con un sí poco convincente.

— ¿Pero qué pretendéis hacer ahí adentro?

— Es como un experimento, nos han dicho que en ocasiones, aquí ocurren fenómenos extraños.

— ¿Qué? ¿salen los muertos a pasear?

Las voces de sus amigos apremiándole tras las rejas interrumpieron la conversación.

— Vamos Manu, ¿a qué esperas? ¡Entra de una vez!

Manuel hizo un gesto de despedida con su mano y siguiendo el ejemplo de sus colegas saltó la tapia. Eduardo se quedó solo. Todo parecía en absoluta calma, algún ladrido lejano o el canto de algún grillo eran las únicas alteraciones del silencio que reinaba en aquel lugar. Se acercó a la verja y miró al interior del cementerio. La luna iluminaba las primeras tumbas proyectando siniestras e inquietantes sombras. No podía ver a los chicos que se habían colado en tan peculiar lugar, pero creyó oír sus voces como un susurro lejano, ¿Qué pretendían hacer aquellos tipos? Decidió unirse a ellos. Por un momento, recordó en qué lio se había metido poco tiempo antes por colarse donde no debía. Sin embargo, la curiosidad se había apoderado de él. Si sucedía algo, no debería perdérselo. Decididamente trepó por el lugar elegido por sus antecesores.

Una vez adentro, pudo distinguir una pequeña senda que corría pegada al muro en el que se levantaban algunos nichos. Permaneció inmóvil intentado percibir de que dirección le llegaba el susurro de la conversación. Poco a poco fue avanzando sigilosamente. Procuró no salirse de la senda para no pisar las tumbas excavadas en la tierra. Al doblar la esquina de un pequeño panteón, les encontró sentados al lado de la pequeña capilla. Los tres se volvieron sobresaltados ante su presencia.

— Tranquilos, soy yo, no pasa nada.

— Joder tío, casi me matas del susto. —gritó Carlos exaltado.

— ¿Pero quién coño eres? –preguntó a su vez Imanol.

— Lo siento, pero me intrigaba lo que queréis hacer aquí.

— Chiiiiisss, nos van a oír desde la Laboral.— Intervino Manuel para tranquilizar el momento.

Aunque Imanol y Carlos parecían contrariados, decidieron aceptar la presencia del intruso, no quedaba más remedio. Durante un tiempo permanecieron a la espera de algún acontecimiento. Incluso Imanol intentó convocar a los espíritus que allí habitaban, cosa que a Manuel le puso muy nervioso. Definitivamente ninguna tumba se iluminó y ningún fantasma salió a saludarles.

El frío de la noche se empezó a notar. Pese a que no ocurría nada anormal, una sensación de desasosiego se apoderó de ellos. Manuel fue el primero en decidir abandonar. Definitivamente aquellos temas le producían una enorme ansiedad. Edu recordó entonces lo lejos que estaba de su casa y secundó la idea de marchar. Imanol era el más decepcionado y les culpaba de su actitud negativa y escéptica.

Eduardo se despidió de ellos. Siguiendo las indicaciones bordeó el convento de las clarisas anexo a la Laboral. Llegó hasta la carretera dejando a un lado la granja y los silos. Caminó hasta llegar a su casa cerca de la medianoche. Su madre se alarmó cuando descubrió su presencia, aunque no dijo nada a su marido. Su hijo estaba sucio y desaliñado. Sus zapatos estaban irreconocibles, cubiertos de una capa de polvo y tierra. Los matorrales habían dejado marcas de arañazos en su cara y sus brazos y su camisa mostraba algunos jirones en la tela. Eduardo se las arregló para encontrar una explicación medianamente convincente. Contar la verdad le pareció algo surrealista.

CAPÍTULO 11

El afecto de la señora Laura Heinz por Julia, era correspondido por ella con la misma reciprocidad. A medida que los meses fueron pasando, Laura Heinz encontró en la joven, no solo una eficaz y responsable trabajadora, también una persona sensible y cariñosa. Por su parte, Julia se sentía querida y valorada. Curiosamente, la señora se llamaba como su difunta abuela y en cierto modo esa era la sensación que ella percibía, la de tener una abuela más que una patrona. De vez en cuando, Marcelina y su hermana la visitaban y en una ocasión su padre vino a verla acompañado por aquella mujer con la que ahora vivía.

Julia salía poco de "Villa Marina". María le había presentado a una joven de su edad llamada Cristina. También servía como interna en la casa de unos conocidos de los Heinz. Algunos jueves y domingos por las tardes salían juntas y en ocasiones, se unían a otro grupo de muchachas conocidas de Cris. Aunque Julia consideraba a su nueva amiga como una buena persona y en cierto modo divertida, su amistad nunca superó lo superficial. Había demasiada distancia entre su forma de pensar y la de ella. Cris no tenía inquietudes ni ambiciones. Todas sus expectativas se limitaban a encontrar un marido guapo con el que casarse, tener hijos y vivir en su propia casa sin necesidad de servir a nadie.

Algunas mañanas, durante el verano, María apremiaba a Julia en la realización de las tareas. Una vez finalizadas, le permitía con el consentimiento de la señora de la casa el poder ausentarse con su amiga durante dos o tres horas. Ese tiempo lo dedicaban a disfrutar de un baño en la playa de San Lorenzo. Caminaban un buen trecho hasta tomar el viejo tranvía de la línea de Somió. Al llegar a la playa, Julia aspiraba con fuerza aquel aire marino que inundaba sus sentidos. Se contagiaba del optimismo que le producía el colorido de las decenas de casetas multicolores alineadas sobre la fina arena de la playa, y disfrutaba de las olas espumosas que rompían contra su piel. Rodeada de aquel bullicio, qué lejana parecía su vida en la soledad de Noglés. En las ocasiones en que las condiciones del mar hacían peligroso el baño y teniendo en cuenta que no sabían nadar, paseaban por la arena dejando que las olas bañasen sus pies descalzos. Recorrían el extenso arenal hasta el extremo donde el río Piles corría mansamente a verter sus aguas al mar. Subían las escaleras de piedra y se instalaban en la terraza del merendero El Madrigal, refrescándose con una de las bebidas de moda; una Mirinda de naranja. Mientras, reían las ocurrencias propias de la juventud.

Su mayor pasión estaba sin embargo en Villa Marina. Julia descubrió la estupenda biblioteca que el señor Heinz había reunido a lo largo de los años. María, la animó a pedir permiso a la señora para tomar prestado alguno de aquellos libros que tanto la atraían. Laura Heinz no solo se lo concedió, en ocasiones ejerció de tutora orientándola en la búsqueda de los libros más adecuados, comentando las historias y los temas que estos narraban. Cuando llegaba la noche, una vez concluidas las obligaciones, Julia solía retirarse a leer a su cuarto. Era un anexo a la vivienda principal. Allí compartían su estancia las dos sirvientas. La habitación era amplia, al fondo en un recodo Julia tenía su cama, eso permitía que la pequeña luz que había en su mesilla de noche apenas le llegase hasta la cama de María y pudiese así, leer sin molestarla.

Cuando entraba en la biblioteca tan repleta de libros sonreía pensando en el viejo baúl de su abuela. Qué poca cosa le parecía ahora comparándolo con lo que tenía ante sí. El señor Heinz había sido capitán en la marina mercante. Haber recorrido el mundo le dio posibilidad de traer a su colección tomos de muy diferentes lugares. Muchos, escritos en lenguas que Julia por supuesto no entendía. Un día, el señor le explicó que en la soledad del mar, nada era mejor que un libro para evadirse en los ratos libres. De allí venía pues su afición. Pero con el tiempo descubrió que parte de aquella colección también era responsabilidad de Doña Laura. Ella también se había refugiado en la lectura. Ser la mujer de un marino conllevaba una gran carga de soledad. En ocasiones, Julia trataba de imaginar por los títulos, qué obras habría aportado cada cual a aquel vasto catálogo.

Laura Heinz tenía una hija llamada Esther que vivía en Alemania, país de ascendencia del señor Heinz. Esto entristecía a la señora. La marcha de su hija se había producido por una situación controvertida para una familia de arraigado catolicismo, especialmente en un país machista y conservador como era la España de entonces. Esther era una mujer culta y emprendedora. Para su desgracia se casó con un hombre egocéntrico y superficial. Aunque las leyes españolas penaban el adulterio, la realidad era que ni las instituciones ni la opinión pública medían por el mismo rasero el comportamiento de los hombres y las mujeres. El desliz de un marido podía ser perdonado y hasta entendido. En la mujer era una marca a modo de estigma en su honor que difícilmente se perdona. El marido de Esther disfrutó de varios episodios amorosos extramatrimoniales. Al principio, eran guardados con celoso secreto, con el tiempo, algunos de ellos salieron a la luz. Esther aguantó hasta que la convivencia se volvió insostenible, entonces decidió romper con su matrimonio. No fue tarea fácil. Fruto de aquella unión tenían un hijo que complicaba más la separación. Laura Heinz apoyó sin fisuras a su hija contra las habladurías y el murmullo social. Poco tiempo después, Esther se trasladó a Alemania escapando de los prejuicios sociales por su condición de "separada". Allí su preparación y sus conocimientos del idioma le facilitaron un puesto de trabajo y una vida más libre y feliz.

Cuando Esther regresó a Gijón durante sus vacaciones, conoció a la nueva chica que sus padres habían contratado para el servicio doméstico. Desde el principio sintió simpatía por Julia, y le sorprendió de ella su atracción por la lectura y los conocimientos. Antes de regresar a Alemania le aconsejó que asistiese a las clases nocturnas que las monjas impartían. Debía de sacar el certificado de los estudios primarios, ya que por desgracia había abandonado la escuela prematuramente. Esther veía en ella a una chica inteligente y le ofrecía su propia experiencia. Una mujer preparada y culta era más libre e independiente.

Laura Heinz estuvo de acuerdo en la idea. En cuanto a María, en principio no vio con buenos ojos que Julia se ausentase cinco días a la semana entre las siete y las nueve treinta, dejándola sola con los preparativos de la cena. Posteriormente reconoció que la muchacha debería tener su oportunidad y dio su aprobación.

Julia no desaprovechó aquella oportunidad de estudiar. Aunque las matemáticas no eran su fuerte, la literatura y la historia lo compensaban. Especialmente le gustaba leer y memorizar poemas. Al finalizar el curso de 1961 consiguió superar los exámenes de ingreso. Si lo deseaba, estaba lista para estudiar el bachillerato elemental.

Era la primavera de 1961. El sol había decidido hacer aquella tarde su aparición, tras una mañana donde las brumas marinas habían dominado el paisaje. En los alrededores del estadio del Molinón, el público llenaba los espacios de bullicio y colorido. Se preparaban para asistir a uno de los últimos partidos de la temporada liguera. El ambiente no era precisamente de optimismo. El Real Gijón, que durante los años de la dictadura suprimió de su nombre oficial la palabra Sporting por la prohibición de extranjerismos, atravesaba una mala racha tanto económica como deportiva. Figuraba en las últimas posiciones de la tabla clasificatoria y la amenaza del descenso a tercera pesaba en una afición decepcionada. Desde su último descenso en 1959, el equipo deambulaba sin rumbo en el grupo norte de la segunda división.

Mientras, los vecinos de la capital disfrutaban de un Real Oviedo cada día más importante en la máxima categoría del fútbol español.

Muchos de aquellos aficionados aguardaban la hora del partido compartiendo tertulias y culines de sidra. Se repartían por los bares y merenderos situados en los alrededores, en la zona de la Guía preferentemente. Eduardo era un seguidor del Real Gijón de pro. Su padre le había hecho socio del equipo siendo niño y los domingos acudía fielmente a su cita futbolera. Mientras caminaba, fijó sus ojos en un grupo de muchachos que bromeaban apoyados en la pétrea balaustrada del puente que cruzaba sobre el rio Piles. La cara de uno de ellos le pareció familiar. Se aproximó con discreción para observarlo mejor. Al escuchar su voz cayó en la cuenta de quien se trataba.

— ¿Qué, ya habéis contactado con los espíritus del más allá?, – preguntó Eduardo al llegar a su altura.

El joven giró la cabeza y le miró interrogativamente frunciendo el ceño antes de devolver la pregunta.

— ¿Te conozco?

— Creo que sí. ¿No sueles parar con tus amigos de vez en cuando por algún cementerio?

— ¡Joder!, — exclamó con sorpresa Manuel— ¿Eras tú el tío que apareció por allí aquella noche?

— ¡Ajá! El mismo. Creo que aquella noche no nos presentamos. Mi nombre es Eduardo, ¿y el tuyo?

— Yo soy Manuel — respondió extendiendo su mano.

— ¿Por cierto, alguno de los que te acompañan estaba allí aquella noche? — preguntó Eduardo señalando hacia el resto de chicos.

— ¡Oh, no!, a ninguno de aquellos les gusta el fútbol.

— ¿Tú también vas al partido?

— ¡Sí! Los alumnos de la laboral tenemos facilidades para disponer de un carnet de abonados.

Los compañeros de Manuel se pusieron en marcha hacia el Molinón. Ellos les siguieron en animada conversación.

— ¿Como fue que apareciste en la puerta del cementerio aquella noche?

— ¡Buf! Es una larga historia, un enorme perro y su loco dueño me perseguían. ¿Y vosotros seguís con lo de los espíritus?

— ¡No, por supuesto!, eran cosas de mi amigo Imanol.

Llegados a las puertas del estadio debieron separarse. Eduardo fue en busca de sus amigos a la tribuna de preferencia situada en la grada oeste del estadio. Manuel y sus compañeros se dirigieron a el fondo sur donde presenciar el partido en grada de a pie. Se despidieron, pero se emplazaron para volver a verse antes de algún otro encuentro.

Sería el fútbol quien nuevamente propiciara el reencuentro. El curso escolar estaba presto a su final. En pocos días Manuel regresaría a casa para pasar las vacaciones veraniegas junto a su madre. Al Real

Gijón le quedaba un encuentro vital. La liga regular había finalizado y el equipo gijonés estaba en puestos de promoción de descenso. Disponían de una última oportunidad a doble partido. El Burgos era su rival. De no ganar, el equipo se hundiría en la tercera división, con una deuda que los periódicos de la época cifraban en al menos seis millones de pesetas.

Sentado sobre la hierba, en el extremo del parque contiguo al estadio, Manuel observaba a los grupos de aficionados pasar, enfrascados en las típicas discusiones previas a un partido. Había llegado hasta allí solo, pues prefirió bajar caminando desde la laboral. Un paseo le vendría bien para despejar la mente de la tensión que producen los estudios en época de exámenes. Trataba de descubrir entre la muchedumbre a alguno de sus compañeros habituales que llegarían con el autobús, cuando vio aparecer a Eduardo con otros jóvenes. Se incorporó y se dirigió hacia él.

— ¡Hoy nos la jugamos!

Eduardo sonrió mientras se aproximaba.

— ¡No hombre! hay que tener confianza. Esperemos que el Burgos no sea rival. Por cierto… ¿has venido solo?

— ¡Sí! — contestó Manu — pero me encontraré con algunos compañeros por aquí.

— ¿Te apetece venir con nosotros a la tribuna? Verás el partido sentado y si a esas nubes les da por descargar, estaremos a cubierto.

— Lo siento, mi pase no vale para entrar ahí.

— Ya, pero te podemos dejar uno, además conozco a los encargados de la puerta.

Eduardo se dio media vuelta y durante unos segundos habló con un chico rubio. Éste sacó de su cartera un carnet y se lo entregó. Luego dirigiéndose a Manuel dijo:

— Su hermano no puede venir, puedes utilizar este pase.

Dudó antes de aceptar la invitación, se sentía un tanto acobardado. Los amigos de Eduardo tenían pinta de señoritos. Vestían ropa elegante, sus cabellos engominados lucían tanto como sus relucientes zapatos, y le miraban con una curiosidad que le incomodaba.

Eduardo consideró que "quien calla otorga" y pasándole el brazo por encima del hombro, se lo llevó consigo hacia la puerta del estadio. Una vez en el interior se acomodaron en los asientos correspondientes. Uno de los amigos de Eduardo le preguntó de dónde era, él contestó que de la zona de Langreo, alguno coreó "cuenca minera borracha y dinamitera" y los demás rieron. Manuel no puso buena cara pero Edu le hizo un gesto amigable y restó importancia a la broma. Pronto todo el mundo se concentró en el juego. El partido resultó tenso. Los gijoneses consiguieron dos goles, uno de penalti conseguido por Arbaizar y otro por Silvestre, en frente los burgaleses fueron más contundentes y lograron marcar tres. La decepción era palpable. Todo quedaba a expensas de la vuelta en la ciudad castellana. Tras el encuentro, Eduardo le sugirió que les acompañase a tomar algo para quitar el sinsabor de la derrota. Manuel renunció argumentando que debía regresar a la Laboral. Era época de exámenes y debía estudiar. Pero la principal razón que le hizo declinar la invitación fue no sentirse comodo en aquella compañía. Cierto que Eduardo era un chico amable y extrovertido, pero sus amigos parecían mirarle con cierto aire de menosprecio. Estaba claro que no provenían de su misma clase social y esto le acomplejaba.

Los exámenes fueron para Manuel un éxito. Todo lo contrario que la promoción para el Sporting ya que en el encuentro de vuelta perdió por 2 a 1 y descendió a tercera división. Afortunadamente algunas veces los milagros se hacen realidad. La renuncia del Condal de Barcelona a su plaza por problemas económicos, les dio a los gijoneses la oportunidad de jugar un torneo en Palma de Mallorca para cubrir dicha plaza. La suerte estuvo de su lado. El Sestao, primer rival, no se presentó. En el segundo encuentro se empató con el Castellón. Por fortuna, una moneda al aire dio el pase en el sorteo al Gijón y por último,se ganó sufriendo al Sevilla Atlético por dos goles a uno. La siguiente temporada el Real Gijón volvería a jugar en segunda división.

CAPÍTULO 12

El calendario marcaba el último mes del año. 1962 estaba llamando a las puertas y parecía venir con renovados aires. Los señores Heinz habían adquirido un aparato de televisión. Gracias al nuevo repetidor de Tv instalado en el alto de la Madera, Gijón gozaba ya de una cobertura digna, algo que en otras partes del país disfrutaban desde hacía algún tiempo.

Para las navidades estaba prevista la llegada de Esther desde Alemania, pero también se esperaba al hijo de ésta, Ulises. El nieto de los señores Heinz había estado sin una ubicación estable desde la separación de sus padres. En un principio vivió con su madre en casa de sus abuelos. Más tarde, con la marcha de ésta a Alemania se trasladó con ella. Pronto su voluntad de regresar a España, fue superior al deseo de su madre por mantenerle a su lado. Tras una corta convivencia con su padre, entró interno en un reputado colegio. En la actualidad, ya cumplidos los diecinueve años, estudiaba en una universidad madrileña.

Era el 22 de diciembre, el día oficial de la ilusión, el elegido para celebrar el sorteo de la lotería navideña, cuando los invitados llegaron a Villa Marina. Esther fue la primera en arribar. Al atardecer, Ulises se presentó en la casa. Tras saludar efusivamente a su madre y a sus abuelos, éstos le presentaron a la que para él era la nueva sirvienta, pese a que ya llevaba más de un año en la casa. Ulises, fijó su mirada en la joven. Fue como un scanner que intentase memorizar su figura de arriba abajo mientras le dedicaba la mejor de sus sonrisas. Realmente Julia era una chica preciosa. Aunque no era muy alta, su cuerpo esbelto y bien proporcionado, sus cabellos morenos y sus ojos verdes, ofrecían un contraste cautivador. Julia devolvió el saludo inclinando tímidamente la cabeza y apartó sus ojos de los del recién llegado.

Durante los siguientes días, Villa Marina cobró un ambiente inusual. A los invitados, se unió un trasiego de visitas y un especial ajetreo propio de las fiestas navideñas. Julia se sentía un tanto incomoda, el nieto de los Heinz parecía tener un especial interés por ella, aunque esto pasara desapercibido para el resto de los habitantes de la casa. Se sentía observada por él y, en cierto modo, condicionada por las sutiles insinuaciones que en alguna ocasión dejó caer. María también cayó en la cuenta y le sugirió a la joven que evitara ciertas familiaridades con el hijo de la señora. No estaban en el mismo escalafón social y eso podría traer más desgracias que satisfacciones. Además, seguramente sería un mujeriego como su padre. María podía estar tranquila. Ella no sentía ningún interés en Ulises.

El 28 de diciembre, en Villa Marina se celebró una comida a la que asistieron como invitados los Rivera. El señor Heinz y Alfredo Rivera se conocían desde hacía largo tiempo. El primero había sido capitán en uno de los barcos de la naviera Riverlot, de la que Alfredo era uno de sus máximos accionistas. Habría que añadir a esto, la amistad que unía a Isabella con Esther. La hija de los Heinz había sido una de sus mejores amigas desde su llegada de Uruguay tras su boda con Alfredo. Ahora la distancia las separaba y truncaba su buena relación. En alguna ocasión, el matrimonio Rivera visitaba la casa, pero en aquella ocasión lo hacían acompañados de algunos de sus hijos.

El matrimonio anfitrión salió a recibirles. Instantes después Esther se unió en el efusivo recibimiento, regalándole a Isabella algunos elogios sobre sus hijos que a ésta la llenaron de orgullo. Tan solo faltaba el hijo mayor de los Rivera, pero había partido aquella misma mañana para los Estados Unidos. Eduardo portaba en sus manos una bandeja con una estupenda tarta que Isabella había encargado para la ocasión. Laura indicó al joven que se dirigiera hacia la cocina y se la entregase a María. Así lo hizo, atravesó el hall y llegó hasta la cocina. Esperaba encontrar a la vieja sirvienta pero se topó de frente con Julia. Cuando ella se giró, sus miradas se tropezaron frente a frente. Durante un par de segundos ninguno dijo nada, aquella pequeña fracción de tiempo pareció quedar congelada en un impasse atemporal. Eduardo reaccionó preguntando ligeramente azorado ante la poderosa mirada de aquellos ojos verdes de la joven, dónde colocaba la bandeja. Para Julia fue algo más, sintió una especie de invisible chispa eléctrica que recorrió su cuerpo. Ella sabía del poder de su intuición para captar las cosas que los demás parecían no apreciar. Era como una reacción química sin explicación. Nunca había visto a aquel joven y sin embargo…. Extendió los brazos, sin decir nada, tomó la tarta y la depositó sobre la encimera de la cocina a la vez que le dedicaba una tímida sonrisa. Eduardo devolvió el gesto con una leve inclinación de cabeza y se fue precipitadamente.

La comida se desarrolló en los cauces festivos que las épocas navideñas propician para los reencuentros. Para el recuerdo de las viejas anécdotas y la añoranza de tiempos pasados. Al final de la sobremesa, Eduardo abandonó el comedor y salió a la pequeña terraza que se elevaba sobre el jardín. Su mirada recorría los árboles, parte de ellos desnudos de hojas en aquella época del año. Julia irrumpió en el jardín saliendo de un costado de la casa. Llevaba un recipiente con restos de comida y se dirigió hacia la caseta del gran mastín. El animal salió a recibirla con evidentes signos de alegría. Edu la miraba absorto. Una leve brisa mecía los oscuros cabellos de la joven. Era realmente atractiva pensó. La mano de Ulises sobre su hombro le sacó de su ensimismamiento.

— ¡Eh! No la mires tanto que se te van a salir los ojos.

Eduardo se giró hacia su interlocutor antes de responder con una irónica pregunta.

— ¿Qué sabes tú lo que yo miro?

— ¡Si, lo sé! — respondió con una sarcástica sonrisa, señalando con discreción hacia la chica que parecía ignorar la presencia de ambos.

Edu no estaba dispuesto a entrar al trapo de las insinuaciones. Que sus madres se llevasen bien nunca había influido para sellar una buena amistad entre ellos. En la actualidad, la relación era muy escasa, pero en otros tiempos, cuando eran pequeños, recordaba como Ulises parecía guardar siempre una sombra de resentimiento hacia los hermanos Rivera, ellos siempre eran los más populares. Claro que entonces Edu siempre estaba protegido por su "hermanito mayor".

— ¡Puedo mirar lo que me dé la gana!

— ¡No a ella pipiolo! Estás fuera de tu terreno.

Edu lanzó una mirada de soslayo a su interlocutor y decidió irse sin replicar. No era ni el sitio ni el día para buscar problemas. Por otra parte, nadie podía haber dicho nunca que él babease por ninguna chica y menos se lo iba a permitir a aquel idiota presuntuoso.

Una vez hubo regresado al salón, se le hizo largo el tiempo mientras esperaba que sus padres dieran por terminada su animada tertulia. Por fin llegó la hora de las despedidas. Las doncellas acudieron a entregar los abrigos a los invitados. Cuando Julia entregó con una sonrisa la prenda a Edu, sus manos se rozaron levemente. Él se sonrojó al sentir la intensa mirada que ella le dedicaba. Pasarían varios días sin poder olvidar aquel bello rostro.

Las navidades fueron pasando. Julia obtuvo permiso para disfrutar de la Nochevieja en casa de Marcelina con su hermana Marta. Los señores Heinz no la necesitaban, celebrarían la fiesta de fin de año en el club de regatas del cual eran socios. Julia pudo disfrutar del único vínculo familiar que mantenía, su hermana y la familia de Marcelina. De su padre apenas sabía gran cosa en los últimos meses. Que trabajaba de vigilante en los talleres de fabrica Mieres y que su querida (como Marcelina la nombraba), vivía con él en la casa de la Reguera.

Cuando la celebración llegó a su fin, Julia compartió cama con su hermana. Ésta última pronto quedó rendida por el cansancio. Mientras dormía, Julia observaba sus facciones en la penumbra del cuarto.

Como habían cambiado sus vidas desde aquella tarde otoñal en que la vio partir de Noglés. Se acurrucó contra su cuerpo sintiendo su calor. Mientras, una lágrima incontrolada brotaba de sus ojos para recorrer en un húmedo cosquilleo su mejilla. A sus catorce años, Marta se había convertido en una muchacha hermosa que aparentaba más edad de la que tenía. Su carácter no había cambiado un ápice, inquieta y revoltosa. Le había confesado a Julia sus deseos de irse de Trubia. Con Marcelina estaba bien, pero aquel pueblo ya se le hacía pequeño y aburrido. Cómo deseaba hacerse mayor para disponer de su vida con libertad.

A través de las rendijas de la persiana a medio cerrar, se colaba la débil luz de una farola callejera iluminando los perfiles de los muebles de la habitación. Mientras trataba de conciliar el sueño, imaginó qué caminos tomarían sus vidas. Recordaba las palabras de Emilio sobre los giros inesperados que da el destino y como al cruzarse con otras vidas pueden cambiar nuestra trayectoria.

En la mañana del 2 de enero, regresó a Villa Marina. La señora Esther ya había partido hacia Alemania, no así su hijo que aun seguiría un par de días más con sus abuelos. María la fue poniendo al corriente de las tareas domésticas a realizar, mientras escuchaba los pormenores del fin de año y otras curiosidades sobre Marta o los hijos de Marcelina.

Al atardecer la casa se quedó prácticamente vacía. Los señores Heinz acudieron al club con algunos amigos y María se había ausentado durante algún tiempo para hacer unas compras personales en la ciudad, Julia por su parte, se afanaba en ordenar las habitaciones en la planta superior de la vivienda. Enfrascada en las labores canturreando no escuchó la llegada de Ulises, quien se dirigió hacia la cocina, sacó una cerveza del frigorífico y recorrió los vacíos aposentos dando largos tragos a la botella. Los sonidos apagados de los canturreos de Julia llegaron a sus oídos. Subió con sigilo la escalera. Desde el recodo del pasillo vio la figura de la muchacha. De espaldas a él, se inclinaba para guardar ropa en la parte inferior del armario. Únicamente llevaba una especie de mandilón comodo para trabajar que en aquella postura dejaba ver buena parte de sus hermosas piernas. Ulises se sentía enormemente atraído por aquella chica, aunque nunca se hubiese atrevido a confesarlo en público. No era más que una simple sirvienta por mucho aprecio que le dispensase su abuela. Pese a todo, la deseaba. Recordó cuando su compañero de la facultad le contó como había perdido su virginidad con una sirvienta. Él ya no era virgen precisamente, para esos temas había sido muy precoz, pero aquella joven merecía que lo intentase. No le quedaba mucho tiempo antes de partir hacia Madrid. No estaba borracho pero había estado bebiendo con sus amigos y su espíritu gozaba de buen ánimo. Avanzó por el pasillo y llegó hasta el cuarto donde ella se encontraba.

— ¡Estás muy hacendosa! — dijo en tono irónico.

Julia se giró sobresaltada ante la inesperada irrupción.

— Tranquila mujer no soy un fantasma.

— Lo siento, no te oí llegar.

Ulises penetró en la habitación cerrando la puerta tras de sí. Ella le miró un tanto desconcertada e instintivamente se puso a la defensiva.

— ¿Te apetece un trago de cerveza?

— ¡No! ¡No me gusta el alcohol!

— Esto es muy suave, no hace nada.

— Lo siento, si me disculpas tengo aun trabajo por terminar— dijo tratando de que su voz sonase con determinación.

Intentó llegar hasta la puerta, pero él le cerró el paso con el cuerpo apoyando su mano en la pared.

— ¿Acaso no te caigo bien?

Julia bajó la mirada nerviosa, y no respondió:

— Pues yo tengo que decir que tú a mí me llevas de cabeza.

Con decisión la cogió por el brazo y la hizo sentarse sobre la cama. Entonces ella respondió:

— ¡Déjame salir o se lo diré a tu abuela!

— ¿Pero quién te crees que eres?

Ulises decidió no andar con más contemplaciones, no habría otra oportunidad. Se situó tras ella e introdujo su mano por el escote de la bata bajo su ropa interior, acariciando con fuerza el pezón de su pecho izquierdo. Julia permaneció inmóvil, atenazada por la situación. La aparente falta de oposición de la joven le dio alas para culminar su propósito. Situado como estaba a su espalda, apoyó la barbilla sobre el hombro de ella de forma que sus mejillas se rozaran y comenzó a desabrochar los botones de su mandilón hasta llegar a la altura de la ingle. Entonces Julia, con los ojos empañados en lágrimas intentó zafarse con todas sus fuerzas logrando ponerse en pie. El la sujetó con fuerza contra la pared intentando besar su boca. No estaba dispuesta a resignarse. En un intento por apartarle le arañó con sus uñas en el cuello. Luego gritó, aunque probablemente nadie la escucharía. Ulises intentó taparle la boca, pero ella reaccionó con rapidez e hincó sus dientes en la mano opresora. El dolor le hizo soltar a su presa. En cuanto Julia se sintió libre, se abalanzó hacia la puerta del cuarto y consiguió salir al pasillo. Corrió hacia las escaleras que llevaban a la planta baja sintiendo tras de sí las pisadas que casi le daban alcance. Sus pies saltaron precipitadamente sobre los escalones de madera. Al llegar al pequeño rellano donde la escalera hacía un giro, perdió el control chocando contra la barandilla de madera. Su cuerpo perdió el equilibrio y rodó por el tramo que aun le quedaba por descender, estrellándose contra un perchero que adornaba aquella esquina del salón.

Ulises frenó en seco su carrera. Durante unos segundos permaneció inmóvil desbordado por la situación. Luego descendió y se acercó lentamente al lugar en el que Julia permanecía tendida de bruces. Pronunció su nombre con un hilo de voz que apenas salía de su garganta, pero ella no respondía. Con cuidado le dio media vuelta de tal manera que su espalda quedó apoyada en el suelo. La sangre le brotaba en abundancia por una herida sobre la ceja. Se incorporó presa de un ataque de pánico. Quizás estaba muerta y había sido culpa suya. ¿Como había llegado a aquella situación?, se preguntó. Aquella chica le gustaba, solo pretendía pasarlo bien y era consciente de que todo se le había ido de las manos. Necesitaba ayuda y no sabía por dónde empezar. Corrió hacia el teléfono. La guía telefónica no estaba en su sitio, algo por lo que su abuelo siempre reñía. Entonces recordó que el vecino de al lado era médico y trabajaba en un hospital. Regresó para ver si Julia daba signos de vida pero seguía inconsciente. Antes de salir en busca de ayuda le abrochó los botones de la bata. Su desnudez le hacía sentirse más culpable.

Salió al jardín, la noche había caído por completo y un fino y pertinaz orbayu empapaba el ambiente. Sus pies corrieron presurosos chapoteando sobre los charcos. Abrió la verja y cruzó al otro lado de la pequeña carretera que serpenteaba entre los muros de las fincas y los chalets. A través de las ranuras del tosco portón de madera que guardaba el patio, pudo ver que en la casa de su vecino había luz. Comenzó a llamar con fuerza golpeando con los puños en la madera, mientras pedía ayuda a voces. Estaba tan fuera de sí que no se percató de la figura que se le acercaba por su espalda hasta que tocó su hombro.

— ¡Pero, por dios! ¿Qué te ocurre chiquillo?

Se giró, a su lado estaba María envuelta en su abrigo y cobijándose bajo un viejo paraguas. Ésta le miraba con ojos de asombro al encontrarle en aquel estado. No le dio tiempo a contestar, la puerta de madera se abrió para dar paso a la figura de un hombre entrado en canas.

— ¿Pero se puede saber qué demonios pasa?

— Ha ocurrido un accidente— balbuceó Ulises.

— ¿Qué clase de accidente?

— Julia se ha caído por las escaleras— replicó casi sollozando.

Como movida por un resorte, María emprendió una carrera hacia la casa apurando todo lo que le permitían las piernas a su edad. Los otros dos la siguieron y pronto la sobrepasaron. Cuando por fin llegaron ante Julia ésta había abierto los ojos. Estaba muy pálida. Parte del rostro estaba cubierto de sangre saliendo una queja lastimera de sus labios mientras se agarraba su hombro izquierdo.

Ulises resopló de alivio, estaba viva. Por el contrario, María sufrió un ataque de ansiedad al ver su estado. El doctor pidió tranquilidad. Primero examinó las pupilas de la chica y solicitó un recipiente con agua y un paño para limpiar la herida. Julia, bajo los efectos de la conmoción apenas articulaba algunos quejidos. El doctor comprobó que tenía una fractura en su clavícula y que su tobillo izquierdo había hinchado de forma prominente. Él mismo se dirigió al teléfono y solicitó una ambulancia. Poco tiempo después, Julia fue trasladada al hospital. María pidió poder acompañarla, así que Ulises se quedó solo en la casa, esperando el regreso de sus abuelos. Paseaba intranquilo, como un animal enjaulado. En parte se sentía aliviado, el médico les había tranquilizado insinuando que se recuperaría, cosa que él deseaba de veras. Pero por otra parte, sentía temor sobre lo que ella pudiese decir de lo ocurrido.

Cuando los señores Heinz regresaron, su nieto salió presuroso a su encuentro para relatarles el accidente de Julia en la escalera y su traslado al hospital. Sin tiempo que perder, Laura y su marido volvieron a subir al automóvil para dirigirse al centro sanitario. Esta vez Ulises no dudó en acompañarles.

La espera en el hospital se hizo larga. Por fin, los doctores les permitieron visitar a la paciente, aunque solo por un instante. Les explicaron como habían colocado su hombro en posición correcta tras la fractura y que tenía un fuerte esguince en el tobillo. La herida de la cabeza no revestía gran importancia pese a lo escandaloso de la sangre, pero necesitaban tenerla en observación. Aunque no se le apreciaban lesiones internas por el traumatismo, la evolución a veces toma giros inesperados.

Por turnos entraron en la habitación. Ulises fue el último en hacerlo. Allí postrada en una blanca e inmaculada cama, Julia parecía aun adormilada por los efectos de la anestesia. Se acercó lentamente y la miró durante unos instantes, luego alargó los dedos hasta rozar el dorso de su mano y le dijo cuanto sentía lo ocurrido. Ella no respondió, permaneció inmóvil con la mirada perdida. Se encontraba incómodo en aquella estancia. Parecía que el silencio estaba poseído de un halo acusador. Antes de irse se inclinó para besar su mejilla y le susurró:

— ¡Por favor, no me acuses!

De regreso a casa, el señor Heinz no dejaba de preguntarse extrañado como era posible una caída tan estrepitosa, más en una chica tan prudente como Julia. Ulises viajaba pensativo, contestando a sus abuelos de cuando en cuando con escuetos monosílabos. Pero María meditaba en silencio lo ocurrido y un extraño presentimiento la asaltaba. Se había fijado que en el hospital, Ulises no se había despojado del abrigo en ningún momento y continuamente procuraba subirse los cuellos de la prenda. Fue en el momento en que el joven se inclinó para tomar asiento en el coche, cuando pudo apreciar con claridad los arañazos en su cuello. Eso la hacía pensar que podía haber algo más que una simple caída, que aquellos arañazos que tanto le preocupaban e intentaba ocultar, pudieran estar relacionados con el accidente. Se calló, guardó sus conjeturas para sí misma, aunque el muchacho no le era especialmente simpático, profesaba una gran lealtad y cariño hacia sus abuelos.

Julia se fue recuperando poco a poco. Aun debió permanecer algún tiempo hospitalizada y todos los días recibía la visita de su amiga Cristina que le sirvió de confidente. La huella que aquellos hechos dejaron fue cicatrizando a medida que las semanas y los meses se fueron desgranando en el calendario. Nunca acusó a Ulises de sus actos pese a las insinuaciones de María por indagar la verdad. No se trataba de perdonar ni de odiar, simplemente corrió un tupido velo sobre aquel día e intentó sepultarlo en lo más profundo del olvido. Cuando regresó del hospital, Ulises ya había partido y tardaría mucho en volver a verle.

CAPÍTULO 13

1962 no sería un año fácil en Asturias. En aquella primavera, una huelga que comenzó en la minería se extendió a otros sectores del tejido industrial principalmente al siderúrgico, convulsionando la estabilidad del régimen. No surgió de un acto premeditado ni organizado. Como ocurre tantas veces, unos hechos casuales derivan en acontecimientos de consecuencias imprevisibles.

Siete mineros del pozo Nicolasa en la comarca de Mieres decidieron un buen día de principios de abril no acudir a su puesto de trabajo. Las duras condiciones que conllevaba el trabajo de minero, se veían allí agravadas por las dificultades de extracción de una capa de dureza especial. La mayoría de los picadores cobraban unos exiguos salarios, basados en el trabajo a destajo que imponían las empresas. En aquellas condiciones era imposible sacar un sueldo decente con el que vivir. En los días posteriores, el resto de compañeros secundaron a los siete. Cesó por completo la actividad en dicha explotación minera pese a las amenazas empresariales. Como en un efecto dominó, la huelga se extendió al resto de los pozos de la cuenca del Caudal. No solo era un motivo de solidaridad, cosa que en los mineros estaba muy arraigada, también era un acto de concienciación. Necesitaban rebelarse contra la precaria y penosa situación que vivían, en unas minas obsoletas y peligrosas.

Manuel ignoraba por completo el conflicto cuando cogió el tren en Gijón para dirigirse a casa de su madre. Era mitad del mes de abril y las vacaciones de Semana Santa le permitían ausentarse por unos días de la Universidad Laboral. Su mayor preocupación era saber qué hacer con su vida. Aquel sería su último año en la Laboral y una vez acabados los estudios tendría que buscarse la vida.

La gente hablaba con voz queda sobre lo mal que estaba la situación. Una mujer de avanzada edad comentaba a otra que el cierre de los economatos mineros haría difícil el sustento de las familias. Un par de parejas de la Guardia Civil recorrían de cuando en cuando el tren y su presencia invitaba al silencio de los pasajeros. Uno de los guardias le pidió que se identificase. Por fortuna, una vez lo hizo le dejaron tranquilo. El conflicto había sobrepasado los límites de la cuenca del Caudal y las minas de la cuenca de Langreo se habían unido a la huelga. Desde el tren pudo comprobar al llegar a La Felguera la presencia de los coches policiales y los guardias patrullando. Fuera de los muros protectores de la Universidad Laboral el mundo parecía más duro y amargo. Miró con cierta nostalgia desde su ventanilla como el tren dejaba atrás La Felguera. Ya nada le quedaba en aquel lugar desde el traslado de su madre al pueblo de sus parientes. Gijón había sido para él una liberación, había ensanchado sus horizontes. Regresar a aquellos ennegrecidos valles langreanos le hacía revivir tiempos demasiado tristes. Observando el paisaje, reconoció el lugar donde tiempo atrás, Pablo Ruiz se quedó atrapado en un vagón mientras le perseguía. Nunca más le había vuelto a ver. Lo mismo ocurría con la mayoría de los escasos amigos que había hecho durante su infancia. Si hubiese conocido a Julia, ella le hablaría sobre las vueltas que da el camino de la vida, pero eso ya se encargaría la propia vida de mostrárselo.

Su madre lo recibió con una sonrisa en la boca y unas lágrimas en los ojos. Se había convertido en una persona depresiva y triste. Afortunadamente sus parientes resultaban un gran apoyo. En aquella pequeña aldea donde ahora vivía, la vida era muy familiar y de fácil convivencia. Su prima Amelia, le cedió a cambio de una renta casi simbólica, la pequeña casa que había pertenecido a su abuela. Allí se instaló definitivamente, lejos de La Felguera y de los recuerdos del pasado. Como complemento a la exigua pensión que le quedó tras la muerte de su marido, cultivaba un huerto que no solo le servía para tener ocupados sus sentidos, también era una inestimable ayuda a la economía doméstica. Lo utilizaba tanto para el consumo propio, como para vender ocasionalmente algunos productos como patatas o tomates en el mercado de Laviana. Estaba muy orgullosa de su hijo, aunque le echaba mucho de menos, había aprendido a resignarse. Gracias a la beca que le concedieron por ser huérfano, tenía la posibilidad de estudiar y eso a ella le compensaba su sufrimiento.

No solo se alegró su madre de verle. La pequeña Elisa, una prima lejana en el escalafón consanguíneo, también sintió una emoción especial con su presencia. Estaba a punto de cumplir los diecisiete años y en el último año la transformación de niña a mujer se hizo evidente en ella. Desde luego el apelativo de pequeña Elisa perdió su sentido. Ya no era la niña un tanto ingenua y alocada a quien él solía gastar bromas. Aquella tarde, cuando apareció ante la puerta de su casa para darle la bienvenida, no pudo evitar verla con otros ojos. Llevaba un ceñido vestido que marcaba su figura y sus largos cabellos negros como el carbón, caían sobre su pecho enlazados en una trenza.

La madre de Manuel la invitó a pasar dentro de la modesta vivienda. Al cabo de un rato, la muchacha se fue tras despedirse. Entonces la madre de Manuel comentó:

— ¿Verdad que se ha convertido en una mujer preciosa?

— Sí – respondió Manuel, intentando restarle importancia a la respuesta.

— Tengo la impresión que ve en ti algo más que un pariente lejano.

— ¿Qué quieres decir?— Preguntó él un tanto extrañado por las observaciones de su madre, pero ella respondió con otra pregunta.

— ¿Has visto como te mira? ¿Y el ligero temblor en su voz cuando te habla?

A continuación su madre salió de la estancia meneando ligeramente su cabeza, y esbozando una irónica sonrisa apuntilló:

— ¡Soy mujer!

Manuel se quedó pensativo mirando la hilera de árboles que se divisaban desde la pequeña ventana de la cocina. Nunca hablaba con su madre de temas de chicas, ni siquiera de sentimientos, sueños o frustraciones. Al menos desde que era niño no lo hacía. Así que sus palabras calaron en él. A partir de aquel momento sintió un interés especial por Elisa. Era un sentimiento contradictorio. Por un lado sus esperanzas pasaban por una vida lejos de allí. Elisa no dejaba de ser una sencilla campesina sin cultura y él aspiraba a cotas mayores. Por otra parte, se sentía halagado de que ella hubiese puesto sus ojos en él. Nunca había tenido una relación con una chica y a sus dieciocho años cumplidos sus hormonas se agitaban inquietas. Qué demonios, pensó, además es guapa.

La vida en la aldea le resultaba anodina, echaba de menos el bullicio y la actividad. Ayudó a su madre en el huerto durante la mañana pero a la hora de la comida descubrió la vieja motocicleta de su padre. Tapada por una sucia sábana, permanecía olvidada en el fondo del cobertizo donde se guardaban trastos y madera a modo de pequeño almacén. Su madre le explicó que durante algún tiempo no supo de su paradero. El día en que su padre murió, éste la había llevado al trabajo y allí había permanecido olvidada. Meses después, cuando un ex compañero del difunto averiguó donde vivía su viuda, se la devolvieron.

Manuel sintió un nudo en la garganta al pasar sus dedos sobre el sucio manillar cubierto de polvo. Hasta él llegaron los recuerdos, agarrado a la cintura de su padre por aquellas estrechas carreteras. Qué lejos parecían aquellos días. Decidió recuperar la vieja moto para su servicio. Tras una limpieza a fondo comprobó con desazón que no arrancaba, entre otras cosas porque el depósito estaba vacío. Una vez subsanado ese obstáculo terminó de ponerla a punto, con la ayuda inestimable de Honorio. El marido de Amelia tenía algunos conocimientos mecánicos. La Vespa estaba lista para la acción.

Primeramente, antes de aventurarse a salir en carretera, practicó por el camino de tierra que había a la entrada del pueblo. Era un tramo demasiado corto, pero era la única zona aceptablemente llana donde practicar sin peligro a romperse "la crisma", como apuntaba su madre. Tras algunas caídas sin consecuencias al aterrizar en los verdes pastos, se sintió preparado para probar otros retos. Descendió por el camino empedrado y sin asfaltar que llevaba hasta la carretera, empujando la moto sin atreverse a subir en ella. Eran casi dos kilómetros ligeramente empinados hasta llegar a la carretera general que unía Asturias con León a través del puerto de Tarna. Pese a todo, su primera salida resultó satisfactoria. A la tarde siguiente se animó a invitar a Elisa a un paseo motorizado.

El sol ya comenzaba a descender buscando refugio tras las montañas. Elisa le hizo prometer que no se alejarían mucho y que estarían de regreso antes del anochecer. Tomaron la dirección hacia el puerto. Ascendieron por la carretera. Durante algunos kilómetros los dos viajaban en silencio. Parecían disfrutar del paisaje en aquella florida primavera. Pero la verdad es que la situación les hacía ser parcos en palabras. En parte, porque él conducía demasiado tensionado por mantener el equilibrio y ella se agarraba con fuerza a su cintura preocupada por no caerse. Mas el principal motivo era aquella ansiedad que a ambos les corroía, era fruto de ser un par de tortolitos inexpertos en cuestiones de amoríos. Manuel sopesaba las palabras que debía decir. No quería aparentar ser un patán. Era evidente que ella le gustaba, pero tenía claro que no debía hacer ninguna promesa, ni propiciar ningún compromiso del cual se llegase a arrepentir. Ella esperaba ansiosa que él tomase la iniciativa.

Pararon al lado de un grupo de árboles. Desde allí un pequeño sendero bajaba hacia el lecho del río. Tras aparcar la motocicleta, descendieron hasta la orilla. Manuel se agachó e introdujo su mano en el agua.

— ¡Es increíble!— exclamó.

— ¿Qué es lo increíble? ¿Un río?

— ¡No! Lo increíble es que el agua tan cristalina de este rio se convierta en un agua negra como la noche, cuando discurra entre minas y lavaderos de carbón.

Caminaron por la orilla hasta donde la maleza les impidió el paso.

— ¿Sabes? Cuando era niño y veía discurrir el río Nalón a su paso por Sama o La Felguera, creía que el negro era su color natural.

A continuación, cogiendo un trozo de madera lo depositó en el cauce. Mientras las aguas se lo llevaban exclamó levantando su mano a modo de despedida.

— ¡Buen viaje! con suerte llegarás hasta el mar.

Elisa le miraba con una mezcla de curiosidad y extrañeza. Avanzó unos pasos, se sentó sobre una piedra apoyando su espalda contra un viejo castaño y preguntó:
— ¿Era este el lugar que habías pensado para invitarme a venir?
Manuel se encogió de hombros. Realmente no había pensado en ninguno en concreto. Tan solo se trataba de dar un paseo en su "nueva moto" y por qué no, tener la oportunidad de estar con ella.
— ¡No! Simplemente surgió. ¿No te gusta?
— Bueno…. Prefería haber ido a la Pola o al Entrego, y que me hubieses invitado a merendar en una confitería.
— No tengo un permiso para la moto. Por aquí apenas hay tráfico pero si voy a poblaciones grandes podría tener problemas con la Guardia Civil, además… el dulce engorda.
Hubo un intenso cruce de miradas, en un intento de ambos por imaginar qué estaría pensando el otro. Luego ambos rieron. Él se acercó a Elisa y se sentó a su lado. Durante algunos segundos permanecieron en silencio hasta que ella rompió el hielo.
— ¿Tienes moza?
Era una expresión muy habitual en Asturias para referirse al noviazgo. Manuel se vio sorprendido por la pregunta.
— ¡Oh, no!
— ¿Pero no conoces a ninguna chica en Gijón?
— Sí, algunas de vista.— Y puntualizó — Lo que ocurre es que donde yo estudio solo hay hombres.
— ¿Yo te gusto?
De pronto, Manuel se sintió inseguro y un tanto acobardado, alguna vez creyó escuchar que era el hombre quien llevaba la iniciativa en el tema de la seducción. No cabía duda de que aquella chica pese a su juventud, era más directa y mucho menos tímida que el. Su respuesta fue casi una evasiva, evitando mirarla a los ojos.
— ¿Qué te hace pensar eso?
— El que me hayas invitado a venir contigo.
Vaciló un instante antes de contestar. Realmente le gustaba, pero reconocerlo sin más le pareció una señal de debilidad por su parte. Su orgullo le pedía mostrar una actitud indiferente. No quería ser una marioneta en manos de aquella muchacha que en cierta forma le intimidaba.
— Bueno, tampoco eres la única chica guapa que conozco y me gusta.
Elisa miró al suelo un instante, no parecía muy satisfecha con la contestación. Luego dando media vuelta dijo:
— Ya es tarde, llévame a mi casa por favor.
Manuel la siguió hasta la carretera, intentó decir algo para arreglar la situación pero de su boca no logró salir ni una sola palabra. No sabía por qué había dicho que había otras chicas, pero le salió sin pensar.

Regresaron en un tenso silencio. Al salir de la carretera para tomar el camino hacia el pueblo, Elisa se adelantó caminando con rapidez dejando atrás a Manuel, quien empujaba su moto con dificultad por las pedregosas cuestas que subían hasta su casa.

Aquella noche le costó conciliar el sueño. Se sentía un tanto ridículo de como había actuado. Nunca había estado con ninguna mujer y se daba cuenta de que en su primer chance, no había estado fino. Lo peor es que para ello no había manual de instrucciones y las mujeres parecían tener reacciones imprevisibles. Ahora se preguntaba a sí mismo por qué no le había dicho claramente que ella le gustaba. ¿Qué le llevó a hacerse el duro? Dándole vueltas a aquellas cuestiones se quedó dormido cerca del amanecer.

Una mañana, decidió ir a La Felguera aprovechando que su madre le dio dinero para comprarse unos zapatos nuevos. La situación de los mineros de la zona dejaba ver cierta tensión en el ambiente y en los comentarios de la gente. El marido de Amelia, la prima de su madre, le había dicho que las minas registraban un paro total y los trabajadores vivían con inquietud aquellos días difíciles. A pesar de ello, en los periódicos y las radios apenas se hacía referencia a tales hechos. La policía tenía más presencia de lo habitual patrullando las calles, y aunque no se acercó a ninguna de las explotaciones mineras supuso que allí las cosas estarían peor. Pese a todo, la vida parecía discurrir con cierta normalidad, quizás por eso la llamaban "la huelga del silencio".

Dirigió los pasos hacia su antigua casa. Habían pasado más de tres años desde que se fue, pero todo mostraba el mismo aspecto. Sintió un nudo en la garganta al imaginarse a su padre saliendo del portal y levantando su mano para saludarle. Tenía la impresión de haberse vuelto viejo de repente y que un centenar de años le separaban de aquel sitio. Se fue caminando hasta llegar a una pequeña zapatería. No había ningún cliente en el establecimiento, así que el dueño se mostró solícito en atenderle. No tenía mucho dinero pero los precios eran asequibles y pudo comprar algo de su gusto. Tras realizar la compra, decidió pasar por el colegio de los frailes con la esperanza de ver caras conocidas. Las puertas estaban cerradas y con las vacaciones de semana santa no se vislumbraba ningún signo de actividad. Pese a todo llamó a la puerta, tenía intención de saludar a don Jesús. Este fraile había sido su profesor preferido y quien le había llevado el primer día a la Universidad Laboral. El fraile que le abrió le resultó desconocido. Cuando Manu le preguntó si podía ver a don Jesús, éste frunció el ceño y preguntó para qué. Pese a los esfuerzos por explicarle el motivo de la visita ya que había sido alumno de aquel colegio, el viejo monje dio por zanjada la conversación:

— ¡No se encuentra aquí!

— ¿Tardará en regresar?

— ¡Por ahora no va a volver!— Y le cerró la puerta en las narices.

Ya se disponía a regresar a la aldea con su madre cuando sintió una voz a sus espaldas que le llamaba por su nombre. Al girar se topó con Eusebio, había sido compañero de clase, incluso llegó a ser su compañero de pupitre en su último año en el colegio.

— Pero hombre, ¿qué ha sido de tu vida? Me dijeron que ahora vives en Gijón.

— Bueno, al menos de forma provisional. Estoy en el internado de la Laboral.

—¿Y qué haces aquí? ¿Añorando los viejos tiempos? ¿O es que vienes a ajustar viejas cuentas con estos curas?

— ¡No! Por el contrario, yo les estoy agradecido por lo que me enseñaron.

— Bueno, tú siempre has sido un poco místico, recuerdo que te intentaban convencer para que te unieras a su orden.

Manuel sonrió antes de puntualizar. – No es verdad, tan solo me preguntaban si había posibilidad de que tuviera vocación religiosa y yo dije que no.

—¡Ah truhan! Con los chochitos que hay por ahí, como para meterse a cura.— Exclamó, finalizando con una gran carcajada.

Realmente Eusebio no había cambiado nada, seguía pareciéndole el bocazas de costumbre. En el fondo, era un tipo sencillo y simple que decía lo primero que se le ocurría.

— Eh, vamos a celebrar este encuentro, tomemos una cerveza en ese chigre.

Un tanto a regañadientes Manuel aceptó la invitación. El bar estaba casi vacío. Pidieron la consumición y se instalaron en una mesa del fondo del local.

— Dime, ¿Qué te trajo por aquí?

— Pensé en saludar al padre Jesús, pero me dicen que ya no está en el colegio.

— ¡Vaya!— Exclamó Eusebio meneando la cabeza.— Yo le vi hace unos quince días pero….

— ¿Pero qué?

— Quizás se haya metido en problemas.

— ¿Don Jesús?

— ¿Recuerdas al Damián, un tipo algo mayor que nosotros que vive frente a mi casa?

— Pues… ¡no!

— ¡Sí hombre! que era catequista.

— Ya te digo que no, ¿pero qué tiene que ver con don Jesús?

— Verás, un día me contó que estaba en una especie de organización que se llamaba Las Juventudes Obreras de los católicos o algo parecido. Parece ser que también hay algún cura o religioso metido. Seguramente uno de ellos es don Jesús, porque aquel día iban juntos. Pues bien, ellos también apoyan la huelga con los comunistas.

— ¿Pero qué dices? Siempre nos han contado la historia de que los rojos quemaban iglesias y odiaban a los curas. ¿Como van a ser ahora aliados?

— ¡Pues yo que sé! Mi abuelo que siempre ha sido falangista, dice que si José Antonio Primo de Rivera y la Falange gobernaran este país, nos hubiera ido mucho mejor que con Franco.

— ¿Pero es que Franco y Primo de Rivera no eran todo lo mismo?

— Pues claro que no, antes todos estaban en el mismo bando, ahora mi abuelo dice que los hombres importantes del "Movimiento", como Girón están siendo apartados.

Siguieron hablando durante algún tiempo más hasta que Manuel debió partir para tomar el autobús. Estaba asombrado de los conocimientos socio políticos de su ex compañero. Durante el viaje de vuelta, su cabeza trataba de ordenar el estado de las cosas. A medida que su etapa adolescente llegaba al final, iba descubriendo que las cosas eran mucho menos sencillas de lo que aparentaban. Recordaba la noche en que su padre fue detenido. ¿Acaso su padre era un activista de izquierdas? No, claro, por eso le habrían soltado ¿Pero por qué el idiota del hijo del vecino decía que su padre era un chivato? Realmente en su cabeza había muchas más preguntas que respuestas.

Al día siguiente el conflicto minero no pareció remitir. Por el contrario se extendía hacia otros sectores como la siderurgia, donde la falta del carbón empezaba a crear problemas. Al final de la tarde, Manuel acudió con su madre a casa de Amelia. Su marido era el único minero en aquel pequeño pueblo agrícola y ganadero de una treintena de habitantes. Allí casi todos los vecinos tenían algún lazo de parentesco, lo que hacía que los problemas de unos fueran compartidos por los otros.

Honorio no había regresado a casa desde que salió aquella mañana hacia la mina. Acudió a una asamblea de trabajadores. Amelia estaba preocupada, aquellos actos solían acabar en palos y detenciones, aunque las otras vecinas trataban de animarla.

Al entrar en la casa, Manuel se encontró con Elisa, quien sentada en una silla acariciaba a un pequeño gato que tenía sobre su regazo. La mirada de ella le hizo ruborizarse, aunque nadie pareció enterarse de tan sutil cuestión. Desde el día de la excursión, Elisa parecía haberle estado evitando.

Saludó a todos los presentes y permaneció en pie, cerca de la puerta. Furtivamente lanzaba miradas hacia Elisa, ésta parecía ignorarle concentrada en las atenciones hacia el pequeño animal. Unos minutos después la chica se levantó, pasó a su lado con aire indiferente y salió fuera de la casa. Él aguardó algunos minutos antes de salir tras ella. Realmente los demás estaban preocupados en tomar café y hacer cábalas sobre el futuro y nadie los echaría de menos.

La noche había caído casi por completo. En el pueblo no existía alumbrado público excepto la exigua iluminación que a nivel particular las casas disponían en su entrada. Solía limitarse a una bombilla incrustada en la fachada. Por fortuna aquella noche una luna llena redonda y brillante, bañaba con su blanca palidez el entorno. Buscó con su mirada la figura de Elisa y la descubrió sentada en los escalones del hórreo que se alzaba a la derecha de la vivienda. Caminó despacio hacia ella, sopesando qué decirle para romper el hielo que parecía crecer entre los dos.

— ¿Estás enfadada conmigo?

Ella encogió los hombros y respondió con un seco y poco convincente:

— ¡No!

Se sentó a su lado y buscó un nuevo tema de conversación mientras reclinaba hacia atrás su cabeza observando el cielo. De pronto una estrella fugaz rasgó la oscuridad diluyéndose en la lejanía.

— ¿Has visto?— exclamó incorporándose.

— ¿Qué?— respondió ligeramente sobresaltada.

— ¡Menuda estrella acaba de cruzar el cielo!

Ella meneó la cabeza mientras buscaba algún rastro en el firmamento, luego dijo:

— Yo no he visto nada.

— Fue en aquella parte más oscura del cielo, donde el reflejo de la luna es más débil.

— ¿Y le pediste un deseo?

— ¿A quién a la estrella fugaz?

— ¡Claro! — afirmó ella, insinuando que pedir un deseo en esas circunstancias era algo natural.

— ¿Tú crees que por pedirle un deseo te lo va a conceder? Solo es un trozo de materia que se incendia al chocar con la atmósfera.

Elisa esbozó una sonrisa, mientras en tono jocoso replicó:

— ¡Ha hablado el gran sabio!

Realmente cuando sonreía le parecía tan hermosa, mostrando su blanca dentadura, y contrayendo aun más sus achinados ojos... Volvió a sentarse a su lado, le apetecía besarla pero no se atrevió. Nunca había besado a ninguna mujer y se sentía acobardado, sin atreverse a mirarla de frente. Entonces ella puso la mano sobre el dorso de la suya. Aquello tenía que ser una señal pensó, el motivo para decidirse. Se giró un tanto apresuradamente decidido a besarla. Sus movimientos resultaron precipitados y torpes. Sus narices chocaron y el resultado fue más un cabezazo que un beso. Ella le miró sorprendida mientras se tocaba la dolorida nariz. Él bajó la vista hacia el suelo sonrojándose, aunque en la penumbra de la noche eso no se notaba.

— Lo siento... yo....

Elisa no le dejó terminar su titubeante frase, supuso que él necesitaba ayuda y decidió actuar. Acercó su cara suavemente y posó sus labios sobre los de él. Aquellos labios cálidos y húmedos, parecían llevar una carga eléctrica que recorrió de arriba a abajo el cuerpo de Manuel. Cuando se separaron no dijeron nada, simplemente se miraron a los ojos durante unos instantes y repitieron el beso, ahora mucho más largo y más intenso. Es curioso la poca práctica que se necesita para aprender a besar, pensó. Por un momento, Elisa se echó hacia atrás y le preguntó:

— ¿Y ahora? ¿Te gusto más que las otras chicas?

— Eres la única de la que me he enamorado en mi vida.

Aquellas palabras sonaron sinceras y apasionadas. Aunque la penumbra nocturna no dejaba apreciar con claridad los gestos, la cara de Elisa reflejó una sonrisa de satisfacción. Le agarró por el brazo y le llevó detrás de la pila de leña cortada. Allí, en un pequeño recodo, a la sombra de la luz de la luna y fuera de cualquier posible visión desde las ventanas de la casa, recostó su espalda en el muro de piedra y atrajo hacia si a Manuel, quien se dejaba llevar en volandas apabullado por aquel torbellino de caricias. Luego ella desabrochó un par de botones de su blusa invitándole con un gesto a que besara su cuerpo.

De pronto a sus espaldas escucharon unos ruidos que interrumpieron su encuentro amoroso sobresaltándoles. Manuel caminó intentando descubrir en la oscuridad el motivo y se dio de bruces con Honorio. Éste empujaba su bicicleta para aparcarla bajo el hórreo. Aquel era el único medio de transporte que tenía para cubrir a diario los kilómetros que separaban su casa del pozo minero donde trabajaba. El hombre miró a Manuel y luego a Elisa pero no hizo ningún comentario, tan solo les saludó con la mano y se dirigió con paso cansino hacia la casa. Los dos jóvenes colocaron bien sus ropas y le siguieron. Antes de que llegasen a la puerta, Amelia salió al encuentro de su marido seguida por los vecinos que la acompañaban. Todos parecían aliviados de su regreso. Sentían curiosidad por el motivo de su tardanza y por el desarrollo de la huelga. Con un gesto que denotaba cansancio y preocupación intentó resumir a los presentes la situación, que no parecía tener fácil solución. Manu y Elisa permanecieron un tanto rezagados, nadie parecía tenerlos en cuenta. Momentos después el grupo dio por finalizada la tertulia y cada uno se fue a su casa.

Manuel debía de regresar a Gijón al día siguiente para reanudar las clases. En su cabeza solo había una idea, tenía que encontrar el modo de estar con Elisa antes de irse. Su affaire amoroso había sido interrumpido tan bruscamente que era como si le hubieran arrancado

las entrañas de forma violenta. Antes de que Elisa se fuera acompañada de su madre, se acercó disimuladamente y le susurró al oído:
— Esta noche, a las doce, junto a la pila de madera donde estuvimos.
A Elisa no le dio tiempo a reaccionar. Cuando se giró, él ya se había separado unos pasos y se dirigía a acompañar a su madre a casa.

Tras la cena, Manuel le dijo a su madre que saldría al cobertizo a terminar algunas cosas que no quería dejar pendientes, además añadió:
— Hace una buena noche y no tengo sueño.

Una vez en el cobertizo buscó tarea en que entretener la espera. Terminó de arreglar el pequeño autobús de latón que aun conservaba de la infancia, y consiguió que accionando la llave que le daba "cuerda", volviese a caminar. Aseguró el espejo retrovisor que había colocado en la moto y ordenó algunas cajas apilándolas en un rincón. Volvió a mirar su reloj por enésima vez, solo faltaban diez minutos para la medianoche. A medida que se acercaba la hora se sentía más nervioso y excitado. Salió al camino. La luz del cuarto de su madre estaba apagada, señal de que ya dormía. Recorrió sigilosamente los metros que separaban el hórreo de la casa de Amelia. Allí la oscuridad también era patente en la vivienda. La luna había cambiado ligeramente su posición. Buscó un tronco donde sentarse resguardado por la sombra de la pila de madera. Podía ver el camino sin alertar a nadie de su presencia.

Las manecillas del reloj fueron dando vueltas hasta haber sobrepasado la hora estipulada. Manuel permaneció impaciente aguardando la llegada de su enamorada, pero ella no apareció.

No fue porque la joven no lo intentase, deseaba tanto como él acudir a la cita, pero las circunstancias se lo impidieron. Esperó a que su hermana pequeña cayera rendida en brazos de Morfeo para salir con sigilo de la habitación. Se dirigió a la cocina. Al pasar ante el cuarto de sus padres escuchó los ronquidos, todo estaba saliendo perfecto. Una vez en la cocina sorteó la mesa y llegó hasta la ventana. La abrió muy despacio, había poca altura hasta el suelo exterior, apenas metro y medio, sería fácil salir. El aire fresco de la noche acarició su rostro. Ya estaba dispuesta a saltar, cuando la luz se encendió súbitamente. Su corazón sufrió una taquicardia y comenzó a latir apresuradamente. Al volverse descubrió a su abuela apoyada en la puerta.
— ¡Pero criatura! ¿Qué haces aquí a oscuras, con la ventana abierta y vestida?
Elisa titubeo antes de responder con un susurro de voz.
— Me desperté encontrándome mal y… necesitaba tomar el aire.
La anciana se le acercó y puso la mano en la frente de su nieta. No parecía tener fiebre pero sí que estaba muy pálida.

— Quizás la cena no te sentó bien, hija. Seguramente has tenido una pesadilla. No te preocupes, te preparé una infusión y me acostaré un rato contigo.

Elisa sintió ganas de llorar de frustración, pero eso aun preocupó más a la abuela que estaba muy lejos de adivinar el porqué de la desazón de la muchacha.

Ya había pasado media hora desde que el reloj marcara la medianoche. Manuel se resistía a abandonar el lugar de la cita, era evidente que ya no se produciría. Algunas nubes deshilachadas ocultaban por momentos la brillante luna. Estaba decidido a regresar a su cuarto cuando escuchó ruido de pasos. Por un momento creyó que sería Elisa que habría logrado escapar de la vigilancia de su familia. Pronto comprobó que se trataba de Honorio. Portaba en su mano una pequeña linterna que proyectaba un amarillento rayo de luz, y se dirigía hacia el otro lado del camino mirando desconfiadamente hacia su alrededor. Durante unos segundos desapareció de su vista. Manuel se sintió intrigado. ¿Qué iría a hacer a aquellas horas de la noche? Instintivamente decidió seguirle. Caminó con sigilo hacia la dirección en que le había visto desaparecer. La presencia de las nubes oscureció sensiblemente el paisaje nocturno. Apenas podía ver unos metros más allá de donde se encontraba y de pronto, ante él surgió la figura de Honorio que venía acompañado de otro hombre.

Honorio proyectó directamente sobre la cara del joven la luz de su linterna.

— ¿Qué leches haces tú aquí? — exclamó con una mezcla de sorpresa e indignación.

— Solo paseaba— respondió nervioso Manuel mientras retrocedía.

— ¿A estas horas de la noche?

Manuel se encogió de hombros por respuesta.

— ¿Estás solo?

— ¡Sí!

Honorio se dio la vuelta hacia su acompañante.

— ¡Tranquilo! Es de mi familia, no tienes que temer.

Luego se dirigió a Manuel, le instó en tono severo que se fuese a su casa sin hacer ruido, y que no comentase con nadie lo sucedido. Manuel hizo caso, antes de irse, echó una ojeada al forastero. Era un hombre de mediana edad. Llevaba barba de algunos días y tenía una expresión dura en su mirada, quizás acentuada por el cansancio.

A la mañana siguiente, Manuel se encontraba ante la casa tratando de arreglar el mango de la "fesoria" que su madre utilizaba en el huerto. Sintió una mano que le tocaba en la espalda. Era Honorio.

— Siento haberte hablado como lo hice anoche, pero era una situación tensa para mí y quiero pedirte disculpas.

Manu asintió con la cabeza aceptando sus palabras.

— Sígueme muchacho— dijo llevándole hacia un lugar más discreto.
— El hombre que viste anoche es un amigo, un gran luchador por los derechos de los trabajadores.— Hizo una leve pausa y continuó.— Le están buscando para detenerle, pues en este país si te sales del rebaño estás acabado. Necesitaba un lugar para esconderse. Confío en que ya eres un hombre y mantendrás el secreto.

— ¡Claro!— se apresuró a contestar.— Pero, ¿aun sigue aquí?
— ¡Oh no! Al amanecer partió camino del exilio, si todo le va bien.
— Por cierto, — apuntilló Honorio antes de irse — es mejor que ella no acudiese a la cita de anoche, sois muy jóvenes y a veces los errores de juventud se pagan caros.

Estas últimas palabras dejaron boquiabierto a Manu. ¿Como sabía lo de su cita? Pensando en el tema, llegó a la conclusión de que Honorio era un hombre más sagaz de lo que cabía suponer en un minero casi analfabeto que vivía en una aldea. Cierto es que él estuvo a punto de sorprenderles la noche anterior cuando llegó con su bicicleta. Aunque aparentemente no pareció enterarse, en cierta forma sí había descubierto su relación. Indudablemente, las apariencias engañan y a partir de entonces aprendería a valorar a las personas sin dejarse llevar por ellas.

Al mediodía debió partir hacia Gijón. Antes buscó una excusa para pasar por la casa de Elisa. Desde la ventana ella le vio aparecer y salió a su encuentro. Se acercó hasta él y le tomó la mano mientras le decía con gesto compungido que no había podido acudir. Manuel, apartó instintivamente su mano mirando a su alrededor por si alguien les observaba.

— ¿Qué te pasa? — preguntó ella desconcertada.
— Pueden vernos desde tu casa.
— Bueno, pues les decimos que queremos ser novios.
—¡Así! ¡De repente!… ¿Como lo vamos a decir?¡Aun no has cumplido los diecisiete años!
— Tan solo me faltan un par de semanas y mi abuela dice que a los dieciséis, mi madre ya salía con mi padre.

Manuel resopló, aquella chica era un torbellino, con ella las cosas ocurrían a una velocidad superior a la que él podía asimilar.

— Hoy tengo que regresar a Gijón, la próxima vez que vuelva buscaremos el momento para decir las cosas.
— ¿Te arrepientes?
— ¡Pues claro que no! ¿Crees que los sentimientos de la noche desaparecen por la mañana?

Discretamente o al menos eso creyeron ellos, se alejaron de la casa y se besaron, prometiéndose que todos los días estarían presentes en sus respectivos pensamientos.

CAPÍTULO 14

Apoyado sobre la balaustrada del Campo Valdés, Eduardo tenía una inmejorable vista de la playa de San Lorenzo. Observaba como las olas iban y venían, en una implacable y rutinaria rueda que se repite y se repite. El otoño de 1962 acababa de llegar. Las hojas caídas de los árboles lo confirmaban cubriendo la explanada que se extendía frente a la iglesia de San Pedro. Era un rincón acogedor de la ciudad, allí donde el viejo barrio de pescadores acercaba sus límites hasta las orillas del arenal gijonés. Aquel año estaba dando para muchas cosas. Por aquellos días la huelga minera de la primavera hacía tiempo había acabado. El conflicto de los mineros pasó a la industria y se extendió por otras zonas del país, no solo uniendo a los mineros, también los sectores siderúrgicos o navales se sumaron a las movilizaciones en puntos como el País Vasco o Cataluña. La tensión llegó a cotas elevadas. El régimen político trataba de controlar y silenciar la insurrección de una clase trabajadora cuya lucha llegaba hasta la prensa y los medios de comunicación extranjeros. Finalmente las aguas volvieron a su cauce y los trabajadores consiguieron un hito histórico en sus derechos.

Nada de esto influyó en Eduardo. Él no se enteró del final de la huelga, del mismo modo que tampoco se había enterado del comienzo. Según su padre vivía al margen de la realidad, pero le daba igual. Acababa de cumplir dieciocho años y había decidido que viviría su vida a "salto de mata" lo que para él significaba, improvisar sobre la marcha. En clase de filosofía escuchó la frase que decía: "El objetivo del hombre es la búsqueda de la felicidad" y le pareció un inmejorable lema para su vida.

Había ganado una batalla en la guerra que mantenía con su padre por causa de sus estudios. Éste hubiera deseado que asistiera a una universidad en el extranjero, como había hecho su hermano, como hacían los descendientes de familias pudientes que no escatimaban medios para sus hijos. Incluso una de sus hermanas se encontraba en Inglaterra estudiando filología inglesa; (cosa bastante excepcional a principios de los sesenta donde la mujer tenía un puesto ineludible en el hogar). Eduardo no tenía interés por ninguna de las profesiones que su padre le ofertaba. (Tampoco por las que no le ofertaba). Solo parecía importarle el maldito piano y el señor Rivera culpaba de ello a su esposa por haber inculcado en su hijo aquella afición.

Para satisfacer los deseos de su progenitor, se había matriculado en la Escuela Superior de Comercio. Esto conllevaba el no tener que salir de Gijón, ni siquiera a Oviedo, centro neurálgico de las universidades en Asturias. A su padre le parecía poca cosa, pero Isabella le convenció para que se lo permitiese. Con el tiempo, quizás el chico sentase la cabeza. Siguiendo el escalafón de los estudios empresariales, quizás terminase por estudiar económicas. Por el momento eso pareció calmar al señor Rivera. Desde el comienzo del curso, Eduardo comprobó que no sentía ningún interés por temas como el derecho mercantil o el cálculo. De todas formas tan solo había cumplido dieciocho años. Hasta que le llegase la mayoría de edad a los veintiuno, no tendría ni voz ni voto.

Comenzó a caminar por el paseo que discurría sobre la playa. El profesor de inglés parecía estar indispuesto. Como la clase se había suspendido, él aprovechó para darse un garbeo al lado del mar en aquel magnífico día otoñal, opción mejor que quedarse encerrado en la escuela. Al llegar a la altura del Náutico, frente a la "Escalerona", (así llamada por la afición innata que los gijoneses tenían a usar aumentativos a todo lo que les parecía grande), paró ante un quiosco para comprar cigarrillos. Últimamente se estaba aficionando a fumar, aunque en casa aun no se atrevía a hacerlo por respeto. Mientras encendía el pitillo, echó un vistazo a las portadas de los periódicos que se exponían al público. El Sporting preparaba su partido contra el Constancia, tras haber perdido el fin de semana anterior uno a cero en Pontevedra. ¡Qué lástima! pensó, ¿cuándo vería al Sporting en primera división? El resto eran artículos que no despertaban en él gran interés, tales como; Las consecuencias de las graves inundaciones en Cataluña o el éxito de Marisol con su película "Tómbola".

Regresó hacia la Escuela de Comercio aligerando el paso. Aun faltaba una última clase de la mañana y no quería que le echaran en falta. Afortunadamente, llegó al tiempo en que el profesor entraba en el aula saludando a los presentes. Apenas habían transcurrido dos o tres días desde el comienzo del curso y pese a su carácter abierto y sociable, no había entablado amistad con ningún compañero. Mientras ocupaba su pupitre, sintió una mano que le tocaba suavemente en el hombro. Se giró a su derecha. Al otro lado del pasillo, la chica que ocupaba la siguiente mesa extendió el brazo y le entregó una cuartilla escrita.
— ¿Y esto?

— Cuando te fuiste, el jefe de estudios nos comentó que estaríamos toda la semana sin clase de inglés. Una cosa más, deberíamos hacernos con ese libro que tienes anotado en ese folio junto con los ejercicios a preparar.

Luego de dedicarle una encantadora sonrisa, la joven miró al frente para atender las explicaciones que el profesor había comenzado a impartir.

Eduardo la miró discretamente. Era un detalle que le hubiese tenido en cuenta para avisarle. Ya había reparado en ella desde el primer día de clase, cuando al pasar lista nombraron a Marcela. De todas formas, era inevitable no fijarse teniendo en cuenta que solo eran dos alumnas en una clase de mayoría absoluta de varones. Su piel era tostada con los rasgos de una mulata, sus cabellos negros, largos, ensortijados y una sonrisa abrumadora con aquella blanca y amplia dentadura. Ahora al escucharla hablar, supuso por su acento que provenía de algún lugar del Caribe.

Al día siguiente, había una hora libre antes de abordar la última clase de la tarde. Edu cruzó el amplio hall y salió a la calle. Marcela se acercó a él.

— ¿Qué haces tan solo? Vente con nosotros hasta la taberna de aquí al lado.

Instintivamente la siguió. Se unió al pequeño grupo formado por otros cuatro compañeros más y dirigieron sus pasos calle arriba. Llegaron ante un establecimiento en el que grabado sobre una plancha de madera colocada encima de la puerta, se leía: mesón El Ciprés. Pidieron las bebidas que consistían en cafés o cervezas y solicitaron una baraja de cartas. Eduardo no era muy aficionado a los juegos de cartas y desde luego no sabía nada sobre las reglas del mus. Marcela se sentó a su lado y le sugirió que observara la partida y ella y los demás le irían explicando el juego. Entre risas y comentarios fue aprendiendo cosas como: Envido, mus, órdago…. Y sobre todo aquellos gestos disimulados como sacarse la lengua o hacer señas con los ojos. Marcela parecía desenvolverse con soltura, pero era José Fernández quien demostraba ser el más avispado y llevar la voz cantante de la reunión.

Después de aquel episodio, Eduardo pareció estar más integrado en su nuevo ámbito escolar. Él nunca había tenido grandes amigos, de esos que se consideran íntimos. Gorostazu, era la excepción, al que por cierto hacia bastante tiempo no veía. El resto habían sido amistades pasajeras. En ese tipo de amistades sí se había prodigado, podría contar a sus conocidos por centenas. Pese a su carácter jovial y a la energía vital que proyectaba, en el fondo de su corazón había vocación de solitario.

Entre Marcela y él parecieron surgir buenas vibraciones desde el principio. A veces ella le llamaba "niño pera" para reprocharle que era un burguesito que vivía en un gran chalet, protegido por el dinero de papá. Marcela había nacido en Cuba, aunque llevaba sangre española por parte paterna. La revolución que triunfó en 1959 liderada por Fidel Castro, hizo que su padre decidiese regresar a la tierra de sus antepasados con su familia. En aquellos tres años que llevaba en España, no tuvo ningún problema para adaptarse al estilo de vida en una ciudad como Gijón, pese a que perdió parte de las comodidades que gozaba en Cuba.

Marcela era una enamorada del baile. Quizás lo llevara impreso en sus genes caribeños. Una tarde, le propuso a Eduardo que formara pareja con ella para presentarse a un concurso de twist que se celebraría en la sala Acapulco. Edu rechazó la propuesta por dos motivos. Uno, no le gustaba bailar. Dos, no sabía. A Marcela le extrañaba que alguien que amaba la música y que decía tocar el piano, no le gustase el baile.

— Es imposible que si sientes el ritmo, tus pies no deseen moverse.

Pero no logró convencerle. Finalmente José Fernández, en un gesto de valor heroico como él lo calificó, se ofreció como pareja de baile. No estaba a la altura de la chica en cuanto a destreza, pero con un poco de práctica y bastante cara dura estuvo listo para el concurso.

Aquel domingo otoñal, Eduardo se dirigió a la sala Acapulco en los bajos del hotel Hernán Cortés. No solía ir a las salas de fiestas ni a bailes públicos. Para él lo más habitual en su adolescencia, era juntarse en alguna casa con chicos y chicas de familias conocidas, y organizar aquellos guateques que se habían puesto de moda.

Al llegar a la puerta le pidieron el DNI. Lo enseñó con satisfacción. Podía presumir de haber cumplido los dieciocho. Descendió las suntuosas escaleras que llevaban hasta la sala. El ambiente estaba caldeado por la música y el humo. Antes de acercarse a la barra para pedir una consumición, pasó por el servicio de caballeros. Allí se encontró a Fernández remojándose la cara en el lavabo.

— ¿Qué te pasa? ¿No tuviste tiempo a ducharte en casa?

José levantó la cabeza, sacó un pañuelo de su bolsillo y comentó mientras se secaba el rostro.

— ¡Joder macho! ¿Quién me mandaría a mí apuntarme a este concurso?

— ¿Pero qué dices? Me dijiste que ya estabais completamente conjuntados y que pelearíais por el premio.

— Pues ahora, al ver a tanta gente ya no me siento tan seguro. Fíjate, a mi pierna derecha le entró un tembleque.

— A lo mejor eso es bueno, precisamente se trata de que cuanto más movimiento, mejor.

Edu pasó la mano sobre el hombro de Fernández para darle ánimos y ambos salieron de los servicios. Apenas habían dado unos pasos cuando se encontraron frente a Marcela. Estaba radiante. Llevaba un vestido de tonos claros lo que resaltaba aun más su piel morena. Un prendedor rojo recogía a un lado parte de sus cabellos, y unos labios de rojo carmín envolvían su acostumbrada sonrisa. Se acercó efusivamente a Eduardo y tras besarle en la mejilla, comentó mientras señalaba a José Fernández.

— ¡Espero que mi pareja no se raje!

Fernández no puso muy buena cara ante el comentario, pero Eduardo pronto intervino quitándole hierro al asunto.

— ¡Vámonos a la barra! Lo que todos necesitamos es una copa para entonarnos.

Poco a poco se les fueron uniendo algunos compañeros de clase y otros conocidos varios. A la hora señalada, los bailarines tomaron la pista. Alrededor, los asistentes acompañaban con rítmicas palmas y gritos de ánimo las evoluciones. Finalmente las parejas finalistas compitieron en el duelo final. Allí estaba Fernández, quien a medida que pasaba el concurso parecía coger más tablas y mejor feeling, y Marcela, quien contoneaba su cuerpo con verdadera gracia y ritmo. A la hora de los premios, el jurado los calificó en segundo lugar. Quizás si Marcela hubiese tenido otra pareja de baile hubiese podido ganar. Al finalizar la velada, Eduardo se ofreció a Marcela para acompañarla a casa en su motocicleta. Ella lo rechazó. Se lo agradecía pero estaba lloviendo y en la moto echaría a perder su vestido nuevo.

Aquella noche tomó la decisión de hablar con su padre para inscribirse en una autoescuela. Ya tenía dieciocho años y aunque la moto era muy práctica, lo que necesitaba era un automóvil.

Los rutinarios meses del otoño fueron pasando. En el caso de Eduardo no tan rutinarios, en ocasiones le faltaban horas para compatibilizar sus actividades. A la clase oficial de empresariales, había que sumarle los tres días a la semana que acudía a la buhardilla de una reputada pianista, quien le ayudaba a preparar los exámenes de piano y solfeo. En aquellos días, estaba matriculado como alumno libre en el conservatorio de Oviedo ya que en Gijón no había. A esto añadir, que se disponía a aprobar su examen de conductor, y que además necesitaba tiempo para divertirse. Para las navidades, gracias a las prácticas intensivas y a su habilidad innata, obtuvo la licencia de conductor, lo que le dejaba más tiempo libre.

La cena de Nochebuena sirvió de celebración para el reencuentro familiar. Con la llegada de Alfredo, el primogénito de los Rivera, acompañado por su prometida americana, o la vuelta de Andrea, quien regresaba de Londres a pasar sus vacaciones. Una semana después, la cena de Nochevieja resultó ser la cena de despedida. Pese a todo, era alegre ver el bullicio familiar. Especialmente, su madre, Isabella irradiaba felicidad de volver a estar rodeada de sus hijos.

Tras el momento culminante de recibir el nuevo año 1963 a golpe de campanadas, de los brindis con burbujas, y de los abrazos fraternales de buenos deseos, llegó la hora de partir, a rematar la fiesta en el señorial Club de Regatas. No todos dirigirían allí sus pasos. Eduardo tenía cita con su pandilla de compañeros. Asistiría al gran baile que la sala Acapulco celebraba, con la actuación estelar de una joven promesa de la música del rock y el twist, el granadino Mike Ríos.

Hubiese deseado, que sus padres le permitieran asistir a la velada conduciendo el pequeño Seat 600 que su padre había regalado a su madre. No fue así, su familia consideró que era peligroso que un novato fuese a los mandos de un vehículo una noche como aquella. Seguramente se consumiría alcohol en abundancia y la alegría en las calles podría estar fuera de control.

El elegante Ford de don Alfredo Rivera se detuvo al lado del edificio de correos. Eduardo descendió del coche y se despidió, no sin antes escuchar por enésima vez los consejos de su madre sobre el alcohol y las compañías, y de prometer a su padre que tomaría un taxi y regresaría a una hora prudente.

El ambiente estaba ya en su apogeo dentro de la sala. Ajustó su corbata, extrajo su entrada del bolsillo y el portero se hizo a un lado para dejarle paso. Descendió las escalinatas, tenía buenas vibraciones, aquella sería una gran noche. Su primera Nochevieja era como un pequeño ritual donde dejar atrás la infancia y sumergirse en un apasionante mundo adulto. Al menos eso le pareció. Cuántas veces de niño había visto a sus hermanos salir a disfrutar de la "dolce vita". Esta vez le tocaba a él.

Julia salió del cuarto y se mostró ante María. Ésta se la quedó mirando durante unos segundos con una expresión de satisfacción en su cara, luego la abrazó y le dijo lo hermosa que estaba. Su vestido nuevo, sus largos cabellos morenos y aquella pizca de maquillaje la hacían ser una mujer preciosa.

— Ya puedes tener cuidado con todos los moscones que se te arrimarán esta noche, querida ¡Diviértete!

Esas fueron las palabras de despedida de su vieja compañera en las obligaciones domésticas.

Su amiga Cristina la esperaba en la puerta de Villa Marina. Las dos tenían permiso una vez acabadas sus tareas para salir aquella Nochevieja. Se fueron caminando hasta llegar a una esquina. Un pequeño automóvil las esperaba con el motor en marcha. Pertenecía a Pedro, el joven con el que Cris mantenía un noviazgo desde hacía ya algún tiempo.

— Vamos chicas, he llegado aquí en 1962 y ya estamos en 1963— dijo riendo.

Se bajó del auto para que las dos pudiesen pasar a la parte posterior del mismo.

— ¡Ah!, os presento a mi amigo Miguel, trabaja conmigo en el astillero.

El muchacho que ocupaba el asiento del copiloto se giró y extendió su mano en un saludo de lo más formal. Cristina le había pedido a Pedro que buscase entre sus amigos una pareja para Julia. No quería que a sus dieciocho años ésta pasase aquella noche sola en casa, como si de una solterona amargada se tratase. Julia había rechazado la oferta en principio, ella tenía otras prioridades. No se sentía tan atraída por el baile y las fiestas como su amiga y por supuesto no tenía la urgente necesidad de tener un novio que la comprometiese. Finalmente accedió a los deseos de Cris y a las recomendaciones de María quien opinaba que estaba bien leer libros e ir al cine, pero que debía de disfrutar de aquella maravillosa juventud que poseía.

Encontraron un aparcamiento frente al Mercado de Sur. Realmente en Gijón el parque automovilístico aun era muy escaso en aquellos tiempos, tanto circular como aparcar no era mayor problema. Dirigieron sus pasos hacia la cuesta que ascendía al paseo de Begoña. Al llegar al Acapulco, Pedro y Miguel, cedieron galantemente el paso a las dos señoritas. Una vez dentro de la sala, Cristina localizó una mesa libre y se precipitó hacia ella para ocuparla. Los demás la siguieron y celebraron lo sagaz que había estado para conseguir el acomodo. Una vez instalados, los dos jóvenes se dirigieron hacia la barra para pedir unas consumiciones. Mientras, las dos amigas les aguardaban.

— ¿Qué te parece el amigo de Pedro?

Julia, tardó unos segundos en contestar con un gesto de indecisión en su cara. Había observado a Miguel y no podía decir que era el perfil de su hombre soñado. Era un muchachote fornido, de redondos mofletes y gestos algo torpes. Pero parecía buena persona.

— Parece majo.

La forma en que su amiga respondió no sonaba muy entusiasta, así que Cris añadió.

— No es que sea un príncipe azul, pero Pedro dice, que a sus veintidós años ya es oficial de segunda y a este paso pronto ganará un gran sueldo.

Julia se rió del espíritu práctico de su amiga. Extendió su mano y dio unas palmaditas sobre el hombro de Cris.

— Gracias, ¡Sé que te preocupas por mí!

Poco después, los chicos regresaron portando refrescos y combinados. La orquesta de la sala amenizaba el baile en espera de que la estrella de la noche Mike Ríos, saltara al escenario. Pedro y Cristina se dirigieron a la pista dispuestos a disfrutar de la noche, mientras sus dos amigos decidieron permanecer sentados. Entre ellos había un silencio tenso que ninguno parecía querer romper. Miguel buscaba en su cabeza un tema de conversación con el que romper el hielo.

— ¿Te gusta venir aquí a bailar?

— Nunca había estado— respondió Julia, intentando alzar la voz para que la música y el jolgorio no la tapasen.

— ¿No te gusta el baile?

— Bueno….

Tras una pausa, Miguel creyó conveniente cambiar de tema.

— A mí me gusta mucho la pesca. ¿Has ido alguna vez?

— ¡No!

Miguel intentó exponerle algunos de los encantos de su gran afición, aunque eso tampoco parecía entusiasmarla. Por fortuna Cristina apareció para rescatarles.

— Pero muermos, ¿qué hacéis ahí como dos pasmados? ¡Vamos a bailar!

Aunque ninguno de los dos sentía una gran atracción por el baile decidieron que la mejor opción era hacer caso a Cris. Se incorporaron al bullicioso grupo de bailarines que disfrutaban de la noche, moviendo el esqueleto. Por fin el presentador anunció la aparición de Mike Ríos. Los fans acudieron a primera fila del escenario. Julia aprovechó para regresar a la mesa desde donde observar con más tranquilidad.

El joven cantante, parecía tener en el bolsillo a la audiencia. Desde una esquina de la barra del bar, Eduardo seguía con interés su actuación. No tenía la magia de Ray Charles, pero sí algo del ritmo y el feeling de Elvis. Cuando acabó aplaudió con ganas.

La orquesta titular de la sala, volvió a ocupar el escenario. Ahora con románticos acordes ideales para que los enamorados bailasen pegados. Marcela llegó hasta él. Agarrándolo suavemente por la corbata lo arrastró hasta el centro de la pista de baile. Extendió su mano para que él la tomase y apoyó la mejilla en su hombro mientras movían sus cuerpos al son de la música. Aquello ponía nervioso a Eduardo. Sin duda todo el mundo parecía dar por hecho que él y Marcela acabarían inevitablemente juntos. No es que no se sintiese atraído por ella, era una chica muy atractiva, cualquiera de sus compañeros daría algo bueno por ligar con ella, pero en el fondo de su corazón, fuera de la atracción sexual que sentía por Marcela, no había nada más. Quizás al final lo único que conseguiría sería perderla como amiga.

Solo fueron un par de temas lentos, era Nochevieja y la música pachanguera y bailonga volvió a ser protagonista de una noche como aquella. Mientras Marcela y algunos de sus amigos y amigas, se unían a la interminable serpiente, que al son de la conga recorría la sala, entre risas y empujones, Eduardo se fue hacia el vestíbulo para comprar cigarrillos. La situación a aquellas horas comenzaba a ser un tanto caótica, como corresponde a una fiesta que se precie. El suelo estaba pringoso de alcohol, serpentinas o confeti. Algunos borrachos se abrían paso a empujones y grupos de señoritas colapsaban las puertas de los servicios cuchicheando al oído y riendo.

Eduardo pagó los cigarrillos. Se disponía a regresar con sus amigos cuando sintió que algo cayó sobre su pie. Miró hacia el suelo y vio un pequeño bolso de mujer. Instintivamente se agachó a recogerlo para devolvérselo a su dueña. Al girarse se encontró frente a Julia. No la reconoció, pero sintió el impacto de sus ojos verdes sobre él. Julia tomó el bolso que le ofrecía y le dio las gracias devolviéndole una sonrisa y una leve inclinación de cabeza. Luego se fue precipitadamente abriéndose paso hasta dar alcance a su amiga.

— ¿Qué te ocurre? Parece que hayas visto un fantasma— dijo Cris a su amiga frunciendo el ceño.

Julia sonrió pero no dijo nada mientras se dirigían hacia la mesa.

— Bueno, bueno palomitas, mucho habéis tardado en volver— Exclamó Pedro con impaciencia— Ahora nos toca a nosotros hacer una excursioncita hasta la barra, que estamos sedientos.

Las dos asintieron con la cabeza. Apenas se habían alejado unos pasos, Cris preguntó muerta de curiosidad.

— ¿Pero qué demonios te ha ocurrido? ¿Por qué te has quedado así?

— ¿Así? ¿De qué manera?

— Pues no se... Como si de pronto hubieses recordado algo importante que olvidaste hacer.

— He visto a un chico, no sé donde le he visto antes pero le conozco, y he sentido como un… como un…presentimiento.

— ¿Un presentimiento? ¿Bueno o malo?

— ¡No! Es algo así como sentir que es alguien especial.

— ¡Jo! ¿Tan guapo es?

— ¡No es eso por dios! Mejor no me hagas caso, son tonterías mías.

La curiosidad ya había tomado posesión de Cris, por lo que no estaba dispuesta a renunciar a conocer al susodicho galán. Se puso en pie y le preguntó mientras oteaba el horizonte.

— ¡Descríbeme como es!

— Es alto, viste camisa blanca y corbata oscura.

— ¿Pero qué coño de descripción es esa? Aquí hay muchos de camisa blanca y corbata oscura.

Julia se giró con discreción, mientras un tanto avergonzada tiraba de la manga de su amiga para que se sentase. Al fin le susurró al oído: Allí en aquella mesa, junto a la chica morena de falda roja.

Cris miró con descaro, agudizando la vista para luego responder— ¡Vaya!, yo le conozco. Es uno de los hijos de don Alfredo Rivera. Sus hermanas iban al colegio con las hijas de mi jefa.

Julia cerró los ojos y pensó. Claro, ahora recordaba su rostro y el día en que le vio en Villa Marina. Cris continuó hablando.

— Está bien, pero tampoco es para tanto, además no es tan alto. Lo que ocurre es que tú eres bajita.

Julia le hizo un ademán para que se callase, pero su amiga insistió.

— Ya sé que Miguel no es precisamente tu tipo de hombre, pero tú no eres de la misma clase social que ese chico. Las chicas como nosotras solo servimos de entretenimiento para los señoritos. Luego para casarse buscan mujeres de su misma condición.

— ¿Pero quién habla de casarse? – exclamó en tono serio, dando por zanjada la conversación.

Mientras, José Fernández se inclinó acercando su cara al oído de Eduardo para decirle:

— Fíjate con disimulo, pero hay dos chicas en la mesa del fondo que no paran de mirarnos y señalar hacia aquí.

Eduardo lanzó una mirada de reojo hacia la posición que indicaba su amigo. Al momento, Julia pareció dedicarle una tímida sonrisa antes de apartar su vista. No cabía duda, era la chica del vestíbulo.

¡Qué bien!, pensó mientras su corazón pareció palpitar con más rapidez. Parece que no le fui indiferente. Entonces Fernández le preguntó.

— ¿Las conoces?

— ¡No! pero eso tiene arreglo— Hablando en un tono que emulaba a Humphrey Bogart, añadió — ¿Vienes?

— ¡Por supuesto que no! Pero si esta noche ya tengo medio ligada a Katy— Dijo Fernández, mientras señalaba con el pulgar a la chica que se encontraba detrás de él.

— Bien, pues iré yo.

— Pero… ¿y Marcela?, ¿no te importa?

— ¿Por qué me debe importar? Solo somos amigos, ¿Cuál es el problema?

José se encogió de hombros y se fue donde estaba su nueva chica. Eduardo hundió la cabeza entre las manos intentando decidir una estrategia para entablar conversación con aquella desconocida.

¡Qué diablos!, pensó; lo mejor era improvisar y ser natural.

Se incorporó para dirigirse hacia ella pero frenó en seco su camino. Otros dos chicos acababan de sentarse a su mesa y por su actitud no eran ni mucho menos desconocidos para ellas. Regresó a donde estaban sus amigos. Marcela observó su extraño comportamiento, pero no dijo nada. Mientras, él se preguntaba, por qué si estaba acompañada se le había insinuado. Los observó en la distancia. La otra muchacha sí mostraba una actitud ostensiblemente cariñosa hacia uno de los jóvenes, pero ella no parecía tener mucha intimidad con el otro. Durante unos minutos hizo cábalas sobre qué relación podía existir entre ellos. Poco tiempo después, los cuatro se levantaron, recogieron sus cosas y se dispusieron a marchar. Al pasar frente a él, Julia le lanzó una mirada. No fue un simple vistazo de curiosidad, fue una mirada intensa y penetrante que él devolvió mirándola directamente a sus ojos. Luego vio como ascendía las escaleras hasta salir del salón de baile.

Un impulso irrefrenable le hizo levantarse y salir corriendo hacia la puerta. Necesitaba saber hacia dónde se dirigía.

La calle estaba concurrida a esas horas. Se juntaban los que salían del Acapulco con los transeúntes que iban o venían de fiesta matando las últimas horas de la madrugada. A simple vista ya no se veía rastro de los cuatro, sin embargo, no podían desaparecer en tan corto espacio de tiempo, no podían haber ido lejos. Subió la calle hasta el paseo de Begoña pero no logró localizarlos. Volvió pues a descender el pequeño tramo de calle que llegaba hasta la estatua de Jovellanos y entonces la vio, sentada en la parte posterior de un pequeño coche blanco. Al pasar le miró mientras apoyaba la mano en el cristal de la ventanilla a modo de despedida. Por un momento pensó salir corriendo tras el auto, pronto desestimó tan absurda idea. ¿Qué pintaba corriendo tras unos desconocidos? Regresó al interior de la sala. La música había llegado a su fin. Los pocos que quedaban adentro apuraban sus bebidas o recogían sus prendas de abrigo. Uno de sus compañeros de clase le preguntó a dónde se había ido con tantas prisas. Edu prefirió no contestar, en realidad no sabía qué decir.

Mientras se dirigía hacia la salida echó en falta la presencia de Marcela. Preguntó por ella, pero nadie supo informarle. José se acercó para decirle que cuando él abandonó presuroso la sala, ella se levantó y salió tras él. Luego ya no la volvió a ver.

La noche aun cubría con su manto la ciudad, pero las calles del centro estaban animadas. Le propusieron dirigirse por la calle Corrida hacia el muelle, para buscar algún bar o churrería donde desayunar. Eduardo rechazó la invitación deseándoles que se divirtieran, él buscaría un taxi para volver a casa. Hacía frio. Enroscó al cuello su bufanda y caminó sin rumbo antes de proponerse encontrar el transporte que le llevase de regreso a casa. Necesitaba poner en claro las contradictorias ideas que venían a su cabeza. ¿Por qué le había impresionado tanto aquella chica? ¿Y si fuera ella, esa pareja ideal que todos deberíamos tener y que no todos logran encontrar? Pero…. ¿Por qué hacer tantas cábalas?, Solo había sido un encuentro fortuito y estaba haciendo un mundo de una insignificancia. Probablemente tuviese novio y aunque no fuera así, ¿qué probabilidades tenía de volverla a encontrar? ¡Oh Cupido, que cruel!

CAPÍTULO 15

Cuando el curso del 62 llegó a su fin, Manuel sintió una mezcla de alegría por haber conseguido finalizar con éxito sus estudios, y de desazón por tener que enfrentarse al futuro imprevisible. Si su madre hubiese tenido dinero habría podido seguir estudiando. Eso por ahora era una quimera. En cierto modo, el hacerse adulto conllevaba el riesgo de tener que afrontar decisiones y cargar con la responsabilidad de la vida propia. Hasta ahora su existencia había sido una rutina dejándose llevar, pero no tenía claro como serían las cosas a partir de aquel momento. Se despidió mentalmente de todos sus recuerdos de la Universidad Laboral. Al pasar bajo el imponente atrio corintio, tocó con su mano la piedra de una de sus diez majestuosas columnas y recordó su primer día en aquel lugar casi cuatro años atrás, en septiembre de 1958.

Regresó con su madre a la aldea. Elisa le esperaba. Desde que se declararan su amor juvenil en la primavera, su único contacto habían sido esporádicas cartas. Manuel no se atrevió en principio a escribirle. No sabía como se tomaría la familia de Elisa el recibir una carta suya. Fue la joven quien ante la ausencia de noticias, un buen día pidió a la madre de Manuel la dirección de éste para escribirle. De esta forma, destapó la relación que ambos pretendían.

Durante aquellos primeros meses se convirtió en campesino, como solía hacer en cierto modo todos los veranos desde que su madre vivía allí. Todo el mundo en la aldea echaba una mano a la hora de la siega o la recolecta y él era un joven fuerte y vital. Su ayuda era bien recibida. La oficialidad de su noviazgo con Elisa, fue durante los primeros días tema para las bromas y el cotilleo. Era una comunidad pequeña y falta de acontecimientos reseñables, aunque pronto dejó de ser noticia. Por otro lado, tanto su madre como la familia de ella estaban encantadas con la relación de sus hijos. La nueva pareja procuraba llevar con discreción sus devaneos amorosos. Cuando la situación lo propiciaba, hacían pequeñas escapadas en moto buscando solitarios parajes donde preservar su intimidad.

Después de las primeras semanas, mientras el verano anunciaba su fin, Manuel se planteó seriamente buscar un trabajo. La pensión de su madre era muy exigua y él ya no tenía cubiertas sus necesidades por una beca, como ocurrió en su etapa de estudiante en la Laboral. Se había convertido en un hombre hecho y derecho, ya era hora de buscarse la vida.

Incorporarse al mundo laboral no era sencillo si uno buscaba un trabajo interesante y bien remunerado. En eso Manuel era ambicioso y tenía sus expectativas. La vida rural le deprimía. Cuando en las tardes de otoño caía la niebla cubriendo los campos, le parecía estar sumido en un destierro, lejos de la civilización. Las opciones no eran muchas a primera vista. Indudablemente, trabajar en la mina era la más fácil de realizar siendo huérfano de minero, pero el detestaba todo lo que se relacionaba con ese mundo. Aun así, su madre habló con uno de los conocidos de su difunto marido, un minero que en la actualidad ocupaba un puesto en el sindicato y Manuel acudió a entrevistarse con él. Sus estudios del bachillerato laboral no le servían de gran cosa allí. La oferta de trabajo era mayoritariamente para bajar al pozo y extraer el carbón. Con los picadores, los caballistas, los barrenistas... Quizás tras algún tiempo obtuviera una plaza como mecánico en los talleres exteriores. Manuel ni siquiera acudió al reconocimiento médico previo. Tras la entrevista, se acercó hasta la boca del pozo. Observó la jaula descender velozmente llevando a los mineros hacia las entrañas de la tierra y tuvo claro que aquel no sería su destino. Que la muerte no le sorprendería allá abajo, como lo hizo con su padre. Si Juan luchó para que él consiguiera una vida lejos de allí, él haría realidad el deseo de su padre.

A su regreso a casa, su madre no pareció decepcionada por su decisión de rechazar el trabajo, en el fondo se sentía aliviada. La negra tierra le había arrebatado a su esposo y no deseaba la posibilidad de volver a revivir un trance igual con su hijo.

Manuel pensó en recorrer todo el valle del Nalón, de sur a norte, desde Laviana hasta La Felguera en busca de un trabajo. Tras los primeros días se sentía decepcionado. Realmente no sabía lo que buscaba y cada vez que parecía haber una oportunidad la desestimaba. Descartada la minería, los puestos de aprendiz en algunos talleres o de repartidor para algún establecimiento eran la alternativa. Consideraba que eran opciones no solo mal pagadas, sino también carentes de perspectivas para el futuro. Elisa no parecía comprenderle. Ella deseaba que él encontrara un trabajo con el que pudieran ahorrar algún dinero para poder casarse. No necesitaban mucho. Ella siempre había vivido en una familia humilde y era feliz. Si se tenían el uno al otro todo iría bien, repetía ¿Por qué esa obsesión que él tenía de progresar y ser alguien en la vida? Ella ya se sentía alguien.

Honorio, el marido de Amelia, le paró una tarde frente a su casa.

— ¿Como van las cosas? ¿Ya has encontrado algo?

El joven negó con la cabeza.

— ¿Pero sabes lo que estás buscando? ¿Qué te gustaría hacer en realidad?

— He pasado un montón de tiempo asistiendo a clases en las que se hablaba sobre los valores y la dignidad del trabajo y yo no veo nada de eso en lo que se me ofrece. Se nos inculca que seamos competitivos, ambiciosos, que nos superemos. ¿Qué superación se espera de un hombre que trabaja de sol a sol, en un trabajo que apenas te deja tiempo para pensar y todo por un salario con el que simplemente sobrevivir?

Honorio sonrió mientras se sentaba sobre un grueso tronco tumbado al lado del camino.

— ¡Vaya, Vaya! Realmente eres buen orador muchacho. Tienes madera para ser un gran político.

Luego de una pequeña pausa añadió.

— Para llegar a cotas importantes en la vida solo tienes dos caminos. Estar muy preparado o tener mucho dinero. ¿Cuál de esas cosas tienes tú?

Él abrió los brazos mostrando sus manos vacías.

— Yo solo me tengo a mí.

Honorio pasó la mano por su barbilla con aire pensativo. Luego dijo.

— Tengo amistad con una persona que te puede ayudar. Eso requiere algún sacrificio y debes valorar los pros y los contras. Es dueño de un bar en Gijón y está muy bien relacionado. Como eres un chaval con cierto nivel cultural para los tiempos que corren, no creo que le sea difícil encontrarte un trabajo— y añadió. — Claro que para eso tendrás que volverte a marchar.

Manuel no dijo nada, simplemente se quedó mirando mientras asimilaba sus palabras. Antes de levantarse y dirigirse hacia su casa, Honorio le hizo un último comentario.

— ¡Piénsatelo!, si decides probar suerte ven a mi casa y te daré la dirección y el contacto.

No comentó nada de esta conversación con nadie, simplemente le dio vueltas en su cabeza. Sabía que su madre sentiría mucho si decidía partir. En cuanto a Elisa no sabría como planteárselo. Ella le había contado en sus cartas, lo eterna que se le hizo la espera mientras llegó el final de sus estudios en la Laboral. ¿Como le plantearía ahora una nueva ausencia? Por otra parte, él se sentía atraído por la vida en la ciudad. En Gijón no solo podría trabajar. Si conseguía un salario decente, podría estudiar en sus horas libres. Aquella noche apenas pudo conciliar el sueño.

A la mañana siguiente, se levantó dispuesto a afrontar su futuro. Lo primero sería sopesar la situación con sus seres queridos. Su madre no pareció muy afectada, quizás por el hecho de que siempre parecía rodeada de una melancolía crónica. Lo que deseaba era la felicidad de su hijo y si para ello tenía que ausentarse, se resignaría. Con Elisa la cosa no fue tan fácil. Ella no podía acompañarle por más que lo desease. Antes él debía solucionar su situación, conseguir un empleo estable. Aun eran muy jóvenes. Ahora era su oportunidad de labrarse un futuro mejor antes de cargarse de responsabilidades. Las lágrimas de Elisa fueron remitiendo a medida que Manuel la convenció de que su amor no se vería entorpecido por una separación temporal. Además no se iba al fin del mundo, todos los fines de semana regresaría para estar junto a ella. Todos sus logros redundarían en beneficio de los dos.

Honorio, se puso en contacto telefónico con su amigo y le transmitió su petición de ayuda. Días después recibió la respuesta. Indicaba que el chico acudiese a Gijón para probar en un trabajo.

Manuel se sintió enormemente agradecido por la ayuda. Aquel hombre de aspecto humilde era una caja de sorpresas. No era un simple aldeano que trabajaba en la mina. Su forma de hablar, mostraba una cultura y unos razonamientos muy por encima de los de sus vecinos. ¿Y sus contactos? Aun recordaba al tipo clandestino a quien dio cobijo ¿Qué secretos se esconderían tras su humilde apariencia? Más tarde, Manuel se enteró por su madre que ni Amelia, su mujer, sabía con exactitud de dónde procedía. En su juventud, antes de estallar la guerra civil había estudiado en el seminario, lugar que un buen día decidió abandonar.

Hacía frío la tarde en que Manuel tomó el ferrocarril de vía estrecha que le conducía a Gijón. Se acomodó en el asiento de madera y frotó sus manos para entrar en calor. Había llegado en su moto hasta la estación, pero decidió usar el tren para viajar a la ciudad. Dejó su Vespa en el aparcamiento de un bar cercano tras pedirles autorización a sus dueños. Casi dos horas después, la pesada locomotora de vapor arribaba a los andenes de la estación gijonesa, situados junto a la plaza del recién inaugurado monumento a los mártires. Salió de la estación. Su época de estudiante le permitía tener un cierto conocimiento de algunos lugares de la ciudad. Gijón en aquellos días de principio de 1963, se hallaba en plena expansión, con una población que ya superaba los 130.000 habitantes. Siguiendo las instrucciones escritas en el papel que Honorio le había dado, se encaminó hacia los alrededores del ayuntamiento donde estaba el bar El Bergantín, lugar de su entrevista. El tabernero era un hombre que rondaba los cincuenta años, poco pelo sobre su cabeza y tupida barba. Estrechó efusivamente la mano de Manuel al presentarse.

— ¿Así que eres tú el recomendado de Honorio?, ¿Qué tal le va la vida a mi viejo amigo?

— Bueno…Creo que bien.

—¿Sabes, muchacho? Juntos hemos lidiado tiempos difíciles. Claro que eso ya queda muy atrás, — y continuó — ¿Supongo que vendrás dispuesto a hacerte un hombre de provecho?

— ¡Si, señor! Creo que usted me va a hablar de un posible trabajo para mí.

— ¿Como posible?, ¡Mañana mismo comenzarás a trabajar! Más tarde vendrá a conocerte Rafael. Le hablé de ti y te ha buscado un puesto en la fábrica en la que él trabaja. Pero bueno… eso será más tarde, ahora tómate algo. Eres mi invitado.

Durante un tiempo, departieron en animada conversación. Manuel se esforzaba en mostrase como un joven responsable, intentando sacar la mejor versión de sí mismo. No quería defraudar a quienes confiaban en él. Cuando salió el tema del alojamiento, el dueño del bar le recomendó la pensión que una viuda conocida suya tenía muy cerca de allí, en el barrio marinero de Cimadevilla. El ambiente era familiar y seguro que le acogerían haciéndole un buen precio, ya que iba de su parte. Aun faltaban casi dos horas para que el tal Rafael se presentase. Era conveniente solucionar lo relativo a su hospedaje y eso fue lo que hizo. Siguiendo las instrucciones que le dieron en el bar, sorteó la plaza del Ayuntamiento y se introdujo en las estrechas calles del casco viejo gijonés. En un edificio que hacía esquina, justo en el portal contiguo a una pequeña tienda de ultramarinos, una diminuta placa de metal junto al timbre con el numero 3 mostraba la palabra pensión. La puerta exterior estaba abierta. Se introdujo pues en el inmueble y comenzó a subir los crujientes peldaños de madera que llevaban hasta la tercera planta. Apenas puso su dedo sobre el timbre, la puerta se abrió. Apareció ante él una mujer entrada en años, de orondo aspecto, que parecía arrastrar los pies para caminar.

— ¡Vaya! ¡Tú debes de ser Manuel!

— ¡Sí señora!— contestó sorprendido de aquel recibimiento tan familiar.

— Mi nombre es Natividad, pero todos me conocer por Nati. Me llamaron desde el bar el Bergantín. Son amigos míos y buenas personas. Si ellos dicen que te cuidemos, puedes estar tranquilo, hijo. No encontrarás un lugar mejor donde quedarte en todo Gijón.

Mientras era conducido al interior de la vivienda, la buena mujer, dotada de una verborrea imparable, asedió a preguntas al joven huésped. Preguntas a las que casi no le daba tiempo a contestar. Le introdujo en un pequeño dormitorio. Una cama sobre la que colgaba en la pared un crucifijo, una pequeña mesilla de noche y un armario de dos puertas, era todo el mobiliario. Apenas quedaba espacio para moverse por la habitación. Llegado el momento de hablar sobre la cuestión económica, Nati le preguntó si disponía de algún dinero.

El muchacho respondió inocentemente mostrándole todo lo que su madre le había podido entregar. Ella examinándolo, tomó unas tres cuartas partes de la cantidad total mientras le decía.

— Mira hijo. Con esto ya tienes pagado todos los días que restan hasta fin de mes. De esta forma ya tienes segura cama y comida. Así ya no tendrás que preocuparte de perder el dinero o de malgastarlo. Los jóvenes a veces no tenéis control.

A continuación, tras solicitarle que le cediese su documento de identidad para hacerle la ficha, recitó unas cuantas normas de obligado cumplimiento. En las habitaciones no se podía fumar, para ello estaba únicamente habilitado el salón. Nada de subir mujeres, aquello no era una casa de citas sino un hogar muy decente, y un último apunte, las cenas y las comidas se efectuaban en un horario establecido, salvo circunstancias especiales. Acabado el sermón, la rechoncha patrona se fue, para permitirle que deshiciese su maleta y ordenase sus cosas. Manuel, se tumbó sobre el colchón mirando la amarillenta bombilla que pendía del techo. Pensó en su madre y en Elisa. Estaba poseído por una extraña sensación, mezcla de excitación por todos los nuevos acontecimientos que le esperaban y de incertidumbre por como sería el futuro. Más tarde, mientras colocaba sus pertenencias en el armario, Nati llamó a la puerta preguntándole si cenaría antes de acudir a su cita en el bar. Manuel declinó la propuesta, todavía era temprano para cenar. Además sentía el estómago encogido y una total falta de apetito.

Ya casi habían pasado las dos horas. Salió de la pensión y se dirigió hacia el bar. Faltaban unos minutos para las nueve de la noche y el Bergantín estaba lleno de una bulliciosa clientela. Se fue hacia un extremo de la barra. Rápidamente, el propietario se percató de su presencia y se dirigió hacia él. Al llegar a su altura hizo un gesto con su mano y el hombre que leía el periódico unos metros más allá se les acercó.

— ¡Bueno!, debo de presentaros. Manuel, este es Rafael. Te dejo en buenas manos.

Rafael le pareció un hombre de aspecto frío y serio. Llevaba su cabello muy rapado, vestía camisa y pantalón azul oscuro. Tenía unos ojos pequeños, de un color casi grisáceo y mirada inquisidora. Rafael le hizo preguntas sobre su formación, o si poseía alguna experiencia profesional. A continuación le invitó a sentarse en una mesa para informarle sobre su nuevo trabajo. Sería en la fábrica "Industrias Continental". Era una fábrica del sector metalúrgico. Se dedicaba principalmente a la producción de hierro esmaltado. Producían baterías de cocina, artículos sanitarios esmaltados, bañeras con baño de porcelana, etc. Sin duda, sus prácticas en los talleres de la Laboral allí le servirían. Un poco más tarde, cuando la clientela del bar se fue marchando, el dueño del establecimiento se les unió a la mesa invitándoles a unas tapas de embutido para acompañar la bebida.

Las manecillas del reloj se acercaban a la medianoche cuando los contertulios dieron por finalizada la misma. Al día siguiente había que madrugar y era prudente la retirada. Manuel no tenía sueño y decidió acercarse a la dársena del muelle. Deseaba ver el mar en horas nocturnas. Hacía mucho frío pero se sentía privilegiado de estar allí. Caminó durante unos minutos observando la actividad en algunos pesqueros que llegaban o salían del puerto. Pasó ante la estatua del rey Pelayo, que con su cruz en alto parecía saludar a los marineros y se adentró en Cimadevilla bordeando la colegiata de Revillagigedo. Apenas había transeúntes por la calle. Un poco más adelante, observó que salía a la puerta de un local una señorita ligera de ropa, teniendo en cuenta el frio de la noche. Al llegar a su lado ella descendió el escalón sobre la calle y se insinuó abiertamente.

— Hola guapetón… ¿te apetece que entremos?

Manuel no estaba familiarizado con aquel tipo de situaciones. Acobardado negó con la cabeza decidido a continuar su marcha. Ella no desistió en el intento y se le acercó aun más.

— ¡Venga, cariño! entremos, que hace frío ¿O es que no te gusto?

— Manuel, azorado, apretó el paso procurando alejarse de la mujer. Giró en la primera intersección para no seguir escuchando sus palabras, que ahora en lugar de cariñosas se tornaron en ofensivas. Entonces se dio cuenta de que había perdido la orientación. No deseaba regresar por el mismo camino así que siguió adelante. El barrio era como un pequeño laberinto de estrechas callejuelas que en la noche se asemejaban demasiado entre sí. La calle se bifurcaba a derecha e izquierda, eligió una dirección al azar. De las sombras pareció surgir un tipo mal encarado que se interpuso en su camino para preguntarle.

— Perdona chaval, ¿tienes fuego?

Manuel no fumaba, no tenía fuego, estaba nervioso y llevaba prisa. Su respuesta fue un rotundo y seco no. Sorteó la presencia del desconocido y avivó nuevamente el paso. El extraño no pareció conformarse con la contestación y dándole alcance le agarró del hombro.

— ¡Escucha cabrón!, de mí no pasa ni dios.

Manu le miró, no parecía gran cosa. Su estatura apenas rondaba el metro setenta, era por lo tanto unos diez centímetros más bajo que él. A simple vista tampoco parecía muy fuerte.

— No quiero problemas — respondió apartándole a un lado.

Continuó unos pasos más, sintiendo que el desconocido le seguía y entonces comprobó que la calle moría en un oscuro patio sin salida.

— ¡Dame lo que llevas encima!

Se giró y pudo comprobar que ahora su asaltante le amenazaba empuñando una navaja. Instintivamente, Manuel se quitó su chaqueta de pana y se la enrolló en el brazo derecho para protegerse de las posibles acometidas. El individuo de la navaja se balanceaba amenazante e incitándole a que le entregara sus pertenencias.

Le parecía increíble lo que le estaba ocurriendo en su primer día lejos de casa. Una mezcla de miedo y rabia se apoderó de él. Echó una rápida ojeada a su alrededor. Estaba bastante oscuro. La débil luz de una farola apenas cubría la tercera parte de aquel recodo del callejón. A su espalda, cerrándole el paso, se levantaba la pared de un viejo y destartalado edificio en la que no había ninguna ventana. Vio venir el primer ataque. Acertadamente paró la trayectoria de la navaja con el brazo que había protegido. Por segunda vez su agresor se abalanzó con rapidez sobre él y esta vez la navaja le hirió en el hombro. Manuel lanzó entonces su cuerpo contra el de su oponente logrando derribarle. Ambos rodaron por el suelo. Rápidamente los dos volvieron a incorporarse. Volvían a estar frente a frente marcándose en las distancias, cuando la silueta de un hombre apareció en el callejón portando algo en su mano, quizás un palo o una barra.

— ¿Qué pasa aquí? — Gritó –

El tipo de la navaja se echó hacia atrás pegando su cuerpo a la pared. Tras unos segundos de titubeo, recogió algo del suelo y salió huyendo. El recién llegado se acercó a Manuel.

— ¿Qué ha ocurrido chaval?

 Manuel relató de forma concisa lo sucedido mientras recogía del suelo su chaqueta. Echó mano al bolsillo y se percató de que faltaba su cartera.

— ¡Dios! Falta mi cartera— dijo con un gesto de preocupación evidente, mientras intentaba localizarla por el empedrado.

— Lo siento muchacho, es probable que fuera lo que ese tipo recogió antes de salir huyendo.

— ¡Era todo mi dinero!— exclamó afligido –

— ¿Llevabas encima todos tus ahorros?

— ¡Sí!— respondió, al tiempo que deslizaba la mano por sus cabellos intentando tranquilizarse. Entonces el desconocido reparó en el hombro ensangrentado.

— Chico, estás herido, déjame ver.

Afortunadamente la herida no revestía importancia, tan solo era un corte no muy profundo.

— Aquí al lado tengo un pequeño almacén, vamos hasta él y te curaré.

Manuel deseaba buscar cuanto antes el camino de regreso a la pensión, no obstante decidió acompañar al desconocido ante su insistencia. Unos metros más adelante penetraron en un pequeño local. Las paredes estaban repletas de estanterías con botellas de licor y al fondo se apilaban varias cajas precintadas. Una puerta accedía a una especie

de despacho con una mesa, dos sillas y varios estantes con ficheros y carpetas.
— Ante todo, debo presentarme. Me llamo Adrián ¿Y tú, eres?
— Manuel– respondió, tomando asiento en la silla que le ofrecía.
Mientras le apartaba la tela de la camisa para dejar al descubierto el hombro herido, Adrián siguió hablando.
— Tu cara no me suena, ¿Qué hacías solo por aquí esta noche?
Manu explicó de forma escueta, quien era, de donde venía y como se habían desarrollado los hechos que le llevaron a aquella situación. Adrián le escuchaba sin dejar de curarle la herida, que tras desinfectar procedió a vendar.
— Has venido a vivir a la mejor zona de Gijón, solo hay un pero. Si bien durante el día es un barrio cordial de gente marinera, humilde en su mayoría, durante la noche los clubs y los garitos nocturnos atraen a muy diverso personal, algunos no muy recomendables como puedes comprobar. No es un sitio peligroso, pero hay que ser cauto.
Más tarde le acompañó en la búsqueda de su alojamiento. La tienda de ultramarinos sirvió de referencia para que Manuel reconociese el portal donde se hospedaba. Se despidieron con un apretón de manos. Adrián le entregó algunas monedas para que dispusiese de una pequeña cantidad de dinero, y Manuel le hizo la promesa que se las devolvería. Una vez en la casa, Nati le recriminó la tardanza. Para ser su primer día, no le parecía muy adecuado que un muchacho tan joven como él trasnochase por el barrio. De su incidente, prefirió no contar nada a la buena mujer y se fue directo al dormitorio.
Unas semanas después, cuando hubo recibido su primer sueldo en la fábrica, buscó a Adrián en su almacén de licores para devolverle el pequeño préstamo y darle las gracias. Este detalle sería muy tenido en cuenta por el comerciante que apreció la honradez del joven.
La mañana siguiente del incidente nocturno, salió temprano de casa y tomó el autobús que le habían indicado para llegar hasta la fábrica. Una vez dentro de los muros de ésta, se dirigió hacia el edificio situado en la entrada. Era una especie de viejo caserón de tres plantas que albergaba las oficinas principales. Una risueña secretaria le condujo hasta un despacho. Allí le tomaron los datos. Entregó su carnet de identidad. Afortunadamente no se lo habían robado con la cartera. Lo había dejado en la pensión cuando Nati se lo solicitó para hacerle la ficha de huésped. Una vez acabado el papeleo, le condujeron al interior de la fábrica. Al entrar en la primera nave que conformaba el entramado de las instalaciones, se encontró con Rafael, que le esperaba. Él iba a ser su superior inmediato. Recorrieron el taller, y le pareció enorme. En el aire flotaba una mezcla de olores difícil de describir. El ruido de los tornos, las prensas y una gran variedad de artilugios mecánicos, martilleaba en los oídos como una melodía

arrítmica y obsesiva. Antes de asignarle un trabajo, Rafael le mostró el resto de las instalaciones. La zona de esmaltados, los hornos de cocción, la zona de almacenes...

—Al principio,– dijo Rafael— no tendrás un puesto fijo. Quizás rotes por donde te necesiten. Yo procuraré que estés bajo mi mando en los talleres del estampe y el corte. Veremos si vale para algo lo que has aprendido en la Laboral.

El tiempo pasó volando mientras trataba de familiarizarse con su nuevo hábitat. Al medio día, la sirena de la fábrica señaló una parada, era la hora del almuerzo de quienes hacían el turno partido. Rafael le preguntó si había traído comida. Manuel negó con la cabeza. Nadie le había dicho nada.

—Lo siento, ha sido culpa mía. Te dije que la jornada sería en dos tramos, pero no te hablé de la comida. Mira, la gente tiene dos opciones. Los trabajadores traen la comida de sus casas en recipientes o fiambreras. Al entrar al trabajo, se la entregan a la señora del comedor. Ésta, al medio día se encarga de que la comida esté caliente para todos. La otra opción, es salir de la fábrica. Muy cerca de la puerta principal hay un pequeño bar que sirve menús a precios asequibles. Esa es la opción que yo sigo y por lo que veo esa tendrá que ser la tuya para hoy.

La realidad era que para Manuel existía una tercera opción. La de no comer. No había traído nada y tampoco tenía dinero para comprarlo. Rafael se compadeció del joven y decidió invitarle, pese a sus reticencias por aceptar la invitación.

Aquella tarde, tras su primer día de trabajo, Manuel se fue hasta el edificio de telefónica donde había un locutorio desde el que llamar a su familia. En el pueblo donde su madre vivía, no existía ningún teléfono, ni público, ni privado. Para comunicarse telefónicamente, sus habitantes, debían de bajar más de un kilómetro hasta la carretera general. Allí, un pequeño establecimiento hacía las veces de bar, de tienda de ultramarinos y de locutorio. Las siete de la tarde era la hora fijada, para que tanto su madre como Elisa estuvieran en el establecimiento esperando la llamada.

Le resultó emocionante hablar con las dos mujeres de su vida. No pudo extenderse mucho en la conversación, las monedas que Adrián le dio no daban para más. Únicamente intentó transmitirles que estaba bien, que no se preocuparan y que deseaba volver a estar a su lado pronto. Elisa se sintió defraudada cuando le dijo que no podría ir a verla hasta que finalizara el mes. Buscó una disculpa. No sabía como decirle que hasta que cobrara el primer sueldo tan solo disponía de unas pocas pesetas que le había prestado un desconocido.

Las siguientes jornadas fueron de aclimatación a su nueva vida. Por las mañanas madrugaba en exceso a juicio de su patrona, quien le tenía preparada una pequeña cacerola con comida hecha el día anterior. No sabía la mujer que la falta de dinero del chico, hacía que el largo trayecto hasta la fábrica lo tuviera que realizar a pie pues no podía permitirse tomar el autobús. Felizmente para Manuel, la idea de la patrona de cobrar por adelantado le había asegurado la cama y la comida.

Poco a poco la timidez de Manuel fue remitiendo y mejorando su relación con el resto. Sus compañeros eran un colectivo de lo más variopinto y heterogéneo posible. La mezcla de edades y la variedad de posicionamientos ante la vida, conformaban un pequeño caos de intereses y relaciones. En su taller, se realizaban las tareas previas de la fabricación. Los cortes de chapa, el trabajo de los torneros, fresadores, soldadores... El personal estaba compuesto en su totalidad por varones. A principios de los años sesenta, la sociedad aun distinguía mucho entre los roles, masculinos y femeninos. En cambio en otros sectores de la fábrica, las mujeres tenían una cuota de presencia importante. El mayor número de ellas trabajaba en el sector del almacén y el empaquetado. En los días finales de año, se precisó hacer un balance anual de las piezas fabricadas en stock. Manuel fue destinado al almacén como uno de los refuerzos para dicha tarea. Las chicas más jóvenes parecían revolucionadas con su presencia, indudablemente el nuevo era un joven atractivo. Tras una primera charla del maestro de taller, sobre las labores a realizar, el personal se distribuyó por parejas a lo largo de las dos plantas que componían el almacén. Se debía de hacer el recuento de piezas sueltas y paquetes de los distintos artículos fabricados. Puede que por casualidad, o tal vez no, Manuel acompañó a una veterana empleada llamada Nely, a quien algunos apodaban "La Misma". Tenía fama de cierta promiscuidad y estaba dotada de exuberantes formas, pese a que ya pasaba abundantemente de los treinta. Aquello le granjeó en el futuro una cierta notoriedad como donjuan, tema propicio para las bromas del personal, que sonrojaba al pobre muchacho y daba pie a comentarios del tipo de; — ¿Qué hacías por los rincones más oscuros?
— Creo que "La Misma" te ha hecho un hombre.

A Manuel aquellos comentarios lejos de hacerle gracia, le fastidiaban. La situación no mejoraba mucho cuando Nely se cruzaba con él al entrar o salir de la fábrica, lanzándole algún furtivo beso o algún guiño provocador. Con el tiempo el episodio quedó en el anecdotario. Eran demasiadas sus admiradoras para que los demás trabajadores lo tuviesen en cuenta. Pese a todo, una tarde quiso averiguar porque algunos la llamaban "La Misma" y Rafael le contó:
— Hace ya unos años, uno de los directivos de la empresa, que superaba con creces su edad para la jubilación, tenía su despacho en la planta más alta del edificio que a la entrada de la fábrica albergaba las oficinas. Por alguna causa, la mujer que se dedicaba a la limpieza

de éstas no pudo acudir a realizar su trabajo. Se solicitó entonces a dos obreras de otros talleres para que realizaran tal cometido. Nely y otra joven compañera fueron las elegidas. Comenzaron limpiando por el piso bajo y fueron subiendo hasta finalizar en la tercera planta. Como faltaba tiempo para que la jornada finalizase y ya no tenían labor que realizar, se tumbaron a tomar el sol en una pequeña terraza contigua al despacho del anciano ejecutivo. Aprovecharon su ausencia (cosa habitual), y que la citada terraza gozaba de una discreción e intimidad sin igual al no ser visible desde ningún sitio comprometedor. Disfrutaron así, de un relajante bronceado. Al día siguiente repitieron la tarea. Nuevamente, al finalizar se tumbaron en la terraza, pero en esta ocasión, confiadas decidieron aligerarse de ropa para aprovechar mejor el sol. La casualidad hizo que el anciano regresase topándose con las dos jóvenes bellezas. Para su regocijo mostraban prácticamente todos sus encantos al natural.

Llegado ahí, Rafael hizo una pausa y sonrió maliciosamente. Manuel, presa de la curiosidad, le apremió para que le contase el desenlace.

— Parece ser, que al pillarlas in fraganti en tan comprometedora situación reaccionaron melosamente, colmando al anciano de mimos y caricias. Al día siguiente la limpiadora oficial regresó a su trabajo. Al echar en falta la presencia de las chicas, el buen hombre corrió hacia la fábrica y le dijo a uno de los encargados – Necesito, que a última hora me envié un par de señoritas para un trabajito en mi despacho. Por favor, mándeme a "las mismas".

Todo lo que al principio era novedoso, fue convirtiéndose en rutinario y normal. Compartía ya una cierta amistad con algunos de sus compañeros y compañeras. Eso hizo que la soledad de los primeros días se desvaneciese. Su primer sueldo rondaba las dos mil pesetas. No era gran cosa, teniendo en cuenta que la mayoría lo empleaba en su alojamiento y manutención. Pero aun así se sentía orgulloso. Los sábados, en cuanto la jornada matinal de trabajo finalizaba, corría a tomar el ferrocarril de Langreo que le llevaba de regreso al pueblo. Elisa le esperaba contando las horas que se le hacían eternas hasta su reencuentro. Allí entre sus brazos, hacían proyectos conjuntos para un anhelado futuro.

CAPÍTULO 16

1963 no era un año muy diferente a 1962, al menos para Eduardo no lo era. Vivía la vida sumergido en sus problemas y sus anhelos. Lejos de preocuparse de si la tierra seguía girando o si la raza humana caminaba por la senda correcta de la evolución. Gijón comenzaba a crecer, con más descontrol que orden. La deficiencia de viviendas en la Villa de Jovellanos era un mal endémico durante lo que iba de siglo. A partir de aquellos años sesenta, la ciudad crecería y con ella la especulación del terreno. La planificación de la ordenación urbana, que en 1939 Valentín Gamazo elaboró por petición municipal, fue ignorada en gran parte. El consistorio gijonés permitió la reiterada vulneración de las ordenanzas y las incongruencias urbanísticas.

Eduardo disfrutaba de su ciudad sin condicionamientos. Especialmente cuando el verano se aproximaba. Acercarse a la orilla del mar relajaba su espíritu inquieto. Le gustaría que su vida fuese más apasionante. Él no había nacido para una vida estable y programada, donde los días se parecen demasiado entre sí. Los estudios en la Escuela de Comercio suponían un trámite inevitable. Sin dedicarles una especial atención, iba sacando adelante las asignaturas de aquel curso. Requisito indispensable para contentar a su padre.

La música era el único elemento que motivaba su existencia. Un hecho puntual vino a avivar su pasión. Una tarde le entregaron un pequeño paquete-carta que su hermana Andrea le enviaba desde Inglaterra. Además de alguna foto graciosa de su sister en la tierra de Shakespeare, se encontró con un vinilo. Era un single con dos temas de un grupo denominado The Beatles. En la cara A "Please Please Me" era el título de la canción, mientras en la cara B sonaba "Ask Me Why". Su hermana le contaba en la carta como aquellos chicos estaban revolucionando la música en las emisoras británicas. Edu observó con curiosidad la portada de aquel disco. Se veían cuatro jóvenes con una pinta curiosa, atusados trajes, y el pelo un tanto largo y despeinado cayendo sobre la frente. Pero por encima de la estética, su música la encontró impactante. Mientras más escuchaba el disco, más le entusiasmaba. Aquellos temas transmitían optimismo y energía. Durante los días siguientes, sintonizó programas en las distintas emisoras de radio españolas esperando que se hicieran eco de aquella música. Deseaba descubrir nuevos temas de aquel cuarteto. Al principio ninguna emisora parecía conocer su existencia. El Dúo Dinámico, o los Hermanos Rigual era lo más moderno que jalonaba los primeros puestos en las listas radiofónicas. Su hermana le envió entonces el único disco que encontró del grupo en las tiendas londinenses. Un single anterior, con la canción "Love Me Do". Eduardo se sintió atraído por componer canciones como aquellas.

Su profesora de piano, le recriminaba que no se centrase más en preparar las obras musicales que debía presentar en su examen del conservatorio. Si quería ser un buen pianista, tenía que olvidarse de aquella música pop. Era simple e irreverente y no le llevaría a ningún sitio. ¿Pero de qué servía ser un buen pianista? pensaba Eduardo. Tan solo limitarse a ejecutar con técnica las obras musicales de los grandes maestros. Él quería la música para sentirse vivo. Era una necesidad vital a la que no se le ponían condiciones. Claro que el estudio era eficaz, pero no solo era repetir escalas y estudiar las obras obligatorias. También era explorar la música que uno sentía, sin prejuicios ni condiciones. Respetaba y apreciaba a Mozart o Chopin, pero ellos estaban muertos mientras que él vivía en 1963 y era joven.

Si en sus aficiones y obligaciones tenía las cosas bastante claras, en el terreno de los sentimientos, era un mar de dudas. Nunca más había vuelto a ver a la misteriosa chica del fin de año. Había regresado a la sala Acapulco en varias ocasiones esperando encontrarla, pero sus intentos fueron en vano. Después de un tiempo, perdió la esperanza de descubrirla entre las mujeres que a diario se cruzaban en su camino. Quizás, aunque su rostro le hubiese resultado familiar, ella no fuese de Gijón y se encontrara en la actualidad en algún punto remoto del planeta. Seguía viendo a Marcela, pero su relación se había enfriado con el año nuevo. Él nunca supo con claridad el motivo, ni quiso indagarlo. Marcela, había sentido algo más que una simple amistad por Eduardo y esperaba que él diese el paso definitivo para mostrar sus sentimientos. Aquella pasada Nochevieja tendría que haber sido el momento propicio y sin embargo para ella fue la señal de que nunca llegarían a nada. Es probable que nadie más que ella se diera cuenta, pero cuando aquella noche Julia y Eduardo cruzaron sus miradas al marchar, ella adivinó en aquel acto, tanta intensidad, que la frase "hay miradas que matan" cobraba todo su sentido literal. Le pareció imposible que dos desconocidos se pudiesen mirar de aquel modo. Luego vio partir precipitadamente hacia la salida a Eduardo. Le siguió, pero al llegar a la calle no encontró rastro de él. ¿Quizás se hubiese ido con ella? ¿Existía alguna relación entre ambos?... De todas formas, qué importaba a dónde había ido, a ella nunca la había mirado así. En los días posteriores Eduardo advirtió una cierta frialdad de Marcela hacia él. Sus compañeros no podían asegurar, que hubiese algo entre ellos pero todos parecían dar por hecho que se atraían y se sorprendieron del repentino distanciamiento.

Eduardo, nunca contó la desazón que al principio le provocaba el deseo de encontrar a la muchacha desconocida. ¿Como explicar que se había enamorado de una chica a la que solo vio una vez y con la que no había cruzado ni una sola palabra? Era algo ridículo, pero no podía dejar de ser un idealista.

El tiempo fue pasando. Una tarde de un primaveral domingo en que había decidido no quedar con nadie para salir, la casa familiar quedó prácticamente vacía. Excepto Luisa, la fiel criada, todos se habían ido. Abrió de par en par las ventanas del salón para que el sol penetrase y se acomodó ante el piano. Intentaba componer una melodía con las ideas que rondaban en su cabeza. Por algún motivo, las musas no vinieron a socorrerle. Mezcló distintas combinaciones de acordes, probó con distintos ritmos pero nada le satisfacía. Desesperado comenzó a aporrear las teclas mientras gritaba. Al momento, Luisa se presentó en el salón alarmada.

— ¡Por dios, señorito! ¿Ocurre algo?

— Tranquila, solo me desahogaba— respondió.

—¿Pero qué hace un joven como usted solo en casa un domingo? ¡Váyase con sus amigos!

Eduardo consideró que la buena mujer tenía razón. Cambio sus ropas y se dirigió al centro de la ciudad sin tener una idea clara de lo que deseaba hacer. Al llegar a los jardines del Náutico, una gran cantidad de jóvenes rodeaban el edificio rectangular que albergaba el salón de baile. Parecía ser que la actuación de aquella tarde había levantado expectación. Caminaba distraído devolviendo con gesto apático el saludo a algún conocido, cuando escuchó una llamada a sus espaldas. Se giró y distinguió a Guillermo en la cola que se formaba ante la taquilla. Hacía mucho tiempo que no le veía, desde los tiempos en que le iba a visitar a Cabueñes en casa de sus abuelos. Se saludaron, Guillermo le contó que se disponía a comprar las entradas para la actuación de un grupo de "música moderna", que llegados de Madrid actuaban allí esa tarde y le animó a que les acompañara. Aceptó la proposición, era lo más interesante que se le ofrecía.

En el interior del abarrotado local, los chicos y chicas bailaban y se contorsionaban con ritmos de twist y rock and roll. Cuando finalizó la actuación del grupo estelar, mientras la orquesta se preparaba para rematar la tarde de baile, Guille se llevó a Eduardo a una esquina del local y preguntó:

— ¿Qué te ha parecido el grupo?

— Bueno… divertidos, sin más.

— ¿Aun sigues tocando el piano?

— ¡Claro?, ¿Y tú, la batería?

— ¡Por supuesto! Ahora tengo una nueva, pero necesito preguntarte una cosa. ¿Te has fijado en todas las tías que esperaban a los músicos cuando se bajaron del escenario?

— ¡Sí! ¿Y…?

— ¡Pues está claro! Hay que formar un conjunto de corte moderno. Las chicas enloquecen por los músicos. ¿Quieres que formemos uno?

— ¿Y qué música te gustaría hacer a ti?

— ¡Yo que sé! Eso lo suelen decidir los guitarristas. Los baterías nos encargamos de llevar el ritmo.

— Te recuerdo que yo no soy guitarrista, toco el piano.

— Ya… bueno, de todas formas a mi me vale lo que te guste a ti. Pero deberíamos de darnos prisa. He leído que hay una auténtica fiebre por la música moderna entre los jóvenes. Creo que en Madrid ya hay unos cuantos cientos de grupos. Mientras primero lo hagamos, primero nos llevaremos a las más guapas.

— Pero qué obsesión tienes con las mujeres. ¿Para qué quieres más de una?

— Es importante tener donde elegir, hay más probabilidades de éxito.

Eduardo meneó la cabeza con aire pensativo. La propuesta le pillaba por sorpresa. Desde siempre le seducía la idea de formar un grupo, aunque nunca se lo había planteado por temor a la desaprobación de su padre.

— ¿Dónde ensayaríamos?

— ¿Recuerdas el cobertizo en casa de mis abuelos en Cabueñes? Mi tío lo reformó por completo y allí tendríamos un local excelente.

— ¡Existe un problema!

Realmente existía. No disponía de un piano. En su casa había uno, pero aquello era parte del preciado patrimonio de su madre. Además ¿como iba a trasportar un piano de media cola por las salas de baile de la ciudad? Quizás en América, en cada local existiera un piano a disposición de los músicos. De esa forma su venerado Ray Charles no se tendría que ocupar de ese problema, bastante tenía con ser ciego. Pero en Gijón, pocos locales disponían de un piano, excepción de algunas salas de baile como la pista de verano de "El Jardín" o los salones de algunos hoteles. Los guitarristas lo tenían más fácil, por eso proliferaban como las setas en las nuevas formaciones, mientras apenas había teclistas. Para decidir de qué manera afrontar la formación del grupo musical, quedaron de reunirse en casa de la abuela de Guillermo el siguiente fin de semana. Allí buscarían soluciones al nuevo reto.

El sábado, Eduardo se presentó en Cabueñes con algunos discos de vinilo elegidos para la ocasión. Su amigo le esperaba sentado sobre un rústico banco de madera, a la sombra del frondoso árbol que se erguía a la entrada de la finca. Le acompañaba un muchacho alto y flacucho, de pelo rizado y pecas sobre su nariz. Los dos salieron a recibirle. Tras las presentaciones de rigor, Guillermo le comentó que aquel joven espigado de pelo rojizo podría ser el cantante que necesitaban. Además tenía cierto manejo con la guitarra. Los abuelos de Guille salieron a saludarle y tras unos momentos de conversación los tres muchachos se dirigieron hacia el remozado cobertizo. Ahora se había convertido en una edificación sólida y espaciosa. En la parte derecha de la entrada, su tío había montado una especie de taller lleno de artilugios. Disponía de una mesa de trabajo, además de algunas estanterías con cables, herramientas y aparatos varios. En la izquierda, un viejo sofá al lado de una pequeña mesa y en la parte más vacía de la estancia, reluciente la nueva batería.

— Bueno, ¿todavía tienes el viejo armonio?

— ¡Oh, no! Estaba apolillado y apenas funcionaban algunas teclas. Mi abuelo hizo con él una hoguera en la noche de San Juan. Pero él ha traído una guitarra y podría cantar algo para probar.

— ¿Sabes algo de los Beatles?— Volvió a preguntar Eduardo, esta vez dirigiéndose al pelirrojo.

Éste frunció el ceño y ejecutó una expresiva mueca que demostraba su desconocimiento. Nunca había oído tal nombre.

— ¡Sí hombre! son lo mejor de la música inglesa del momento.

— Es que a mí la música que no está cantada en Español no me gusta, porque no la entiendo.

— ¿La música no la entiendes? Lo que no entenderás es la letra, la música tiene el mismo idioma para todo el mundo.

— Pero hay que saber lo que dicen las canciones para que te gusten.

— No estoy de acuerdo, aunque no sepas lo que dicen se trata de como suenan, de su ritmo, de su sentimiento. — Y luego añadió con desdén – Además la mayoría de las canciones no dicen más que estupideces, la letra es lo de menos.

El pelirrojo movió la cabeza con desaprobación — Las canciones tienen mensajes— afirmó.

Entonces Edu se dirigió hacia él y replicó en tono solemne.

— La gran mayoría hablan siempre de las mismas cosas. "¡Oh cariño, que grande es mi amor por ti!" Y el resto dicen cosas como: "Tengo yo una ovejita lucera, que de campanillas le he hecho un collar." ¿Te parecen unos mensajes imprescindibles? ¿Conoces a mucha gente que tenga ovejas? Yo creo que si fueran instrumentales sería mejor, así cada cual se inventa lo que esa música significa para él.

El pelirrojo no quedó convencido con aquel alegato, pero evitó continuar con la discusión. Sacó la guitarra española de su funda de tela. Con parsimonia, templó las cuerdas intentando dejarla afinada, cosa que no logró y procedió a interpretar una canción. Realmente no poseía una gran voz y su entonación parecía distar mucho de ser buena. Claro que como solo parecía saber tocar un par de acordes, era complicado que la voz y la guitarra se pusieran de acuerdo. Lo peor era el tema elegido, parecía una de las canciones que los frailes les enseñaban en los campamentos de verano.

Eduardo le interrumpió. Tomó uno de los vinilos que había traído y se acercó al tocadiscos que estaba sobre la mesa. Abrió la tapa que hacía las veces de altavoz y puso a girar el disco de Ray Charles, "What'd I Say". Mientras aquella música sonaba lo más fuerte que el pequeño reproductor daba de sí, comenzó a pasear chasqueando los dedos al ritmo de la música y mientras sus pies comenzaban a bailar. Luego se detuvo y exclamó:

— ¡Esto! ¡Esto sí te entra en las venas y te llega al corazón!

Cuando el tema finalizó se fue hacía el pelirrojo y le sugirió:

— Oye, eres bastante alto, ¿como no pruebas a practicar baloncesto? Quizás eso se te de mejor.

Visiblemente ofendido, el espigado cantante buscó con la mirada a Guillermo esperando que saliera en su defensa. No encontró respuesta, este último miraba hacia el techo. Perseguía con la mirada el atolondrado vuelo de una mosca, desentendiéndose de la situación.

— ¿Pero qué os creéis que sois, el Dúo Dinámico?

Malhumorado, guardó su guitarra y se fue dando un portazo. El primer casting no había sido exitoso. Una vez solos, Eduardo preguntó.

— ¿De dónde sacaste a este menda?

— Un amigo me lo recomendó como cantante.

— ¿Qué amigo, el sordo?

Guillermo rió, justo en el momento en que su abuela entró portando una bandeja con la merienda.

— ¿Pero qué le habéis hecho a ese muchacho? Se fue y parecía enfadado.

— Nada, abuela, no era lo suficientemente guapo para estar con nosotros y nos podía espantar a las chicas.

Decidieron recurrir a los consejos de Món, así llamaba Guillermo a su tío Ramón, al que admiraba y tenía en un pedestal. Guille no tenía padre. Había fallecido hacía tiempo y su madre y él regresaron a vivir a casa de sus abuelos maternos tras el luctuoso acontecimiento. Allí también vivía su tío Ramón, un soltero de oro como él mismo se apodaba. Lo cierto es que no solo era un hombre de mundo de lo más polifacético, también había sido batería en varias orquestas de baile y conocía el entorno de la música y sus problemas. En la actualidad daba clases de electrónica en un instituto de formación profesional. En alguna ocasión había sugerido a su sobrino, que le podía conseguir un puesto en alguna de las muchas orquestas que amenizaban las pistas de baile y las verbenas veraniegas para que se foguease. No lo consiguió, Guillermo no sentía ningún interés por la música propia de los bailes de salón.

Cuando los chicos le pidieron ayuda para montar el "conjunto" musical ,(palabra preferida para denominar a los grupos de música moderna en los años sesenta), él decidió involucrarse activamente. En el fondo era un melómano y añoraba sus actuaciones sentado tras la batería. Estaba feliz de haber trasmitido esa pasión a su sobrino y le hacía ilusión colaborar.

El tema del piano no era una cuestión de fácil solución. Món les sugirió una idea. Corrían nuevos tiempos para la música, los grupos que surgían llegaban con sonidos electrificados de guitaras y amplificadores. Lo que Eduardo se debería comprar era un teclado moderno que también se amplificase. El mercado de los instrumentos musicales estaba sufriendo una auténtica revolución, equiparable al auge que la música estaba protagonizando en aquella década. Pero en España, el retraso tecnológico era evidente. Muchas marcas no se comercializaban y los aranceles gravaban mucho las importaciones. Eduardo provenía de una familia pudiente. Seguro que a su padre no le supondría un gran problema por sus actividades comerciales, conseguirle un buen teclado en los Estados Unidos. Para Món el teclado ideal era el órgano Hammond. Una tarde, puso en el tocadiscos un vinilo de un organista americano de nombre Jimmy Smith. Tocaba unos sugerentes ritmos de jazz. Sí, pensó Eduardo, aquel sería su instrumento.

Convencer a su padre no iba a resultar tarea fácil. Eduardo llegó a plantear la solicitud de un adelanto de su herencia para comprar el teclado y prometía renunciar al resto del patrimonio. Incluso cancelaba la petición que había hecho de tener su propio automóvil. No se trataba de dinero. Alfredo Rivera hubiese deseado que su hijo pensase y sintiese de otra manera. Ahora estaba convencido que hacerle cambiar era como querer poner puertas al campo. Además Isabella siempre estaba allí dándole alas. Ella decía que la felicidad estaba en seguir el camino que el corazón nos marca. En cambio don Alfredo pensaba que mejor que seguir corazonadas, sería seguir los consejos que la razón nos dicta. Pese a todo llegaron a un acuerdo. Eduardo terminaría los estudios empresariales y él le compraría el órgano para poder formar el anhelado grupo musical.

Durante las semanas siguientes hasta el final del curso, Eduardo se transformó en un aplicado estudiante. Se dejaba ver en sitios inusuales como la biblioteca. Algunos profesores recelaban del súbito interés que mostraba por las materias y los trabajos, pero él tenía una misión, aprobar. Si para ello hacía falta estudiar se estudiaba, pero también sopesó ayudarse de otras opciones como los sobornos, las chuletas para copiar, el chantaje…. Afortunadamente no necesitó nada de esto.

Consiguió una colección de aprobados en la mayoría de las asignaturas que le permitían salvar la cabeza. Quizás le cuestionaban sus rácanos resultados, pero lo importante era que el objetivo estaba cumplido y por tanto su parte del pacto.

Además de estudiar, durante las semanas que precedieron a los exámenes, Guillermo venía esporádicamente a su casa. Mientras Eduardo trataba de improvisar alguna nueva melodía al piano, éste le acompañaba haciendo percusión con lo primero que encontraba a mano, que no era siempre lo más adecuado. Pero lo que más hacían cuando tenían tiempo, era subir hasta la casa de Cabueñes, especialmente durante los fines de semana. Algunas veces, allí estaba Ramón. A Eduardo le encantaba su compañía. Siempre aprendía cosas nuevas con él. Món arreglaba aparatos de radio en su tiempo libre. Era un experto en el tema, incluso se había fabricado uno de gran calidad y potencia. Gracias a aquel aparato, el tío de Guillermo captaba en onda corta frecuencias de emisoras extranjeras. Principalmente eran europeas, inglesas o francesas. En ocasiones, en horas nocturnas y dependiendo de la época del año, conseguía sintonizar emisoras americanas o del norte de África. Las frecuencias electromagnéticas, se propagaban con resultados diferentes según la estación del año y la hora de emisión. Aprendieron que era debido a las condiciones en las que las ondas viajan hasta la ionosfera.

A los chicos les daba igual todas aquellas teorías que Món explicaba. Lo realmente positivo era que en aquellas emisoras algunas veces se escuchaba una música fantástica.

Cuando llegó el verano, Eduardo consiguió su teclado. Un flamante órgano Hammond B3. En un principio, tuvo que adaptar su forma de tocar de pianista, además de aclararse con todos aquellos tiradores o drawbars que cambiaban y modulaban el sonido. Cuando lo enchufó al potente amplificador, Guille saltó de alegría, por fin podía darle a los tambores con fuerza. Tenía otro instrumento al que acompañar que estaba a su altura.

Durante los primeros días se olvidaron del resto del mundo, se encerraban a tocar improvisando todo lo que se les venía a la cabeza. Los abuelos y la madre de Guillermo estaban sorprendidos y preocupados. Sorprendidos de aquella afición compulsiva, y en cuanto a la preocupación, se debía a que la abuela creía que se quedarían sordos tocando a aquel volumen durante tanto tiempo. Por el contrario, las vacas de la finca colindante parecían encantadas con aquel sonido. Cuando salían de las cuadras a pastar, todas se concentraban lo más cerca que podían del local de ensayos.

Pasadas un par de semanas, comenzó la búsqueda exhaustiva de posibles miembros para completar la formación musical. Ramón conocía a muchos músicos, pero muy pocos ofrecían el perfil que ellos buscaban. La mayoría eran exageradamente viejos, es decir tenían más de veinticinco años, o bien eran demasiado pachangueros. En las emisoras de radio españolas los sonidos del pop británico comenzaban a asomar, aunque muy tímidamente. Los Beatles con "She loves you" estaban en boca de los más jóvenes o los más progres. La mayoría, sin embargo, aun no comprendía aquella música de melenudos con flequillo y estribillos de "She loves you, ye" Cualquier castizo diría que donde esté una copla española, que se quite esa música "ye, ye".

Si en algo había estado acertado Guillermo, era en la proliferación de grupos musicales. Cada vez que alguien les comentaba de tal o cual posible músico, este ya estaba formando parte de algún nuevo conjunto. Món decía que gracias a la televisión, la música en aquellos días estaba recibiendo un impulso como nunca en la historia. El televisor comenzaba a dejar de ser algo exótico para privilegiados. Era el boom, el invento que todos los hogares deseaban tener. Unos minutos en televisión y ya eras conocido en cualquier rincón del país. Claro que los nuevos grupos que empezaban a triunfar, como los Pequeniques, los Mustang o Miky y los Tony's, casi todos llegaban de Madrid, lugar desde donde se emitían los programas y estaban las principales emisoras de radio.

Durante el verano desfilaron diversos cantantes o guitarristas en busca de un puesto en la formación. Por desgracia siempre había un "pero". Unas veces era el bajo nivel técnico. Algunos guitarristas apenas sabían tres acordes. Creían que para tocar pop no se necesitaba mucho más. Conocimientos técnicos aparte, también era difícil encontrar gente con ideas y gustos como los suyos. Entre los aspirantes a vocalistas del grupo, no solo fueron desechados los que desafinaban. En cierta ocasión, Ramón les presentó a un joven con muy buena planta, hijo de un músico amigo suyo. Se llamaba Vicente. Además de cantar bien y poseer una sonrisa cautivadora, tocaba con cierta destreza el saxofón. Guillermo cogió aparte a Eduardo para decirle que aquel tipo no les convenía en absoluto. Eduardo no comprendía por qué le tenían que desestimar, parecía un fichaje excelente. Finalmente los argumentos del batería prevalecieron. Si metían a un guaperas al frente del grupo, que no solo cantaba y tocaba bien, además venía pensando en realizar sus propias ideas, en cuatro días se convertiría en el puto líder. Estando en primera línea de escenario, seguro que se ligaba él solito a todas las tías. ¡No!, no podían consentir que alguien se adueñase de su proyecto.

Antes de finalizar el verano, en los primeros días de Septiembre, Eduardo recibió una inesperada y agradable visita. Gorostazu llegó desde Euskadi para pasar unos días en la casa familiar que aun conservaban sus padres en Gijón. Hacía más de dos años que no se veían. Al principio solían mantener habitualmente contacto a través de la correspondencia, pero al discurrir de los meses se habían vuelto unos perezosos. En los últimos tiempos tan solo habían intercambiado algunas llamadas telefónicas en navidades o fechas señaladas. Pero la amistad, la verdadera amistad, tiene el encanto de superar las ausencias y las distancias. Aunque la vida te lleve por otros caminos, existe un hilo invisible que mantiene esa mágica conexión.

Quedaron citados para aquella tarde de fin de semana. Eduardo estaba ansioso por contarle sus planes y sus proyectos musicales, aunque estos últimos avanzaban con más lentitud de lo deseable. Cuando se encontraron, parecía que el tiempo se había detenido para volver atrás. Cierto era que los dos habían dejado a un lado su aspecto infantil, pero la sensación de complicidad y de sintonía entre ellos seguía intacta. Ya hacía cuatro años desde que Gorostazu trasladó su residencia al País Vasco. En la actualidad estudiaba medicina siguiendo la tradición familiar. Vestía elegante y parecía más pausado en sus gestos y su manera de hablar. Cruzaron el puente bajo el cual el rio Piles viene a desembocar en el Cantábrico. Pasearon al borde del mar dejando atrás la ciudad. Recordaron las anécdotas de la infancia y la adolescencia poniéndose al día sobre las novedades ocurridas en sus vidas.

De vuelta de su paseo, entraron en un animado local frente al mar en el emergente barrio de la Arena. La clientela era mayoritariamente juvenil. Pidieron sus consumiciones y se sentaron en una mesa libre. Gorostazu advirtió que unas chicas cuchicheaban y reían mientras les lanzaban furtivas miradas.

— ¿Las conoces? —preguntó haciendo un gesto con la cabeza en la dirección de las muchachas.

— ¡Oh, sí! El hermano de una de ellas iba con nosotros al colegio, y con la otra, que se llama Inés, estuve a punto de enrollarme en un guateque.

Eduardo levantó su mano y las invitó a acercarse a la mesa. Una vez allí presentó a las dos chicas a Goro. Al momento los cuatro entablaron una amena tertulia. Pidieron otra consumición. El tiempo pareció pasar con rapidez. De una manera no premeditada, la conversación entre los cuatro fue derivando en un par de conversaciones por parejas. Las posiciones parecieron establecerse de forma espontánea sobre quien interesaba a quien, Inés propuso que fueran a bailar. La pista de verano del Ideal Rosales celebraba uno de sus últimos bailes veraniegos. ¡Sí!, será divertido, exclamó su amiga apoyando su cabeza sobre el hombro de Gorostazu y cogiéndole discretamente la mano. De pronto éste cambió su semblante.

— ¡Lo siento! No os podré acompañar, se me ha hecho tarde — dijo acercándose al oído de Eduardo.

Edu frunció el ceño sorprendido por la reacción de su amigo. Aprovechando que las dos chicas se dirigieron hacia al baño para arreglarse, le preguntó:

— ¿Qué pasa? ¿Se puede saber qué mosca te ha picado de pronto? Y no me vengas con que ahora tienes prisa ¡Sé que eso no es cierto!

— Perdona, pero tengo que dejaros, no quiero que os lo toméis a mal.

— Pero bueno, tienes a esa chica en el bote y está estupenda. ¿Por qué lo quieres estropear?

— No sé si lo entenderías, mejor lo dejamos así — tras una leve pausa continuó.— No te preocupes por mí, vete con ellas, está claro que tú e Inés congeniáis.

— ¡No me digas lo que yo debo de hacer! Eres tú quien de pronto da la espantada. ¿Acaso la chica no merece la pena?

— Ella no tiene la culpa… pero…yo ya tengo pareja.

Tras pronunciar estas palabras, Gorostazu salió precipitadamente del local. En aquel momento las dos jóvenes regresaban del baño. Eduardo permaneció indeciso sin decidirse a seguir tras su amigo o esperarlas a ellas. Las esperó. Les indicó que fuesen ellas hacia la pista de baile, allí se encontrarían. Ellos debían de hacer algo importante que se les había pasado. Sin dar tiempo a la réplica, salió del bar.

Goro caminaba deprisa en dirección hacia el parque de Isabel la Católica. Fue necesaria una pequeña carrera para darle alcance.

— ¿Pero por qué te vas? Hace un montón de tiempo que no nos vemos y de pronto, ¿te largas sin más?

— Lo siento. No te lo tomes a mal. Si te gusta esa chica vete con ella, ya nos veremos mañana.

— Pero, ¿cuál es el problema? ¿Acaso no quieres serle infiel a esa pareja que dices tener? Simplemente íbamos a pasar un rato divertido con un par de chavalas.

Goro se paró y esbozó una irónica sonrisa, pero decidió reanudar la marcha sin contestar. Continuaron caminando durante unos metros en silencio. Luego, Eduardo volvió a insistir.

— ¡Está bien! Háblame de esa chica con la que estás saliendo.

— ¡No hay ninguna chica!

— Pero sí me has dicho que no quieres ir porque ya tienes pareja.

— Mejor lo dejamos estar.

— ¿Como?... No te entiendo.

Gorostazu se paró ante él, pareció aspirar profundamente en busca de aire, mientras apretaba su puño contra la palma de su mano. En un gesto nervioso, respondió:

— Soy gay.

Eduardo abrió la boca atónito, sin lograr reaccionar. Podía haber asimilado cualquier otra respuesta. Incluso si le hubiese dicho que era un extraterrestre no le habría sorprendido tanto. Pero aquella revelación lo desconcertó por completo.

— ¡Eso es imposible!... ¿Me estás tomando el pelo?

— ¿Por qué te parece tan extraño?

Eduardo abrió unos ojos como platos para convencerse de que no estaba soñando.

—¡Joder! Tú no eras así. ¿Pero como pueden gustarte los hombres en lugar de las mujeres?

— Suponía que no lo entenderías. Creo que lo mejor es que me vaya a casa.

— Cuando antes vivías aquí, te comportabas como un tío normal ¿Qué te ha ocurrido para cambiar de ese modo?

— Sigo siendo tan normal como siempre. No hay que ser una loca soltando plumas para ser homosexual. Cuando vivía aquí tenía preguntas que nadie podía resolver por mí, tan solo era un niño. Ahora soy un adulto y soy consecuente con mis sentimientos.

— ¡No me lo puedo creer! Eras mi mejor amigo y resultas un marica.

Goro se le acercó y puso la mano en su hombro para decirle:

— ¿Era tú amigo?... ¿Y ahora?

Eduardo apartó con brusquedad la mano de su hombro y respondió:

— Ahora eres otro tío al que no reconozco.

Permanecieron en un tenso silencio, uno frente al otro. Goro bajó la mirada mientras trazaba un pequeño círculo con la puntera de su zapato sobre la tierra. Probablemente, pese a la decepción por la reacción de su amigo, se sentía aliviado de no guardar dentro de sí por más tiempo su secreto. Eduardo se había quedado sin palabras, superado por la situación. Pasaron los segundos, quizás los minutos. Ninguno de ellos pudo precisar el tiempo hasta que Gorostazu se despidió con un lánguido adiós. Dando media vuelta se encaminó hacia la parada de autobús.

Eduardo le vio partir, una especie de parálisis involuntaria le impidió reaccionar. Tan solo observó en silencio como se perdía por la solitaria calle, bordeando el parque y diluyéndose en la tenue luz del final de la tarde.

Aquella noche y en los días sucesivos, los pensamientos sobre Goro rondaban una y otra vez en su cabeza. Era como una marea que incesantemente lanza sus olas sobre la playa, en una rueda inagotable. Nunca había conocido a un homosexual, o al menos uno que lo admitiese. Siempre imaginó que serían unos individuos extravagantes y pintorescos. En cierta forma todo el mundo los pintaba como una lacra social. Pero Gorostazu no era así. Él le conocía desde siempre. Era su amigo de la infancia, con el que había compartido juegos e ideas, ¿cómo podía resultar gay? Y si lo era, no podía verle como un ser despreciable. Era buena persona, sensible e inteligente.

Cuando a la tarde siguiente acudió a casa de Guillermo, éste aporreaba la batería con contundencia. Algunas veces parecía que tenía algo personal contra aquellos tambores. El percusionista aparcó sus baquetas y le recibió con una pregunta.

— ¿Has escuchado el ritmo que he conseguido hacer? No creo que en toda Asturias haya un batería que tenga tanta marcha como yo.

Eduardo asintió con la cabeza. Tras unos segundos de pausa, cambió el tema de conversación.

— ¿Qué opinas tú de los homosexuales?

Su amigo se encogió de hombros y contestó.

— No sé... Que mientras más cantidad sean, más mujeres tenemos para el resto de los hombres.

— Déjate de chistes, ¿qué piensas?

Guillermo se dirigió hacia un poster que él mismo había pegado en la pared y que mostraba la foto de la actriz Brigitte Bardot. Señalando hacia su escote comentó.

— Un hombre tiene que estar mal de la cabeza para que no le gusten unas tetas como éstas.

Eduardo decidió dar por zanjada la conversación sobre el tema. Seguramente como le ocurría a Guille, la mayoría de los heterosexuales de la época ni comprendían, ni querían comprender a los homosexuales.

Durante los días siguientes, lo que en principio fue un rechazo frontal al descubrir las inclinaciones sexuales de su amigo Gorostazu, fue derivando en un sentimiento de pesadumbre. Sentía que quizás había sido injusto con él. En el fondo, era su vida y solo él era dueño de vivirla como quisiera. Reflexionando, llegó a la conclusión de que se debía sentir muy solo, ocultando continuamente sus sentimientos. En realidad era mucho más que eso, y es que Eduardo ni siquiera sabía que en la España de 1963, un homosexual no solo era tratado por la sociedad con desprecio. Era un delincuente tipificado en la ley de vagos y maleantes. Pese a todo, no se atrevió a ponerse en contacto con él hasta el último día de su estancia en Gijón. Fue entonces, la noche anterior a que partiera hacia Bilbao, cuando se presentó en su casa para despedirse. Los padres de Goro le saludaron efusivamente y le invitaron a subir a verle a su habitación. Eduardo subió las escaleras y se presentó en el cuarto. Su amigo, se encontraba recostado sobre la cama leyendo un libro. Al verle, se incorporó y le invitó a pasar. Eduardo fue el primero en hablar, aunque al principio de una manera un tanto titubeante.

— Siento mucho cómo me comporté el otro día. Fue tan inesperado y extraño que no supe como reaccionar. Aun ahora, no sé bien como hacerlo.

— No te preocupes, la mayoría reacciona como tú, o peor.

— No es nada personal, pero me parece tan increíble de ti.

— Ojalá no fuera así, mi vida sería más fácil, pero soy como soy.

— ¿Qué opinan tus padres?

— Ni siquiera lo saben. Quizás mi madre lo intuye, pero no me he atrevido a planteárselo abiertamente.

— Debe de ser difícil.

—¡Sí!, aunque en la universidad he conocido a gente como yo, que me ayuda y me entiende. He aprendido a vivir sorteando las trabas sociales y fingiendo mi papel.

De una pequeña puerta de su armario sacó una botella. Bebieron y hablaron hasta cerca del amanecer. Quizás su amistad nunca seguiría siendo llevada de la misma forma que hasta entonces, pero sí quedaría claro que por muy diferentes senderos que tomaran sus vidas, su lealtad estaría por encima de todas las adversidades.

CAPÍTULO 17

La vida de Manuel se había adaptado por completo a Gijón. Su salario en la fábrica era más bien escaso. No obstante, Rafael le animó, asegurándole, que los principios siempre son duros. A medida que el tiempo transcurre, el trabajo y la preparación ponen a cada uno en su sitio. Antes de finalizar 1963 ya había ascendido a oficial de segunda, hecho que solo le contentaba en parte. Tenía capacitación y desarrollaba el trabajo de un oficial de primera. Él no era un muchacho muy extrovertido, aun así había hecho bastantes amistades entre sus compañeros. Claro que algunos le miraban con cierto recelo al considerarle el protegido del jefe de taller. Rafael no era un simple jefe de taller. Sin grandes gestos ostensibles, procurando mantenerse en un discreto segundo plano, ejercía un poder mayor del que su rango le otorgaba. Era un hombre inteligente, con una gran visión para afrontar los retos que en ocasiones el trabajo planteaba. Su experiencia y sagacidad le hacían importante. El ingeniero jefe de producción y otros técnicos en teoría con una preparación superior a la suya, tenían muy en cuenta sus opiniones antes de abordar muchas cuestiones laborales. Rafael había puesto un especial interés en Manuel. Le animaba en su idea de seguir estudiando y acceder algún día a una plaza en la Escuela de Peritos.

Durante los primeros meses, en cuanto la jornada semanal ponía punto y final, enfilaba la ruta hacia los valles del alto Nalón para encontrarse con Elisa. A su novia, aquella situación la desesperaba. Se sentía prisionera entre aquellas montañas, anhelando que pasase rápida la semana para volverle a ver. Si él no podía vivir allí, ella quería estar a su lado allá donde estuviese. Manuel echaba de menos su presencia durante la semana pero no sabía qué solución buscar. Se sentía demasiado joven para casarse y esa era sin duda una opinión compartida por sus familias. Antes debería de asentar su futuro sobre unas bases sólidas. En su cabeza se agitaban sueños de cierta grandeza. Era consciente de su status social, pero la sociedad, aunque con paso lento, iba desdibujando las líneas que separaban a la clase rica de la pobre. Él necesitaba aprovechar esa oportunidad, colarse en una clase media que poco a poco se hacía más numerosa. Pese a la dictadura, los progresos sociales comenzaban a aflorar tímidamente. Cierto es que mientras en la Europa desarrollada marchaban a ritmo de "liebre", en España lo hacían a ritmo de "tortuga".

La conclusión era que no podía casarse hasta no haber progresado y sentirse realizado. En cierta ocasión, Rafael le dijo: "Si cargas a tus espaldas con una familia, tendrás que emplear todo tu tiempo y tus esfuerzos en sacarla adelante, lo que significa renunciar a muchas cosas".

Para Elisa las prioridades no eran las mismas. Solo tenía diecisiete años pero se sentía una mujer plenamente madura. La ausencia de Manuel le quemaba las entrañas. El pueblo ya no parecía el lugar confortable de su niñez. Allí se sentía atrapada. Ella también quería vivir su propia vida. La primera vez que viajó a Gijón a ver a Manuel tuvo claro que su destino era vivir en aquella ciudad. Era tan distinto pasear por sus calles llenas de colorido y bullicio comparándolas con las solitarias callejuelas de la aldea... Especialmente la visión del mar la cautivó. A Manuel le parecía extraño que a sus años ella nunca hubiese visto el mar, pero así era. Apenas había salido de los valles del Nalón. Cierto que en alguna ocasión había visitado con sus padres la capital por distintos motivos, pero nunca había llegado hasta una población en la costa.

Llegó en el tren a media mañana. Manuel fue a recibirla en la estación de "Feve" y la llevó hasta la pensión donde le presentó a la patrona. Ésta la recibió con la efusividad propia de su carácter adulador y un tanto cínico. Eso sí, dejó claro que en su casa no permitiría que se quedase con Manuel. Aquella era una casa decente y no podía ser que una menor tuviese relaciones con un joven bajo su techo, por muy noviazgo consentido que este fuese.

El barrio no tenía el "glamour" de otras partes de la ciudad como la calle Corrida u otras plazas céntricas. En cambio, tenía un sabor especial de barrio marinero que cautivó a Elisa. Unas callejuelas angostas, de irregular trazado, con una arquitectura en sus edificios heterogénea y anárquica. Las casas ascendían desde la orilla del mar hasta el cerro de Santa Catalina. Eran unas calles llenas de vida, de niños correteando por ellas, de vecinas cotilleando desde las ventanas, de pescaderas con sus carritos vociferando las frescas sardinas o los estupendos chicharros del día. Y el mar, tan azul, tan inmenso, y sobre todo tan cercano.

Cuando la luz de la tarde se apagaba, Elisa tomaba el último tren de vuelta, así acababan sus cortas y esporádicas visitas a la ciudad. Estas solían acontecer en sábado. Ella llegaba a primera hora de la tarde, cuando Manuel había completado su jornada laboral. Aprovechaban el tiempo en visitar los rincones más apetecibles de la Villa de

Jovellanos. Curiosear por sus tiendas o degustar una consumición en alguna cafetería céntrica. Luego solían tomar el último tren con destino a los valles langreanos. Él, la acompañaba en su regreso, para visitar a su madre y pasar el domingo junto a ella.

Pero la vida fue tomando una rutina demasiado monótona. Tan solo una vez fue rota por un sobresalto, esto se debió a un retraso en la menstruación de Elisa. El temor de que ella hubiese quedado embarazada les llenó de incertidumbre, especialmente a Manuel. Afortunadamente solo quedó en un desarreglo hormonal. A partir de entonces, decidieron olvidar los métodos arriesgados en sus relaciones como "la marcha atrás" y utilizar otros más seguros como los preservativos. En aquellos años, algo tan elemental y sencillo estaba rodeado de un cierto tabú y prejuicio social. Realmente no había una información clara ni asequible sobre los temas sexuales, especialmente para los jóvenes. Digamos que cada uno debía experimentar por su cuenta y riesgo sobre como vivir su sexualidad. La iglesia y el estado aplicaban una moral represora, donde se penalizaba cualquier relación fuera del matrimonio. Pero como cantaba desde el otro lado del océano, un nuevo icono de la música llamado Bob Dylan, los tiempos estaban cambiando, incluso en España. En una parte de las nuevas generaciones, surgían corrientes que renovaban mentalidades y rompían tabúes. Sobre todo en el ámbito de las ciudades. Pese a todo, para un joven comprar condones tenía algo de clandestino e inmoral.

En cierta ocasión, Rafael le ofreció la posibilidad a Manuel de conseguirle los preservativos. Lo haría en la farmacia de un conocido suyo situada al lado de su casa. Consideró que era un acto de responsabilidad que el muchacho tomara precauciones. Al farmacéutico le extrañó que Rafael hiciera aquella compra. Era una persona solitaria y desde que le conocía como vecino nunca le había visto con pareja. Pero no le dio importancia, todo hombre tiene derecho a echarse una canita al aire, pensó.

Un día, al finalizar la jornada en la fábrica, Manuel se encontraba cambiando sus atuendos de trabajo en los vestuarios. Mientras lo hacía, charlaba sobre cuestiones triviales con un compañero, un joven aprendiz que rondaba los diecisiete años. Al sacar las pertenencias de la taquilla, de su cartera se deslizó un preservativo. Mientras Manuel lo recogía del suelo el otro joven le observó con evidente curiosidad antes de preguntarle:

— Oye, ¿Dónde los consigues?

Manuel respondió en voz baja intentando quitarle importancia a su respuesta.

— ¡En la farmacia claro!, No va a ser en una carnicería.

— ¡Jo, qué bueno! — dijo en un tono de admiración — ¿Podrías conseguirme alguno para mí? Yo no me atrevo a comprarlos, ni siquiera sé si me los venderán a mi edad.

— ¿No eres un poco imberbe para estas cuestiones? —preguntó con cierto aire de superioridad.

— ¿Qué dices? Si tú eres poco mayor que yo.

— Yo tengo diecinueve años, y tú aun no has cumplido los dieciocho. Colega, en ese tiempo se aprende mucho.

— Bueno, lo que tú digas, pero ¿puedes conseguírmelos?

Manuel no estaba dispuesto a decirle que quien en realidad se los conseguía era Rafael. Su orgullo le traicionó. En un arranque de autosuficiencia, aseguró a su compañero que conseguirlos para él no era problema. Un rato después ya se estaba arrepintiendo de tal aseveración. ¿Por qué diablos se había comprometido a tal cosa? si ni siquiera los conseguía para él mismo. Pensó en darle una excusa pero iba a quedar fatal.

Decidió aquella tarde, por su cuenta y riesgo, probarse. Miró a través del cristal de una farmacia, un farmacéutico de avanzada edad atendía a una señora. No había más clientes así que penetró en el establecimiento. Se puso a curiosear por los estantes disimuladamente esperando que la señora se fuese. Manuel comenzó a impacientarse, la mujer parecía dispuesta a cargar un botín de medicamentos, ¿pero cuantas enfermedades quería curar? Entonces surgió de la trastienda una joven boticaria que se dirigió a él para preguntarle qué deseaba. Aquella aparición desde luego le pilló por sorpresa. La chica le observaba con una sonrisa; como si adivinase cual sería su petición, y él se sintió acobardado. Carraspeó mientas echaba una furtiva mirada a los presentes. A continuación con voz un tanto ahogada susurró.

— ¿Me da unas pastillas para la garganta?

Por supuesto la farmacéutica se las facilitó y él salió presuroso de la botica. Una vez en la calle comenzó a caminar sin rumbo. ¿Qué había hecho? ¿Para qué quería unas pastillas para la tos? Se suponía que no era un delito comprar profilácticos ¿Por qué le resultaba tan difícil atreverse? Al día siguiente decidió volver a solicitar ayuda a Rafael. La cosa no resultó sencilla. Al pedirle si podía conseguirle otra caja de tan escabroso material, éste reaccionó con aparente contrariedad.

— ¡Pero bueno! Si apenas hace cinco días que te conseguí una, y te recuerdo que es la tercera vez que te los consigo. ¿Y ya me estas pidiendo otra? Además, si solo ves a tu chica los fines de semana ¿con quién los gastas? o ¿es que los utilizas como globos para jugar?

— Verás… No te lo tomes a mal, estos son para un amigo.

Rafael le miró incrédulo, ¿acaso le había tomado por el distribuidor de anticonceptivos? Lo mejor era tomar una solución drástica. Aquella tarde tras la jornada laboral hizo que Manuel le acompañase a su barrio. Le presentó a su vecino farmacéutico y les instó a que a partir de entonces cerraran directamente su pequeño trato comercial. Definitivamente aquello resultó un alivio para Manuel. Le hacía ganar en confianza y madurez, sentirse autosuficiente.

1963 ya consumía sus últimos días. El rito de la Navidad volvía para ablandar corazones. Un nuevo y renovado intento de enterrar bajo luces de colores, villancicos y mazapanes, los sinsabores cotidianos. Cada ciudadano, esperaba que el año próximo a entrar, llegase no solo con un buen pellizco del premio gordo de la lotería, también con una brisa fresca que les impulsase a conseguir sus proyectos y anhelos.

Para Eduardo, la meta era lograr de una maldita vez formar un grupo que por fin irrumpiera en el panorama musical. Cierto es que durante aquel tiempo, habían pasado una variopinta cantidad de músicos o aspirantes a ello. Todos intentando hacerse con una plaza en la formación. Tan solo uno había conseguido amoldarse a lo que buscaban. Se trataba de Ricky, un joven bajista al que Guillermo conocía desde hacía tiempo. De tez morena y rizado cabello oscuro, era un chico de pocas palabras. Solía asentir a todo lo que sus compañeros le proponían, hecho que le facilitó su incorporación y asentamiento en el grupo. La primera idea de Ricky era la de ser guitarrista. Con catorce años su tía madrina le regaló una guitarra española, y fue a tomar clases de un peluquero conocido de ella. El buen hombre apenas dominaba el instrumento, lo justo para interpretar un puñado de rancheras. Con ellas solía amenizar o torturar (según opiniones) las reuniones familiares o algún evento entre amigos. Pasados unos pocos meses, Ricky decidió buscar nuevas fuentes de conocimiento. De la misma forma que la copla preferida del peluquero, "La Cucaracha", ya no podía caminar, él no podía avanzar más con sus exiguas enseñanzas. A partir de entonces se formó de manera casi autodidacta. Aprendió de acá y de allá, y copió lo que observaba en otros guitarristas. Su nivel técnico no había llegado a grandes cotas de habilidad. Como poseía un buen sentido del ritmo, Guillermo le animó a que probara con el bajo. Al fin y al cabo tenía solo cuatro cuerdas y se supone que a menos cuerdas, menos notas y por tanto menos materia que aprender. La realidad era distinta. Tocar el bajo requería otra técnica, las cuerdas y el mástil eran muy diferentes a las de la guitarra. Además se precisaba un buen oído para apreciar las líneas armónicas y melódicas que el bajo marcaba, por tanto necesitaba conocer las escalas musicales. Guille le consiguió la ayuda necesaria por mediación de su tío. Se trataba de un viejo bajista curtido en mil batallas, un tipo que musicalmente sabía mucho menos de lo que aparentaba. No solo le dio las primeras lecciones como bajista, también le vendió a Ricky el bajo, un exótico instrumento de color negro y detalles en verde.

Eduardo no poseía mala voz pero se negó a ser vocalista. Ante la ausencia de voz solista en la formación, él hacía los arreglos para trío instrumental. Les proponía hacer versiones de temas de soul y blues. Guillermo protestaba, no tanto por el tipo de música, sino por el convencimiento de que sin un cantante nunca conseguirían tener éxito. Por fin, en 1964 llegó el miembro definitivo que faltaba en la banda. Roberto provenía del centro de la península. Su padre había conseguido un puesto en la factoría de Ensidesa y no dudó en trasladarse a Asturias con toda su familia. Las ciudades del norte de España ofrecían oportunidades de trabajo en una sociedad más industrializada que las regiones del interior. Pese a que la empresa siderometalúrgica se hallaba situada en Avilés, la familia decidió instalarse en Gijón. Una ciudad más grande, con más posibilidades para sus hijos, pensó Roberto padre.

La entrada en el grupo de Roberto fue, como suele ser habitual, fruto de la casualidad. Uno de esos típicos momentos en que el destino nos hubiera concertado una cita para unirnos en el tiempo y en el espacio exacto. Guille y Ricky se encontraban en unos almacenes del centro, curioseando en la sección musical de los mismos. Con la excusa de hacer pequeñas compras; unas baquetas, unas púas… A los dos les gustaba darse a menudo un garbeo por los escasos establecimientos gijoneses que vendían material musical. De ese modo, no solo se enteraban de las novedades del mercado; también de los cotilleos sobre grupos, orquestas y demás personajes de la farándula. En los últimos tiempos habían extendido esta costumbre de visitar de cuando en cuando otros establecimientos de la provincia. Aquel día se hallaban hablando distendidamente con el dependiente, cuando Roberto entró para comprar un juego de cuerdas de guitarra eléctrica. Tras abonar el importe, solicitó del dueño permiso para colocar un anuncio. Quería ofrecerse como guitarrista y cantante para cualquier nuevo grupo de corte moderno que le necesitase. Guillermo, con la antena puesta, captó de inmediato aquellas palabras. Tras observarle unos segundos, se decidió a intervenir.

— ¡Perdona! ¿Qué tipo de grupo musical estás buscando?

El joven volvió sorprendido su cabeza hacia su interlocutor antes de responder.

— Quisiera conocer gente a quien le gustase hacer música como la que hacen los conjuntos de pop ingleses.

Guille y Ricky se miraron con satisfacción.

— Puede que nosotros tengamos algo para ti.

Aprovechando que gozaban de una cierta confianza con el dueño del establecimiento, le pidieron permiso para utilizar una de las guitarras. Necesitaban que hiciese una pequeña demostración de su talento. Un tanto acobardado, Roberto tomó la guitarra que le ofrecían y aceptó la invitación. Comprobó la afinación del instrumento, tras lo cual pareció dudar unos segundos sobre qué versaría su interpretación. Los dos amigos, junto con los empleados de la tienda, parecían mirarle como lobos que observan a un pobre corderito al que se van a zampar. Pero Roberto no se achicó. Con contundencia atacó los primeros acordes del tema "Good luck charm" de Elvis Presley e hizo una convincente versión, pese a que nadie de los presentes conocía el tema original. Además todos alabaron lo bien que cantaba en inglés. Aunque ninguno de los cuatro que conformaban el público tenía ni idea del idioma de Shakespeare, a todos les pareció que tenía un acento impecable. Definitivamente aquel sí parecía un buen fichaje. Una vez hechas las presentaciones de rigor, los dos amigos le ofrecieron incorporarse a su proyecto. Antes de despedirse le invitaron a que acudiera a su local de ensayo. Allí conocería al cuarto miembro del grupo.

Esa misma noche, Guillermo se presentó en casa de Eduardo para comunicarle la buena noticia. Este se la tomó con cierto escepticismo. No era la primera vez que llegaba con el convencimiento de haber encontrado a los candidatos ideales. Poco tiempo después era el primero en encontrarles inconvenientes, descartando a sus propios recomendados. Sus parámetros de medida eran complejos. Quería que fuesen buenos músicos; pero no excesivamente brillantes que eclipsaran al resto de la banda. Algunos no le parecieron aceptables, eran tipos sin ideas ni iniciativa; en cambio a otros los descartó por tener demasiadas. Necesitaban dejar claro que Eduardo y él eran los líderes y no permitiría que nadie viniese a adueñarse del proyecto. No quería tipos feos. Para él, gustar a las chicas era clave del éxito; pero tampoco deberían ser demasiado guapos como para que se las llevaran a todas de calle y quedar él en un segundo plano.

Eduardo le invitó a subir a su habitación dispuesto a escuchar las novedades. Guillermo parecía animado con el descubrimiento. El futuro fichaje se manejaba bien con la guitarra, tenía buena voz y poseía una buena imagen.

— ¡Bueno!, parece que has hecho un gran descubrimiento. Pero si lo hace todo tan bien, ¿Ya no te preocupa que sea otro quien se lleve todo el protagonismo?

— ¿Por qué todo el protagonismo?

— Piénsalo, él ocupará el centro del escenario. La voz cantante siempre es el centro de atracción. Si además es buen músico, traerá sus propias ideas, quizás seamos nosotros quienes nos adaptemos a él.

Guillermo, quedó pensativo un instante antes de reaccionar.

— No tiene por qué ser así, nosotros somos los fundadores y nosotros decidimos. ¿Se lo dejaremos claro, verdad? Además tú sabes mucho de música, no creo que te pueda dar lecciones — y añadió.— ¿No te parece buena idea que entre a formar parte?

Eduardo sonrió mientras apoyaba amistosamente la mano sobre el hombro de su amigo.

— Pues claro que me parece interesante que alguien de valía se incorpore a nuestro conjunto. Ya es hora que hagamos realidad este proyecto. Solo te pido que esta vez guardes tus recelos y seamos positivos. Al fin y al cabo tú eres quien le recomienda.

El primer día de ensayo resultó prometedor. No porque consiguieran resultados espectaculares si no porque como Roberto dijo: allí había buen rollo. La realidad es que sintonizaron. Aquella tarde del mes de enero tendría que ser señalada en el calendario. Roberto se presentó con su guitarra eléctrica. Existía un problema, aun no tenía amplificador donde enchufarla. Hacía pocos días que había conseguido su primer empleo como mozo de almacén en una tienda de electrodomésticos. Esperaba cobrar su primer sueldo para dar la entrada de uno de aquellos aparatos que tanto necesitaba. Eduardo le permitió que enchufara su guitarra en un canal libre de su amplificador. Aquello no era muy ortodoxo para poder sonar bien. El órgano Hammond y la guitarra enchufados al mismo amplificador no era la mejor idea, pero era una solución para salir del paso.

Roberto arrancó acompañándose de la guitarra con algunos temas; cosas de Elvis Presley o los Everly Brothers. Ellos improvisaron para él, algo de Rhythm and blues y Eduardo cantó un tema de su admirado Ray Charles. Charlaron, fumaron, e hicieron cábalas sobre el futuro y sobre qué nombre pondrían al grupo. Como principio les pareció inmejorable.

Roberto había conseguido un trabajo por aquellos días. Finalmente pudo comprarse su deseado amplificador de guitarra. No era gran cosa pero a él le pareció estupendo. La economía de un conjunto compuesto por estudiantes en su mayoría, no era muy boyante. Eduardo, que era el más solvente, consiguió dinero para comprar un pequeño equipo de voces donde enchufar los micrófonos. Los demás se lo agradecieron con la promesa de pagar su parte en cuanto hicieran los primeros bolos.

Antes de seguir adelante, Guillermo insistió: por mucho que les gustase la música de los anglosajones, ellos deberían cantar en castellano ya que en España no estaban bien vistos los idiomas extranjeros. Fijaros, hasta el Real Gijón fue obligado a quitar la palabra Sporting de su denominación.

Durante las siguientes semanas organizaron los días de ensayo. No era fácil adaptar los horarios y los compromisos de los cuatro. Los cantautores tenían una gran ventaja, solo necesitaban ponerse de acuerdo consigo mismo para ensayar. En cambio para ellos encontrar el horario ideal para todos, resultaba más complicado.

Eduardo continuaba con sus estudios de empresariales. Poco a poco se había concienciado de la necesidad de acabarlos con los mejores resultados posibles. No solo era una cuestión de cumplir con las expectativas de su padre; quien había respetado e incluso financiado su vocación de músico (aunque sin mucho entusiasmo). También se trataba de una cuestión de orgullo y de concienciación. En más de una ocasión se había sorprendido a si mismo estudiando en su cuarto, rodeado de apuntes y libros sin que nadie le obligase. Quizás eso fuese parte de la mutación que experimenta la personalidad al pasar de la adolescencia a la edad adulta. Por otro lado, estaba su preparación para los exámenes del conservatorio. Unos estudios que llevaba de forma poco ortodoxa. Tenía un alma autodidacta. Le aburría seguir el rígido método convencional. En ocasiones deseaba saltarse el protocolo, había demasiada paja y él quería pasar directamente al grano. Así que un par de veces abandonó los estudios oficiales para buscarse los conocimientos que le interesaban por su cuenta. Después de un tiempo, recapacitó. Retomó de nuevo las clases con un profesor particular y se presentó a los exámenes como alumno de matrícula libre del conservatorio.

Guillermo era quien más tiempo libre tenía. Perdió a su padre siendo muy niño. Toda su vida había trascurrido bajo la tutela de sus abuelos maternos. A su abuelo le hubiese gustado que hubiese querido ser veterinario como él, sin embargo los estudios no estaban hechos para su nieto. Pensaba, que si era difícil para un doctor diagnosticar la enfermedad a un humano, aun cuando éste le daba numerosas pistas sobre sus dolencias, ¿cuánto más difícil sería adivinar lo que le pasaba a una vaca que ni siquiera le podía orientar? Tras terminar el bachillerato, no sin ciertas dificultades, con el ilustre título de haber sido uno de los repetidores más asiduos del colegio, su tío le matriculó en el instituto donde daba clases de formación profesional. No podía consentir que su sobrino fuese un vago sin preparación. Tocar la batería fue su gran válvula de escape. Para él resultaba fácil, tenía el local de ensayo en su propia casa.

Ricky asistía a clases en una academia privada preparando oposiciones a funcionario del estado. En el tiempo libre, solía ayudar en la tienda de ultramarinos que su familia regentaba en el barrio de El Llano, esto le restaba tiempo para practicar con la guitarra. Por último Roberto acababa de conseguir un trabajo. Durante el día hacía de dependiente en un distribuidor de electrodomésticos o se dedicaba a llevar a los hogares; las lavadoras, neveras, televisiones... que los clientes compraban.

Todas las semanas buscaban alguna tarde para juntarse a ensayar. Era las tardes de los sábados y las mañanas de los domingos cuando disponían de más tiempo para su gran pasión. Un contratiempo más debieron de superar. La abuela de Guillermo, no veía con buenos ojos que las mañanas dominicales su nieto y sus amigos pasasen el tiempo con su "chunda chunda" y no fuesen a cumplir con la santa misa como buenos cristianos. En aquellos días de 1964, se suponía que las personas de bien mostrarían una conducta moral intachable, al menos en apariencia. Aunque la parroquia pertenecía a Gijón, aquello era una zona rural y como ocurre en los pueblos todo el mundo se conoce. Ellos no pasaban desapercibidos. Incluso el párroco había escuchado desde el camino la música de aquellos "yeyés". Le había comentado a la abuela que quizás podrían unirse al coro que se estaba formando en la parroquia. Ricky, aunque sin entusiasmo, llegó a aceptar la propuesta de la buena mujer. Pero claro, Ricky solía darle la razón a todo el mundo. Roberto era un muchacho prudente y prefirió no opinar. De todas formas, en su fuero interno, no creía justo que después de cruzar todo Gijón en bicicleta llevando consigo el pesado estuche con la guitarra, debiera de perder la mañana de ensayos para ir a misa. Eduardo era el más firme opositor. Él había estudiado toda su vida con' los frailes. Pensaba que ya había acudido a suficiente cantidad de misas como para obtener un bonus de crédito que le liberaba por mucho tiempo de tal obligación. ¡Que caray!, todo lo que le podía decir el cura ya se lo sabía de memoria. Además aquello no era un grupo parroquial, era rock and roll. Así pues, Guillermo convenció a su abuela de que les dejasen en paz. Le prometió que irían por Navidad y Semana Santa. Bien pensado, son las dos fechas más importantes en la vida de un hombre. Cuando se nace y cuando se muere.

Poco a poco el proyecto fue tomando cuerpo. De las primeras versiones pasaron a desarrollar temas con ideas propias. Se sentían vivos e importantes. El mundo pronto sabría de su existencia.

La llegada de la primavera, no solo trajo consigo todo su color, también señalaba el día en que por fin debutarían en directo, quizás, marcando el principio de lo que pudiera ser una carrera meteórica hacia el estrellato. Al menos así lo presentían.

Eduardo se disponía aquella tarde a acudir a Cabueñes para realizar uno de los últimos ensayos antes de la gran cita. Su madre, le había pedido que por favor la acercase hasta la casa de su amiga la señora Heinz, ya que le quedaba de camino. La buena mujer se encontraba enferma. Tras un breve paso por el hospital había regresado a su hogar. Eduardo salió al jardín. Un fino y pertinaz orbayu caía pulverizando el aire de minúsculas gotas de agua. Se resguardó bajo el porche esperando que su madre apareciese. Estaba animado, había preparado un solo de teclados para la última canción que habían compuesto. De forma mecánica, estiró los dedos como si teclease en el aire y luego se frotó las manos para desentumecerlas. Tenía ganas de deslizarlas encima de su querido órgano Hammond B3 y probar sus nuevas ideas. Isabella salió de la casa y se dirigió junto a su hijo hacia el garaje. Subieron en el automóvil y partieron. Al llegar a Villa Marina, la puerta de la finca se encontraba abierta. Penetraron a través del jardín hasta estacionar el coche junto a las escaleras de la entrada principal. Isabella instó a su hijo para que le acompañase al interior de la casa. No estaba de más que él también hiciese una visita de cortesía a la enferma. Eduardo accedió a la petición, no podía entretenerse. Debía de pasar por la parada que hacía el nuevo autobús urbano en su trayecto de Pumarín a Somió para recoger a Roberto. En los días lluviosos Roberto no podía acudir a los ensayos en su bicicleta portando la guitarra. Así pues llegaba en el trasporte público hasta Somió, donde le esperaba su amigo Edu.

Isabella se atusó con delicadeza el pelo antes de llamar a la puerta. Al momento esta se abrió y una sonriente muchacha de ojos verdes les dedicó una sonrisa a modo de bienvenida. A continuación se hizo a un lado para que penetrasen en el interior. Isabella agradeció el gesto con un:

— ¡Gracias Julia!

Por un instante, la sangre pareció dejar de correr por las venas de Eduardo. Miró fijamente a los ojos de la muchacha y ésta le devolvió la mirada mientras inclinaba levemente su cabeza a modo de saludo. Allí estaba la anónima chica de la Nochevieja. Resultaba que la misteriosa mujer a la que tantas veces había soñado encontrar era ella. No la había reconocido hasta aquel instante. Estuvo cerca de su casa todo aquel tiempo y sin embargo el azar la había tenido escondida durante más de un año. Ahora de pronto, como por arte de magia, surgía de la nada para dejarle completamente descolocado y sin reacción.

— Por favor, ¿vas a pasar? — inquirió la joven.

— ¡Oh, sí! respondió, saliendo de su ensimismamiento.

A continuación, les mostró con su mano el camino que les llevaba hasta uno de los salones. La enferma se encontraba reclinada en un sofá. Isabella había llegado hasta ella y tras besar su mejilla, le tomó la mano entre las suyas. Arropada en una bata de terciopelo, con el semblante pálido y demacrado, la señora Heinz lanzó una cariñosa mirada hacia Eduardo, al tiempo que le piropeaba.

— Isabella, ¡qué hijo más apuesto tienes!, cada día se parece más a ti.

Luego le hizo acercarse para que le diera un beso.

Julia se dirigió hacia Isabella y tomó su abrigo para colgarlo en el perchero. Luego se acercó a Eduardo para que le entregara también su chaqueta. Se la quitó mecánicamente y se disponía a entregársela cuando su madre le advirtió.

— Pero… ¿Te vas a acomodar? ¿No tenías mucha prisa?

— ¡Ah, sí! por supuesto, debo irme.— Comentó un tanto azorado. — Solo venía a desearle una pronta recuperación.

Seguidamente se volvió a colocar la chaqueta y se despidió presurosamente, con un leve gesto de mano. Las dos mujeres le dijeron adiós, un tanto sorprendidas ante tan repentina reacción.

Mientras se dirigía a la salida, miró de reojo a la joven que caminaba a su lado. No sabía explicar porqué el corazón le latía a un ritmo inusual. Finalmente, ella se adelantó para abrirle la puerta y se hizo a un lado para que él pasase. La tenía frente a sí y no pudo evitar mirarla de arriba abajo. Le pareció preciosa, aun más de lo que él la recordaba. Sintió como si una poderosa fuerza magnética le atrajese hacia ella, pero otra fuerza más poderosa le impedía reaccionar. Julia le miraba con aire expectante, como esperando sus palabras. Tras unos segundos, Eduardo tan solo balbuceo un adiós y se dirigió precipitadamente hacia su coche. Tal parecía que hubiera salido huyendo.

Durante aquella tarde, Julia no se fue de su pensamiento. Por momentos parecía ausente, sin capacidad de concentración y sus compañeros se lo recriminaron. En su cabeza la situación vivida daba vueltas una y otra vez. Había pasado más de un año imaginando volver a encontrarla y cuando por fin llegó el día, su mente quedó en blanco. ¿Por qué dejó pasar la oportunidad por segunda vez? Pero por otra parte ¿qué podía haber hecho? ¿Declararle su amor a una chica con la que apenas había cruzado un par de saludos en toda su vida? Era absurdo.

Al día siguiente decidió no acudir a la clase de piano con su profesor. Cogió el automóvil y deambuló sin dirección hasta llegar a las estribaciones de la playa de Peñarrubia, un tanto alejada de la ciudad. Aparcó al lado de la carretera y bajó el empinado sendero que se deslizaba serpenteante por el acantilado. La playa estaba desierta en aquellos momentos. Caminó sobre el manto que formaban los pequeños guijarros redondeados por los envites de las olas. El mar parecía furioso, las encrestadas olas rompían contra el irregular terreno salpicado de promontorios rocosos que aparecían con la marea baja. Se acercó a la orilla y observó la espuma de las olas que llegaba hasta sus pies. ¿Por qué le afectaba tanto la visión de aquella chica? Él quería ser un tipo práctico, que vivía el momento. Extrovertido y sin complejos para relacionarse ni comprometerse. Caía bien a la gente y siempre había tenido éxito con las chicas; en los guateques, en la escuela… Aunque nunca había tenido un romance que sobrepasara las dos semanas. Nunca se había sentido deslumbrado por ninguna. Le gustaba la etiqueta de hombre duro, pero ahora, se sentía abrumado por aquella mujer. ¿Por qué? Se preguntaba si sus demás amigos, o incluso si los demás hombres habrían sufrido en silencio alguna vez un amor idealista, sin lógica, una especie de secreto que no sabes como compartir.

Tenía que hacer algo, pero… ¿Qué? No podía presentarse de nuevo en casa de los señores Heinz. Hacía más de un año que no visitaba aquella casa. ¿Qué motivo tenia para volver? Si aparecía diciendo que necesitaba ver a la doncella, que no podía dejar de pensar en ella, seguro que alucinaban. Además qué pensaría Julia ¿Acaso ella sentía algún interés por él? ¿Basta una mirada o una sonrisa para dar por hecho que ella también sentía alguna atracción? ¡Oh!, si se pudiesen leer los pensamientos de algunas personas en algunos momentos, todo resultaría más sencillo.

Cuando Eduardo abandonó Villa Marina, Julia cerró la puerta. Tras el cristal observó como el automóvil abandonaba la finca y se perdía de vista. Hacía mucho tiempo desde la última vez que le había visto, pero estaba exactamente igual a como le recordaba. La visita la había cogido por sorpresa. Ella se sentía enormemente atraída por él, pero sabía cuál era su papel. Como bien decía María, cada uno debe saber a qué clase social pertenece. Si uno no se engaña no hay peligro de sufrir desengaños. Evitó con la mejor de sus sonrisas que se le notara un leve temblor que recorrían sus piernas. Fue en la despedida, al cruzar de nuevo sus miradas, al notar en él su rubor, su marcha precipitada y un tanto patosa, cuando se convenció de que él sentía lo mismo por ella. Si de algo estaba segura era de saber interpretar los presentimientos y las señales.

CAPÍTULO 18

Manuel salió de la pensión. Aquella tarde no tenía clase en la escuela de formación profesional. Desde hacía unos meses asistía a los cursos nocturnos de maestría industrial en la rama de mecánica. Fue la única opción interesante compatible con su horario en la fábrica. No tenía un plan concreto para pasar la tarde. Encendió un cigarrillo y comenzó a caminar sin rumbo fijo dejando que sus pasos le llevaran al azar. Desde hacía algún tiempo había empezado a fumar y esto era algo que Elisa le recriminaba cuando estaba cerca. Dejó que sus pies le llevaran sobre el húmedo empedrado de las callejuelas. Las débiles farolas comenzaban a encenderse consiguiendo iluminar de forma precaria el viejo barrio marinero de Cimadevilla. Al doblar una esquina se detuvo. Había actividad inusual en el pequeño almacén de licores de Adrián. A pesar de que no se veían con frecuencia, Manuel no había perdido contacto con él. Permanecía en su recuerdo la ayuda que éste le prestó en aquella primera noche en el lugar, cuando le intentaron atracar. De esto ya hacía más de un año.

Se acercó. Dos hombres cargaban algunos muebles en la parte posterior de un viejo furgón. Preguntó por el dueño del local. Uno de los operarios señaló con un gesto hacia el interior del mismo. La puerta estaba abierta. Penetró para encontrarse con Adrián. Este recogía de la única estantería que quedaba, unas polvorientas carpetas y archivos para introducirlos en una caja de cartón. Al advertir la presencia de Manuel se dirigió hacia él.

— Mi joven amigo, llegas justo para la despedida.

— ¿Es que cierras tu negocio?

— ¡Oh, no! Simplemente me traslado. ¡Progresar o morir!

— ¿A dónde te vas?

— Me instalaré en el nuevo barrio de La Arena. La modernidad de la ciudad crece hacia allí y yo con ella.

Seguidamente, los hombres que cargaban el furgón vinieron para recoger la caja que quedaba, advirtiéndole que ya estaba todo listo. Adrián asintió y tras darles algunas instrucciones les ordenó partir. Él se quedaría para cerrar. Una vez a solas, recogió de la esquina de la estantería una solitaria botella de brandy y destapándola se la ofreció a Manuel.— Siento no poder ofrecerte ni una silla, ni una copa, ya nada queda, pero ¡echa un trago! Brindaremos por los nuevos tiempos.

Aunque no solía tomar bebidas alcohólicas, empinó la botella y bebió. Luego, mientras carraspeaba por el efecto del brandy en su garganta, devolvió la botella a Adrián. Éste, tras saborear a su vez un largo trago continuó diciendo:

— Tenía razón el poeta, "todo pasa y todo queda". Recuerdo el primer día que abrí este local. Tenía grandes expectativas de que las cosas me irían bien y ya ves, me han ido tan bien que hoy me despido de él.

Dio con la palma de su mano contra la pared, como cuando uno da una palmada en el hombro de un amigo y volvió a beber.

— ¿Y tu vida? ¿Como te va?

— No ha cambiado mucho, sigo trabajando en la fábrica y casi todos los fines de semana voy al pueblo.

— ¡Vaya! Probablemente allí te espere alguna chica ¿verdad?

— ¡Pues sí!

— ¡Ah, el amor que atrapa con sus lazos!

— ¿Tú no tienes mujer?

— No camarada, mi vida ha tenido demasiados giros. Pero brindemos por ti. — Y volvió a ofrecerle un trago de la botella.

Le relató como tras servir en la legión se enroló en un barco mercante y las vueltas que su camino dio hasta llegar a aquellos días. Bromeaba mostrándose por momentos paternal y amistoso. Manuel nunca le había oído hablar tanto desde que le conocía. Siempre le pareció un tipo reservado, distante y discreto. Probablemente el alcohol era el motivo de su locuacidad. Aquello le hizo recordar la frase de Rafael: "Con los extraños es preferible escuchar a hablar, de esa forma, sabrás más tú de ellos que ellos de ti".

Más tarde, Adrián insistió en que le acompañase a tomar algo en los concurridos garitos del barrio. Así lo hizo. Antes de despedirse, le citó para que en un par de días acudiese a su nuevo establecimiento, deseaba pedirle un favor.

Tal como había acordado, dos días después, Manuel acudió a visitarle. El nuevo local era más amplio y espacioso, aunque de cara al exterior no era muy llamativo, ni su aspecto ofrecía un reclamo especial. Por el contrario, tan solo disponía de un exiguo escaparate con unas botellas, y un discreto rótulo en la entrada con el nombre de la licorería. Más parecía querer pasar desapercibido que promocionarse.

Adrián le invitó a pasar. Volvía a ser el tipo serio y reservado de siempre y no el dicharachero y locuaz con el que estuvo dos días antes. Tras mostrarle su nueva ubicación, le hizo entrar en un pequeño despacho al fondo del local.

— Me pareces un joven inteligente y discreto ¿Puedo confiar en ti para un encargo?

Asintió con la cabeza, aun creía estar en deuda. Pero ¿qué podía hacer por él?

— Te he visto cruzar por el barrio un par de veces en moto, ¿es tuya? Manuel le confirmó su pregunta. Desde hacía unos meses había traído la vieja Vespa heredada de su padre para moverse por Gijón. La patrona le consentía que la guardase en un cuarto de carboneras que había en el portal. Incluso cuando el buen tiempo se lo permitía, se atrevía a regresar al pueblo viajando por la sinuosa Carretera Carbonera, atravesando los altos de la Madera y Gargantada, hasta llegar a los valles del Nalón.

— ¡Bien! – Continuó Adrián — Necesito que el viernes vayas en tu moto a entregar un sobre a una persona en el puerto de El Musel. ¿Lo harás?

— ¿Un sobre? ¿Qué contiene?

— No debes preocuparte por ello, mera rutina. Son unos simples papeles. Necesito alguien de confianza y creo que tú eres de fiar. ¿Verdad?

Aquello le sonó extraño. Volvió a preguntar.

— ¿Pero a quién debo dárselo?

— Tranquilo, a un tipo al que no conoces. Él te localizará a ti. Tan solo tienes que esperar y entregárselo.

Manuel permaneció en silencio, parecía meditar la respuesta. Realmente la petición era un tanto extraña. Si era una simple entrega para qué le necesitaba a él. Además, Adrián tenía un automóvil, le resultaría más sencillo llegar hasta el puerto.

— ¿Por qué no lo puedes entregar tú?

Adrián sonrió mientras meneaba la cabeza.

— Probablemente esa tarde yo esté fuera y no podré hacerlo. Pensaba compensártelo, pero… ya veo que no estás por la labor. En fin, ¡déjalo estar!

— No es eso, si te hago un favor no espero nada a cambio. Únicamente quiero saber de qué se trata.

— Durante un tiempo he sido marino, todavía conservo contactos con gente que me proporciona algunas mercancías. Eso es todo.

— ¿Qué quieres que haga?

— El viernes después del trabajo pásate por aquí, si yo no estoy alguien te informará.

Llegado el día señalado, subió sobre su moto y se dirigió a la licorería dispuesto a hacer de correo. Al entrar, la primera sorpresa fue encontrarse con Adrián.

—Pero, ¿no tenías que haberte marchado?...¿Me sigues necesitando para hacer la entrega?

— Sí!, he cambiado de planes sobre mi marcha, pero aun te necesito.
— ¿Y aun me necesitas?
— ¡Sí, te lo pido como un favor.
— ¡Bien!, Tú dirás.
Pasaron al fondo del establecimiento. De un cajón sacó un sobre. Seguidamente descolgó de un perchero una cazadora de cuero negro, con hebillas y cremalleras plateadas.
— ¡Toma, póntela!
— ¿Y eso por qué?
— Llévala puesta, así te reconocerán. Un centenar de metros después de pasar las cabinas donde se sitúa el control de aduanas, verás unos pequeños edificios donde se encuentra una cantina. Entra. Sitúate al fondo de la barra y pide una consumición. Tienen tu descripción, así que para asegurarse alguien se dirigirá a ti y te pedirá fuego para encender su pipa. En el bolsillo tienes una caja de cerillas. Lo demás él te lo indicará.
— ¿Qué aspecto tiene el tipo que recogerá el sobre?
Adrián se encogió de hombros antes de contestar:
— Pues realmente no lo sé, pero no te preocupes. Haz lo que te digo y procura estar allí a las ocho de la tarde. Verás como todo resulta sencillo.
Luego le acompañó a la puerta dándole una palmada de ánimo, asegurándole que le recompensaría por ello.
   Era temprano para acudir a su cita. Se dirigió a la playa de San Lorenzo. Miró hacia el puerto del Musel que se extendía ante sus ojos al otro lado de la bahía gijonesa. El cielo apenas tenía nubes y el sol sobre poniente enviaba sus últimos rayos sobre la ciudad. Se sentía un tanto preocupado. Le resultaba extraño tanto secretismo. En el fondo, estaba arrepentido de haber aceptado el encargo, pero ahora no se iba a volver atrás. Se miró, la cazadora no le sentaba mal, era su talla. Le recordaba a aquellas chupas de cuero que los motoristas llevaban en las películas del cine americano. En el brazo derecho tenía grabado un águila. Se aseguró de que el sobre estuviese a buen recaudo en el amplio bolsillo interior. ¿Cuál sería su contenido? Estaba repleto. ¿Se trataría de dinero para hacer algún pago? En fin, qué más le daba, no era asunto suyo. Solo esperaba no meterse en ningún lío.
   A las ocho en punto estaba aparcando frente al bar que le había indicado Adrián. Entró. El local estaba concurrido de una parroquia variopinta. Casi todos eran hombres. Algunos hablaban en otro idioma, seguramente eran marineros de alguno de aquellos barcos atracados en puerto. Pidió un café y observó con discreción al personal. Por el momento nadie se dirigió a él. Abrió el sobre de azúcar y lo vertió en la taza. Luego tras revolver con parsimonia el café le fue dando pequeños sorbos. Sobre al mostrador alguien dejó un ejemplar del

diario El Comercio. Lo cogió y empezó a hojear sus páginas para matar el tiempo de espera. No parecía haber noticias especialmente interesantes para él, aunque una le llamó la atención. Un conductor de un seat seiscientos vecino de La Felguera, había arrollado en una zona próxima a Lugones, a una compañía del regimiento de infantería del cuartel del Milán en Oviedo. El resultado fue de varios heridos, algunos de gravedad. Quien lo iba a decir, un coche tan pequeño se podía cargar un ejército él solito. Sus pensamientos fueron interrumpidos cuando una mano golpeó con suavidad en su brazo.

— Perdón joven, ¿tiene fuego?

Se giró. Ante sí un hombre de barba canosa le mostró su pipa y añadió:

— Creo que mi mechero ya no da para más.

Con premura, Manuel buscó en su bolsillo las cerillas y se las ofreció. El desconocido se tomó su tiempo para encender la pipa. Una vez conseguido su objetivo, le susurró que se dirigiese hacia los aseos, pasados unos minutos. Después, elevando un poco el tono de voz le dio las gracias y se fue hacia la mesa que ocupaba.

Continuó ojeando el diario mientras controlaba de soslayo al individuo. Cuando se percató de que este se dirigía hacia el pasillo que llevaba hasta los aseos, requirió la presencia del camarero para abonarle la consumición y se dirigió también hacia el lavabo.

Entró. El hombre que acicalaba su plateada barba frente al desvencijado espejo, se dio media vuelta y extendió su mano esperando la entrega. Estaban solos, pero aun así el desconocido fue parco en palabras.

— ¿Tienes algo para mí?

— Supongo — dijo un tanto inseguro, mientras le mostraba el sobre.

Lo tomó. Con una pequeña navaja despegó la solapa y miró en el interior. Apenas fue un instante, Manuel no pudo ver nada del contenido. Luego, el individuo se guardó el sobre en un bolsillo interior del abrigo.

— ¡Ten!, entrégale esto a tu jefe y espera unos minutos antes de salir.

Acto seguido se fue, cerrando de golpe la puerta tras de sí. Manuel se disponía a desdoblar la pequeña cuartilla que le había entregado para leer su contenido, cuando un par de clientes del bar entraron en el wáter. Instintivamente guardó el papel en su bolsillo y salió. Atravesó la concurrida tasca y llegó a la calle. Del tipo de la barba blanca no había ni rastro. Se dirigió hacia su moto. El sol había desaparecido por completo y las sombras de la noche comenzaban a cubrir el puerto. Pese a ello seguía habiendo actividad en los muelles. Una pareja de la guardia civil, fumaban cigarrillos apoyados en el coche patrulla. Por si acaso decidió evitarlos saliendo del aparcamiento por una esquina sin asfaltar. Mientras tomaba la carretera que le devolvía a la ciudad pensó en lo que había hecho. ¿Por qué tanto misterio en aquella entrega? Seguro que no podía ser algo legal ¿Pero de que se trataba?

Además, no le había gustado aquella expresión que le dijo el tipo. "Entrégaselo a tu jefe", él no tenía ningún jefe.

La fría brisa que provenía del mar golpeaba su cara con violencia. Afortunadamente la gruesa cazadora de piel que le había entregado Adrián le resguardaba bien el cuerpo. Al otro lado de la bahía, veía las luces de la ciudad. Aceleró la marcha ansiando llegar de vuelta. En el cruce de Cuatro Caminos giró hacia la izquierda incorporándose a la carretera que unía Gijón y Avilés. Cruzó el barrio de La Calzada. A la luz de las débiles farolas, la carretera discurría entre pequeñas y desvencijadas casas unifamiliares que colindaban con algunos nuevos edificios. Tras los tejados aparecían las estructuras de las grúas de los astilleros y de cuando en cuando naves industriales, fábricas o pequeños talleres. Todo ello, formaba un revoltijo un tanto caótico de barrio proletario que crecía sin orden ni concierto.

Llegó hasta la licorería. Estaba cerrada, pero Adrián le había dicho que le esperaría. Llamó a la puerta y éste le abrió invitándole a pasar.

— ¿Qué tal? ¿Algún problema?

— ¡No! Además tú me dijiste que sería una cosa sencilla. ¿Qué problema podía haber?— respondió con gesto serio.

Adrián sonrió. – Vaya, no parece que vengas de muy buen humor ¿Qué te preocupa?

— Me gustaría saber qué es lo que he ido a entregar. Creo que hay algo turbio en todo esto.

— Bien, creo que puedo confiar en ti. Si tú has cumplido con tu parte, no veo problema para que no sepas de lo que se trata.

De un pequeño armario sacó una botella de brandy añejo y dos copas y le invitó a sentarse.

— Sé que no eres un gran bebedor pero acepta un trago. No se trata de cualquier cosa muchacho. Es un coñac Courvoisier, el mismo que tomaba Napoleón Bonaparte. Te garantizo que esto inspira los mejores sentimientos que llevamos dentro y anima el espíritu.

Luego de servir las dos copas, le entregó una a Manuel y se sentó a horcajadas en una silla, usando el respaldo de esta a modo de barandilla sobre la que apoyar los brazos.

—Solo se trata de negocios. Siempre he tenido una especial relación con el mar y a través de él, llegan oportunidades si sabes buscarlas.

— ¿Oportunidades?

— Si, cosas que la gente aquí no puede encontrar y yo se las puedo suministrar.

—¿Te refieres a que haces contrabando de mercancías en el puerto?

— Bueno, no te pongas melodramático. No soy el padrino de la mafia. Al principio tenía amigos en algún barco. Aprovechando que yo tenía un pequeño negocio de licores me conseguían algunas botellas que aquí no se comercializaban. Por cierto, muy apreciadas por algunos

clientes que me las pagaban muy bien. Pero desde hace algún tiempo han contactado conmigo gente para que distribuya tabaco americano auténtico. Eso sí, parece ser un negocio con buena demanda.
— Pero, ¡eso es ilegal! ¿Crees que no te van a pillar? ¿Qué pasa si te descubren saltándote la ley?
— Amigo mío — dijo incorporándose — La ley... ¿Qué es la ley? Solo un montón de palabras y normas que cambian según quien esté en el poder. Cada país tiene unas leyes. La justicia debería ser igual para todos los hombres, entonces ¿por qué dependiendo de dónde nazcas hay una distinta forma de interpretar las cosas? Incluso en un mismo país cada gobierno cambia las leyes según su interpretación de la justicia. Fíjate en mí, vendo bebidas alcohólicas y soy un ciudadano respetable. Beber está bien visto. La gente brinda con champagne en las celebraciones. Las tertulias más respetables se celebran en torno a una buena copa y un buen puro. ¡Ah! ¿y qué comida que se precie no se riega con un buen vino? Pero si yo hubiese tenido este negocio en los Estados Unidos durante el periodo de la "ley seca" sería un delincuente. ¿Acaso las leyes las hacen hombres infalibles y justos? ¡No!, Por eso... yo respeto las leyes, pero me permito hacer alguna excepción según crea conveniente.
Manuel le miraba atónito, ¿acaso no tenía conciencia de estar haciendo algo malo?
— Pero en el puerto hay una aduana y policías ¿Cuánto tiempo crees que tardarán en descubrirte?
— Chico, tienes que aprender una cosa, todos tenemos un precio. Mientras más gente gane en un negocio, más seguro será. No suele ser buena idea ir solo contra el mundo. Así pues, siempre hay que contar con aliados para todas las situaciones. No es conveniente involucrar a muchos, pero sí tener un control estratégico de la situación. ¿Quieres colaborar conmigo?
Manuel se levantó de su silla un tanto aturdido por la pregunta. ¿Le estaba ofreciendo convertirse en un delincuente?
— ¡No!, no he venido a Gijón para ser un contrabandista, quiero conseguir algo importante de forma honrada.
— Qué ideas más románticas e idealistas tienes de la vida. Aprenderás que con el tiempo la gente te medirá por "tanto tienes, tanto vales", La mayoría de la gente nunca sabrá como han conseguido triunfos o fortuna sus semejantes. Te puedo asegurar que casi todos los que triunfan o se enriquecen tienen algún secreto que guardar.
— Yo no quiero tener secretos de ese tipo.
— Creo que has sacado de quicio mi oferta. No te convertirás en un ladrón ni en un asesino. Simplemente se trata de distribuir un poco de tabaco ¿Quién crees que lo va a comprar? ¿Malhechores? ¡No! Gente normal. Honrados ciudadanos que no se sienten culpables de nada.

Si ellos no lo comprasen, nosotros no se lo venderíamos. ¿A quién hacemos daño?

Manuel no se sentía comodo en aquella situación. Lo mejor sería marcharse pensó.

— Me tengo que ir, mañana hay trabajo y debo madrugar.

Dejó la cazadora de cuero en la percha y cogió su chaqueta dispuesto a partir. Antes de llegar a la puerta, Adrián le dio alcance e introdujo algo en su bolsillo. Luego dándole un amistoso empujoncito le invitó a salir cerrando la puerta tras de sí. Ya en la calle, buscó en el bolsillo de la chaqueta qué era lo que Adrián le había depositado. Se trataba de dinero, eran billetes. Los desdobló y comprobó que eran cuatro de cien pesetas. Se volvió y llamó de nuevo a la puerta, ésta se abrió al momento.

— Son cuatrocientas pesetas ¿Por qué me has dado tanto dinero?

— Dije que te recompensaría. ¡Te lo has ganado!

— No! Esto es mucho dinero, yo solamente te hice un favor personal. Adrián apoyó su mano sobre el hombro de Manuel y afirmó en tono conciliador.

— Has hecho un trabajo del que yo me beneficiaré. Esta es tu parte, no le des más vueltas. Esto no te compromete a nada, puedes volver cuando quieras. Yo respeto tu manera de pensar.

Se volvieron a despedir. Manuel se fue con una sensación de sentimientos encontrados, mal por haber aceptado aquel dinero, pero... un dinero extra como aquel venía muy bien.

A partir de aquel día se fijaba de forma casi inconsciente en los fumadores de tabaco rubio americano. Intentaba evaluar el perfil de los posibles clientes de Adrián. Lo cierto es que la mayoría de los fumadores de la fábrica fumaban cigarrillos menos "refinados". El viejo Aurelio, un tornero que siempre llevaba un celta sin boquilla colgando de su labio inferior, decía: El tabaco rubio americano es para los mariquitas y las putas.

CAPÍTULO 19

La semana del debut había llegado para Eduardo y sus colegas. Los últimos ensayos confirmaban una notable mejoría. El único tema que generaba dudas era el nombre del grupo. No acababan de encontrar uno que se ajustase a lo que su música reflejaba. Probaron varios, pero pronto eran descartados. Guillermo insinuó "Los intrépidos de Cabueñes" pero a los demás les pareció pretencioso, además, de aquel barrio solo era él. Eduardo proponía algo más internacional como "The Supersonic" o "Young people". También se rechazó. ¡Qué manía tenía Edu de llevarlo todo al idioma anglosajón! Mirando a su alrededor tampoco encontraron mucho en donde inspirarse. Necesitaban algo transgresor. No se sabe muy bien de quién fue la idea, pero adoptaron el nombre de "Los Puñales". Claro que acordaron que sería provisional, necesitaban un nombre para su inminente presentación en sociedad. Tanto Ricky como Roberto, consideraban que no era el adecuado para un grupo de música moderna que pretendía divertir y caer bien. A Guille por el contrario le encantaba ese nombre, era agresivo, como su música.

Eduardo estaba impaciente por debutar, pero su mente no paraba de pensar en Julia y en cuando la volvería a ver. Definitivamente lo tenía decidido, la próxima vez no se andaría por las ramas e iría directo a pedirle una cita. Intentaba explicarse a sí mismo por qué había dejado pasar su oportunidad. Él era un tipo decidido, sin complejos ¿Qué le había hecho sentirse cohibido ante su presencia? Cuando en algunas fiestas o guateques le había gustado una chica no había dudado en conquistarla. En la Escuela de Empresariales había compañeras que suspiraban por él, y sin embargo, tenía que reconocer que nunca sintió una atracción igual por nadie como ahora sentía por Julia. Algunas veces, pasaba ante Villa Marina con su coche. Se detenía cerca de la puerta de la finca y oteaba el interior buscando la presencia de la muchacha. Pero pronto se iba. ¿Qué demonios pintaba allí espiando la casa de los amigos de sus padres? Recordaba como su madre solía bromear insinuándole alguna posible novia. Entre sus amistades no faltaban chicas de buena familia que lo tenían todo para ser ejemplares esposas. Edu estaba a punto de cumplir los 20 años y hasta la fecha, lo último que se le había pasado por la cabeza era un noviazgo en serio. ¿Qué pensarían en casa si ahora dijese que se había enamorado de la criada de los Heinz? En su cabeza se amontonaban mil y una ideas contradictorias. Pronto se acabaría el curso, le quedaba un año más para acabar la carrera pero su padre ya le presionaba. Deseaba que finalizados los estudios de empresariales, continuase su formación cursando económicas o algo similar. El sermón de su padre era invariable. Ambición, superación, estatus… Definitivamente era una oveja negra, el roquero bohemio de la familia, que diría su hermana.

Llegado el domingo, el tío de Guillermo consiguió una furgoneta en la que transportar los instrumentos hasta el barrio de Pumarín. Actuarían en la terraza de verano de la pista "El Sol". Aquella parte de la ciudad había crecido enormemente con la construcción de "las mil quinientas". Con ese número de viviendas de un diseño innovador, Gijón pretendía ampliar sus horizontes haciendo un guiño a la modernidad de la época y así solucionar la demanda de pisos. El número de habitantes aumentaba con rapidez de año en año.

Guillermo comentó que se sentía preocupado por el tipo de espectadores que allí se encontrarían. Algunos amigos suyos declinaron la invitación de asistir. Argumentaban que era una zona peligrosa, con bandas y pandilleros conflictivos. Eduardo se reía mientras le respondía:

— ¿Pero qué te crees, que vamos al Bronx de New York? Pero si solo tienes que mirar a Roberto, para darte cuenta de que allí son todos pacifistas.

Ricky añadió un argumento tranquilizador.

— En algunos barrios no caen muy bien los "niños pijos" pero aquí nadie tiene pinta de eso.

Era verdad. Eduardo se había dejado el pelo largo, siguiendo la moda venida de Liverpool. Guillermo para no ser menos le había secundado. Todo esto, claro, con la consiguiente reprobación de sus familias. Ricky también había intentado dejárselo largo, pero desistió ante el enfado de su padre, quien le amenazó con afeitarle la cabeza como una bola de billar. En su casa ni siquiera sabían que tocaba en un conjunto pop.

Llegaron a primera hora de la tarde. Era principios del mes de junio, la inauguración de la temporada veraniega. Para tal evento, los dueños habían contratado una conocida orquesta de baile al más puro estilo tradicional y ellos actuarían en los descansos. Pondrían el contrapunto moderno que los jóvenes de la época demandaban. Los músicos de la orquesta, veteranos curtidos en mil batallas, miraban con aire condescendiente a los novatos jovenzuelos que llegaban dispuestos a comerse el mundo.

Cuando el reloj marcó la hora y las puertas se abrieron, un variopinto público fue llenando el recinto. La orquesta acometió los primeros compases de un conocido pasodoble y tras él llegaron las cumbias y los chachachás. Guille paseaba inquieto como un león enjaulado esperando ser liberado. Por fin llegó el momento. Los cuatro saltaron al escenario y el público más joven tomó posiciones en primera fila con aire expectante. El comienzo fue un tanto titubeante. Roberto sentía un ligero temblor de piernas y Ricky apenas levantaba la vista del bajo, sufriendo por recordar cada una de las notas que tanto le había costado aprender. Guillermo estaba realmente emocionado y a medida que fueron interpretando canciones, aporreaba con más contundencia y entusiasmo su batería. En más de una ocasión, Edu le hizo un gesto para que se controlase, pues los temas cada vez iban siendo interpretados a mayor velocidad. A ese paso, antes de la hora prevista acabarían con el repertorio. Completada la primera parte de su show, abandonaron el escenario para volver a dar paso a la orquesta. Guille estaba exultante. Mientras descendía por la escalera lateral, comentó a sus compañeros que ya tenía localizadas al menos a dos tías que se lo comían con los ojos. De entre el público surgió la figura de José Fernández quien se acercó a Eduardo para darle una efusiva felicitación.

— Macho, ¡habéis estado genial! Y esa última canción es estupenda. ¿De quién es?

— ¡Ah! es un nuevo tema de The Animals, se titula, "La casa del sol naciente". ¿De veras te gustó nuestra actuación?

— ¡Oh, sí! Fantástico, pero ven, han venido unos cuantos de la clase a veros.

Edu se fue a saludar a sus compañeros. Por su parte Ricky se dirigió hacia el extremo de la barra en compañía de un amigo que le esperaba. Necesitaba beber algo fuerte para pasar el mal trago y la tensión acumulada durante el primer pase.

A la hora convenida, la orquesta finalizó su actuación y dio nuevamente paso al grupo revelación (como rezaba en los carteles anunciadores), ¡Los Puñales! Vaya nombrecito, masculló para sus adentros el presentador. Guillermo fue el último en subir al escenario. Se había enzarzado en una discusión con unos tipos que no tenían muy buenas pintas. Un problemilla de faldas y celos había sido el motivo. Ya con los cuatro sobre la escena, arrancaron con los acordes de un clásico del rock and roll para que la audiencia moviese sus caderas. No todo el personal parecía disfrutar de la música. En primera fila del público, se situó el despechado joven al que Guillermo parecía haber intentado arrebatarle a su chica, secundado por algunos amigos. No mostraba precisamente una actitud muy cordial. Comenzaron a increpar al baterista, pese a que éste hacia oídos sordos a sus provocaciones. Uno de ellos, agarró el pie del micrófono por el cual cantaba Roberto y comenzó a movérselo de un lado a otro haciendo imposible que el micro se situase frente a su boca. Harto, Roberto dejó de cantar. Soltó la guitarra y cogió con fuerza la barra iniciándose un forcejeo. La reacción de Guillermo en apoyo de su compañero fue fulminante. Lanzó una de sus baquetas que fue a impactar directamente en la cabeza del provocador. Éste exclamó un improperio mientras se llevaba la mano a su dolorida frente. A partir de aquí los hechos se precipitaron y en segundos la situación se tornó caótica. Algunos vasos salieron despedidos hacia el escenario, lo que provocó que varios músicos de la otra formación, acudieran a poner a salvo sus instrumentos. Un par de elementos del público fuera de control, lograron subirse al entarimado. Guillermo se abalanzó sobre uno de ellos y ambos cayeron sobre los jóvenes que llenaban la pista de baile. Roberto trató de echar abajo al que quedaba. En la pugna éste lanzó una patada y desarmó parte de la batería. Grave error, la batería siniestrada no fue la de "Los Puñales". El baterista de la otra orquesta, un tipo de notable envergadura y que superaba ampliamente los noventa kilos de peso, apareció para agarrar por el cuello al causante del daño. Lo agitó como si fuese un pañuelo. Otros dos saltaron al escenario en ayuda de su colega. Eduardo buscó algo sólido con qué defenderse. En la esquina del escenario vio unas sillas plegables de madera. Se abalanzó a por una. Al pasar vio a su compañero Ricky agazapado tras su amplificador intentando pasar desapercibido. Bueno, pensó, cada uno es libre de participar. Volvió de nuevo al centro de la acción para estrellar la silla contra uno de los asaltantes. El fortachón de la batería, se volvió e hizo un gesto de aprobación con su pulgar hacia arriba.

La batalla no solo se libraba en el escenario. La pista de baile era un jolgorio de empujones, mamporros e insultos, con chicas que lloraban, camareros que intentaban apaciguar los ánimos, curiosos que metían sus narices, incluso un borracho que estaba toreando con su chaqueta a un imaginario toro. En el fragor de la batalla se escucharon unas palabras mágicas:

— ¡La policía! ¡Está aquí la policía!

Esas palabras parecieron ser un bálsamo. Seguramente muchos no sabían por qué se estaban atizando. Algunas veces es cuestión de mimetismo, como el efecto de un dominó. El de al lado te pega a ti y tú le zumbas al del otro lado.

El dueño del local no parecía muy contento con los hechos una vez llegada la calma y desalojado el recinto. El vocalista de la otra orquesta tampoco ponía cara de buenos amigos.

— ¡Joder, niñatos! Con esa actitud duraréis menos como grupo que un caramelo a la puerta de un colegio. ¿Es que no sabéis que en esta profesión hay que tener mano izquierda y saber aguantar?

Ramón decidió hablar con el dueño de la pista para reclamar en nombre de su sobrino y del resto del grupo los honorarios por la actuación. El encargado no estaba por la labor tras lo ocurrido pero finalmente accedió a pagar. Mientras pagaba a regañadientes comentó:

— Con esa música y ese nombre seguro que llevarán problemas allá donde vayan.

El lunes se juntaron en el local de ensayo, era hora de hacer balance del debut. ¡Sí!, cierto es que había habido algunos mamporros y que la actuación acabó como el rosario de la aurora. Pero claro, eran un grupo con carácter. Ricky fue el peor parado. Nadie se explicaba como habiendo estado escondido tras su amplificador tenía un ojo morado. Era obvio que alguno de los intrusos sobre el escenario le propinó un puñetazo antes de ponerse a salvo.

— Tienes que espabilar — dijo Guille — La próxima vez debes estar al loro y dar tú primero.

Ricky pasaba de esos consejos. Si la música era una vía para los conflictos, él no estaba por la labor. De pronto Guillermo comenzó a bailar imitando a un púgil sobre el cuadrilátero y le dio un par de toques con su mano en la mejilla. Al tiempo le advertía que se pusiese en guardia. Ricky no quería entrar en aquel juego, rehuyó el enfrentamiento y desistió de responder a la provocación. El baterista siguió incordiándole y dándole pequeños toques. Harto, el muchacho reaccionó inesperadamente propinándole un empujón. Guillermo, se fue de bruces al suelo de la pradera que se extendía ante el cobertizo. Este hecho fue aprovechado por Eduardo que se abalanzó sobre él al tiempo que gritaba:

— ¡Bien Ricky! Ya es nuestro.

En un intento de zafarse de su compañero, ambos rodaron derribando a Roberto en su trayectoria. Los tres comenzaron a forcejear. Guillermo consiguió alargar el brazo y coger de un pie a Ricky, que intentaba no tomar parte en la pelea, arrastrándole hasta la montonera. Pronto se convirtió en un; todos contra todos. Se suponía que no era más que una broma, pero se les empezó a ir de las manos. Especialmente cuando Roberto golpeó involuntariamente con su cabeza en la barbilla de Guillermo y éste en un brusco gesto para evitarle, propinó un buen codazo a Eduardo en el estómago que le dejó sin aliento. De la casa salieron la madre y la abuela alarmadas.

— Pero chicos, ¿os habéis vuelto locos?

Se incorporaron colocándose sus ropas y peinando sus desaliñados cabellos. Guillermo comentó entre risas.

— Abuela, solo era un entrenamiento.

— ¿Un entrenamiento? pero si os estabais peleando.

Roberto se adelantó para decir que tan solo era una broma, palabras que refrendó Eduardo asintiendo con la cabeza, mientras tomaba aliento tras el golpe. Las dos mujeres volvieron a entrar en la casa, no sin antes sermonearles de que aquel tipo de tonterías no tenía mucho sentido pues ya no eran niños. Los cuatro entraron en el local. Guille aun bromeó insinuando que si todos los días se dieran "unas cuantas hostias" antes de comenzar los ensayos, sería una buena terapia relajante y estarían preparados para futuras contingencias. Nadie pareció secundar la propuesta.

Antes de dar por finalizada la sesión musical, la puerta se abrió. Apareció Ramón con gesto de satisfacción en su cara y optimistas nuevas. Había estado hablando con un representante artístico. Las noticias habían volado. Hasta los oídos de aquel manager llegaron los ecos del controvertido debut. Cuatro jóvenes gijoneses que venían dispuestos a arrasar, en el más amplio sentido de la palabra y quería conocerles.

Habría que esperar. Durante las siguientes semanas la actividad musical debería ser aparcada. Necesitaban dedicar su tiempo a los exámenes de fin de curso, en los que tanto Guillermo como Eduardo estaban involucrados.

Una de aquellas tardes, Edu se encontraba en casa, encerrado en su cuarto esforzándose por retener fechas y datos de uno de sus próximos exámenes. Cuando el reloj marcó las seis, decidió hacer un alto. Necesitaba desconectar. Miró por la ventana. El sol aun lucía en todo su esplendor. Aquello era una invitación a salir. Inconscientemente buscó para ello una excusa, aunque no la necesitaba. Pasaría por la biblioteca pública en busca de un libro que le aportara más datos sobre los temas que estaba estudiando. Subió en su automóvil y se dirigió al centro de la ciudad. Casi siempre la vida nos depara situaciones al azar y a él le tenía preparada una pequeña sorpresa. Circulaba lentamente tras un viejo furgón de carga, cuando reparó en dos chicas que animadamente charlaban en la parada del autobús. Allí estaba Julia, llevaba un ceñido vestido que resaltaba su figura y una fina chaqueta de punto sobre sus hombros. Era la oportunidad que el destino le brindaba en bandeja. Al llegar a su altura detuvo el auto. No sabía como afrontar la situación. Improvisaría, no había tiempo de preparar una estrategia ni buscar una excusa. Se reclinó sobre el asiento del copiloto para poder abrir la puerta que daba hacia la acera y se dirigió a las chicas con la mejor de sus sonrisas.

— Si vais hacia el centro yo os puedo acercar.

Durante unos segundos las dos amigas se miraron con sorpresa. ¿Apareció como llovido del cielo para invitarlas a subir en su coche? Por supuesto las dos le habían reconocido y estaban sorprendidas de tan inusual invitación, aunque por motivos diferentes. Para Cristina, Eduardo era un señorito amigo de la familia para la que ella servía. Se suponía que alguien como él no suele reparar en las chicas del servicio doméstico y menos para hacerles una invitación. Para Julia, sin embargo, aquello le pareció una pista sobre los sentimientos que Eduardo le podía profesar. Claro que nunca pensó que él daría ningún paso en aquella dirección. Tras un indeciso silencio, Julia fue la primera en reaccionar.

— No quisiéramos causarte ninguna molestia, el autobús está a punto de pasar.

— Si hubiese sido una molestia no me hubiese parado.

Realmente ella deseaba subir en aquel auto así que miró interrogante a su amiga. Ésta se encogió de hombros dando su beneplácito. Las dos tomaron asiento.

— ¿Y bien, hacia dónde os dirigís?— preguntó mientras se ponían en marcha.

— ¡Oh, no tenemos nada premeditado! simplemente pensábamos dar una vuelta por Gijón. Donde tú vayas nos viene bien.

Eduardo les comentó, que él también pensaba en dar un paseo para evadirse de una larga tarde de estudios y de paso recoger un libro en la biblioteca.

Llegaron hasta los jardines de El Náutico. Encontraron un sitio donde aparcar. El lugar estaba concurrido. La inminente llegada del verano hacía que las gentes salieran a la calle para disfrutar de aquellas tardes soleadas y pasar página de los grises días del invierno. A la par que estacionaba el vehículo, buscó en su cabeza qué decirles para retenerlas a su lado. No podía dejar que se fuesen sin más. No se le ocurría nada original así que optó por ser directo.

— Si no tenéis prisa, me gustaría invitaros a tomar algo. ¿Os apetece?

Durante un momento parecieron dudar en su respuesta. Tras una mirada de complicidad aceptaron. Bien, pensó él, había logrado su primer objetivo. Mientras paseaban, Cristina reparó en el colorista anuncio que figuraba adosado a los ventanales de una cafetería de reciente inauguración. Unas sugestivas copas de variados helados demandaban la atención de los viandantes.

— ¡Eh, que buena pinta!— exclamó la joven parándose ante el cartel.

— Entremos y lo comprobaremos — sugirió Edu.

Se acomodaron en el interior y degustaron los helados. Mantuvieron una animada charla sobre los temas más variopintos y triviales que se les ocurrieron. Cuestiones sobre los artistas del momento, o sobre como poco a poco en la playa de San Lorenzo, aquel verano definitivamente se pondrían de moda los controvertidos bikinis. El tiempo voló con rapidez. Cristina advirtió que se acercaba la hora en que debía ir en busca de su prometido, era la hora en que terminaba la jornada laboral en el astillero. Por su parte, Julia indicó que ella tomaría el autobús para regresar a Villa Marina. Eduardo no estaba dispuesto a desaprovechar aquel momento de quedarse a solas con Julia.

— No necesitas tomar el autobús. Yo te puedo llevar de regreso a casa, está casi en mi camino.

— No quisiera causarte molestias, además creo que tú tenías que recoger un libro en la biblioteca.

— ¡Ah, sí! Pero eso será solo un momento.

Seguidamente, Eduardo se dirigió a la barra del bar para pagar las consumiciones. A solas las dos, Cris comentó a su amiga:

— ¿Vas a ir con él?

— ¿Por qué no?

— No soy tonta, me he fijado como os mirabais. ¿Estás segura de querer seguir adelante con esto?

— ¿Segura de qué?

— Por muy encantador que parezca, ¿crees que tienes algún futuro con él? Para los de su clase, las chicas como nosotras solo somos un entretenimiento. Sé como eres de soñadora y no quiero que te hagan daño.

— No saques las cosas de sitio, no soy tan ingenua.

El regreso de Eduardo hizo que cesaran en sus comentarios. Salieron a la calle. Antes de ir en busca de su novio, Cris los acompañó hasta la puerta del Real Instituto Jovellanos. En él se hallaba ubicada la biblioteca pública. En el año anterior, la docencia de dicho centro se había trasladado al recién construido Nuevo Instituto Jovellanos, pues este antiguo edificio se había quedado pequeño. El traslado de las aulas no afectó a la biblioteca que continuó albergada entre sus muros. Subieron a la planta superior y entraron. Ya casi era la hora de cerrar y apenas había usuarios. El bibliotecario, hizo un gesto mostrando su reloj para indicarles que disponían de poco tiempo. Caminaron rápidos haciendo crujir levemente las maderas del suelo a su paso. Eduardo buscó la sección de ciencias. No había una excesiva cantidad de libros. Aquella biblioteca fundada por Gaspar Melchor de Jovellanos, había sido trasladada durante la segunda república al edificio del colegio de la Inmaculada, expropiado a los jesuitas. Durante la guerra éste se convirtió en el cuartel de Simancas. Gran parte de los libros desaparecieron en un incendio durante el asedio. Llegada la paz, con los pocos libros rescatados y los fondos del desaparecido Ateneo Obrero, se volvió a refundar la biblioteca en el mismo lugar de origen. Poco a poco, con donaciones particulares y algunas compras, trataba de convertirse en lo que años después llegaría a ser un importante patrimonio cultural, con la anexión de los fondos del padre Patac, entre otros.

Mientras Eduardo escrutaba los volúmenes ordenados en las estanterías, buscando sin mucha convicción el libro deseado, Julia recorría los pasillos aspirando aquel aroma a papel, a madera. El mismo aroma añejo que despedía el viejo baúl de la abuela lleno de libros. Se detuvo ante una estantería repleta de guías de viajes y reseñas de otros lugares. Comenzó a ojear uno de aquellos libros al azar. Tras ella apareció Eduardo. Se acercó sigilosamente y asomó su cabeza por encima de su hombro para observar lo que estaba ojeando.

— ¡Las islas del Caribe! Yo me apunto.

Julia volvió la cabeza un tanto sobresaltada y sus mejillas se rozaron.

— ¿Ya has encontrado tu libro?

— Algo he encontrado, espero que me sirva. ¿Y tú? ¿Interesada en viajar?

— ¿Por qué dices eso?

— Obviamente, porque estás en la sección de guías de viaje leyendo absorta una de ellas.

— Cuando vivía en el pueblo, las historias de los libros eran el único modo de poder evadirme de aquella rutina y soledad. Con ellos, podía viajar por otros mundos que yo nunca conocería y vivir otras vidas más apasionantes que la mía.

Eduardo se la quedó mirando con una media sonrisa en sus labios, mezcla de sorpresa y curiosidad. Verdaderamente sabía poco sobre ella pero no hablaba como una muchacha vulgar. No era solamente su belleza física. Su tono de voz, la manera de expresarse, ejercían un magnetismo sobre él.

— ¿Qué es lo que te causa gracia? — preguntó Julia.

Se tomó un par de segundos antes de responder.

— Trataba de imaginar de que pueblo procedes.

— Noglés, un sitio perdido en las montañas.

Por supuesto, Edu no tenía ni idea de dónde estaba situado aquel lugar. Y, ¿por qué habría dejado a su familia y venido a servir a Gijón? Antes de que pudiera volver a preguntar, el encargado de la biblioteca apareció por la esquina del pasillo.

— Pssss…¡bajen la voz! Además, es hora de cerrar.

Abandonaron la estancia junto con los últimos rezagados que quedaban. Caminaron en dirección hacia los Jardines de El Náutico donde habían dejado el coche aparcado. Julia parecía tener prisa por regresar a la casa, pero él la convenció para dar un pequeño paseo al borde del mar. Llegaron hasta la curva que hacía la playa junto al edificio de la pescadería. Se apoyaron sobre la balaustrada, frente al arenal que se extendía a sus pies. La bajamar estaba en su punto álgido. Observaron como en la parte más occidental de la playa, algunos pescadores lanzaban sus cañas desde los promontorios rocosos, que ahora emergían descubiertos por el agua. Eduardo se le acercó y casi en un susurro le comentó:

— Me gustaría volver a verte otro día que no tengas prisa.

Julia volvió su rostro y le miró fijamente a los ojos. Ninguno de los dos apartó la mirada. Estaban casi pegados. Sintió deseos de besarla, pero ella mantuvo la distancia y el dudó en cruzar la línea imaginaria que le separaba de su boca. Ella, bajó entonces la vista clavándola en la arena húmeda de la playa mientras hablaba.

— La señora Heinz está muy enferma y me necesita a su lado.

— Supongo que también tendrás derecho a un tiempo para vivir tu vida.

— Por supuesto que sí.

— ¿Entonces?... ¿Te gustaría quedar conmigo?

— ¿Qué interés tienes en mí?

— ¿De veras necesitas preguntármelo?

Los dos sonrieron al mirarse.

— Quizás el domingo por la tarde esté libre. Ahora tengo que irme, ya se ha hecho tarde.

Regresaron al automóvil casi sin hablar. Cada uno imaginando lo que iría pensando el otro. Antes de dejarla en Villa Marina, Eduardo le pidió una cita para el domingo. La recogería en la parada del autobús donde la había encontrado aquel día. Ella aceptó su propuesta y se despidió presurosa.

Por supuesto, Eduardo tuvo problemas para concentrarse en sus estudios durante los siguientes días. Pero el tiempo es implacable. Las manecillas del reloj giraron impasibles hasta marcar las cinco de la tarde del domingo. A esa hora convenida, Eduardo pasó con su coche ante la parada del autobús. Allí estaba. Se subió en el auto y éste se puso en marcha sin un destino determinado. Aunque cada uno ignorase el estado concreto del otro, a los dos les latía el corazón a un ritmo superior al habitual. Debían decidir a donde ir aquella tarde. De todos modos, a Eduardo le daba igual con tal de estar con ella. Bordearon el estadio de El Molinón y se detuvieron al lado del rio, por la avenida que cruzaba el parque. La tarde era luminosa, no en vano la primavera caía rendida en brazos del verano. Decidieron pasear. Algunos patos y cisnes salieron a su encuentro esperando ser obsequiados. Eduardo compró palomitas de maíz. Repartieron entre risas un sinfín de blancos copos, para alegría del nutrido grupo de aves que les rodeaban. Cuando el maíz se acabó, la comitiva avícola se fue dispersando, la mayoría para zambullirse en las aguas del lago. Caminaron sin rumbo por el parque. Él intentaba llevar el tiempo de la conversación, buscando temas que la pudieran interesar. Apenas conocía nada de ella pero la inseguridad del principio fue desapareciendo a medida que la sonrisa de la muchacha parecía premiar sus palabras. Se sentaron en un banco. Al fondo, en la zona de juegos infantiles, los niños formaban una pequeña algarabía bajo la mirada de sus padres. Algunas parejas paseaban entre la arboleda contándose sus secretos. Todas aquellas cosas pasaban desapercibidas para Eduardo. Estaba cautivado por aquellos ojos verdes de mirada luminosa. El vendedor de barquillos les interrumpió para ofrecerles su dulce mercancía, invitándoles a jugar en la ruleta dorada de su cilindro. Aceptaron la propuesta y compraron alguno de aquellos triángulos de galleta. Más tarde, Edu le propuso la idea de ir a bailar a El Jardín, era uno de los lugares de moda del momento.

Aparcaron el coche y se dirigieron hacia la entrada. El Jardín, al igual que otros muchos lugares de baile de la época, había sufrido la trasformación de merendero a pista de baile. Para ello se asfaltaba un trozo de pradera para bailar más comodamente junto al escenario. Alrededor mesas de madera o de piedra y una cantina para servir las bebidas o las comidas y..."et voila" ya teníamos una moderna pista de verano. En el caso del Jardín, éste gozaba de un enclave ideal fuera del casco urbano. Dentro de sus muros, el escenario se situaba frente a un espacio formado por distintas terrazas escalonadas que subían progresivamente. Diseminadas por doquier entre los árboles que rodeaban el interior del recinto, un sinfín de mesas redondas para acoger a los jóvenes clientes. En un costado se hallaba el bar. Además de ofrecer al público la oportunidad de ver y disfrutar con los conjuntos y cantantes de moda, acababa de incorporar la posibilidad de bailar las canciones y éxitos del momento con su nuevo sistema de discoteca.

Chicos y chicas, se aglomeraban ante la puerta de entrada riendo y cambiando impresiones. Eduardo tomó la mano de Julia y tiró de ella con suavidad abriéndose paso. Ésta se dejó llevar. Buscó con la mirada una mesa y divisó una libre discretamente situada en un lateral, bajo la sombra de las ramas. Mientras caminaban, algunos jóvenes le saludaron. Cuando se disponían a tomar asiento dos sonrientes muchachas le comentaron al pasar:

— ¡Eh! Tu tocas en un conjunto, hace poco te vimos actuando en Pumarín y nos gustasteis mucho.

Edu devolvió el cumplido levantando su pulgar hacia arriba y lanzándoles un guiño.

— ¡Vaya! Veo que eres muy popular. — Dijo Julia mientras tomaba asiento.

— ¡Oh, no te creas! afirmó quitándole importancia al tema.

Luego le comentó la ilusión que tenía por hacer algo relevante en el mundo de la música. Pese a que Julia no entendía nada sobre el mundillo artístico, no le encajaba que viniendo del tipo de familia de donde provenía, sintiera aquella vocación por una profesión tan particular.

— Pero... ¿Y tus estudios? ¿Cuáles son tus planes para el futuro?

—¿El futuro?¿Como me puedo preocupar de lo que ocurra pasado mañana, si no sé lo que pasará mañana?

— Nos preocupemos o no, las cosas ocurrirán. Mejor ser previsor para poder elegir, si tenemos la oportunidad.

— Yo creo que nunca sabremos si es mejor seguir una idea fija o dejarse llevar por los acontecimientos que te depara la vida. —y añadió — Creo que nos estamos poniendo muy trascendentales. Lo mejor es que vaya a por unas bebidas con las que brindar por ello.

Seguidamente se dirigió hacia el mostrador en busca de un par de consumiciones. De regreso a la mesa, ambos observaron al grupo de chicos y chicas que contorsionaban sus cuerpos al ritmo del twist, tan de moda en aquel momento.

— ¿Te apetece bailar?

— No sé muy bien, casi nunca vengo a estos sitios.— respondió ella.

— Eso no es problema, yo tampoco soy muy buen bailarín. Así nos reiremos más.

Descendieron hacia la pista. Se mezclaron entre el nutrido grupo que movía sus caderas con entusiasmo, aunque en muchos casos con poco glamour. A continuación la orquesta fue desgranando distintos ritmos. Eduardo improvisaba sus pasos de baile con más dotes de payaso que de bailarín. Al principio ella se sentía un tanto cohibida pero pronto se soltó también y entre risas los dos disfrutaron del momento. Cuando por fin regresaron a la mesa se dejaron caer en sus sillas. Apuraron un largo trago con el que combatir el sofoco que tanto movimiento había producido. Julia le observaba con curiosidad y él se percató de ello antes de preguntar:

— ¿Qué miras con tanta intensidad?

Ella se ruborizó ligeramente y respondió:

— Me gustan tus gestos y como te expresas.

— Tienes razón, casi todo lo hablo yo. Ahora es tu turno, yo te observaré.

— ¿Qué quieres que te diga? Mi vida es bastante monótona, no tengo mucho que contar.

— ¿Lo estás pasando bien?

— ¡Por supuesto! La verdad es que hacía tiempo que no me reía tanto.

Eduardo tomó con delicadeza la mano que ella tenía apoyada sobre la mesa.

— Quiero saber cosas de ti. ¿Cuáles son tus sueños y tus gustos?

Julia bajó por un momento la mirada. Todo aquello sonaba muy romántico, pero se sentía desconcertada. En su vida las cosas transcurrían con exasperante lentitud, con él por el contrario las cosas iban demasiado rápidas. No estaba acostumbrada a flirteos ni cortejos y no sabía bien como reaccionar. Claro que se sentía atraída. Nunca había sentido nada igual por nadie, pero ¿qué le podía ofrecer ella? Quizás Cristina tenía razón en que debía valorar donde se estaba metiendo.

— Me paso la vida trabajando en casa de la señora Heinz, no hay mucho que decir. Quizás algún día pueda estar preparada para hacer algo más interesante con mi vida.

Luego le contó el apoyo que tuvo por parte de la señora Heinz y su marido para obtener el título de los estudios primarios. Siguieron hablando, olvidándose del bullicio que había a su alrededor, creando entre ellos una complicidad de sentimientos.

Cuando la luz de la tarde comenzó a dar señales de debilidad, Julia indicó que debía de regresar a casa. Salieron del recinto. Subieron al automóvil y lentamente sortearon a los grupos de chicos y chicas que caminaban hacia la parada del autobús. (La nueva línea que desde hacía poco tiempo había sustituido a los viejos tranvías).

Descendieron por la carretera. Tomaron una desviación hacia la izquierda por una pequeña carretera mal asfaltada. Eduardo, detuvo el coche bajo las ramas de un frondoso castaño que se erguía al borde de la carretera, junto al muro de piedra que guardaba una finca.

— ¿Por qué paramos? – preguntó Julia.

— Quiero tenerte unos minutos más antes de que te vayas. ¿Recuerdas lo que hablábamos antes sobre lo imprevisible que es el futuro?

— ¡Sí!

— Si hace un par de meses me hubieran dicho que hoy estaría aquí contigo me hubiese parecido increíble, y eso que vaya si lo deseaba.

— ¿Hace un par de meses deseabas estar conmigo? Pero si apenas me conocías. Solamente habíamos intercambiado un par de saludos en casa de los señores Heinz.

— Lo deseé desde que te vi aquella Nochevieja en el Acapulco. No me di cuenta de quién eras entonces, pero te quedaste en mi memoria.

Julia le miraba sorprendida. Claro que se acordaba de aquella noche pero no imaginaba que él lo recordase de aquella manera. Eduardo, alargó su mano apartando hacia atrás el cabello que caía sobre la cara de la joven y le acarició con el dorso de sus dedos la mejilla. Instintivamente ambos acercaron sus cabezas y se besaron. Fue uno de esos besos sentidos y diferentes, que solo se dan en la vida cuando eres rabiosamente joven. Cuando estás dispuesto a comerte el mundo. Cuando la vida parece que se reduce a blanco y negro, a bueno y malo, sin concesiones ni términos medios. Cuando si te entregas a una causa lo haces en cuerpo y alma, con pasión.

Luego de dejarla en Villa Marina, se fue hacia su propia casa. Aparcó el auto y se sentó en las escaleras del porche a fumar un cigarrillo. Era una noche en los albores del verano. La oscuridad aun no había caído por completo pese a que el reloj ya sobrepasaba las diez. El cielo presentaba por poniente oscuros tonos azulados. Una radiante luna parecía estar espiándole tras los árboles. Sentía ganas de gritar pero no era plan, bastante chiflado le consideraban en casa como para hacer alardes extras. ¡Sí!, estaba convencido de que era la mujer de su vida. La que tanto tiempo había esperado en secreto y que por fin el destino se la servía en bandeja.

En Villa Marina, María ya se había encargado de preparar y servir la cena de los señores. Ahora Julia tenía la misión de recoger y fregar. Pese a las insinuaciones que María le hizo sobre lo feliz que se la veía, no se atrevió a comentarle su cita con el hijo de los Rivera. Una vez terminadas las tareas, tomó una frugal cena y se fue a dormir. Sentía la sensación de que todavía perduraba en ella el sabor que dejaron sus labios y el calor de sus besos. Aquella noche volvió a uno de sus sueños recurrentes. Sentada en el andén de una estación, veía como el tren se ponía lentamente en marcha. Podía ver las caras de los pasajeros a través de los cristales de las ventanillas y de pronto entre ellos descubrió a Eduardo. Gritó y gesticuló para que él la oyese pero no pareció enterarse. Aceleró su paso, poco a poco el tren le iba tomando ventaja hasta dejarla atrás. Fue entonces cuando de la última ventanilla vio surgir la figura de su madre que le decía:

— ¡Corre, corre, no le dejes partir!

CAPÍTULO 20

Aquella semana el curso académico terminaba oficialmente para Eduardo, una vez se hubo presentado a los últimos exámenes de los que salió airoso. Ansiaba que llegase el sábado para volver a estar con Julia, claro que antes la semana tenía cinco días más. El viernes por fin fue un hombre libre, merecedor de unas bien ganadas vacaciones. Guillermo le había estado llamando en las últimas fechas para quedar. Su tío había concretado algunas galas para el verano y necesitaban retomar los ensayos con urgencia. Quedaron de verse al final de aquella tarde. El café Dindurra les pareció buen sitio para la cita.

Eduardo llegó con antelación sobre la hora prevista. Faltaban treinta minutos para las veintiuna horas. Antes de entrar en el café, echó una ojeada a la cartelera cinematográfica del teatro Jovellanos. Un colorista cartel anunciaba el estreno del film "La muerte tenía un precio". Bueno, podía ser una alternativa de ocio para aquella noche.

Pese a la amplitud del local, el Dindurra estaba muy concurrido y escaseaban los sitios libres. Se acomodó en una mesa cerca de la puerta de entrada y pidió un refresco de cola a uno de los camareros. No reparó en un grupo de jóvenes que en una mesa a sus espaldas apuraban los últimos tragos de sus consumiciones. Sin embargo, uno de ellos sí advirtió su presencia. Se trataba de López Sainz, juntos habían asistido durante la infancia a la misma clase. Éste se dirigió hacia él.

— ¡Vaya Rivera! ¿Qué haces tan solo?
— ¡Ah, Hola! espero a unos amigos.
— He oído que has formado un conjunto musical.
— En ello estamos.
— Por cierto golfo, te he visto en muy buena compañía el domingo. ¡Esa tía tiene rollito!
— ¿De quién me hablas?
— De la del domingo en el Jardín.
— ¿Qué dices? ¿La conoces para hablar de ese modo?

— Bueno hombre, no te pongas así. ¿No es la chica que sirve en casa de los Heinz?

Eduardo le miró sorprendido.

— ¿Y?

— ¡Sabes elegir! Está de muy, pero que muy buen ver. Ulises me contó que él también se la había cepillado cuando venía de vacaciones a casa de su abuela.

Edu agarró violentamente por la solapa a su interlocutor.

— ¿Qué mierda me estás contando?

— ¡Eh, suéltame! ¿Qué coño haces?

— ¿Cuándo te dijo eso? — le gritó fuera de sí.

— El pasado verano, un día que nos la encontramos paseando por la playa. La saludó y ella se puso colorada como un tomate. Dijo que se llama Julia y lo cariñosa que era, así que me quedé con su cara.

Los amigos de López llegaron hasta ellos dispuestos a mediar en la discusión. Uno intentó por la fuerza soltar la mano con la que Eduardo agarraba por la pechera a su compañero, mientras le recriminaba.

— Escucha idiota, ¿te has vuelto loco?

En un acto reflejo, la respuesta de Eduardo fue cerrar el puño de su mano libre y propinarle un puñetazo en la cara que le derribó. El resto se abalanzaron sobre él. En una piña se fueron al suelo derribando la mesa y las sillas que salieron rebotadas en todas direcciones. Los clientes se incorporaron de sus asientos asombrados haciendo un corro a su alrededor. Algunos intervinieron ayudando a los camareros a poner paz en la contienda. Los alborotadores fueron invitados a abandonar inmediatamente el local y no volver nunca más si no querían ser detenidos por la policía. Uno de los camareros que conocía de vista a Eduardo intervino. Pidió que le dejasen ir al aseo donde lavar la sangre que tenía en su rostro. Le explicó al jefe que eran todos contra el chico. El encargado accedió.

Luego de limpiar su rostro y colocar sus ropas, Edu salió a la calle. Su labio se había hinchado y brotaba de él un hilo de sangre. De los otros contendientes no había ni rastro. Caminó dolorido y se sentó en un banco frente al teatro. Tenía ante sí el póster de un pistolero, él también tenía ganas de matar en aquel momento. Unos minutos más tarde aparecieron Roberto y Guillermo.

— ¿Qué haces ahí afuera? ¿No habíamos quedado en el café?

Al acercarse, Roberto reparó en su aspecto.

— ¿Qué te ha pasado?

— No es nada. — contestó evitando dar explicaciones.

— ¿Como que no? — inquirió Guillermo.— ¡Estás sangrando!

— De veras, no es nada importante. Os estaba esperando para deciros que me tengo que ir.

— ¿Pero qué ocurre? Se supone que hoy íbamos a celebrar el comienzo de las vacaciones. Además ya hay fechas para las nuevas actuaciones del grupo, debemos organizarnos.

— Eso está bien, si no os importa, nos vemos el lunes en casa de tus abuelos en Cabueñes para ensayar.

Antes casi de que pudiesen reaccionar, se fue dejándoles estupefactos. No comprendían el significado de aquella reacción pero le dejaron ir. Eduardo llegó a su casa y procuró no encontrarse con ningún miembro de su familia. Una vez en su cuarto se dejó caer sobre la cama con la vista perdida en el techo de la habitación. Ya no sentía dolor en el cuerpo, su mente en cambio se resistía a aceptar las palabras del miserable de López. Julia no era de esa clase de chicas que se acuestan con cualquiera y menos con alguien como Ulises. Pero la sola sospecha le atormentaba. En aquella España conservadora y católica de los años sesenta pesaba demasiado el lastre de los prejuicios y los tabúes. Aun más en una persona que había recibido una educación como la suya, por mucho que él fuera un inconformista que intentaba volar por libre. No sabía con qué carta quedarse. Su corazón le decía que creía en la inocencia de Julia, pero su cabeza le hacía dudar. A su memoria venia el recuerdo de cuando la conoció. Había sido en una comida de navidad en casa de los Heinz. Recordaba a la perfección como mientras él la observaba en el jardín, irrumpió Ulises fanfarroneando que no tenía derecho a mirarla. No cabía la menor duda, aquel idiota de Ulises también se sentía atraído por ella y la tenía allí, a mano. Algo habría de cierto ¿por qué sino López conocía su nombre y quién era ella?

Apenas concilió el sueño aquella noche. A la mañana siguiente su madre se interesó por la herida del labio, más aun cuando descubrió sangre en la ropa que había echado a lavar. Sus evasivas no parecieron muy convincentes. Tras la comida salió de casa, subió en su automóvil y condujo como un autómata sin dirección concreta. A las cinco era la hora fijada para recoger a Julia en la parada del autobús pero no acudió. Sentía una rabia que le nublaba la razón. Si pudiera coger a Ulises entre sus manos... Golpeó el volante con rabia. La lluvia comenzó a caer con fuerza sobre la carretera. Estaba transitando por la nacional en dirección a Oviedo, dejándose llevar sin consciencia de que ruta había seguido. Tomó una de las curvas a demasiada velocidad. El mal estado del asfalto a causa del agua le hizo perder el control. El coche derrapó dirigiéndose hacia un pequeño camión que circulaba en dirección contraria. El conductor del camión logró esquivar en un primer momento el golpe frontal, pero la rueda trasera impactó de costado en el automóvil. Este se precipitó por un talud yendo a parar a unas huertas.

El conductor del camión se detuvo a un lado de la carretera y salió echándose las manos a la cabeza. A lo lejos divisó un vehículo que se acercaba y comenzó a hacer gestos ostensibles para que se detuviese. El camionero informó al otro conductor de los hechos y ambos bajaron por el terraplén en auxilio del accidentado. El plomizo e iracundo cielo seguía lanzando con fuerza el agua de sus nubes. El coche había volcado y se apoyaba de costado sobre el barro. Abrieron la portezuela y encontraron a Eduardo inconsciente. Intentaron sacarle del habitáculo pero tenía una pierna atrapada por el asiento. Afortunadamente una patrulla de la Guardia Civil aparcó en el arcén y los dos números de la benemérita se sumaron al rescate. Los guardias solicitaron de uno de los conductores que transitaba por la zona con un vehículo amplio, ayuda para el traslado hasta el hospital del accidentado, esperar a una ambulancia era perder mucho tiempo. El hombre aceptó y el coche patrulla le escoltó abriéndole paso.

Eduardo fue ingresado en el Hospital General de Asturias. Isabella fue la primera en recibir la noticia. Los guardias encontraron el número de teléfono entre la documentación del coche.

Tras acabar las tareas, Julia se preparó, se enfundó su vestido más nuevo y puso un poco de color en sus labios. No necesitaba más para estar preciosa. María observó la marcha de la muchacha con cierta dosis de intriga, mientras ésta atravesaba el jardín en dirección a la salida. En los últimos días se la veía radiante y feliz y esa ilusión a su edad solía estar relacionada con el amor, pensó la veterana mujer. Llegó a la parada del autobús con algo de adelanto sobre la hora prevista. La climatología había dado un giro radical. El día que había amanecido soleado y casi bochornoso cambió radicalmente a primeras horas de la tarde. Negras nubes arrastradas por un aire frío comenzaron a cubrir el cielo anunciando tormenta. El autobús pasó recogiendo a los pocos pasajeros que le aguardaban y ella se quedó sola, apoyada en la barra metálica que sujetaba la señal de bus. Esperó, no llevaba reloj pero tenía la certeza de que ya eran más de las cinco. En la lejanía el cielo resplandeció a la luz de los primeros relámpagos. Sintió un desasosiego que la fue invadiendo. Algo iba mal presintió, quizás fuese una casualidad pero en su vida las tormentas se habían convertido en un mal presagio. Intentó desterrar aquella idea supersticiosa de su cabeza sin conseguirlo. Pasaron los minutos. El agua comenzó a caer formando una cortina de veloces gotas que se estrellaban contra el suelo. Apenas había sitio para refugiarse. Se pegó al muro situado a sus espaldas intentando guarecerse bajo las ramas de un pequeño árbol. Era un cobijo insuficiente y en poco tiempo estaba empapada. Aun así decidió esperar, a pesar de que una voz interior le decía que él ya no vendría.

Los minutos fueron pasando. Perdió la noción del tiempo. Un coche paró a su altura y una mujer asomó la cabeza por la ventanilla preocupándose por ella. Le ofrecía la posibilidad de llevarla a alguna parte, Julia lo rechazó tras agradecérselo. Finalmente, cuando la tormenta ya había suavizado su furia, emprendió lentamente el regreso a Villa Marina. Entró en el patio y cruzó discretamente pegada al muro en dirección a la entrada de servicio esperando no ser vista. Al abrir la puerta se topó de bruces con María.

— ¡Santo dios, chiquilla! ¿Qué ha sucedido?

Julia trató de mantener la compostura y evitó mirar a la mujer para que no advirtiera las lágrimas en sus ojos.

— No es nada María, me voy a cambiar de ropa.

Se fue hacia el cuarto. Su compañera dudó unos instantes sobre qué hacer. ¿Qué había ocurrido? La vio salir, radiante y feliz y regresaba de aquel modo. Cuando abrió la puerta de la habitación se encontró a Julia en un rincón sentada en una silla. Tenía la mirada perdida, aquellos ojos verdes y cristalinos estaban vidriosos por el llanto. Un llanto apagado y silencioso. Su negro cabello cubría desordenado parte de la cara y sus ropas empapadas goteaban sobre la madera del suelo. María se situó ante ella con expresión interrogante y Julia exclamó con voz entrecortada.

— No acudió.

— ¿Quién no acudió?

Julia no contestó, se dirigió hacia la ventana y rompió a llorar.

— Escucharme querida, sea quien sea ese mal nacido no te merece. Seguro que la vida te reserva momentos muy felices.

Las palabras de la buena mujer no parecían servir de consuelo.

— Quítate esas ropas por dios, vas a enfermar y con la señora Heinz ya tenemos bastante.

Acto seguido, María se dirigió a la cocina dispuesta a prepararle una infusión caliente. Regresó con ella y le ofreció la taza de la que Julia bebió unos sorbos. No parecía haber consuelo para ella. Luego, antes de quitarse la ropa y meterse en la ducha, se abrazó a su buena amiga para darle las gracias.

Durante los siguientes días, Julia se mostró taciturna y ausente. Intentó mentalizarse de que quizás aquello había sido lo mejor. Si una relación no tiene futuro ¿qué razón hay para desafiar al destino? En ocasiones, algo en su corazón le decía que quizá su historia no había escrito el último capítulo, pero seguidamente su cabeza desterraba toda esperanza de volverle a ver.

Cuando Alfredo Rivera y su esposa llegaron al hospital, los doctores preparaban a Eduardo para una intervención quirúrgica inminente. Un médico trató de tranquilizar a los abatidos padres advirtiéndoles sobre la favorable evolución de su hijo. No obstante, era prematuro lanzar las campanas al vuelo. En principio había recobrado la consciencia. Esa era una buena noticia, aunque habría que vigilar su evolución. Sufría también diversos traumatismos pero su vida no corría peligro. Lo peor era su pierna izquierda, tenía un par de fracturas, una de ellas complicada a la altura del tobillo. Debían actuar rápido o le quedarían secuelas de por vida.

Pidieron ver a su hijo y el doctor accedió a sus deseos. Cuando llegaron a la habitación, los enfermeros le habían acomodado sobre la camilla que le trasladaría al quirófano. Isabella, sin poder contener las lágrimas, cogió la mano de su hijo y le preguntó como se sentía. Era obvio que mal simplemente con ver su rostro desencajado. Eduardo tan solo hizo un gesto de resignación mientras encogía levemente los hombros. Antes de que se lo llevaran su madre besó su frente. El señor Rivera por su parte acercó su cabeza hasta susurrarle casi al oído:
— Todo saldrá bien hijo.

Mientras le trasladaban, Eduardo pensó en la reciente imagen de su padre ¿Estaba llorando? Juraría que había visto alguna lágrima en sus ojos. Él, el hombre duro de negocios, el que no sucumbía a las debilidades, también tenía emociones y eso le conmovió.

La operación resultó un éxito o al menos eso se suponía. Ahora el tiempo y los resultados lo debían de refrendar. Indicaron que le habían introducido unos tornillos que con el tiempo le extraerían. Para completarlo, le dotaron de una aparatosa escayola que envolvía el pie y la pierna. Lo que más molestias le causaba era un dolor en el costado. Al parecer tenía fracturada una costilla y esto no solo era doloroso, también le impedía respirar con normalidad. En un par de días, el golpe sufrido en la cabeza dejó de preocupar a los médicos. Cierto que en un principio acusó una leve amnesia y desconcierto. No obstante pronto pareció recuperado de la mayoría de aquellos síntomas, aunque no recordaba el momento exacto del accidente. Durante la primera noche, tras la intervención quirúrgica, tuvo algunas pesadillas antes de despertar de la anestesia recibida. Su madre sentada al lado de su cama, le escuchó decir en sus convulsos sueños el nombre de Julia. ¿Quién era Julia? Y, ¿que pintaba en todo aquello? Cuando Edu despertó, Isabella no consiguió satisfacer su curiosidad. Su hijo simplemente sonrió y aseguró desconocer el porqué de aquel nombre.

Llegado el lunes, Eduardo comenzó a recibir las primeras visitas y una de ellas fue la de Guillermo. A éste, la noticia del accidente le causó una gran pesadumbre. No solo porque apreciaba y admiraba a su compañero, también sintió que todo el proyecto del grupo se desmoronaba. Justo ahora que parecía arrancar con fuerza. En los días posteriores, Roberto y Ricky se sumaron a las visitas. Eduardo le convenció de que debían buscar un sustituto para no perder los bolos veraniegos. Al principio tal propuesta fue rechazada por unanimidad. Edu se sentía halagado, pero no quería ser el culpable de que el proyecto no funcionase. Momentáneamente había perdido el entusiasmo por la música (y por otras muchas cosas). Era una sensación rara, de pronto se encontraba buscando un sentido real a la vida tras haber visto tan de cerca la muerte.

Días más tarde, "Los Puñales" incorporaron un nuevo guitarrista. La opción de un teclista era más complicada de encontrar. Además, cuando él se reincorporase serían cinco y el grupo ganaría en contundencia y calidad.

La delicada salud de Laura Heinz pareció quebrarse súbitamente. Una ambulancia la trasladó de urgencia aquella mañana de principios de julio. En el hospital las noticias no pudieron ser más desalentadoras. La enfermedad la devoraba tan veloz como la llama de una cerilla consume el palo que sustenta al fósforo. Esther fue llamada de urgencia a Alemania para que acudiese ante el previsible desenlace. Apenas llegó con tiempo para ver a su madre agonizar. El día del entierro, Villa Marina se cubrió de luto para despedir a la gran mujer que había sido. El señor Heinz arrastraba su pena por los rincones y muchas fueron las personas que acudieron a mostrarle sus condolencias. Entre ellas el matrimonio Rivera. Isabella acompañó en muchos momentos de aquel día a Esther en su difícil trance. Julia permanecía ayudando en un discreto segundo plano. No podía ocultar su dolor. De alguna manera la señora había ocupado el vacío que dejaron su madre y su abuela y ahora se sentía doblemente huérfana. Le hubiera gustado preguntarle a Isabella por su hijo pero no se atrevió. Claro que había indagado por si entre los asistentes al funeral se encontraba el menor de los Rivera, pero no le encontró. No podía sospechar que en aquel momento se hallaba postrado en una cama de hospital.

Quien sí había acudido al entierro de su abuela fue Ulises. Julia procuró evitarle todo lo posible. Ya no sentía rencor, simple indiferencia y desprecio. Aunque él trató en un par de ocasiones de ser amable, ella no dio pie a ninguna familiaridad. Lejos estaba de sospechar que él, en algún momento al sentirse despechado, había alardeado de haberla poseído para vengar su frustración.

Una vez los restos de Laura Heinz encontraron descanso, Esther convenció a su padre para que se trasladase con ella a Alemania, al menos por un tiempo. María se trasladaría a su pueblo natal en León donde vivían los pocos familiares que le quedaban. Tan solo Juan el jardinero se ocuparía de mantener el jardín y de vigilar la casa mientras permaneciese cerrada. Aunque Julia no tenía cabida en aquella reestructuración, Esther no pensaba dejarla tirada. Gustosamente se ocupó de encontrarle un nuevo empleo y lo consiguió. Julia debía trasladarse a Oviedo para ocuparse de los niños de una familia de adinerados comerciantes conocidos suyos. Eso ocurriría a principios del siguiente mes. En la actualidad dicha familia se encontraba fuera de Asturias, disfrutando de unas semanas de vacaciones. Marcelina la invitó a su casa de Trubia, allí tenía su hogar durante el tiempo que le restaba para acudir a Oviedo.

Necesitó dos maletas para guardar sus efectos personales y algunos regalos que el señor Heinz y su hija le hicieron. Sentía que necesitaba agrandar su corazón para llevarse todos los recuerdos y vivencias acumuladas en aquellos pocos años allí vividos. Juan cargó su equipaje en el coche y Julia se abrazó emocionada a Esther, a su padre y por último a María, quien tampoco podía esconder sus lágrimas.

En Trubia se encontró con una sorpresa. Su hermana Marta tenía en mente marcharse fuera de España. Apenas le faltaban semanas para cumplir los dieciocho años y confesaba estar muy enamorada del hombre de su vida, con el que planeaba casarse y partir. El joven en cuestión tenía algunos familiares emigrados en Australia. Él mismo se había trasladado a tan lejanas tierras en busca de mejores oportunidades. Marta había recibido sus cartas en las que le relataba lo maravilloso que era aquel país y que pronto regresaría a por ella. Allí estaba aguardándoles un futuro prometedor. Marcelina, por el contrario, creía que la vida no es tan fácil y "no es oro todo lo que reluce". Consideraba, que aun era demasiado joven para tomar una decisión tan arriesgada que cambiaría drásticamente su vida. Pero sabía de la testarudez de Marta. Además estaba su minoría de edad, no podría partir sin un permiso paterno entre otras cosas.

A Julia no le pareció algo tan descabellado. Escuchaba hablar a su hermana poniéndole tanta ilusión al futuro y tanta pasión a sus sentimientos, que no tenía argumentos para rebatirla. Sentía tristeza de pensar en una separación, pero la realidad es que la vida ya las había separado mucho antes. Decidió ante todo, aprovechar aquellos días para disfrutar la oportunidad de volver a estar unidas.

El mes de agosto llegó con un radiante sol bajo el brazo, algo que los habitantes de Asturias agradecían. Julia se trasladó a la casa del matrimonio Aguirre, quienes habían contratado sus servicios. Vivian en un confortable piso cercano a la calle Uría, centro neurálgico y comercial de la ciudad de Oviedo. Julia se ocuparía de cuidar a sus tres hijos. Se sentía nerviosa ante su nuevo reto. Tenía la impresión de que la vida la arrastraba a merced de los acontecimientos, sin que ella fuese capaz de decidir qué camino seguir.

.

CAPÍTULO 21

1964 resultó un año de cambios en la vida de Manuel. El motivo fundamental fue su incorporación al servicio militar. El hecho de ser hijo único de una viuda de minero habría podido librarle de tal compromiso. Esa posibilidad no se hizo efectiva. Realmente no vivía en el domicilio materno y al contrario que otros jóvenes de su edad, él veía cosas positivas en alistarse en el ejército. Valoraba opiniones como la de Rafael, quien estaba convencido de que allí los muchachos se hacen hombres. Una vez licenciado, el obtener la cartilla militar no solo era de patriotas, también le ayudaría como referencia en muchos trabajos. Adrián por el contrario no pensaba lo mismo. Su consejo había sido que si podía librar no lo dudase ni un momento. Claro que Adrián tenía unas ideas que solían desconcertar a Manuel. Siempre parecía caminar a contracorriente, por el borde peligroso de la vida. Elisa tampoco vio con agrado su marcha, no llevaba bien el hecho de mantener una relación siempre alejada de su pareja por uno u otro motivo. Estaba harta de esperar. A ella el argumento de la juventud y de asegurar una posición y un futuro estable como Manuel le decía, le sonaba a escusa repetitiva.

El período de instrucción lo realizó en el cuartel del Ferral, una localidad leonesa no muy lejos de la capital. Tras la jura de bandera fue destinado al cuartel del Coto en Gijón. En esto, es probable que Adrián hubiese tenido algo que ver. En su momento, le prometió que tenía ciertos conocidos que podrían arreglar su traslado. Ciertamente, Manuel no dejaba de asombrarse de las relaciones tan sorprendentes con las que contaba su amigo. Lo cierto es que con influencias o sin ellas, cumplió el resto de su servicio a la patria en su tierra natal. Fue una de las pocas alegrías con las que contó Elisa, que muchos fines de semana podía tenerle junto a ella. Durante la semana, algunas tardes en las que gozaba de permiso, acudía a la licorería de su amigo. Le ayudaba a repartir algunos encargos o hacía algunos recados por los cuales Adrián le remuneraba. Aquel dinero le venía muy bien ya que ahora no contaba con el sueldo de la fábrica. Adrián prosperaba día a día. Manuel suponía que no todo provenía de los negocios legales pero procuraba no involucrarse en el tema.

Por fin, un día del año 1965, el ejército le licenció para que volviese a la vida civil. Adrián le esperó en su establecimiento. Le había prometido que lo celebrarían como se merecía la ocasión. Al penetrar por la puerta sintió una mano amistosa sobre su hombro y una voz que decía:

— ¡Vaya! ¡Por fin tenemos un hombre hecho y derecho!

Manuel se giró y respondió efusivamente.

— ¡Ya soy un ciudadano libre!

— Bueno amigo, esto lo celebraremos como se merece. Esta noche te quedarás en mi casa. Mañana ya tendrás tiempo de ir a visitar a tu madre y a Elisa.

Una vez hubo cerrado el establecimiento, Adrián llevó a su invitado a su nueva casa. Un confortable piso situado frente a la playa. No se podía negar que los negocios le iban bien.

— ¿Has pensado donde vivirás de ahora en adelante? Cuando te incorporaste al servicio militar estabas dispuesto a no regresar a la pensión de Nati.

— ¡Pues no! Debo ponerme a buscar un nuevo sitio. Estaba harto de sus normas y de que siempre metiera sus narices en mis asuntos para controlarme.

— ¿Quizás ya te has planteado casarte y tener tu propia casa?

— ¡Aun no! Tú sabes de mis dudas. Sé que Elisa no tiene otra cosa en mente, pero yo no me imagino casado y con una familia a mi cargo, al menos de momento.

— ¿Es que no estás seguro de tus sentimientos hacia ella o se trata de otros temores?

— Observo a la gente, a los matrimonios de cualquier edad. Parece que envejecen prematuramente. Se acomodan a la rutina. Recuerdo las conversaciones de los casados que oía en la fábrica, parecían añorar sus batallitas de solteros. Se agobiaban con las cargas y las responsabilidades… El jefe del almacén, un señor que ronda los sesenta años me dijo una vez: – Aprovecha ahora hijo que eres joven, cuando te cases ya sabrás lo que es follar sin ganas—. En cambio tú eres libre y te va fenomenal, haces lo que quieres sin dar explicaciones.

Adrián sonrió.

— No se puede tener todo, elijas lo que elijas hay cosas que perder y que ganar.

— Elisa solo piensa en casarse y tener hijos, eso colma sus aspiraciones. Yo quiero progresar, no deseo vivir siempre del miserable sueldo de obrero. Necesito tiempo para mí.

— También hay tipos casados que se les ve felices y han tenido tiempo para progresar.

— ¡Ya! El problema es que ha llegado el momento de hacer algo por cambiar mi vida y no tengo claro el qué.

— Bueno, date tiempo, ahora toca disfrutar de tu nueva situación.

Apuraron el contenido de las cervezas que Adrián había servido y salieron a cenar a uno de los restaurantes cercanos al puerto. Aprovecharon para reír con las anécdotas, los recuerdos de la mili y otros asuntos triviales. Pese a que relativamente su relación de amistad no tenía profundas raíces, ambos sentían un recíproco afecto y respeto.

Más tarde, Adrián le propuso rematar la noche acudiendo al local de un conocido suyo. Llegaron hasta la puerta, en la fachada un pequeño cartel de neón anunciaba whiskería. Adentro, el local parecía ambientado. La tenue luz rojiza y la música ambiental, invitaban a la intimidad de los clientes con las jóvenes y no tan jóvenes mujeres ligeras de ropa.

Se apostaron en un extremo de la barra y pidieron dos consumiciones a un mal encarado camarero que les sirvió solícito.

— ¿Qué hacemos aquí?— preguntó Manuel sintiéndose incómodo en aquel lugar.

— Relájate hombre, no estamos en el infierno.

— ¡No me gustan estos sitios!

— ¿Has estado en muchos como este?

— ¡No!

— Pues entonces, ¿como lo sabes?

Un tipo corpulento se acercó sonriente y estrechó la mano de Adrián.

— Bienvenidos, veo que traes compañía.

— ¡Oh, sí! Hay que celebrar su libertad, la patria le ha licenciado.

— Pues no encontrarás un lugar mejor para divertirte, muchacho.

Luego hizo un gesto con su mano dirigiéndose a Adrián. Le comentó algo utilizando un tono de voz más bajo, de tal modo que Manuel no pudo entender las palabras. Adrián asintió, se incorporó del taburete y antes de seguir al tipo se volvió y le dijo:

— Debo de ir a solucionar un tema, volveré pronto, aprovecha el tiempo y pásalo bien. ¡Ah! Y no te preocupes por el dinero, eres mi invitado.

Manuel les siguió con la vista. Antes de desaparecer por un pasillo que se vislumbraba al fondo de la sala, su amigo se detuvo ante una de las mujeres más jóvenes. Le hizo un comentario, la chica giró su mirada hacia donde él estaba y le sonrió. Manuel apartó la vista. Tras echar un trago, se centró en observar las blancas burbujas que ascendían por el interior del vaso. Apenas unos segundos después sintió una suave mano acariciando su espalda.

— Hola, ¿tienes un cigarrillo?

Manuel se giró y contempló a la joven. Era la misma con la que Adrián había hablado hacía un momento.

— ¡Sí, claro!

Introdujo su mano en el bolsillo de la chaqueta y sacó un paquete de tabaco ofreciéndole un pitillo.

— Gracias – dijo mientras tomaba asiento en el taburete que había vacio a su lado.

— ¿Como te llamas?

— Manuel — respondió un tanto nervioso. Aquella situación hacía que aflorase su timidez.

— ¿Te gustaría que tú y yo nos fuésemos a un sitio más íntimo?

— ¡No, gracias! Seguramente en cuanto venga mi amigo nos iremos.

— No te preocupes por tu amigo, fue él quien me envió para que te entretuviese. No tenemos ninguna prisa.

Mientras le decía aquellas palabras, le acarició con el dorso de su dedo índice la mejilla esperando una respuesta. Manuel, la observó unos segundos sin contestar. Era bonita. Tenía el pelo muy corto y unos ojos claros que con la luz ambiente mostraban un tono grisáceo.

— ¡No! Prefiero esperarle aquí.

— ¿No te gusto?

— Eres muy guapa pero no soy de esa clase de tíos.

— ¿Qué clase de tíos? ¿Quieres decir que no te van las mujeres?

— ¡Por supuesto que me gustan! Me refiero que no voy con mujeres por las que tengo que pagar.

Ella rió mientras echaba una profunda calada al cigarrillo.

— ¡Ah!. es un problema económico. No debes de preocuparte, tu amigo me ha dicho que todo corre de su cuenta.— y se le acercó hasta rozar con sus pechos el brazo de Manuel.

— Lo que digo nada tiene que ver con el dinero…

Se sentía fuera de lugar y las palabras para expresar lo que sentía parecían haber desaparecido de su vocabulario.

— Vale hombre, relájate, no te voy a violar. ¿Qué tal si al menos me invitas a una copa? De todas formas la paga tu amigo.

— ¿Si la paga él para qué me lo dices a mi?

— Porque debes de ser tú el que se lo indiques al camarero. No me voy a invitar yo misma.

Manuel accedió y solicitó la presencia del camarero. Éste sirvió un líquido rosado en una copa a la que añadió una cereza confitada y se la ofreció a la chica.

— ¿Qué hace alguien como tú en un sitio como este?

— La idea ha sido de mi amigo.

— Lo supongo, a él ya le he visto más veces aquí.

— ¿Y tú?, ¿por qué trabajas en un lugar como este?

— Por dinero ¿Por qué si no?

La joven le cogió la mano y la acercó a sus pechos pero él la retiró bruscamente.

— Es triste que tengas que vender tu cuerpo para vivir.

— ¿Triste? ¿Qué coño sabes tú de mi vida para decirme lo que es triste o alegre? Escúchame chico, creo que deberías irte a casa con tu mamá.

Se mostraba ofendida. Poco después se despidió de él para acercarse a un nuevo cliente al que parecía conocer. Manuel se quedó solo en la barra jugueteando con los hielos del vaso. Pidió otro gintonic y aguardó pacientemente la llegada de Adrián que aun se hizo esperar. Por fin apareció por el pasillo por el que se había ido.

— ¿A dónde te fuiste?

Adrián respondió con otra pregunta:

— Pero bueno ¿qué haces aquí tan solo? ¿Acaso no has aprovechado la compañía femenina que te brindaban?

— Este rollo no me va.

— ¡Vaya! Y yo que te creía en brazos de una de estas bellezas.

Luego se dirigió hacia el camarero y pagó la cuenta. Salieron a la calle, la temperatura había refrescado.

— Es deprimente lo que hacen. — insistió Manuel.

— A mí no me resulta tan deprimente, simplemente tienen un buen cuerpo y lo aprovechan. Solo se vive una vez — y añadió riendo— "Que lo disfruten los humanos antes de que se lo coman los gusanos".

— A ti todo te parece aceptable y permisible.

— Pero bueno, siempre estás con tu sermón moralista. Tanto tiempo en la Laboral con los Jesuitas te ha dejado una profunda marca. ¡Por dios! si eres un crío y razonas como un viejo carca.

— ¿Consideras que ser puta está bien?

— Mira amigo, yo no soy quién para juzgar a nadie. Estamos en 1965 no en la época de la Inquisición. Si una de esas mujeres lo hace porque la obligan, soy el primero en reprobarlo. Ahora bien, si lo hacen libremente como es el caso de este local, no seré yo quien las critique.

— Claro, qué vas a decir si tú las utilizas. Ya me han dicho que vas a menudo por allí.

— No tan a menudo, pero eso sí, cuando voy yo obtengo placer, ellas dinero y todos felices. Todos tenemos un precio y por él hacemos las cosas. ¿Crees que tu padre que murió en la mina, acudía allí día tras día a jugarse la vida, o se arrastraba bajo tierra por otra cosa que por dinero para mantener a su familia?

— ¿Qué tiene que ver mi padre con esto?

— Pues que cada uno se busca la vida forzado por las circunstancias que le toca vivir. ¿Qué derecho tenemos a juzgar a los demás sin conocerles?

Adrián no replicó esta vez. Siguieron caminando en silencio por el paseo que se elevaba sobre la playa de San Lorenzo. Las olas con la marea alta rompían contra el muro poniendo la banda sonora a la noche. Por fin, Adrián comentó:

— Bueno, es una noche de celebración, no la echemos a perder por una discusión sin sentido. Además estoy contento, creo que voy a involucrarme en un negocio que me reportará un buen dinero.

Manuel le miró interrogante.

— ¿Con quién? ¿Con el dueño del local donde estuvimos?

— Tal vez.

— ¿Un negocio de prostitución? — preguntó con aire incrédulo.

— ¡No hombre, no! De momento solo es una posibilidad así que nada se puede desvelar.

Llegaron a la casa. Adrián se disponía a servir dos copas pero Manuel rechazó la suya, ya había bebido más de lo habitual. Se recostó en el sofá con la mirada perdida, absorto en sus pensamientos. Volvía a sentirse como cuando acabó su etapa de estudiante en la Universidad Laboral y regresaba a casa teniendo que elegir qué camino tomar para escribir su futuro. Ahora las decisiones que tomara condicionarían su vida definitivamente.

A la mañana siguiente, partió hacia la estación del ferrocarril de Langreo. En la despedida, Adrián bromeó:

— ¡Hey! Cuidadín con lo que haces con tu novia. Sabes que nuestro amado caudillo y la santa madre iglesia no aprueban las relaciones fuera del matrimonio.

Por unos días regresó a los brazos de Elisa, a los potajes que preparaba su madre, a las charlas amigables con Arsenio o al canto del gallo rasgando el silencio de la madrugada.

CAPÍTULO 22

Los días en el hospital se le hicieron largos y aburridos a Eduardo. Como todo en esta vida tiene un final, el fin de su estancia también llegó. Apoyado en sus muletas, salió del automóvil de su padre. Con la ayuda de su madre, subió los escalones de la casa para ser recibido efusivamente. Primero por su hermana Andrea; quien era la más rápida en regresar al hogar familiar para las vacaciones veraniegas. Seguidamente, por Luisa, la fiel asistenta; ella sentía por él un profundo cariño, no en vano le había visto nacer. También acudieron a saludarle Froilán, el jardinero y mozo para todo, que había sustituido a Ernesto en la labores y la nueva chica del servicio doméstico. Echó en falta a sus otros dos hermanos, pero aun no habían regresado de "buscarse la vida por esos mundos", como decía su madre.

Aunque se sentía feliz de estar en casa, al entrar en su cuarto volvió a su cabeza el recuerdo del día del accidente. Habían hecho limpieza en la habitación pero la mayoría de las cosas estaban tal y como él recordaba haberlas dejado. Tenía suerte de haber regresado con vida. Pensó en la mezcla de rabia y celos que sintió aquella tarde. ¿Y Julia? ¿Le habría esperado en la parada del autobús? Buscó entre los vinilos y puso sobre el giradiscos un LP de Bob Dylan. Conocía muy bien aquellas canciones que había procurado traducir aconsejado por su hermano. Se sentó sobre la cama y dejó que su vista se perdiese en el horizonte que se divisaba desde su ventana. Sonaba "Girl of the north country"; aquella letra identificaba por completo sus sentimientos:

Por favor mira si su pelo cuelga largo
Si cae dando vueltas sobre su pecho
Por favor mira si su pelo cuelga largo
Porque es así como mejor la recuerdo
Me pregunto si alguna vez piensa en mí
Muchas veces lo he deseado
En la oscuridad de la noche
En la claridad del día

Su madre interrumpió sus pensamientos para preguntar si deseaba bajar a cenar al comedor o prefería que le subiesen algo. Le era indiferente, no tenía hambre, ni quería que todo el mundo estuviese preocupándose por él.

La escayola era un auténtico engorro. Aprovechando que era verano le confeccionaron algunos pantalones cortos ya que los largos le era imposible ponérselos.

Al día siguiente de su regreso recibió la visita de Guillermo. Venía a convencerle de que necesitaban su vuelta inminente. El grupo había incorporado a un nuevo guitarrista, era un conocido de Ricky y según Guillermo contaba, había encajado perfectamente en la formación. "ahora como quinteto vamos a arrasar" decía convencido. Además tiene muy buenas ideas para componer canciones.

Eduardo no se encontraba con mucho ánimo. No solo por la inmovilidad de su pierna y las magulladuras que aun le molestaban seriamente. También en lo anímico se sentía un tanto desmotivado y deprimido. Guillermo puso todo su empeño en animarle y convencerle. Él vendría a buscarle en el automóvil de su tío.

— ¡Hey! Hay un montón de chicas esperando nuestras actuaciones. Si no nos damos prisa se nos acabará el verano.

Una semana después, Guillermo le fue a buscar para llevarle al local de ensayo en la finca de Cabueñes. Resultó una maniobra complicada. La rigidez de la pierna de Eduardo a causa de la escayola hizo que no pudiese entrar en el asiento delantero del pequeño Citroën dos caballos. Debió ir recostado en el asiento trasero. Los demás miembros del grupo le esperaban sentados en el banco de madera que el abuelo instaló a la puerta del cobertizo. Ricky y Roberto le dieron un caluroso abrazo de bienvenida, como si regresase de un largo exilio, y posteriormente le presentaron al nuevo fichaje.

Raúl era un chico de unos veinte años con el pelo engominado y pinta de James Dean. Tras las presentaciones llegó el momento de reanudar los ensayos. Lo primero era enseñarle los nuevos cambios ya que ahora eran quinteto. Al parecer el nuevo fichaje era un tipo prolífico a la hora de las ideas. Tenía varias composiciones para proponerles a sus nuevos compañeros. De hecho durante los últimos días habían montado una nueva canción. Se trataba de una especie de twist. Se completaba con una letra que a todos parecía resultar muy graciosa y que a Eduardo le pareció una idiotez. Claro que muchas veces había comprobado que algunas de las cosas que parecen auténticas gilipolleces son las que más éxito tienen. La letra decía en el estribillo:

No sabes lavar, no sabes planchar,
Se te da fatal lo de cocinar,

Pero eso yo lo olvido
Si te veo bailar.

— Bueno, ¿qué arreglos se te ocurren para la canción? — inquirió Roberto con curiosidad.

Eduardo tardó un tiempo en contestar. Si hubiese sido sincero habría dicho que en lo musical cambiaría el ritmo, variaría los tópicos y repetitivos acordes, sustituiría la melodía del estribillo y ya puestos, cambiaría por completo la letra. No lo dijo. Le pareció un tanto drástico opinar así en su primera reaparición. Tan solo se limitó a decirles que aun tenía que estudiar su aportación a la canción.

En los días siguientes comprobó que de alguna manera había perdido un tanto su liderazgo en el grupo. Se le seguía respetando, pues nadie dudaba de que fuera el músico con más conocimientos, pero durante aquellas cuatro semanas en las que había estado ausente y con la incorporación de Raúl, los criterios musicales del grupo se habían ido por los cerros de Úbeda.

A principios de agosto, llegaron tanto su hermana Elsa como su hermano Alfredo. La familia Rivera reunía así a sus cuatro hijos en la casa familiar. Isabella estaba radiante. Y aunque Alfredo padre no era proclive a los sentimentalismos, también dejaba traslucir su satisfacción. La noticia de aquel verano era que su hermano mayor, tenía intención de prometerse con una chica norteamericana.

Alfredo hijo, propuso a Eduardo que debían de montar una fiesta en el jardín de la casa y qué mejor que el conjunto musical Los Puñales para amenizar dicho evento. El señor Rivera no pareció poner mucho impedimento aunque la idea no le entusiasmase. Al resto de la familia les pareció genial. Sus hermanas Andrea y Elsa, se dedicaron a confeccionar la lista de invitados para el guateque del año. Eduardo les llevó la propuesta a sus compañeros. Podría servir como ensayo general y habría comida y bebida en abundancia.

Pocos días después se realizó el evento. La fiesta resultó animada. Los hijos mayores de los Rivera aprovecharon para invitar a los viejos amigos y amigas y disfrutar de ellos durante su regreso vacacional. También Edu invitó a varios de sus compañeros de clase y a otros amigos en general, y por supuesto el resto de miembros del conjunto trajeron a sus allegados. Afortunadamente la vivienda colindante con la finca de los Rivera estaba vacía pues sus inquilinos veraneaban fuera de Gijón. En el otro extremo no había vecinos. El viejo caserón allí situado estaba en plena reforma ordenada por sus nuevos propietarios.

Los puñales, que para ese día ya habían cambiado su nombre por el de los Lobos Solitarios, actuaron con un considerable éxito. Éxito que fue in crescendo a medida que se consumía alcohol por parte de los invitados, y justo es decirlo, también por parte de los músicos. Cuando

Isabella y Alfredo regresaron ya entrada la noche, la fiesta organizada por sus hijos daba los últimos coletazos. Al llegar a la pequeña calleja que daba acceso a los chalets de la zona, se encontraron con una patrulla policial a las puertas de su casa. Desde la calle se podía sentir el jolgorio. Don Alfredo calmó a los agentes y personalmente dio por clausurado el party. ¡Señores todos a sus casas!

A la mañana siguiente sus hermanas le comentaron que había estado genial. Su hermano mayor no parecía tan entusiasta.

— Bueno creo que sois un grupo divertido, pero musicalmente...—no terminó la frase. Tan solo hizo una mueca con sus labios y meneó la cabeza—.

— ¿No te gustó?

— ¡No es eso! Estuvo bien, pero creo que tú tienes nivel para buscar metas más altas.

— ¿Como cuáles?

— Hace un par de días estaba sentado en el jardín. A través de la ventana abierta del salón se escuchaban los acordes y las melodías que desgranabas en el piano. Cuando te pregunté a la noche sobre aquella música me dijiste que eran unas variaciones tuyas sobre una partitura de Jazz. ¿Sabes? Aquello sí era realmente bueno y emotivo.

Eduardo recordaría aquellas palabras de su hermano en lo sucesivo. Ahora el recuerdo que ocupaba su mente por encima de todos era el de Julia. En su cabeza daban vuelta mil ideas contradictorias. ¿Qué hubiese pasado si aquel día hubiese acudido a la cita? El accidente de automóvil no habría sucedido. ¿O sí? Quizás si el destino te guarda una desgracia esta se produce hagas lo que hagas. Necesitaba volver a verla. No podía olvidar lo que había escuchado sobre su relación con Ulises pero, ¿qué le podía reprochar? Habría sucedido antes de que se conocieran, al menos oficialmente y eso si que era verdad. Su rabia hacia el hijo de la señora Heinz le roía por dentro. Se imaginaba torturándole sin piedad. Durante su estancia en el hospital se enteró de la muerte de la señora Heinz, a ella sí le tenía afecto. Sintió doblemente no poder ir a sus exequias. Una razón era no poder mostrar su pésame y otra, porque sería la oportunidad de encontrarse con Julia. Bueno, tal vez mejor así; si se hubiese encontrado con Ulises le hubiese tenido que romper la cara y eso queda muy feo en un funeral.

Una tarde finalizado el ensayo, le pidió a Guillermo que le acercase con su coche hasta Villa Marina. No podía esperar más. Tomó valor para presentarse ante Julia. No sabía por dónde empezar cuando se hallara frente a ella, pero ya improvisaría. Al llegar, se encontró la verja que daba acceso al jardín de la finca cerrada. La casa parecía deshabitada. De regreso a su casa, Eduardo preguntó a su madre si es que el señor Heinz ya no vivía en Villa Marina, y ésta le contestó que se había ido a Alemania por un tiempo con su hija.

— ¿Y qué fue del servicio doméstico? — preguntó.

A Isabella le pareció extraño que su hijo tuviese interés en tal cosa, pero le contestó que creía que todos se habían ido excepto el jardinero que hacía las veces de casero. Días más tarde decidió intentarlo nuevamente. Una mañana pidió a Guillermo que le acompañase y se fueron caminando, él apoyado en sus muletas hasta el lugar. Era un largo paseo pero esta vez pareció haber más suerte. La verja de hierro estaba abierta y al fondo Juan regaba con la manguera las flores y el césped. El jardinero, al advertir su presencia, cortó el chorro de agua y esperó con curiosidad a que el muchacho llegase a su altura.

— Vaya, chico ¿qué te ha ocurrido?

— Un accidente de coche pero ya me voy recuperando.

— ¿Eres amigo de los Heinz, verdad? Tu cara me es familiar.

— ¡Oh, sí! Mi padre es Alfredo Rivera.

— ¿Y en qué te puedo ayudar?

— Ya sé que el señor Heinz se fue a Alemania. ¿Me podría decir dónde puedo encontrar a la chica joven que trabajaba en la casa?

— ¿Quién, Julia? ¿Para qué la necesitas?

Verdaderamente, qué leches le importaba a aquel tipo lo que él quería de Julia. Le hubiera mandado a paseo por su curiosidad, pero necesitaba la información y le interesaba ser discreto.

— Antes de mi accidente me prestó unos libros y quería devolvérselos.

Esa excusa fue lo primero que se le vino a la mente. El jardinero meneó la cabeza antes de contestar.

— No tengo ni idea de donde puede estar. Algo he oído de que se iba a casa de unos señores a cuidar de sus hijos, pero no sé más. Fue todo tan rápido.

— ¿Quizás se fue a Quirós? Ella me dijo que allí estaba la casa donde había nacido.

— ¡No, no! Creo que la familia a la que va a servir vive en Oviedo pero no lo puedo asegurar.

— ¿Y la otra criada? La señora mayor, ¿lo sabrá?

— ¡Pues no lo sé! Ella también se fue con unos parientes lejos de aquí.

Agradeció la información y dio media vuelta maldiciendo por lo bajo su suerte. Al llegar a la esquina le atizó un par de muletazos de rabia a una señal de Stop para descargar su frustración. Un ciclista que pasaba se lo recriminó llamándole gamberro, él le contestó mandándole a tomar por ese sitio que frecuentemente se suele mandar a tomar.

— Bueno — pensó al llegar a casa y dejarse caer sobre la cama. — Otra vez en el punto de partida.

Era su sino. ¿Por dónde empezar a buscarla? Quizás era la señal para que se olvidase de ella de una vez. Pensándolo fríamente él era un tío cabal y razonable. No creía en ovnis ni en fantasmas. Ni siquiera era religioso pese a su educación y ponía en duda que tras la muerte hubiese otra vida espiritual. Era un tipo práctico y realista. ¿Como podía explicar que se había enamorado de alguien que apenas conocía? Quizás después de aquella tarde a su lado y de aquel primer beso... Pero es que le había obsesionado desde la primera vez que cruzaron sus miradas. ¿Como razonar eso científicamente? ¿Eso es el amor? ¿Un estado de enajenación carente de lógica? ¿Como es que tanta gente se enamora perdidamente de alguien y luego toda esa atracción desaparece en muchos casos? Quizás es que cuando se conocen, se dan cuenta de que en realidad se enamoraban de un ideal que ellos querían ver y no de la persona real. Bien, la había perdido. Debería afrontar la realidad y dejarlo correr. Quien sabe las vueltas que da el camino de la vida.

El otoño desgranó sus días hasta que el invierno tomó el relevo. El último curso de empresariales le resultó un tanto monótono. A Eduardo los días se le hacían cortos para atender a todas sus obligaciones. A los estudios se le sumaban las clases de piano para el examen del conservatorio, los ensayos con el grupo musical, actuar en las esporádicas galas que conseguían y algo de tiempo para salir. Ya ni siquiera acudía al Molinón a ver el fútbol.

Los ensayos se le empezaron a hacer un tanto aburridos. Él tenía una mayor facilidad que los demás para aprender las nuevas canciones que decidían incluir en el repertorio. Dicho sea de paso, algunas de éstas le resultaban ñoñas y ramplonas. En cuanto a las nuevas composiciones, solía discrepar por considerar que algunas ideas eran demasiado simples, repetitivas o ingenuas.

Un domingo de enero, entrado 1965, fueron contratados para actuar en una popular pista de baile en la localidad de Mieres. Poco a poco se iban haciendo un hueco en el incipiente ambiente musical asturiano, aunque tenían muchos competidores. Por doquier florecían conjuntos de música moderna tales como: Carrizo y sus Boys, Los B3, Los Sonors y tantos otros. En la puerta de la sala de baile estaban anunciados como "Los Cinco Five".Ese era el nuevo nombre que habían decidido adoptar. Tras llamarse Los Puñales, se denominaron, "Los Insaciables","Los Lobos Solitarios" y "Chicos de la playa", ninguno de esos nombres les satisfacía. Por fin Roberto dio con una idea que le pareció fantástica. Eran cinco, así que si lo ponían en español e inglés aquello resultaría no solo original, también pegadizo y valdría en caso de triunfar a nivel internacional. A Eduardo le pareció una chorrada, pero a aquellas alturas de la película ya le daba igual.

Una vez descargados los instrumentos, los colocaron sobre el escenario junto con los de la Orquesta de baile titular de la sala, con los que debían alternar. Luego se fueron a dar un garbeo por la villa. Había que entretenerse hasta la hora de la actuación. Ricky decidió quedarse hablando con los músicos de la otra formación, y los cuatro restantes partieron hacia la zona de los bares donde se solía reunir la juventud mierense. Al llegar a la altura de un concurrido establecimiento que en su puerta se anunciaba como mesón, penetraron. Buscaron un sitio en la barra donde acomodarse y pidieron unos cubatas para entonarse. Eduardo se dirigió hacia los servicios. Fue al regresar con sus compañeros, cuando sintió una mano en su hombro. Se volvió y una sonriente chica preguntó:

— ¡Oye! ¿No eres Eduardo?

En principio se sintió un tanto sorprendido. Aquella cara le sonaba pero no era capaz de asociarla a un nombre. Entonces la chica añadió:

— Soy Cris, la amiga de Julia ¿me recuerdas?

Tras un ligero titubeo respondió:

— ¡Por supuesto! ¿Qué haces en Mieres?

— Estoy con mi novio. Su familia es de aquí. Nos vamos a casar.

— ¡Enhorabuena!

— ¡Ven! Te lo presentaré.

Eduardo se dejó guiar hasta una mesa en la que había varios jóvenes. Una vez concluidas las presentaciones, Cris invitó a Eduardo a sentarse a su lado. Edu trató de excusarse alegando que estaba en compañía de unos compañeros con los que había venido a actuar, mas una frase de la chica hizo que aceptase la invitación.

— ¿Qué, al final sales con Julia?

Eduardo tomó asiento en una silla al lado de la muchacha, un tanto apartado del resto de sus acompañantes que siguieron con su tertulia. Entonces le preguntó:

— ¿Es que ya no os veis? ¿Acaso no te comentó ella nada?

— Desde unos días antes de la muerte de la señora Laura no he vuelto a saber de ella. Se fue y no dejó ninguna dirección ni razón donde poder localizarla. Fue todo tan rápido. – Y añadió — ¿Pero qué pasó? La última vez que la vi estaba tan ilusionada por que le habías pedido una cita...

Eduardo se sentía desconcertado ante las preguntas de Cris. Realmente habían pasado tantas cosas que no sabría por dónde empezar. Respondió de forma inconsciente, con las primeras palabras que vinieron a su boca.

— Quizás es que había otro.

— ¿Otro?... ¡Imposible! Conozco a Julia y eres el único por el que ha sentido atracción en toda su vida. Jamás ha tenido un novio y no por falta de pretendientes. Ella siempre fue muy especial.

Él se sentía abrumado ante aquellas afirmaciones.

— Pero ¿tal vez no sepas de su relación con un tal Ulises? – Insistió él

— ¿Quién, el nieto de la señora Heinz? – exclamó Cris echando hacia atrás la cabeza en un gesto de sorpresa.

— ¡Sí!

— ¡Eso es imposible! Jamás estaría con él.

— ¿Por qué no? Estoy seguro que a él, ella le gustaba.

— No sé lo que podía sentir por ella, lo que sí sé es que ese cerdo intentó violarla.

— ¿Violarla?

Cristina hizo una mueca apretando los labios y se rascó la cabeza.

— Bueno, soy un poco bocazas, se supone que era un secreto, pero... tal vez tú lo deberías de saber.

— ¿Qué debo de saber? ¿Qué le pasó?

— Yo no te puedo contar mucho. Ulises estaba obsesionado con ella y un día la intentó forzar. No lo consiguió pero Julia tuvo un accidente y acabó en el hospital.

Edu abrió los ojos como platos.

— ¿Cuándo ocurrió?

— Hace mucho. Pero olvídalo, ella nunca quiso que se supiera y yo le prometí guardar el secreto.

El novio de Cris se giró y preguntó a Eduardo.

— ¿Así que vais a actuar aquí en Mieres?

— ¡Sí! —respondió. — Por cierto, se acerca la hora y debo de ir a preparar unas cosas. Me alegro de haberos conocido.

Se levantó deseándoles suerte en su enlace y regresó a la barra con sus compañeros.

— Oye tío, aun tienes el cubata casi sin estrenar.— advirtió Guillermo.

Cogió el vaso y apuró un trago tan largo que lo vació ante la mirada sorprendida de los otros tres. Luego sin dar tiempo a la réplica, se despidió de ellos diciéndoles que se verían en el escenario.

Abriéndose paso entre la concurrencia, salió a la calle. Tomó una bocanada de aire fresco y comenzó a caminar sin rumbo. Aun era ostensible su cojera pese a la mejoría de las fracturas. Recorrió las calles sin rumbo, necesitaba ordenar sus ideas que ahora eran como el revoltijo de las piezas de un puzle sin colocar.

Julia nunca se había enrollado con Ulises. Simplemente era una víctima de aquel impresentable. ¿Por qué había dudado de ella? ¿Por qué se cegó con las palabras de un idiota? Si hubiese acudido a la cita, cuantas cosas hubiesen cambiado. Se imaginó la cara de Ulises y golpeó el aire con furia como si le pudiese alcanzar. Luego se sentó en un banco del parque. Cerró los ojos para intentar ver el rostro de Julia, recordar su sonrisa, sus gestos. Cris decía que ella solo tenía pensamientos para él y él la había vuelto a perder otra vez. Miró su reloj, debía dirigirse a la sala de baile, tenía que actuar. Cuando llegó los demás ya le esperaban. Antes de subir al escenario pasó por la barra y pidió un whisky doble. El barman le sirvió y comentó con sorna.

— Joder, forastero ¿No será mucho para una vez?

Eduardo ni siquiera le respondió, tomó el vaso y se dirigió al escenario. Antes de concluir la tercera canción tan solo le quedaban los hielos. Hizo un gesto a uno de los camareros para que le rellenasen el vaso. Los demás miembros del grupo parecían estar disfrutando de la actuación. Algunas chicas más jóvenes de la primera fila les hacían guiños o les tiraban besos. Él parecía estar ausente. Era como un autómata. Sus dedos se deslizaban sobre las teclas recorriendo los pasajes musicales de memoria, pero su mente estaba en otra parte. Tenía que recuperar a Julia y el tiempo perdido.

Al interpretar una de las composiciones que ellos habían creado, Eduardo no entró a hacer el solo de órgano en la parte acordada. Los demás le miraron y aguantaron unos compases sobre el mismo acorde esperando que él cumpliese con su parte. No pareció darse por aludido así que prosiguieron la canción sin solo instrumental. Al finalizar el tema, Raúl se le acercó y le recriminó su falta de concentración. Eduardo le respondió con malas formas.

— ¡Tú preocúpate de ti! y aprende a tocar la guitarra que eres bastante inútil.

No fue la única discusión que se produjo durante el resto de la actuación. Al principio muchos de los asistentes ni se percataban de las desavenencias entre los músicos. En otro de los temas comenzó a improvisar. Subió el volumen de su órgano Hammond y sus dedos recorrieron las notas como poseídos por una rabia especial. Los demás no eran capaces de seguirle, así que dejaron de tocar. Tan solo Guillermo seguía aporreando los tambores con su habitual entusiasmo. La concurrencia dejó de bailar. Aquella música, resultaba demasiado excéntrica para el personal y miraban hacia el escenario, estupefactos. Roberto intentó discretamente hacerle señales de que se parase, entonces Eduardo comenzó a dar puñetazos sobre las teclas. Sus manos recorrían el teclado extrayendo notas y sonidos disonantes y estridentes. Todos le miraban atónitos. Se hizo el silencio, incluso Guillermo había dejado de tocar. Cuando por fin se paró, se levantó del asiento dando tumbos y gritó.

— ¡Yo paro cuando me da la gana!

Trató de cruzar el escenario en dirección hacia la puerta que llevaba a los camerinos, pero Raúl intentó interponerse en su camino en actitud recriminatoria. La cojera y el alcohol le hacían caminar dando tumbos. Le dio un empujón tratando de quitárselo de en medio y el micrófono se fue al suelo ocasionando un pitido de acople estridente. Roberto intervino para separarlos. En ese momento, el encargado de la sala irrumpió en el escenario gesticulando y pidiendo explicaciones. Ante la presencia inesperada del hombre, Ricky se giró e involuntariamente impactó con el clavijero de su bajo eléctrico en la cara del encargado partiéndole el labio. Éste, furioso, se fue hacia él creyendo que lo había hecho a propósito. En el escenario se formó una pequeña tangana de forcejeos e improperios, donde unos trataban de agredir y otros de separar. Eduardo aprovechó el momento para escabullirse y desaparecer. La actuación se dio por finalizada con división de opiniones entre el público. Mientras unos silbaban y abucheaban, otros jaleaban y aplaudían ante el inesperado show que se había montado. Más tarde, en el camerino los ánimos continuaron encrespados pese a los esfuerzos de Guillermo por apaciguar. Afortunadamente la presencia de Ramón, su tío, quien se había tomado en serio la labor de manager, sirvió para oficiar de apagafuegos. Decidió que Eduardo regresara a Gijón en la furgoneta que trasportaba los instrumentos y los demás regresarían en su coche. Ya habría tiempo para aclarar las cosas cuando se hubiesen calmado. Por cierto, el viaje de regreso resultó un suplicio para Eduardo. Aquella carretera que llevaba desde Mieres a Gijón a través del alto del Padrún, era un rosario de curvas que le hicieron vomitar en más de una ocasión el abundante alcohol ingerido.

Dos días después Eduardo llamó a Guillermo, deseaba verle a solas para hablar. Había sopesado con calma mientras despejaba la resaca. Su decisión de abandonar el grupo era irrevocable. No había ningún rencor en su marcha. Era consciente de que el altercado de la última actuación había sido culpa suya y del alcohol. No obstante desde la entrada de Raúl durante su ausencia, el grupo había ido cogiendo una identidad que se alejaba de sus gustos y sentimientos. Agradecía la insistencia de Guillermo para que continuase, no quería que su marcha les distanciase como amigos, pero atravesaba una etapa en la que se sentía un tanto perdido. No solo era un problema de principios musicales, Julia le tenía obsesionado y en lo personal no tenía claro cuál era su camino a seguir. Los demás acogieron la noticia con división de opiniones. Indudablemente, Raúl era el menos afín a los gustos de Eduardo y su marcha le pareció un alivio. En realidad los conjuntos de moda no necesitaban teclistas, y argumentaba que los grupos con más éxito como los Beatles, los Rolling Stones, o los Brincos, con una formación solo guitarrera sonaban mejor. Ramón, en cambio, sentía su marcha pero comprendió que cada uno debe de seguir los dictámenes de su corazón. Por último Roberto se quejaba de que nuevamente tendrían que cambiar de nombre, ahora que tenían uno fantástico. Claro, no tiene sentido llamarse cinco si quedaban cuatro.

CAPÍTULO 23

Oviedo era el epicentro del sistema burocrático y administrativo de la región asturiana. Al contrario que el resto de las ciudades del Principado que crecían en un entorno eminentemente industrial y obrero como era el caso de Avilés o Gijón, Oviedo mostraba un toque más distinguido y señorial propio de una pequeña capital. Sede central de las instituciones gubernamentales, del distrito universitario de Oviedo que englobaba además León y Santander, de la archidiócesis que regentaba el poder religioso, y como no, ciudad referente para Asturias en el ámbito comercial.

Julia se presentó en casa de los señores Aguirre acompañada de Marcelina. Desde siempre podía contar con su apoyo y esta vez no iba a ser menos. Juntas llegaron a Oviedo en el ferrocarril de vía estrecha de la compañía Vasco—Asturiana. Pasaron sobre la pasarela que se elevaba sobre las vías y los andenes de la coqueta estación, construida a semejanza de la estación metropolitana de París y salieron a la calle. Atrás dejaron el rítmico sonido de la locomotora de vapor y su nube de humo blanco.

Subieron un par de calles hasta desembocar en la principal arteria de la ciudad, la calle Uría. Era un día radiante. Los toldos de policromados colores se extendían a lo largo de la calle, resguardando con su sombra los escaparates de los establecimientos comerciales. Giraron en una bocacalle hasta llegar al edificio cuya dirección tenían anotada en un papel. El portero les indicó que tomaran el ascensor y subiesen hasta la tercera planta. Éste subía por el hueco central entre las escaleras. Sus paredes eran un enrejado metálico a través del cual veían pasar los pisos.

Tocaron el timbre y una doncella ataviada de uniforme les abrió la puerta y llamó a la dueña de la casa. La señora Aguirre las invitó a pasar. Era una mujer de poco más de treinta años. Su pelo estaba teñido de rubio y pese a tener algún kilo de más, su aspecto era cuidado y elegante. Ejerció como una amable anfitriona, hizo que se sentasen en un pequeño salón y pidió que les sirvieran un refresco.

Una vez se hubo presentado como la señora Ana Rosa, interrogó a Julia sobre mil y una cuestiones. No quería dejar nada al azar. Al fin y al cabo le preocupaba mucho en manos de quien ponía a sus hijos, para eso la contrataba. Una vez que Marcelina se despidió deseándole suerte, Rosa le mostró a Julia su hogar. Los dos pisos de la tercera planta habían sido reformados y unificados en una sola vivienda, con un largo pasillo que giraba comunicando las distintas estancias de la casa. Por último le mostró su habitación y la dejó en ella para que colocase sus pertenencias y se acomodase a su gusto.

El equipaje de Julia era sencillo de deshacer. Si algo había sido una constante en su vida, era la de que siempre viajaba ligera de equipaje. Una vez distribuidas sus escasas pertenencias, se sentó en un cómodo butacón forrado de terciopelo situado frente a la ventana. No se podía quejar, el cuarto aunque no muy espacioso era acogedor. Por un momento recordó la habitación que compartió durante largo tiempo con María en casa de los señores Heinz. En cuestión de semanas su vida había vuelto a dar un giro radical. Una nueva casa, nueva ciudad, nuevo trabajo, nueva familia…. Se sentía como una apátrida. Intentó extraer de su memoria los recuerdos de los años en que ella tuvo su verdadera familia. Su madre sirviendo la mesa en la casa de Noglés, la abuela Laura, con sus negras ropas de luto sentada junto al fuego, su hermana Marta… Eran imágenes borrosas que se diluían en el tiempo. Se incorporó tratando de espantar a la tristeza y miró por la ventana como el sol iba desapareciendo tras los tejados. Tenía que animarse. En realidad, la primera impresión de su nuevo hogar era positiva.

Al finalizar la tarde, los hijos de los señores Aguirre regresaron a casa acompañados de sus abuelos. Dos niñas y un niño eran el lote completo del que se debía hacer cargo. La niña mayor era Paula, quien ya había cumplido los ocho años, y la menor Aida que apenas contaba con cuatro. En el medio de las dos el único varón, Sergio. Su madre les presentó a quien a partir de entonces sería la nueva niñera. Parecían expectantes y desconfiados. No cabía duda de que se los tendría que ganar con paciencia, pensó Julia. Aquella noche conoció también al marido de Rosa. El señor Orlando rondaba los treinta y cinco años. Vestía con elegancia. Llevaba el pelo engominado hacia atrás y lucía un fino y acicalado bigote. Por sus poses y ademanes se notaba que era una persona muy preocupada por las apariencias y las formas.

Julia pareció adaptarse bien a su nueva vida. Se esforzó por ganarse el cariño y el respeto de los niños, y la confianza de sus padres. Aida era quien más requería de su atención no solo por ser la menor, también por no estar aun en edad escolar obligatoria. Su función era encargarse de todos los menesteres que tenían relación con los niños, para las demás tareas domésticas los señores Aguirre contaban con un servicio doméstico aparte. Ella era la única empleada que residía en la casa. Sus días libres eran las tardes de los jueves y los domingos tras el desayuno. En ese día toda la familia solía aprovechar para acudir a la casa de los abuelos tanto maternos como paternos o bien organizar algún acto familiar. Al principio, Julia estaba perdida sin saber qué hacer con su tiempo libre. En los primeros tiempos solía viajar hasta Trubia y visitar a su hermana y a la familia de Marcelina. Pronto hizo una amiga, era otra niñera de nombre Carmen con la que coincidía a recoger a los niños al regresar del colegio. La amistad que unía al pequeño Sergio con el niño que cuidaba Carmen hacía que estuviesen juntas con frecuencia. Cuando en septiembre llegaron las fiestas de San Mateo, pidió permiso para salir una noche a las verbenas que se celebraban en el Parque de San Francisco. Carmen había conseguido de sus patrones dos invitaciones a los distinguidos bailes de la Herradura. A la señora Ana Rosa no solo le pareció bien que ya hubiese encontrado una amiga con la que salir, quiso mostrar lo satisfecha que estaba con su labor y le regaló un vestido para la ocasión. Era un sencillo pero llamativo vestido rojo con un discreto volante negro. Luego le ofreció uno de sus maquillajes para dar un toque que realzase aquellos preciosos ojos verdes. Cuando estuvo lista, los niños se la quedaron mirando admirados de la trasformación. Aida le dijo que parecía una princesa y Julia correspondió besándolos a los tres para despedirse. Al salir por la puerta se cruzó con el señor Orlando quien la miró como si hubiese descubierto su belleza por primera vez. Aquella noche, no le faltaron pretendientes con los que bailar, ni elogios a su hermosura, pero eso no bastaba para hacerla feliz. Del fondo de su corazón surgía la imagen de Eduardo. Era realista y sabía que lo mejor era olvidarle, que realmente nunca llegaría a existir nada entre ellos. Pero… ¿por qué no podía apartarle de sus pensamientos?

Lo que en principio resultaba novedad en su nueva etapa se convirtió en cotidiano. Ana Rosa estaba contenta con la labor de Julia en el cuidado de los niños. Hacía de canguro en las salidas nocturnas o los compromisos del matrimonio. Se ocupaba del orden y el cuidado de los cuartos de los niños y en ocasiones no le importaba perder de sus horas libres o de sus días de descanso para atenderlos. Les llevaba a las casas de algunos de sus amigos, o bien se encargaba del cuidado de todos ellos cuando algunos de sus amigos o amigas visitaban el hogar de los Aguirre. Dentro de la rutina cotidiana, de los juegos, las recogidas del pequeño Sergio a la llegada del autobús del colegio, o los paseos por el Campo San Francisco a visitar la jaula de los osos, ocurrió un hecho aparentemente sin importancia pero que con el tiempo derivaría en algo que marcaría su camino.

Cada noche leía algún cuento a los niños antes de dormir. Se reunían en el cuarto de las chicas y al finalizar, Sergio era trasladado en brazos a su habitación. En alguna ocasión era su madre quien hacia esa labor, pero con el tiempo pasó a ser exclusiva de Julia. Ella tenía buena mano para añadir algún comentario gracioso que hacían más amenas las a veces repetidas historias. En cierta ocasión en la que todos los cuentos que había en la casa ya estaban demasiado leídos y la memoria de Julia había agotado todo su arsenal, decidió inventar una nueva historia. Sergio, Aida y Paula, eran los protagonistas de una aventura sin par contra un viejo dragón que tenía atemorizado a Oviedo. Aquel relato tuvo un éxito fulminante. En las noches siguientes la niñera debió contar distintas versiones, cada vez más audaces de aquella historia. En ocasiones, durante el día, Julia anotaba algunas ideas con las que a la noche sorprender a su fiel audiencia, que cada vez era más exigente.

En una ocasión, Paula regresó del colegio y le pidió a Julia que le escribiera uno de aquellos cuentos tan fascinantes que inventaba. Cada día un alumno llevaba un cuento que era leído en clase de lectura. Ella le había dicho a su profesora que su niñera contaba los mejores cuentos imaginables. Julia se sintió un tanto acobardada. Que sus historias saliesen del ámbito familiar para exponerse en público, le parecía un reto para el que no estaba preparada. Ni si quiera estaba segura de no cometer faltas de ortografía, pero Paula no estaba dispuesta a renunciar. Además quería ser ella la protagonista de una historia en la que se incluyera a alguna de sus mejores amigas. Julia puso el mayor esmero en escribir una aventura lo más divertida y genuina posible. El mayor problema no era complacer a las niñas, sino la posible critica de las monjas. Por fortuna, su relato fue un éxito y la profesora insinuó que quizás debía colaborar en la elaboración del guión de la obra teatral de fin de curso. Aquello no solo la animó a seguir escribiendo imaginarios y descabellados cuentos para sus niños, hizo que se plantease el escribir para ella misma, como una válvula de escape, algo que le servía como terapia y evasión. Eran cosas triviales, una especie de álbum de recuerdos y reflexiones.

Ana Rosa mantenía una actitud amigable con Julia, más allá de la simple relación laboral entre patrona y subordinada. Eso era de agradecer. Julia conocía por otras chicas que cuidaban o servían en casas de familias acomodadas, como en la mayoría de los casos estas dejaban claro a qué clase social pertenecía cada cual. Ella sabía cuál era su rol y mantenía una prudente y respetuosa distancia con los señores Aguirre. Se sentía respetada y apreciada en aquella casa y debía de mantener aquella situación. La abuela materna de los niños era otra cosa. Estaba poseída por los principios de la vieja escuela inspirados por el régimen. No en vano era miembro activa de "la sección femenina". Cada vez que acudía a la casa observaba con lupa las acciones de la niñera y siempre tenía algo que cuestionar. En alguna ocasión entregó alguna publicación de la S.F. a Julia. Le

recomendaba como se deben de observar las normas y mantener el espíritu disciplinado, pues en muy fácil descarriar el camino. Julia aceptaba los panfletos pero tras leer el primero decidió que también sería el último. Había una cita de Pilar Primo de Rivera que decía:
— "Las mujeres nunca descubren nada, les falta talento creador reservado por dios para las inteligencias varoniles".

Leyendo aquello le pareció humillante. Tal vez ella no había tenido la oportunidad de estudiar todo lo que habría deseado, pero no creía ser inferior a los hombres. Pese a todo, algunas veces se veía atrapada por su propio destino, sin una meta hacia dónde dirigir su futuro. ¿Dónde estaban esas señales que nos ofrece la vida de las que Emilio le habló en la despedida?

Orlando Aguirre no era un hombre excesivamente hogareño. Los negocios ocupaban la mayor parte de su tiempo. Aparte del horario convencional, estaban las comidas o cenas de negocios, los viajes, las visitas... Cuando disponía de tiempo libre le gustaba asistir al club de tenis, un lugar de notable exclusividad fundado en 1950 para lo más selecto de la sociedad ovetense. Ana Rosa le recriminaba en ocasiones que no dedicase más tiempo a su familia. Él se excusaba replicando, que la posición social y económica de la que gozaban necesitaba de toda su dedicación. Esto era además avalado por su suegra. Ésta repetía a su hija que el lugar de una buena esposa es apoyar en todo a su marido y cuidar de sus hijos y su casa. Ana Rosa discrepaba de la visión que su madre tenía de las cosas y junto con su grupo de amigas más cercano, buscaba en qué ocupar su tiempo. Justo es decir que por otra parte nunca desatendía la organización y el cuidado de su hogar y su familia.

En el principio, Orlando no prestó excesiva atención a la presencia de Julia. Era cuestión de su mujer lo relacionado al servicio doméstico o a las niñeras de sus hijos. Antes de Julia ya habían pasado al menos otras tres por el puesto, y por unos u otros motivos todas se fueron por donde habían venido. Pero poco a poco el interés y la atracción por aquella chica fueron creciendo. No solo poseía una belleza incuestionable, la observaba en su trato paciente con los niños, en su forma de expresarse, en su manera de mirar, con aquella mirada felina que desprendían sus ojos claros. Trató de desterrar cualquier pensamiento de relacionarse con ella, estaba casado y para colmo ella vivía bajo su mismo techo. En cierta ocasión alguien le comentó a propósito de la niñera de sus hijos.
— Macho, ¿Y, esa preciosidad vive en tu casa? ¡Uf, que peligro! si en la mía viviera alguien así sería como meter una caja de dulces en el patio de un colegio.

Orlando se consideraba un caballero. El adulterio era en teoría algo intolerable en aquella sociedad católica y conservadora en la que le había tocado vivir. Por el contrario, en la práctica las cosas eran bien distintas. La doble moral aceptaba y hasta aplaudía que un hombre "de verdad" tuviese sus escarceos amorosos. Por algo dios le concedía un status superior a la mujer. Pese a todo Orlado no sabía como afrontar el tema. No quería complicaciones con su esposa y mucho menos desestabilizar su situación familiar. A pesar de todo, Julia era una constante tentación para él. En ocasiones le lanzaba sutiles insinuaciones esperando ver sus reacciones pero ésta no parecía darse por aludida.

Una tarde de sábado, la señora Ana Rosa comunicó a la niñera que pasaría la noche en el hospital. Se quedaría a acompañar a su hermana, quien convaleciente luchaba por salir adelante tras un complicado parto. Julia dio la cena a los niños y atendió todos sus menesteres. Se disponía a acostarlos cuando el señor Orlando llegó. Julia le indicó que la cocinera había dejado asado en el horno e instó a los niños a que se despidieran de su padre antes de irse a dormir. Aida parecía inquieta, quizás la cena no le hubiese sentado muy bien o tal vez saber que su mamá no pasaría la noche en casa era lo que la intranquilizaba. Julia se quedó a su lado hasta que la niña pudo conciliar el sueño. Más tarde salió del cuarto de las niñas. Al pasar junto al salón escuchó la voz de Orlando que le preguntaba.

— ¿Qué tal? ¿Por fin se han dormido?

— ¡Oh, sí! A Aida le costó un poco más. Puede que esté algo revuelta.

— Veo que tienes una excelente mano para los niños.— Luego mostrando su gesto más cordial la invitó a pasar diciendo. – Pensaba tomarme un café tras la cena. ¿Por qué no me acompañas?

— Señor no puedo tomar café antes de acostarme, me desvelaría por completo.

— Bueno, déjate de formalidades y no me llames señor, pero si casi eres de la familia. Mira, si no quieres café prueba este licor de guindas casero, te aseguro que nada más relajante y saludable que una pequeña copita para cerrar el día.

Dudó un instante sobre si debería aceptar la invitación. Ante la insistencia de Orlando pasó al salón y se sentó en el sofá que había frente al televisor. Durante los segundos que permanecieron en silencio mientras servía las copas, la mente de Orlando hizo un inevitable análisis de su situación. Estaba claro que el azar le había brindado una oportunidad en bandeja. Los niños dormían, su esposa estaba ausente, una copita a solas en la tranquilidad de la noche. Pero... ¿y si ella aceptaba su proposición? ¿qué pasaría al día siguiente? ¿Como afrontar el futuro viviendo en la misma casa? Por otra parte, si ella le rechazase, si se lo contase a su mujer, si.... ¿Merecía la pena meterse en aquel follón? Tomó la decisión de dejarse llevar por los acontecimientos, no quería pensar.

El programa nocturno de música y variedades de la noche de los sábados ya había comenzado. Julia no prestaba especialmente atención al televisor. En su mente también las ideas peleaban entre sí. Quizás no había sido un acierto la idea de aceptar aquella invitación, podía dar lugar a malas interpretaciones. Por otra parte, el señor siempre había tenido un comportamiento impecable con ella y parecía felizmente casado.

Orlando se sentó a su lado y le entregó la copa. Después la invitó a brindar. Las copas chocaron con delicadeza. Él comentó algo sobre el artista que estaba interpretando una melodía en el show de la televisión. Durante unos minutos hablaron sobre gustos musicales. Orlando procuraba ser ocurrente en sus comentarios y ella sonreía con las ocurrencias. Se había creado un ambiente distendido y relajado. Cuando Julia apuró el último sorbo de su copa, él se apresuró a servirle, pero ella interpuso su mano.

— ¡No! Gracias, mi dosis de alcohol ha llegado a su límite — dijo sonriendo.

— Creo que exageras, en estas copas apenas cabe un dedal de licor.

— De todas formas ya se ha hecho tarde, lo mejor es que me vaya a dormir.

Eso sonaba a huida precipitada. En la cabeza de Orlando sonó un gong que avisaba de que el tiempo se acaba. Impulsivamente, casi de forma refleja, extendió su mano y echó hacia atrás el pelo que caía sobre la frente de la joven niñera. Julia no reaccionó, tan solo le miró fijamente mientras él se acercaba hasta besar sus labios. Se quedó inmóvil mirándole, incapaz de hacer el mínimo ademán por apartarse, y se dejó besar. Él extendió la mano para acariciar su espalda, abrazándola contra su cuerpo con suavidad. Julia sintió un ligero escalofrío. Pronto cumpliría los veintiún años y todo su bagaje amoroso se limitaba a unos furtivos besos con alguien que desapareció de su vida, si es que alguna vez estuvo aparecido. A veces es gratificante que alguien te abrace y sentirse deseada pensó. Pero algo en su interior la hizo reaccionar. Antes de que la pudiese volver a besar ella le apartó. No bruscamente pero sí con decisión.

— ¿Qué estamos haciendo?— preguntó mientras se incorporaba.

El agarró su mano y respondió.

— Deseo tanto estar contigo.

— ¿Y Ana Rosa? ¿Y tus hijos? ¿En que nos convertimos?

— ¡Lo siento!, no puedo hacer que salgas de mis pensamientos.

Desde el fondo del pasillo sonó la voz de la pequeña Aida que llamaba. Fue como una tabla de salvación lanzada a un náufrago y Julia se asió a ella para salir del salón. Orlando la siguió, pero al llegar a la puerta del cuarto de las niñas Julia se giró y dijo en un susurro.

— Buenas noches, señor.

Luego entró en la habitación cerrando la puerta tras de sí.

Aida parecía haber tenido una pesadilla. Julia la tranquilizó y permaneció largo rato acostada a su lado.

El sol ya había derrotado a las sombras de la noche cuando Ana Rosa regresó a casa. Julia se levantó para interesarse por el estado de la hermana de la señora. Parecía que lo peor había pasado, todo indicaba que tanto la madre como el niño saldrían adelante. También Orlando salió a recibir a su mujer. Al entrar en la cocina Julia y Orlando cruzaron sus miradas pero ninguno dijo nada. Un poco más tarde los niños se levantaron. La niñera preparó sus desayunos y los vistió con ropas de domingo. Poco después los abuelos vinieron a recoger a sus nietos para llevárselos a misa. De esa forma Ana Rosa podía echar un sueño reparador. Julia aprovechó el momento para salir también de la casa. Era domingo y disponía de su día libre. En su cabeza revivía lo ocurrido la noche anterior. Caminó deprisa y sin rumbo, como una autómata. Sus pies la llevaron hasta el final de la calle Uría, allí donde se encontraba la estación del ferrocarril. Movida por un impulso entró en el edificio. De pronto a su cabeza le llegó la imagen de aquel sueño que a veces la turbaba. De alguna manera aquella estación tenía una similitud con la de su imaginación. Un impulso tal vez irracional la hizo dirigirse a la ventanilla y sacar un billete para Gijón.

El tren llegó al final de su trayecto. La estación de Gijón era su última parada. Julia descendió del vagón y respiró el aire que olía a mar. Comenzó a caminar. Durante el viaje había tomado la decisión de visitar Villa Marina. Necesitaba agarrarse a sus recuerdos, se sentía perdida. Era como llevar toda su vida viviendo las vidas de los demás. En casas ajenas, con familias ajenas, a merced de los acontecimientos de la vida, sin tomar decisiones propias. Tal vez el episodio con Orlando le sirviese para reaccionar. No sentía rencor y aversión contra él. Por el contrario, sentía lástima de ser ella la causante de sus deseos a los que nunca podría responder.

Villa Marina quedaba lejos. El barrio de Somió se situaba en el otro extremo de la ciudad, así que tomó el autobús. Se apeó en la parada, la misma en la que hacía tiempo esperó en vano que Eduardo llegase. Luego se internó por las callejuelas que serpenteaban entre los chalet y las casas con sus huertos o jardines. Al llegar a Villa Marina sintió un nudo de nostalgia en su garganta. El portón principal estaba cerrado, probó en una pequeña puerta lateral de metal. Ésta se abrió y pudo acceder al patio de la casa. Se imaginó a Laura Heinz sobre la escalinata de la entrada saludando con su cálida sonrisa. Eso ya no ocurriría nunca más. Una lágrima fuera de control brotó de sus ojos. La voz que sonó a su espalda la hizo volver a la realidad.

— ¿Desea algo señorita?

Se giró y exclamó. — Hola Juan, ¿no me conoces?

— Por dios, pero si eres Julia. Te has convertido en una señorita muy elegante.

Hablaron durante un largo rato mientras paseaban por el jardín. Juan le mostraba los cuidados y las nuevas flores que había plantado. Le comentó que la casa había permanecido prácticamente vacía desde la muerte de la señora, de eso hacía ya más de un año. Antes de despedirse, Juan dijo algo que la sorprendió.

— Por cierto, semanas después del entierro de la señora, cuando todo el mundo ya había abandonado la casa, un chico vino por aquí preguntando cómo localizarte.

— ¿Quería verme a mí?

— ¡Sí! parecía muy interesado. Creo que era el hijo de una de las amigas de la señora Laura. Alguna vez le había visto por aquí.

Julia sintió un vuelco en su corazón. Tenía que ser Eduardo ¿quién si no?

— ¿Y qué le dijiste?

— La verdad, que no tenía ni idea de a dónde te habías marchado.

— ¿Pero no comentó para qué quería verme?

— ¡No! no dijo nada. ¡Ah, sí! Algo de unos libros, apenas estuvo un par de minutos, llegó en un estado lamentable. Un amigo le ayudaba, pues caminaba con dificultad apoyado en unas muletas.

— ¿Como? – Respondió con un gesto de incredulidad.

— Parecía haber sufrido un accidente. Eso fue ya hace mucho tiempo, luego no le volví a ver.

Julia se despidió y abandonó la finca. Caminó, dejándose llevar por sus pies, mientras en su cabeza trataba de asimilar las palabras del jardinero.

¿Qué le había ocurrido a Eduardo? ¿Era ese el motivo por el que no había podido acudir a la cita? ¿Estaba enamorado de ella? ¡Claro! ¿Por qué sino había vuelto a buscarla?

Dándole vueltas a todas aquellas preguntas sin respuesta llegó hasta la playa siguiendo la senda del rio Piles que bordeaba el parque. Miró desde la distancia cómo las olas rompían contra la arena y recordó como le impresionó la primera vez que vio el mar. Había perdido la noción del tiempo y no llevaba reloj. Por la posición del sol la tarde ya empezaba a estar avanzada, era hora de dirigirse hacia la estación. Una señora le indicó que un par de calles más allá podría tomar un autobús que la dejaría cerca. Tomó asiento en el ruidoso autobús municipal. Iba ensimismada en sus pensamientos cuando se percató que el paisaje que se divisaba desde la ventanilla le era completamente desconocido. Preguntó al pasajero que viajaba a su lado si la estación de la Renfe estaría próxima y éste le indicó que ya había quedado atrás, se dirigían hacia el barrio de La Calzada. Descendió en la primera parada que pudo. Ahora se trataba de caminar el recorrido inverso al que había hecho en el autobús. Miró a su alrededor, nunca había estado en aquella parte de la ciudad. No muy lejos, a mano izquierda debía estar el mar ya que por encima de los tejados de ennegrecidas casas sobresalían las grúas de los astilleros. Mientras caminaba se dio cuenta de que no había comido nada desde el desayuno. Las tripas hacían algunos ruidos de protesta. En una calle lateral vio un cartel que anunciaba Hospedaje La Estrella Errante, restaurante. Comprobó el dinero que portaba en su cartera. No era mucho, pero para tomar un café y algo de picar seguro que llegaba, además tenía ganas de ir al baño.

Al entrar en el establecimiento se fijó en un pequeño letrero hecho a mano en el que rezaba:

"Se necesita chica para trabajar, informes aquí".

Una vez en el interior se acercó al mostrador. A aquella hora apenas había clientes en el local. Tras la barra del bar, una mujer de mediana edad le mostró una amplia sonrisa mientras le preguntaba qué deseaba.

— Por favor, un café con leche.

— ¡Volando! ¿Algo más para acompañar?

Julia se encogió de hombros sin saber que pedir.

— ¿Quizás algún bollo? O mejor… Hay una tortilla de patata recién hecha que no encontrarás otra igual en todo Gijón.

De acuerdo, tenía hambre, así que se dejó convencer con facilidad. Mientras la mujer pasaba a la cocina en busca de la comida, Julia volvió hacia la puerta para releer el anuncio. Era como si aquel cartel estuviese allí para ser leído por ella. Había llegado hasta aquel lugar por pura casualidad. Tal vez el perderse en su ruta hacia la estación era una de esas cartas que baraja el destino. En casa de los señores Aguirre sus días estaban contados. Las cosas habían entrado en un terreno pantanoso por el que era peligroso seguir. Quizás aquel cartel era una de esas señales que aparecen en ocasiones en nuestro camino y que hay que saber interpretar. Si se quejaba de no ser dueña de su propia vida, allí estaba su oportunidad.

La camarera llamó su atención para decirle que su pedido estaba servido en la mesa. Se lo agradeció con un gesto y se dirigió a dar buena cuenta de ello. Una vez hubo acabado regresó al mostrador para abonar la cuenta. Antes de marchar, tomó valor y preguntó por el trabajo que se ofrecía en el anuncio.

— ¡Oh, sí! Es para trabajar en el hostal, ya sabes, hacer camas, limpiar… ¿A quién le interesa?

— A mí, por supuesto.

La mujer la miró con cierto aire de sorpresa, a lo que Julia preguntó:

— ¿Hay algún problema conmigo?

— No, claro que no. Solo que pareces una chica muy elegante para buscar un trabajo como este.

Lo cierto es que Ana Rosa procuraba comprarle o aconsejarle la ropa que debía de llevar. Quería que la niñera de sus hijos estuviese a la altura de su familia. Por otra parte, los modales y el lenguaje de Julia se habían ido puliendo desde los tiempos en casa de los señores Heinz.

— De todas formas me interesa conocer las condiciones — insistió.

— Mira cariño, para eso entra en el portal de al lado, allí hay una pequeña recepción y te informarán, yo solo soy la camarera.

Siguió las indicaciones y se presentó en la recepción. Un hombre que rondaba los sesenta años la observó por encima de sus gafas.

— Vengo por el anuncio del trabajo— dijo con decisión.

— ¿Qué edad tienes?

— Voy a cumplir veintiuno.

— ¿Y qué experiencia tienes de haber trabajado?

Julia explicó su currículo. Entonces el hombre llamó a su mujer quien apareció para someterla a un interrogatorio en toda regla. Finalmente parecieron satisfechos, accedieron a que se incorporase. Obviamente debía de pasar un periodo de prueba. A cambio le ofrecían un salario bastante escaso. Pero dispondría gratis de una habitación independiente para ella. Una condición más, debía incorporarse inmediatamente. Recientemente habían ampliado el hostal comprando las viviendas del piso superior y el trabajo les superaba.

Cuando llegó a Oviedo la noche ya había caído sobre la ciudad. No sabía como afrontar su despedida. Las piernas le temblaban pero no podía volverse atrás. Había tomado cariño a los niños y a pesar del incidente con el señor Orlando en aquella casa se la había tratado bien. Comenzó a preparar las maletas mientras mordisqueaba los labios con nerviosismo. Tras la cena comunicó a Ana Rosa que necesitaba salir. Se dirigió a la casa donde trabajaba su amiga Carmen. Ésta bajó al portal, intrigada de que la buscase a aquellas horas de la noche. Julia le contó que iba a abandonar la casa de los Aguirre, que más adelante le escribiría y le contaría dónde estaba. Ahora necesitaba que se pusiese en contacto con su prima, aquella que buscaba trabajo como niñera. Necesitaba que fuese su sustituta. Carmen le dio un teléfono donde localizarla y le prometió que si no ella misma la avisaría al día siguiente. Las dos amigas se abrazaron antes de separarse. Carmen se quedó preocupada. ¿Qué había pasado para una marcha tan precipitada?

Aquella noche fue una de las más complicadas en la vida de Julia, pero no dio marcha atrás. Facilitó a Rosa el teléfono de su sustituta. Engañó a los niños diciéndoles que solo sería una ausencia pasajera. Evitó las miradas de reproche que le lanzaba Orlando y en la mañana se fue sin poder evitar las lágrimas en la despedida. Cuando el otoño del 65 avanzaba en busca del invierno, ella se dispuso a vivir el primer día de su nueva vida.

CAPÍTULO 24

No había finalizado el verano del 65, cuando Manuel regresó a Gijón para reincorporarse a su puesto de trabajo en la fábrica. Se hospedó en casa de una viuda que alquilaba habitaciones. Uno de sus compañeros, quien también se hospedaba allí, se lo recomendó. Pronto el trabajo se volvió a convertir en la rutina de antaño. Ahora sin embargo había rumores de cambios en la fábrica y los obreros tenían dudas sobre el futuro. Un banco gijonés se había hecho con el control de las acciones, como ocurría en otros negocios de la ciudad. Aquel hecho causó cierta preocupación entre los trabajadores. Los rumores de deudas hacían incierto el futuro. Afortunadamente, con el paso del tiempo la calma volvió a reaparecer. Rafael comentaba pese a todo, que los nuevos tiempos traían cambios que el futuro diría si eran beneficiosos o negativos. Argumentaba que en el pasado las empresas y los negocios tenían un claro patrón y dueño, los había honrados y justos o avaros y déspotas. En cualquier caso sabías para quien trabajabas. Con los nuevos tiempos de fusiones, sociedades etc. los accionistas y consejeros pasaban a ser dueños invisibles e impersonales. ¿Hasta qué punto les importaban las empresas o los negocios aparte de las ganancias?

Una tarde cercana a las fechas navideñas, Manuel recibió la visita de Adrián tras la jornada laboral. No le veía con frecuencia pues últimamente era un tipo muy ocupado. Incluso para atender el negocio de licores disponía de dos empleados que le suplían gran parte del tiempo. Salieron a tomar café en un bar próximo. Luego de saludarse y de las tópicas preguntas sobre como marchaba la vida y sus avatares, Adrián le planteó:

— ¿Qué te parecería montar tu propio negocio?

Manuel frunció el ceño con aire interrogante.

— ¿Como podría? ¡No tengo un puñetero duro!

— Eso se puede arreglar. ¿Te gustaría emprender una aventura empresarial?

— ¿Me tomas el pelo?

— ¡Por supuesto que no! Siempre has tenido ganas de prosperar. Desde que te conozco deseas triunfar y tener las riendas de tu vida. Mi pregunta es; ¿estás dispuesto a dar un paso adelante e intentarlo?

— ¿Y qué debo hacer?

Adrián le mostró su propuesta. Un conocido suyo de nombre Joaquín, había regresado a España desde Francia donde había vivido con algunos familiares exiliados. Pretendía montar un negocio, un pequeño taller para fabricar estanterías metálicas. Era algo en lo que había trabajado durante un tiempo en el país vecino. Ahora buscaba un socio para poner en marcha su proyecto en España.

— Tú eres un tipo listo, trabajador y con ambiciones. Has estudiado y tienes la experiencia de trabajar en una fábrica del sector del metal. ¡Eres el candidato perfecto!

— Te olvidas de algo importante. El dinero.

— Vale, esa sería la segunda parte, una vez estés de acuerdo en aceptar el reto. Yo pondría dinero para ese proyecto.

— ¿Tú?

— ¡Sí! Las cosas me van realmente bien. Estoy ganando más dinero del que puedo demostrar con el negocio de la distribución de vinos y licores y necesito ser discreto con la hacienda pública. Esto sería como un préstamo. Claro que debe de quedar entre nosotros.

— No comprendo a dónde quieres llegar— dijo Manuel poniéndose un tanto a la defensiva.

— Deja a un lado tu vena moralista de ciudadano intachable. No se trata de que te involucres en nada ilegal. Mira, dispongo de dinero y me gustaría asociarme contigo. Yo aportaría el capital necesario de los dos para unirnos a Joaquín. Nadie tiene que saber con exactitud cuál es nuestro acuerdo. Tú necesitas implicarte en un negocio que resuelva tu futuro, y yo que justifique mi dinero.

Manuel no comprendía a quién ni por qué Adrián tenía que justificar sus ganancias. No sabía sobre dinero negro, blanco, o de cualquier otro color, pero recelaba de los asuntos que estaban haciendo rico a su amigo.

Por su parte, Adrián necesitó de todo su poder de convicción para asegurarle que embarcarse en aquella aventura no tenía nada de turbio o ilegal. Esto sería una cuestión completamente al margen de sus otras actividades. Solo se trataba de aprovechar una de esas pocas oportunidades que la vida te ofrece.

Por fin, las razones persuasivas de su amigo y su propia ambición le hicieron aceptar la propuesta. Dos días después, Adrián le presentó a Joaquín. Tenía el mismo nombre que su gran amigo en la época de estudiante. Le pareció un tipo cordial y extrovertido. No parecía tener mucho más de treinta años. Con su acento francés, hablaba con seguridad y conocimiento sobre como habría que abordar la creación de la empresa. Aun se volvieron a reunir un par de veces más para analizar pros y contras. Una vez la idea pareció factible y los roles de cada cual quedaron asignados, decidieron empezar a ponerla en marcha con el año nuevo.

Manuel regresó al pueblo durante las navidades. Estaba ansioso por contar sus nuevos planes de futuro. Su madre se alegró de ver a su hijo feliz y entusiasmado. Elisa por el contrario tomó la noticia con un mayor recelo. Iba a renunciar a su puesto de trabajo fijo en una fábrica solvente, para jugársela en un negocio con alguien a quien apenas conocía. ¿Por qué los demás iban a poner su dinero por él? Quizás le necesitasen para utilizarle en su provecho. Para Elisa todo debía de resultar más sencillo. Manuel le había comentado que en la fábrica estaban contentos con su trabajo y que pronto sería oficial de primera. ¿Porqué no le parecía suficiente? Ella quería casarse e irse a vivir con él. Si era cuestión de dinero podría buscarse un trabajo. Una prima suya había conseguido un puesto como limpiadora en un colegio público. Ella también se sentía capaz de encontrar donde trabajar.

Para Manuel las cosas se veían desde otra perspectiva ¿Por qué resignarse a su destino si se pueden alcanzar metas más altas? ¡Y esa prisa que ella tenía por casarse! Pero si apenas había cumplido los diecinueve años y parecía alguien a quien se le estuviese acabando la juventud. Él la quería pero no creía estar preparado para dar ese paso. Además, él no permitiría que su mujer trabajase limpiando suelos o cosas por el estilo. En eso estaba de acuerdo con la filosofía machista del régimen. Un hombre debe de ser capaz de mantener a su familia por sí mismo con dignidad.

Durante el mes de enero se dedicaron a buscar un local que sirviese para montar el taller. A dicho menester Manuel le dedicaba el tiempo libre que tenía al salir de trabajo. Había pactado no abandonar su puesto en la fábrica hasta no tener consolidada su nueva actividad. Unas pocas semanas después consiguieron que les alquilaran parte de una vieja nave industrial en el barrio del Natahoyo, no muy lejos de las vías del tren. En la parte de atrás disponían de un pequeño patio que colindaba con unas huertas. Adrián adelantó los primeros pagos de la renta y argumentó que ya lo recuperaría cuando llegaran los beneficios. Posteriormente limpiaron y adecentaron el habitáculo que serviría de taller. Construyeron en el interior con paneles de madera una pequeña oficina y la amueblaron con una vieja mesa y dos sillas compradas de ocasión. Et voilá, ya solo faltaba meter la maquinaria. Joaquín aportó un completo equipo de soldadura que había traído del país vecino. Compraron una prensa, un torno, unas pistolas para pintar a presión y varias herramientas. Parte de ello sería pagado con un crédito. Era finales de febrero cuando todo estuvo listo para arrancar.

La nueva empresa fue registrada con el nombre de "Estanterías AJOMA SL" Fruto de la suma de sus iniciales. A de Adrián JO de Joaquín y MA de Manuel. Indudablemente, eran los comienzos y no podían competir con ninguna fábrica profesional por falta de medios y de personal. De este modo partían como una fábrica casi artesanal. Eso sí, con mucha ilusión. Manuel pidió ayuda y asesoramiento a Rafael. Era un hombre con experiencia y conocimientos tras muchos años como jefe de taller en Industrias Continental. Rafael siempre tuvo un especial afecto por Manuel y decidió echarles una mano, aunque apenas tenían dinero para pagarle.

Las primeras estanterías serían para el almacén de licores de Adrián. Había que pulir algunos defectos pero el resultado les pareció satisfactorio. El siguiente paso era buscar clientes. En eso Adrián podía ayudar. Tenía buenas relaciones y un don especial para las ventas. También decidieron ofrecer sus servicios entre las ferreterías y almacenes de los barrios obreros de la periferia de la ciudad, Pumarín, Contrueces, la Calzada... Zonas en las que la ciudad vivía el auge de su expansión.

En las primeras semanas, para la hora del medio día, Joaquín y Manuel llevaban algún bocadillo. Sentados en la pequeña oficina en torno a una botella de cerveza, daban buena cuenta de ellos mientras planificaban sus estrategias. Una mañana, Joaquín propuso un cambio tras cobrar algunas de las primeras ventas.

— ¡Vale ya de bocadillos al medio día! Para alguna vez está bien pero propongo que comamos comida de verdad. Un plato caliente como dios manda. Me han dicho de un sitio cerca de aquí donde se puede comer un menú bueno y barato.

Manuel asintió. Su madre, siempre que acudía al pueblo, le recomendaba que cuidase la comida, era necesario para una buena salud.

Al día siguiente, Joaquín le condujo hasta el bar que le habían recomendado. En la fachada se podía leer "Hospedaje La Estrella Errante, comidas". Penetraron en el establecimiento, lleno a aquellas horas del almuerzo. Se acercaron a la barra e hicieron una señal al barman.

— ¡Hola! queríamos un sitio para poder comer.

El hombre hizo una señal a la mujer que había al fondo del mostrador para que les atendiese.

— Amigos, — les dijo — debéis de esperar unos minutos hasta que quede libre una mesa.

Los dos parecieron estar de acuerdo y esperaron pacientemente apoyados en la barra mientras degustaban una caña de cerveza. El local estaba lleno de comensales en su mayoría trabajadores ataviados con fundas y monos de trabajo. Cuando por fin les llegó el turno, la mujer les hizo una señal para que pasasen al comedor contiguo. Se sentaron en torno a una mesa libre, provista de un mantel de plástico con descoloridos cuadros rojos y blancos. Al momento una camarera se les acercó. Era una joven morena y esbelta, con unos llamativos ojos verdes adornando su agraciado rostro. Les propuso las opciones que aquel día tenían para comer, y anotó en su libreta el resultado de la elección antes de dirigirse hacia la cocina.

— ¡Oh la la! ¡Qué mujer más hermosa!– exclamó Joaquín cuando la muchacha ya se había ido.

—Ya lo creo — afirmó Manuel, refrendándolo con un gesto de cabeza.

— Seguro que estará liada con algún capullo.

— ¿Por qué dices eso?

— Porque a veces las tías mas buenas suelen acabar con los tíos más estúpidos.

— ¿Eso lo dices porque tú nunca has estado con ninguna tía buena?

— ¡Eh!.. por supuesto que he estado.

— Entonces ¿tú también eres un capullo?

Interrumpieron la conversación cuando ella llegó con los platos rebosantes de sopa caliente. Les dedicó una sonrisa y se fue a atender a otros comensales. Terminada la comida pagaron y salieron del establecimiento. En los días siguientes, Manuel propuso ir a comer al mismo lugar. Cierto día, en el que acudieron un poco más tarde de lo habitual, pues no quisieron dejar a medias las tareas, (podían elegir horario, por algo eran sus propios jefes), comprobaron que ya no había tantos clientes como en jornadas anteriores por lo que no debieron de esperar. En la mesa de al lado había sentados dos hombres. Uno de ellos comía en silencio mientras el otro de aspecto desaliñado hablaba en tono elevado gesticulando de cuando en cuando. La camarera se acercó hacia Joaquín y su compañero para cumplir con la rutina de anotar sus peticiones. Inesperadamente, el tipo de al lado se revolvió en su asiento y dio un cachete en la nalga de la camarera. Ella se giró ofendida lanzándole una mirada furibunda. Pero él, lejos de amilanarse soltó una carcajada y añadió:

— Escucha muñeca, antes deberías de terminar de atender a los que hemos llegado primero.

— Si quieres que te atienda pídemelo, pero no te atrevas a tocarme otra vez.

— ¡Guau qué fiera!— y añadió con sorna, mientras le cogía el brazo

— Me gustan las tigresas.

La muchacha hizo un gesto para desasirse de su opresor y al no conseguirlo reaccionó derramando sobre él la copa de vino que había sobre la mesa.

— ¡Maldita puta! — gritó incorporándose de un salto a la vez que la sujetaba con más fuerza.

Todos los comensales volvieron con sorpresa sus miradas hacia el lugar del incidente. De pronto, un puño impactó sobre la cara del energúmeno cliente haciéndole tambalearse. Antes de que nadie lograse reaccionar, un segundo puñetazo volvió a impactar sobre el mismo rostro haciéndole perder definitivamente el equilibrio. Manuel era el dueño del puño justiciero. Su reacción había sido tan sorprendente para los demás como para él mismo. Fue algo inconsciente, instintivo. Todos le miraron. Durante no más de dos segundos se hizo un silencio sepulcral. Luego el tipo se agitó en el suelo blasfemando mientras trataba de incorporarse.

Atraídos por el tumulto, varios de los parroquianos del bar acudieron al comedor. Tras ellos, entró el dueño del establecimiento blandiendo un garrote de madera que guardaba tras la barra para ocasiones de emergencia.

— ¿Qué leches pasa aquí?

Una de las camareras se apresuró a contestar:

— Legio intentó agredir a Julia y este chico lo impidió.

El tal Legio ya se había incorporado y trató de abalanzarse sobre Manuel. El hombre que le acompañaba en la mesa y algunos clientes más se interpusieron en su camino evitándolo. En plena refriega la voz del dueño del restaurante resonó exigiéndole que abandonase el lugar, de lo contrario llamaría a la policía. Antes de hacerlo Legio señaló con su dedo índice hacia Manuel y gritó con voz amenazante.

— ¡Esto no quedará así! ¡Te mataré, cabrón!

Luego salió maldiciendo y amenazando mientras su acompañante trataba de llevárselo lejos de allí.

La esposa del dueño acudió para tranquilizar a Julia. La joven camarera se encontraba presa de un ataque nervioso incapaz de reaccionar. La mujer se la llevó hacia la cocina. Su esposo mientras, pidió a los comensales que volviesen a sus mesas para poder ser atendidos como se merecían.

Manuel se sentó a la mesa. Sus piernas aun le flaqueaban. Parecía incapaz de articular palabra. La mayoría de los presentes no le dijeron nada, aunque todos le miraban de reojo y cuchicheaban en voz baja comentando el incidente. Tan solo un hombre de avanzada edad le dio una palmada en el hombro al salir y apuntilló:

— Buena derecha chaval, se lo merecía.

Un momento más tarde fue el propio dueño del bar quien se acercó a la mesa para tomar nota de lo que deseaban y comentarles.

— No me gustan los líos, intento que esto sea un local respetable. Las chicas me han dicho que actuaste con valor y que no tienes ninguna culpa. Te agradezco que te hayas arriesgado en una causa en la que nada te iba. Después de la comida pasaros por la barra, los cafés y las copas corren de mi cuenta.

Durante la comida, Joaquín bromeó sobre la actuación de su compañero.

— Joder chico, menuda mala leche. Me has dejado de piedra. Creo que cuando tengamos problemas para cobrarle a un cliente serás tú el encargado de reclamárselo.

Manuel no tenía el ánimo para guasas. A lo largo de su vida siempre había evitado las confrontaciones. Más bien se consideraba un tanto cobarde, ni él mismo se explicaba su imprevista reacción.

Finalizada la comida aceptaron la invitación. Ninguno de los dos era muy aficionado al alcohol, pero en aquella ocasión una copa no venía mal para templar los ánimos. Acomodados en la barra del bar el dueño advirtió a Manuel.

— Debes de andarte con ojo. Ese impresentable a quien llaman Legio por su pasado como legionario es un tipo peligroso. Un camorrista con mala fama. Afortunadamente no suele venir por aquí, pero de ahora en adelante tendré que estar atento. Tú deberías de hacer lo mismo, procura evitarle.

Luego les preguntó en donde trabajaban y ellos le contaron como intentaban poner en marcha una pequeña fábrica de estanterías.

— Vaya, que casualidad, si me hacéis un buen precio aquí tenéis un nuevo comprador. Necesito estanterías para mi almacén.

Ya se disponían a regresar al trabajo cuando la joven camarera apareció y se dirigió a Manuel. Parecía más calmada, aunque sus preciosos ojos verdes mostraban restos de lágrimas. Estiró su mano para estrechar la de él y dijo.

— Me llamo Julia y quiero agradecerte que me hayas defendido arriesgándote ante ese loco.

Manuel estrechó la suave mano de la muchacha y tras presentarse intentó quitarle importancia a los hechos. Cuando regresaban camino del taller, Joaquín bromeó.

— ¡Jo, macho! ¡Qué escena esta última! Parecíais el valiente caballero andante y la rescatada princesa de las manos del ogro.

Manuel trató de no hacer caso del sarcasmo de su compañero. Pero la realidad es que el rostro de Julia y la sonrisa que le dedicó, no se apartaron de su pensamiento durante aquel día, y aquella noche, y la siguiente, y la siguiente….

Las semanas iban pasando y la pequeña fábrica empezaba a levantar el vuelo. Poco a poco los clientes iban sumándose a su cartera de pedidos. Rafael solía hacer algunas horas extras para ayudarles. Era una cuestión más de amistad que de dinero. Si la cosa seguía así debían de pensar en incorporar un aprendiz en la plantilla. Adrián les visitaba de cuando en cuando, aunque procuraba mantenerse en un plano discreto. Insistía en que no quería que los demás le relacionasen directamente con AJOMA sl. Él sabría por qué.

Por supuesto, la mayor parte de los días iban a comer el menú a la Estrella Errante. En pocos días ya se habían convertido en asiduos comensales. A partir del día del incidente la relación entre Manuel y Julia no parecía haber sufrido ningún cambio notable. Cualquier espectador ocasional diría que era una relación normal entre cliente y empleada. Los saludos de rigor, alguna sonrisa, o algún comentario trivial. Pero en sus fueros internos se debatían otros sentimientos. Por distintas razones ambos intentaban ocultarlos a los demás y a sí mismos. Hubo dos personas que captaron algo de aquellas vibraciones invisibles que parecían surgir entre ellos, de esas que suceden entre los seres humanos y no se pueden explicar con palabras. Quizás por algunas miradas furtivas que encerraban pasión. Tal vez por esos silencios nerviosos que se producían entre ellos, o puede que por ese empeño en mostrarse cierta indiferencia.

Una de aquellas personas era Joaquín. Cierto día comentó camino del curro.

— Te gusta esa chica ¿verdad?

— ¿Qué chica?

— Julia, la camarera.

Involuntariamente, Manuel se ruborizó mientras contestaba mostrándose ofendido:

— ¿A qué viene esa tontería? Yo ya tengo novia.

— ¡Bueno, bueno! No te alteres, solo era un comentario.

— Pues no hagas comentarios estúpidos.

—¿Estúpidos? ¿Por qué entonces te sonrojas y te alteras tanto por una tontería?

Manuel no contestó, intentó no entrar al trapo de la discusión. Siguieron caminando en silencio, pero la curiosidad pudo más que su orgullo e inquirió.

— ¿En qué te basas para pensar que me gusta?

— Me fijo en como la miras cuando ella no mira, en como te mira ella cuando tú no la observas. En que pareces estar más tenso cuando hablas con ella que con las demás personas. No sé, quizás sea una tontería como dices, pero con la vehemencia que la defendiste de aquel tipo ¡uf!...

Llegaron al taller y Manuel intentó cambiar de conversación para centrarse en lo laboral y Joaquín no insistió más en el tema. Dentro de su cabeza el debate de sus sentimientos se agitaba convulso. Claro que le gustaba. Claro que no la podía sacar de sus pensamientos. Aquello le hacía sentirse culpable. Quería a Elisa, ella confiaba ciegamente en él. ¿Como podía seguir queriéndola y estar enamorándose de otra al mismo tiempo? Y lo peor ¿tan evidente era como para que lo notasen los demás?

En el caso de Julia, los sentimientos no eran tan complicados. Su compañera también tenía la sospecha de que había cierta atracción entre ellos. En cierta ocasión, una vez finalizados los turnos de comidas y tras haber recogido y limpiado el comedor, Julia comentó.
— Es raro, hoy no han venido esos dos chicos a comer.
— ¿A qué chicos te refieres?
— Me refiero a Manuel y su compañero.
— ¡Vaya! No me había dado ni cuenta. ¿Es que le echas de menos?
— ¿Yo?
— ¡Sí!.. ¡Tú!
— ¿Qué insinúas?
— ¡Que te gusta! o es que no me doy cuenta que siempre estás pendiente de servirle. Bueno, lógico, al fin y al cabo es tu héroe.
Anécdotas aparte. Julia se sentía atraída por aquel muchacho. No olvidaba a Eduardo, pero su imagen se iba diluyendo en el fondo de sus recuerdos. Manuel era bien distinto, pero le trasmitía buenas vibraciones. Tampoco podía olvidar como salió en su defensa sin apenas conocerla.

CAPÍTULO 25

Una mañana, al llegar al puesto de trabajo, Manuel comunicó a Joaquín que a partir de aquella noche abandonaría la habitación que tenía alquilada en el centro de la ciudad. Se trasladaría a la pensión "La Estrella Errante". Los motivos eran varios. Allí estaría cerca del trabajo y no tendría que tomar el autobús cada mañana. El dueño le hacía un precio muy atractivo en el que se incluía pensión completa. Por otra parte, la intimidad que tendría en el hostal era mucho mayor que la de un piso-pensión donde había que compartir los espacios y acatar las normas de los propietarios.

Finalizada la jornada laboral, Joaquín le ayudó con su furgoneta a hacer el traslado de sus enseres al nuevo domicilio. Concluida la labor, Manuel insistió en invitar a su compañero a cenar para agradecerle su ayuda. Lo hicieron en el restaurante de la Estrella. Mientras les servían, Manuel le preguntó a la camarera por Julia. Ésta le respondió que los días laborables no trabajaba por las tardes para dedicarse a sus clases.

Cuando por fin se retiró a su nueva habitación, pensó en las palabras oídas sobre Julia. ¿Dedicarse a sus clases? ¿Qué tipo de clases? Ni siquiera se imaginaba si es que las recibía o las impartía. Pese a su curiosidad, al día siguiente no se atrevió a comentarle nada a la joven camarera durante el almuerzo. Fue aquella misma tarde, tras el fin de su jornada en el taller cuando por casualidad obtuvo la respuesta. Había decidido acercarse al centro de la ciudad para dar un paseo. Algunos de sus excompañeros en la fábrica Industrias Continental solían acudir al caer la tarde a un café ubicado al lado de la playa, cerca de la Escalerona. Hacia allí dirigía sus pasos, cuando reparó en la figura de Julia que cruzaba la calle. La curiosidad le llevó a seguirla manteniendo una distancia prudencial. Vio como penetraba por la gran puerta en forma de arco que daba acceso al edificio del Antiguo Instituto Jovellanos. Aceleró sus pasos y entró también. No había rastro de ella. Un gran hall desembocaba en un patio rectangular, mientras a mano derecha unas amplias escaleras de gastada madera llevaban al piso superior. Ascendió por ellas con indecisión, no sabía exactamente en donde se encontraba. De una primera puerta salió una mujer y Manuel le preguntó qué había allí adentro. Ésta le respondió con naturalidad que la biblioteca pública y se fue.

Entró, reinaba el silencio. Saludó con un gesto de cabeza al bibliotecario que desde su mesa le observaba. Se dirigió con paso rápido hacia los pasillos formados por las estanterías de libros, como si quisiese esconderse entre ellos. Iba mirando con cautela entre la gente que curioseaba por los estantes si podría distinguir a Julia y de pronto sintió una mano en su hombro. Se giró y se la topó de bruces mostrándole una amable sonrisa que dio paso a una pregunta.

— ¡Qué sorpresa! ¿Vienes mucho por aquí?

El balbuceó para responder

— ¡No!… no mucho. ¿Y tú?

— Siempre que puedo, pero menos de lo que me gustaría. ¿Buscas algo en concreto? Quizás te pueda ayudar.

— ¡Oh, no! Solo mataba el tiempo. ¿Y tú, que buscas?

— Un par de libros de poesía que necesito para el próximo examen.

— ¿Estás estudiando?

— ¡Sí! El bachiller elemental. No pude hacerlo a su tiempo y ahora tengo mi oportunidad.

Julia se dirigió al departamento de poesía y él la siguió en silencio. Mientras, pensaba por qué una mujer a su edad siendo camarera, sentía la necesidad de estudiar. Cuando ella se hizo con los libros que necesitaba se volvió hacia Manuel.

— Ya estoy servida, me voy. ¿Tú te quedas?

Como accionado por un resorte respondió de inmediato.

— ¡No! yo también me voy. Tan solo entré por pasar el tiempo.

Se dirigieron hacia la mesa de préstamos. Una vez formalizado el trámite, Julia tomó los libros y salió de la estancia. Él la siguió y al llegar a la calle preguntó.

— ¿Tienes algún plan? Podríamos tomar algo por aquí cerca si te apetece.

— Vale, hoy no necesito ir a clase. Había recuperaciones de las que estoy exenta.

Buscaron un café cercano y se acomodaron en una mesa. Mientras esperaban que el camarero les sirviera, Manuel ojeó uno de los libros titulado "Rimas y Leyendas" sin mucho interés, aparentemente.

— Te gusta la poesía — preguntó ella.

— Pss… no es mi fuerte.

— A mí me encanta.

— ¿Como es que te has puesto a estudiar el bachillerato?

— ¿Y por qué no? ¿Acaso te perezco vieja para hacerlo?

—¡Claro que no! Pero conozco poca gente que una vez dejados los estudios vuelva a retomarlos, y más estando trabajando.

— Es una larga historia, pero te diré que tuve muy pocas oportunidades para estudiar. Siempre que lo hice fue agarrándome desesperadamente a las pocas ocasiones que se me brindaron.

— ¿Y cuál es tu meta?

— ¿Mi meta?.. Estar más preparada para tener la posibilidad de un futuro mejor. ¿Te parece suficiente?

— Bueno, ser camarera no está tan mal. Y con el tiempo te casarás. Cuidar un hogar y una familia es la ambición de la mayoría de las mujeres.

— ¿Acaso has hecho una encuesta para asegurar eso?

— ¡Claro que no! Tan solo digo lo que veo a mi alrededor.

La joven elevó un poco más su tono de voz para aplicar más énfasis:

— ¿Qué os hace pensar a los hombres que las mujeres estamos para seguir la estela que vosotros marcáis? ¿Es que con cuidar de vosotros se acaban las aspiraciones de una mujer?

Manuel se sintió un tanto aturdido. Resultaba una chica beligerante e inconformista. Era indudable que tenía unas ideas muy poco convencionales.

— ¡Lo siento! ¡No te enfades! No era mi intención provocar una discusión. Creo que todo el mundo independientemente de ser hombre o mujer tiene derecho a decidir sobre su vida.

Se miraron en silencio un par de segundos y luego ambos sonrieron.

— Tienes razón — dijo Julia — Menudo debate nos hemos montado en un minuto.

— ¿Sabes?—replicó él— Yo también pensaba haber continuado estudiando, pero necesitaba trabajar y por unas u otras razones abandoné la idea.

Una vez el camarero les hubo servido, continuaron la conversación en un tono más relajado e informal. Él comentó la ilusión que tenía en poder sacar adelante el proyecto de la pequeña fábrica. Ella, por su parte; el acuerdo al que había llegado con sus patronos para poder acudir a clase por las tardes de seis a nueve, en un centro regentado por monjas. Allí daban la oportunidad de estudiar a quienes no lo habían hecho a su tiempo. Ambos se observaban con curiosidad. Realmente aquella era la primera vez que tenían una conversación más allá de los típicos saludos y los pequeños comentarios a la hora del almuerzo. Sin el uniforme de camarera le pareció aun más atractiva. Con sus negros cabellos sueltos y sus ojos verdes intensos, su modo de expresarse, sus gestos y ademanes, tenía un indudable encanto. Desde luego no era una chica vulgar.

Julia miró su reloj. Se hacía tarde y debía regresar a su cuarto en la pensión. Quería ponerse a leer los libros para el examen, si no de poco le valdría haberlos tomado prestados. Además madrugaba para hacer sus tareas en el hostal y estaba cansada. Al salir a la calle, antes de dirigirse hacia la parada del autobús, ella hizo ademán de despedirse. Manuel la interrumpió para decirle que él también iba en su misma dirección. Desde el día anterior eran vecinos. Julia quedó un tanto sorprendida de la noticia. Él le comentó las ventajas de su traslado a la Estrella Errante. Llegaron ante la puerta del edificio donde se hospedaban. Entraron en el portal y comenzaron a subir las escaleras ya que no disponía de ascensor, dejando atrás la pequeña recepción que casi siempre estaba vacía. Era un edificio de tres plantas más una buhardilla. En las dos primeras estaban las habitaciones que conformaban el hostal. La tercera planta completa se destinaba como vivienda familiar de los dueños del negocio, y por último en la buhardilla había tres habitaciones que los dueños cedían al personal que trabajaba en el hospedaje. Un baño común y un trastero completaban la buhardilla. Al llegar al primer piso se despidieron. Ambos dudaron de como hacerlo, así que con una sonrisa y un hasta mañana zanjaron la cuestión. Manuel estaba a punto de cerrar la puerta tras de sí, cuando se volvió para atender las palabras que desde unos peldaños más arriba le dedicó Julia.

— Gracias por la invitación, me gustó mucho conocerte.

Seguidamente ella ascendió presurosa hasta su cuarto. Una vez dentro, posó el abrigo sobre la cama y colocó los libros cuidadosamente en el pequeño escritorio que se encontraba bajo el tragaluz. Eran casi las diez de la noche y no le apetecía bajar a cenar. Cogió una manzana y se sentó en la silla a mordisquearla. Mientras lo hacía apagó la luz para observar mejor a través de la lucerna la brillante luna que adornaba el cielo sobre su habitación. Ver el cielo a través del tejado le parecía genial. Seguramente aquel era el peor cuarto en donde había vivido en sus veintiún años de existencia. Mucho más cutre que el cuarto que compartió con María en la casa de los señores Heinz, y por supuesto mucho peor que el que tenía en Oviedo, en el domicilio de los Aguirre. Pero allí era más independiente. Cuando cerraba la puerta tras de sí, sentía que nadie le regalaba nada. Era dueña de su propia vida y aquel modesto habitáculo era su refugio.

Eduardo volvió a sus pensamientos. Cada vez era una imagen más borrosa que se diluía en el tiempo. Era consciente de que él fue su amor platónico de adolescente. Uno de esos amores juveniles donde ninguno de los dos amantes conoce verdaderamente al otro y sin embargo hay una irresistible fuerza magnética. Una atracción química, o vete tú a saber qué misteriosa fuerza hace desencadenar sentimientos tan poderosos. Aquello ya era pasado. Solo le quedaba el sabor casi imperceptible de unos furtivos besos. El recuerdo de una tarde maravillosa en la pista de baile de El Jardín, y una parada de autobús vacía.

Luego, sus pensamientos giraron hacia Manuel. Reconocía que físicamente le gustaba. Seguro que era un tipo de esos que tienen éxito con las mujeres. Después de aquella tarde, la opinión de persona tímida e introvertida que de él tenía había cambiado. Bueno — pensó mientras volvía a encender la luz. Tan solo fue un café con un amigo, no debía de darle más vueltas. Se giró hacia el escritorio y comenzó a leer a Bécquer.

> *Sabe, si alguna vez tus labios rojos*
> *Quema invisible atmósfera abrasada*
> *Que el alma que hablar puede con los ojos*
> *También puede besar con la mirada.*

Al mediodía siguiente, en cuanto Joaquín y Manuel se acomodaron en el comedor, Julia se les acercó para atenderles.
— Hola, ¿qué desean los señores?— dijo, con una sonrisa resplandeciente.
Manuel se frotó la barbilla con aire meditativo y respondió.
— Recíteme por favor algo del tal señor Bécquer.
Julia inclinó la cabeza en un gesto de aceptar el reto y exclamó.

> *Volverán las oscuras golondrinas*
> *En tu balcón sus nidos a colgar*
> *Y otra vez con el ala en sus cristales*
> *Jugando llamarán*

— ¿Satisfecho el señor?
Manuel hizo un gesto de aprobación con el pulgar, aunque en realidad poco sabía sobre poemas, supuso que estaba perfecto. Julia rió satisfecha y tomó nota del menú antes de dirigirse a la cocina.
Joaquín miró intrigado a su compañero.
— ¡Un momento! ¿Qué ha pasado aquí entre vosotros? Está claro que yo me he perdido algo.
— ¿Qué te parece tan raro?
— Si apenas os hablabais. Casi te ruborizabas cuando te miraba y de pronto os veo muy sueltos, recitándoos poesías… y todo de un día para otro.
— Ayer salimos un ratillo juntos por la tarde. — dijo bajando la voz.
— ¿Qué? ¿Y tu novia Elisa? ¿Qué ocurre con ella?
— Esto no tiene nada que ver con ella, simplemente es una amiga. No tergiverses las cosas.
Al salir del restaurante camino del trabajo Joaquín apuntilló:
— Cuando el otro día te decía que había "química" entre vosotros, no dejaba de ser una broma. Ahora amigo, creo que es algo más. Si te importa Elisa estás jugando con fuego.
Durante aquella semana coincidieron en varias ocasiones. Eran esporádicos encuentros que tan solo conllevaban habituales saludos

o pequeñas bromas. El fin de semana, Manuel regresó a la aldea, a la casa de su madre. Elisa le esperaba con la ilusión de siempre. Se interesaba por la marcha de la fábrica y por como iban los ahorros para la boda que nunca parecía tener fecha de celebración. Él parecía mostrarse un tanto esquivo y pensativo, aunque procuraba restarle importancia.

Al siguiente fin de semana, Manuel regresó a Gijón en la tarde del domingo, a una hora más temprana de lo que era habitual. Elisa había partido con sus padres a un pueblo de León para visitar a unos familiares. Llegó a su habitación antes del anochecer. Un dilema le corroía. Deseaba subir hasta el cuarto de Julia e invitarla a salir, pero un sentimiento de culpabilidad en su conciencia ponía freno a sus deseos. Recorrió el cuarto arriba y abajo como un animal enjaulado sin decidirse a actuar. Finalmente se armó de valor y subió. La puerta de la buhardilla estaba entreabierta. Penetró hasta la habitación de Julia y llamó con los nudillos. No hubo respuesta y repitió la operación. La puerta de la habitación colindante se abrió y de ella salió una de las camareras del hostal.

— Julia se fue hace más de una hora, creo que había quedado con alguien que estudia con ella.

Manuel asintió con la cabeza y tras un escueto "gracias" retrocedió sobre sus pasos escaleras abajo. Llegó a la calle y comenzó a caminar sin un rumbo premeditado. ¿Y si ya estaba comprometida con otro? ¿Qué le había hecho pensar que estaba libre? Ella nunca insinuó tener ninguna relación sentimental con nadie, pero él tampoco había hecho la mínima mención sobre Elisa. ¿Qué estaba haciendo? Tenía razón Joaquín, jugaba con fuego. Quizás el no encontrarla había sido lo mejor que pudo suceder. Buscó en su chaqueta un cigarrillo pero los había terminado. Al doblar la esquina vio al final de la estrecha calle el cartel de un bar. Se dirigió hacia él, allí podría comprar tabaco.

Era un chigre de mala muerte, con un cartel desvencijado colgando de la pared. En su interior, unos pocos parroquianos miraban en la televisión la retrasmisión en blanco y negro del partido de la tarde de los domingos. Se acercó al mostrador. El barman se le quedó mirando con sus ojos saltones y gesto hastiado. Manuel pidió una cerveza y un paquete de cigarrillos negros. Una vez fue servido echó un largo trago y encendió un pitillo. A su espalda dos tipos vociferaban un tanto ebrios apoyados en el extremo de la barra del bar. El propietario del establecimiento les pidió que bajaran el tono de voz para que el resto pudiese oír al locutor. Manuel les miró de reojo y descubrió con sorpresa que uno de ellos era el tal Legio, el individuo al que había atizado en el comedor de la Estrella. Intentó mantener la calma, no quería problemas y esperaba que no le reconociera. Se giró fijando la vista en el televisor. Tenía la intención de apurar rápido su consumición y largarse de allí. Hizo un gesto hacia el camarero para que le cobrase. En ese momento sintió que alguien le tocaba en la espalda reclamando su atención. Se giró nervioso, pero no era Legio sino su compañero quien con voz zarrapastrosa por el alcohol le pedía un cigarrillo. Agachó la cabeza para no tener que mirarlos de frente y le entregó el pitillo. También necesitaba fuego así que buscó en su bolsillo el mechero y se lo ofreció. Legio avanzó unos pasos y se le quedo mirando fijamente antes de preguntarle.

— ¿Yo a ti te conozco?

Manuel negó levemente con la cabeza y se dirigió al barman para pagar. Intentaba salir de aquel lugar lo antes posible evitando cualquier tipo de problemas. Legio se le acercó aun más e insistió en su pregunta.

— ¿Dónde nos hemos visto tú y yo? ¿Es que eres sordo?

Manuel no contestó, simplemente puso sobre el mostrador el dinero e intentó dirigirse a la salida. Su acosador caminó a su lado mirándole fijamente y justo cuando ponía los pies en la calle sintió que le agarraba por el hombro y exclamaba.

— ¡Hijo de puta! Tú eres el del bar la Estrella.

Manuel dando un tirón se soltó y comenzó a caminar con paso veloz. Justo al doblar la esquina, Legio le alcanzó.

— Te dije que algún día me las pagarías, cabrón.

Su puño impactó en la espalda de Manuel lanzándole contra la pared. La callejuela estaba desierta y la luz de la tarde empezaba a escasear. En aquella parte del barrio apenas había viviendas habitadas. Frente a ellos había una especie de almacenes cerrados a cal y canto como correspondía a un domingo. Al fondo, un solar en construcción que colindaba con las vías del tren. No había muchas posibilidades de que alguien pasase por allí en su ayuda. No tenía pues más remedio que defenderse con decisión. Manu era un joven en buena forma, con un metro ochenta de estatura, pero su agresor era más alto y mucho más fornido. Claro que también era bastante más viejo y estaba borracho.

Intercambiaron varios golpes con sus puños, aunque no todos llegaron a su destino. Luego, agarrados rodaron por el suelo. Manuel parecía cobrar ventaja tras un buen par de golpes en el hígado de su contrario, y entonces sintió un dolor agudo en el costado. Se arrastró hacia atrás y distinguió la hoja de una navaja que portaba su agresor. Este se abalanzó sobre él con intención de volver a clavársela. Rápido de reflejos, Manu encogió su pierna y desde el suelo la soltó con toda su fuerza, impactando en los testículos del matón. Este se retorció en el suelo de dolor.

Se incorporó con dificultad. Se palpó el costado y sintió como brotaba sobre su mano la sangre caliente y viscosa. Por un momento la rabia le cegó. Pensó en reventarle a Legio la cabeza de una patada antes de que se pudiera levantar. Se contuvo, tan solo le golpeó en el pecho evitando que se levantase. Aquello era una pesadilla. Comenzó a caminar lo más aprisa que pudo alejándose de allí en busca de ayuda. Su oponente seguía tumbado en el suelo, machacado por los golpes y el alcohol.

Caminó hasta llegar al hostal. El dueño que fumaba un cigarrillo a la puerta del establecimiento le vio venir tambaleándose y extrañado acudió a su encuentro. Al llegar a su altura comprobó a la luz de las farolas como una amplia mancha de sangre teñía la camisa del muchacho. Alertó a su esposa y a varios clientes que a aquella hora se encontraban en el bar. Uno de ellos se ofreció a llevarle a un hospital en su coche. Buscaron algo para hacer una improvisada venda y le trasladaron presurosos al centro sanitario.

Manuel fue ingresado de urgencia. Necesitó una trasfusión, había perdido mucha sangre pero afortunadamente la puñalada no afectó a ningún órgano vital. Pese a todo, quedaría ingresado para recibir atención médica y seguir su evolución.

Cuando Julia regresó a su habitación se encontró en la calle un corrillo de vecinos que comentaban consternados la desgracia. Nadie sabía con exactitud lo que había ocurrido y las conjeturas y especulaciones comenzaban a aflorar. Subió hasta la buhardilla y se encontró con su compañera de trabajo en el hostal.

— ¿Sabes que le ha ocurrido a Manuel?– preguntó Julia afligida.

— No lo sé con exactitud, dicen que le apuñalaron. Oí voces desde mi cuarto y cuando bajé ya se lo llevaban en un automóvil. El jefe le acompañó, cuando regrese nos informará.

Julia se introdujo en su cuarto y cerró la puerta. ¿Qué pudo haber pasado? Manuel no parecía un camorrista ni una persona propensa a los problemas. Entonces recordó el día en que la defendió en el restaurante y sintió un vuelco en el corazón. Aquel impresentable había prometido venganza. No podía ser otra cosa. Era una intuición demasiado fuerte, de esas en las que no solía equivocarse. Comenzó a invadirla un sentimiento de culpabilidad. Su gesto de valentía podía pasarle una factura terrible. Pensó en salir corriendo en su busca, pero ni siquiera sabía a dónde le habían llevado. Solo quedaba esperar y aunque no era muy religiosa pensó en rezar.

Al día siguiente, una vez acabada la tarea, Julia se trasladó hasta el hospital para visitarle. Asomó tímidamente la cabeza y pidió permiso para pasar. Manuel se alegró de tan sorprendente visita. Ya estaba visiblemente recuperado, aunque sentía dolor en la costilla dañada y le habían aplicado unos puntos de sutura sobre la ceja. Previsiblemente al día siguiente le darían el alta. Julia se acercó a su cama y le cogió con suavidad el dorso de la mano mientras le preguntaba por su estado. Él le explicó sin mucho detalle el incidente con Legio, y ella le expresó cuanto sentía ser la causante de sus problemas.

— Por supuesto que tú no tienes la culpa de que el mundo esté lleno de locos. Si volviese a ocurrir lo volvería a hacer.

Charlaron animadamente durante un rato, hasta que la puerta se abrió y apareció Adrián.

— ¡Pero bueno! ¡No se te puede dejar solo!

A continuación, mientras se acercaba a la cama echó una exhaustiva mirada a Julia y exclamó:

— ¡Joder! qué suerte tienen los pacientes de este hospital con las visitas.

En cuanto ella se fue, Adrián no solo se interesó por la joven que le acompañaba. Quería saber el como y el porqué del incidente. Manuel también le contó que la policía había ido a interrogarle por el suceso, pero que como no estaba en condiciones habían quedado en volver para tomarle declaración.

— ¿Le has dicho a alguien el nombre del autor de tus heridas?

— ¡No! ¿Por qué?

— Creo que es mejor que digas no saber quién te rajó. — sugirió Adrián — Di simplemente que un tipo borracho en la oscuridad de la noche intentó asaltarte. Lo mejor es que no comentes mucho tus problemas con ese individuo.

— ¿Por qué no a la policía?

— Si le denuncias entrarás en círculo de ajuste de cuentas. Parece un mal tipo que tiene poco que perder. Un ex legionario acostumbrado a la bronca, puede que haya otra solución mejor.

— ¿Cuál?

— Tú preocúpate de reponerte, ya pensaremos algo.

Al siguiente día, fue dado de alta hospitalaria. Regresó a su habitación en el hostal la Estrella. No había querido que avisasen a su madre de lo sucedido. No deseaba alarmarla innecesariamente. Joaquín le recomendó que se fuera unos días al pueblo mientras el seguro cubría su baja. En el taller se arreglaban. Al nuevo aprendiz que habían contratado, se unía la inestimable ayuda de Rafael, quien ante la situación acudía por las tardes a hacer unas horas extras. Todo el mundo estaba interesado en saber de lo ocurrido pero él guardó discreción como le había pedido Adrián.

Aquella noche se encontraba en su habitación dispuesto a irse a la cama cuando alguien llamó a su puerta. La abrió y al otro lado apareció Julia quien le dedicó una sonrisa radiante.

— Me alegro de que ya estés de vuelta.

Manuel sintió un cosquilleo por sus venas. Se hizo a un lado y la invitó a pasar.

— Gracias, no quisiera molestarte. Tan solo vengo a expresarte mis mejores deseos en tu recuperación.

— Por supuesto que no me molestas, al contrario, estoy encantado con tu visita.

Julia accedió al interior, aunque advirtiendo que solo sería un momento pues ya era tarde. Él se apresuró a ofrecerle para su acomodo la única silla que había en el cuarto.

— ¿Qué tal tu dolor en el costado?

— Aun está ahí. Lo peor es cuando estoy tumbado, me cuesta respirar.

Mientras ella tomaba asiento, él se dio cuenta de que sobre la mesilla de noche un pequeño portarretratos mostraba la foto de Elisa. Se apresuró a poner su cuerpo delante para taparle la visión y disimuladamente guardó el retrato en el cajón. Para que tan precipitada maniobra no resultase extraña, aprovechó para sacar una pequeña caja de bombones y la invitó. Era lo único que podía ofrecerle.

Charlaron durante algunos minutos. Luego Julia se despidió deseándole que aprovechase los días en casa de su madre para cargar las pilas y recuperarse. Manuel la siguió por el pasillo hasta la puerta oliendo la fragancia de sus cabellos. Por su cabeza pasó la idea de rodear aquel sensual cuerpo de mujer con sus brazos. Pero desde luego no se atrevió. Justo al salir al rellano de la escalera, Julia se dio media vuelta y acercándose a él, le propinó un beso en la boca. Apenas fue un leve roce de labios, algo efímero y sutil que dejó pasmado a Manuel. Antes de poder reaccionar la vio perderse escalones arriba.

Regresó a la habitación. Se tumbó en la cama sujetándose el costado con sus manos para mitigar el dolor que le producían algunos movimientos. Aquel beso casi irrelevante actuaba como un arma de doble filo. Daba alas y esperanzas, pero acrecentaba las dudas y el sentimiento de culpabilidad.

Por su parte, Julia se preguntaba a sí misma por qué lo había hecho. Tenía que reconocer que se sentía atraída por Manuel, pero no sabía en realidad hasta dónde quería llegar.

Las cosas se hicieron difíciles para él cuando llegó a la aldea donde vivía su madre. Trató de quitar importancia sobre la agresión que había sufrido, fingiendo aparentar que ya estaba superada en todos los aspectos. Con Elisa la cosa fue peor. Pensaba decirle que se había enamorado de otra, en ser sincero y valiente, pero en cuanto la vio fue incapaz de mencionar la mínima insinuación. Se justificaba a sí mismo diciéndose que no había ocurrido nada. ¿Por qué mencionar una relación que en verdad no existía más que en su deseo? Elisa se volcó en cuidarle y él llegó a convencerse de que su lugar estaba al lado de ella. La quería y no tenía fuerzas para traicionarla.

CAPÍTULO 26.

Durante la primavera del 65, la vida de Eduardo se centró fundamentalmente en estudiar. En especial desde que abandonó el grupo musical. Para satisfacción de su padre, estaba dispuesto a finalizar los estudios de empresariales, y como reto personal decidido a aprobar el curso como alumno libre del conservatorio. El resto del tiempo, una sombra de nostalgia planeaba sobre él, resistiéndose a olvidar a Julia. El destino era caprichoso. ¿Por qué le había ofrecido la posibilidad de conocerla y luego el castigo de alejarla? Se encontró a sí mismo como antiguamente, persiguiendo a una sombra. Intentando distinguirla entre las chicas que se cruzaban a diario en su camino. Era absurdo, a saber a dónde habría ido a parar con sus huesos.

Un fin de semana decidió ir a buscarla a Quirós. Quizás hubiese regresado a su casa. Al menos si allí vivía su familia sabrían dónde localizarla.

Su pierna ya estaba muy recuperada, apenas quedaba rastro de su cojera. Bien temprano, tras un frugal desayuno se puso a los mandos de su automóvil y partió hacia el concejo de Quirós. Había consultado el mapa para asegurarse de tomar el camino correcto. El pueblo de Noglés no aparecía reflejado por ninguna parte. Se suponía que una vez en la zona alguien le sabría indicar la dirección. Una vez dejado atrás Oviedo, pasó por Trubia y otros pueblos entre verdes montañas, hasta llegar a Bárzana. Era casi medio día. Detuvo su coche y entró a un bar dispuesto a tomar un café y recabar información. Llegar a Noglés no era tarea tan fácil como imaginó. En primer lugar no había carretera que llegara hasta la aldea. Debía dejar su vehículo y disponerse a una larga caminata montaña arriba. Siguió la senda indicada y comenzó a subir por el pedregoso camino. Afortunadamente la mañana era soleada y la temperatura agradable. Los árboles cubrían con su sombra grandes trechos del camino. Tardó casi veinte minutos en cruzarse con el primer lugareño que descendía a lomos de una mula. Le preguntó si llevaba la dirección correcta a lo que éste asintió, ampliándole alguna indicación para no perder el rumbo.

Mientras caminaba imaginó las palabras que le diría si la encontraba. No era fácil elegirlas. En algún momento llegó a plantearse; qué lógica tenía llegar hasta aquella parte del mundo en busca de alguien que tenía más relación con los sueños y utopías que con la realidad. Pero ya estaba decidido, nada le volvería atrás. Dejó a un lado un par de pueblecitos y por fin se encontró con un rústico cartel de madera: Noglés.

Tomó aliento, llevaba una hora y media caminando a buen paso. La primera edificación era una pequeña ermita de piedra rodeada por frondosos árboles. A continuación, las primeras casas se diseminaban por el desigual terreno, rodeadas por vegetación y algunos huertos. Siguió adelante. Los caminos se divergían en distintas direcciones, subiendo y bajando entre las viviendas. Al girar divisó una pequeña plazoleta frente a una tienda bar "La Nueva". Era hora de preguntar.

Nada más entrar las miradas de los presentes se giraron hacia el forastero. Él saludó con un escueto, —buenos días— y se acercó al mostrador. Ojeó entre los productos que se exponían por las estanterías y pidió un refresco de una extraña marca que se anunciaba. La mujer que regentaba el establecimiento se lo sirvió y movida por la curiosidad preguntó.

— ¿Viene usted de lejos?

Indudablemente su aspecto era muy diferente al de los lugareños y su presencia era obvio que no pasaba desapercibida. Que la señora rompiese el hielo con sus preguntas le venía bien para sonsacar toda la información posible.

— Desde Gijón.

— Vaya, qué lejos. ¿Es que tiene familia por aquí?

Eduardo pensó que no era necesario que aquellas gentes supieran demasiado sobre su persona. Quien tenía que llevar el guión de las preguntas debería ser él.

— No señora, no tengo parientes. He venido a solucionar un tema a Bárzana y unos amigos me encargaron si podía localizar a una persona de este pueblo.

— ¡Jolines! Pues menuda caminata se ha tenido que meter. ¿Y por quién pregunta?

— Una señorita que se llama Julia. ¿La conocen?

— La mujer frunció el ceño y se dirigió a los pocos clientes que se encontraban allí.

— ¿Os suena alguna muchacha con ese nombre?

Nadie pareció conocer en aquel lugar a alguien con tal nombre. Edu sintió un momento de desconcierto. ¿Habría entendido mal a Julia el nombre de su pueblo? Insistió.

— Es una chica de ojos verdes, creo que tiene otra hermana más joven.

— ¡Eh!— replicó Dioni la dueña del establecimiento — ¿No será la hija de Luciano?

Eduardo se encogió de hombros, no sabía ese dato.

No sé el nombre de su padre. Sé que ella era muchacha del servicio doméstico en una casa de Gijón.

— ¡Sí! Debe de tratarse de ella. — aseguró una mujer que seguía la conversación desde una mesa junto a la pared.

Dioni añadió:

— Hijo, tanto ella como su hermana hace muchos años que se fueron de aquí y que yo sepa nunca han regresado.

Bueno, parecía inevitable que la búsqueda no comenzaba con buen pie, más no debía rendirse, pero un comentario sembró la desazón en él.

— Ahora que mencionáis a las hijas de Luciano algo creo haber oído a Petra, que se marcharon a Australia en busca de mejor fortuna.

— ¿A Australia? Eso queda al otro extremo del mundo — dijo Edu con sorpresa.

— No sé muy bien dónde queda. — añadió la mujer— Pero era muy lejos según decían.

— ¿Y su familia vive por aquí cerca?

— ¿Su familia? Poco queda de ella. Su madre murió siendo las niñas pequeñas, lo mismo que su abuela. Y en cuanto a su padre, es una persona extraña y poco sociable. Desde que se fue la mujer con la que vivía viene poco por el pueblo. Creo que se ha ido a trabajar en la construcción de un embalse hacia la parte de León.

— Me gustaría probar suerte. ¿Me podrían indicar dónde está la casa?

—¡Pues claro que sí! Sal a la plaza y sigue de frente. Bordea el lavadero y tomando el camino que sale del pueblo hacia arriba. Tras andar un trecho encontrarás a mano derecha una casa solitaria entre los árboles. Esa es, la casa de La Reguera.

Eduardo pagó y se despidió de los presentes, quienes quedaron cuchicheando conjeturas sobre el joven forastero y la intención de su búsqueda. Caminó siguiendo las indicaciones y pronto dio con la casa. Ésta apenas era visible desde el camino, rodeada por majestuosos robles. Al llegar, se encontró una gran portilla de madera cerrando el paso. Preguntó en voz alta si había alguien que le pudiese atender pero no encontró respuesta. El lugar parecía completamente desierto. Ningún ruido delataba presencia humana ni animal. Tan solo llegaban los ecos de una lejana conversación o el tintineo de los cencerros del ganado que pastaba por las cercanías. Saltó la tapia y entró. Ante la casa había una pequeña explanada. Algunos tiestos vacíos estaban diseminados por los rincones. Un viejo banco de ajada madera y bastante maleza alrededor de aquel patio. El lugar ofrecía un aspecto de abandono y deterioro. Pese al aspecto deprimente, el edificio tenía cierta solera. Sin duda en una época resultó un lugar bello y acogedor.

Imaginó a Julia asomada al corredor de tallados barrotes de madera, o descendiendo los escalones de rústica piedra y sintió tristeza. Se sentó en el banco de madera antes de emprender el regreso. ¿Acaso había llegado hasta tan recóndito lugar para enterarse de que ella estaba en el otro extremo del mundo? Quizás era hora de dejar de luchar contra la adversidad.

Los días que restaron de primavera, preparó a conciencia sus exámenes. Solía salir poco de casa. Dedicó buena parte del tiempo en que no estudiaba las asignaturas de empresariales, al piano. Además de un estudio, la música era una terapia y una válvula de escape. Alguna vez, Guillermo le visitaba para contarle los avatares de su vida musical con el grupo. Solía repetirle que nada era igual desde su marcha y que debería plantearse el regreso. José Fernández, su compañero de clase desde que empezase la carrera, era el amigo con quien más relación tenía en aquellos momentos. A él fue al único a quien le contó la búsqueda que le llevó hasta Noglés en pos de su amor platónico. José Fernández no podía creer como podía estar tan pillado por una mujer desde hacía tanto tiempo. Lo que más le asombraba era que hubiese rechazado la relación con cualquier otra, por mantener viva la esperanza de conseguir a su amada Julia. Aun más, cuando él era un tipo que no tendría problemas para conseguir a quien desease. Le repetía que no era lógico no haber tenido aun una relación sexual con ninguna chica. Tenía que espabilarse ante la vida. Para abrirle los ojos y sacarle de su estado de atontamiento se empeñó en presentarle a una amiga de su actual pareja.

— ¡Lo que necesitas es echar un buen polvo que te quite la tontería y te devuelva al mundo real!

Una tarde logró que Eduardo le acompañase y le presentó a Katy, una chica ligeramente mayor que ellos. Alguien sin complejos y avezada en asuntos amorosos. Fue en la segunda cita cuando Eduardo se dejó seducir. Pero el sexo desenfrenado y el efímero placer en los brazos de Katy no cambiaron sus sentimientos, ni logró borrar a Julia de su cabeza. Eso le hacía sentirse aun más perdido y fuera de lugar.

Los resultados de sus exámenes fueron, si no brillantes, si plenamente satisfactorios. Tras haber conseguido el título, se trasladó con su familia a Estados Unidos. Se celebraba la boda de su hermano mayor con su eterna prometida norteamericana. Aquellos días en USA sirvieron para mostrarle una nueva perspectiva. El mundo ofrecía infinitas posibilidades lejos del provinciano ambiente de Gijón. En especial las palabras de su hermano le hicieron reflexionar. Era hora de salir del nido. Tanto si se dedicaba a la música, a los negocios, o a cualquier otra cosa imaginable o no, debía de coger las riendas de su vida y vivirla aprendiendo de sus errores.

De regreso a España, aceptó el ofrecimiento para irse a trabajar a Madrid. En la empresa de Matías Valzcaray, exsocio y amigo de su padre. Su madre pensaba que si deseaba trabajar, lo lógico es que lo hiciera en los negocios familiares, pero él no quería sentirse condicionado. No aceptó el trabajo motivado por la vocación hacia los estudios que había cursado, ni por el hecho de labrarse un futuro. Lo hacía como un tránsito hacia alguna parte que aun no había decidido. Necesitaba salir de la protección de su familia y ser independiente para descubrir su camino. A don Alfredo Rivera también le pareció acertado que asumiese sus propias responsabilidades, aunque hubiese preferido que continuase sus estudios en algo de superior nivel.

Era el final del verano de 1965, cuando llegó a la capital del estado para incorporarse a su nuevo trabajo. En un principio se alojaría con su hermana Andrea y su marido, aunque solo como un apaño temporal. En Madrid el ritmo de vida llevaba otro tempo. Las distancias eran mayores. Las colas también, especialmente ante las taquillas del concurrido Metro en las horas punta, o en los atascos que en ocasiones se producían en algunos lugares del centro a causa del tráfico.

Necesitó esforzarse para ponerse al día en los asuntos mercantiles y burocráticos que se le encomendaban. El hijo mayor del señor Matías ejercía de tutor personalmente. Esto hacía que en principio el resto de empleados le acogieran con un cierto respeto y una prudente distancia en su relación. Pronto Eduardo, con su carácter jovial y comunicativo fue ganándose al personal de la oficina.

Cuando el año 1966 tomó posesión del calendario, Eduardo pasó a ocupar un apartamento en alquiler en la zona de Moncloa. Se trataba de un ático cercano al parque del oeste. Lo amuebló escuetamente. Era luminoso y acogedor pese a no tener ningún lujo. Como guinda del pastel se compró un piano con mueble de pared. Algo que había echado mucho de menos desde su llegada a la ciudad. La satisfacción que le causó poseer aquel instrumento no fue compartida por todo el mundo. Concretamente, su vecino ubicado en el piso inferior subió una noche para protestar airadamente. Las manecillas del reloj apenas sobrepasaban las veintidós treinta de la noche, pero alegó con tono airado que no eran horas de importunar a los vecinos.

— Esto no es un cabaret sino un edificio de gente decente y respetable.

Eduardo prometió tenerlo en cuenta y ser más considerado. No solamente tuvo a partir de entonces más cuidado con la hora de sus prácticas musicales. Como el ático disponía de dos alturas, pidió ayuda a un par de compañeros del trabajo para que le ayudaran a subirlo a la estancia superior. Allí estaría más alejado de sus vecinos. Esto sirvió para que todos en la oficina descubriesen no solo sus habilidades con la contabilidad y el marketing, también su vena artística. A menudo le pedían que les invitase a una sesión musical.

Una noche su jefe, el señor Matías, le invitó a una cena a la que asistirían miembros y amigos de la familia Valzcaray, en su suntuosa casa a las afueras de Madrid en Majadahonda. No era la primera vez que le invitaban, pero sí la primera en la que tras la cena, el hijo de Matías cayó en la cuenta de los conocimientos de Eduardo. Le propuso que deleitara a los invitados con un pequeño concierto. En un salón tenían un viejo y lustroso piano. Nadie en la familia sabía tocarlo, pese a que algunos lo habían intentado. Así que tan solo cumplía una función decorativa en la casa, cosa que daba cierto estatus, por otra parte. Todos parecieron encantados con la idea y Eduardo se vio obligado a acceder a la petición. Comenzó con algunos pasajes clásicos. Chopin o el maestro Granados. A medida que se caldeaba el ambiente, las copas de licor se iban vaciando y el hielo se fue rompiendo. Se atrevió con cosas más modernas e irreverentes y finalmente algunos de los más jóvenes acabaron cantando, bailando y dando brincos por el salón. No solo obtuvo un gran éxito, al menos en parte de la audiencia. Consiguió encandilar a una de las jóvenes que asistieron a la cena. Había conseguido algo más que una admiradora. Se trataba de Angélica, la sobrina de Matías quien apenas sobrepasaba los dieciocho años. El nombre le hacía honor a su carácter ingenuo, cándido y superficial. A partir de aquel día ella hacía todo lo posible por coincidir con Eduardo. El hijo de Matías solía lanzar pequeñas insinuaciones sobre la belleza o las virtudes de su prima. Eduardo era visto como un buen partido en la familia Valzcaray, pero él no parecía querer darse por enterado. Un día por culpa de esas vueltas rocambolescas que da el destino la invitó a salir. Quedaron en asistir juntos al concierto que el grupo de moda "Los Brincos" daba en una famosa discoteca madrileña. Habría que resaltar que cinco minutos después de habérselo propuesto ya se estaba arrepintiendo. Eduardo intentó aclarar a quien quiso escucharle, que tan solo eran dos amigos saliendo a divertirse en un concierto. Angélica no tenía las mismas perspectivas. Tenía fundadas ilusiones en aquella cita. Aprovechó para sincerarse de sus sentimientos, relatándole su ilusión por tener algún día una familia con cuatro o cinco hijos, y poder veranear todos los años en Marbella, donde solía coincidir con sus mejores amigas. Eduardo estuvo a punto de salir corriendo pero aguantó estoico como un caballero. En un momento de la tarde intentó besarla. Fue algo instintivo, era como una tentación. Ella no rechazó el beso, pero mantuvo los labios pegados sin abrir un resquicio en su boca. Ante esto le preguntó si le había parecido mal. Le contestó que no, pero que en las primeras citas una chica decente no debería pasar de ahí. Antes de devolverla a su casa, tenía claro en su pensamiento que lo mejor era no dar pie a que hubiese una segunda oportunidad de salir juntos. Era una muchacha dulce y cariñosa, con su corta melena por encima de los hombros y su minifalda que le daban aquel aspecto de chica "yeyé". No era justo que él jugase con sus sentimientos y más si pertenecía a una familia con la que él tenía tanta conexión. No es que le disgustase, se sentía alagado del interés que suscitaba en ella, pero desde luego no había venido a Madrid a comprometerse con la primera que se cruzaba en su camino. No sabía con claridad a qué había venido pero no para aquello, por supuesto.

El hijo de Matías le comentó dolido que su prima estaba muy afectada por la ruptura. Algunos de los más allegados compañeros le tachaban de rompecorazones. Él se defendía con argumentos como que; mejor ser claro y sincero desde el principio que un cínico y aprovechado.

Su rechazo a comprometerse en algo estable y definitivo no solo era una cuestión de sentimientos. Cuando visitaba a su hermana Andrea y a su marido, siempre le insinuaban que como ellos habían hecho, debería entrar a formar parte de la sociedad empresarial de su padre. ¿Qué hacía trabajando para otro empresario cuando en su familia tenía la posibilidad de alcanzar cotas mucho más elevadas? En aquellos tiempos los nuevos planes de desarrollo elaborados por el gobierno español, intentaban sacar a la precaria economía española de su enquistamiento. Una cierta liberalización y una pequeña apertura hacia el exterior comenzaban a dar sus frutos. El régimen había llegado a la conclusión de que, vale que nos autoproclamásemos reserva espiritual de occidente, pero de nada servía nuestro aislamiento sin dinero. Había que vender lo poco que teníamos ya fueran productos agrícolas de la huerta mediterránea, o rayos de sol para turistas de blanca piel. Y necesitábamos tecnología, carburantes… Al diablo con los principios, "la pela es la pela". Esto para una empresa como la de Alfredo Rivera y sus socios involucrados en los trasportes marítimos era una oportunidad para crecer. Pero Eduardo rechazaba hablar del tema. Entrar a trabajar para su padre suponía cerrar todas las puertas y caminos a cualquier otra oportunidad de vida. Entrar suponía un compromiso y entrega definitiva, sabía que no habría marcha atrás. Su padre no entendería ni perdonaría que un día abandonase. Para Alfredo Rivera, sus negocios eran más que una forma de ganarse la vida. Eran su patrimonio vital, heredado de sus antecesores y legado a sus sucesores.

La música era su pasión, aunque él seguía sin encontrar su sitio. No solo se trataba de la dificultad de ganar un dinero con el que vivir decentemente. Se trataba de encontrar un proyecto con el que identificarse. De descubrir el camino de su inspiración.

Una noche de viernes, dio con sus huesos en un local de la calle Villa Magna denominado el Whisky Jazz Club. Había salido con algunas personas relacionadas con el trabajo a cenar. En su periplo nocturno de copa en copa y local en local, se encontró en aquel lugar, de variopinta clientela y buena dosis de humo en el ambiente. Un trío ponía la banda sonora a la noche. A la cabeza un pianista que tras sus gafas oscuras ocultaba su ceguera. Quizás los acompañantes de Eduardo no estuvieran preparados para apreciar en toda su magnitud la música que allí sonaba. A él, aquella manera de interpretar al piano le fascinó. Era una técnica virtuosa, con armonías bellas y complejas a la vez. Antes de abandonar la sala junto con sus acompañantes de ronda, leyó el cartel que anunciaba el nombre del músico que tanto le había impresionado. Tete Montoliu trío. Y aun estaría durante el resto del fin de semana. Al siguiente día decidió regresar. Lo hizo sin compañía. Quería estar cerca de aquel músico y captar todas sus buenas vibraciones. Consiguió un buen lugar cerca del escenario. Podía apreciar perfectamente como los dedos del maestro se deslizaban con precisión sobre el teclado. Involuntariamente, de una forma inconsciente, Eduardo tecleaba sobre su pierna rítmicamente con su mano imitando los movimientos del pianista. Una vez finalizada la actuación, uno de los asistentes al espectáculo que estaba sentado en una mesa contigua le comentó.

— Parece que has disfrutado chico ¿Eres pianista?

Su interlocutor era un hombre de mediana edad rondando los cuarenta. Eduardo le miró con cierta desconfianza, pero su interlocutor añadió.

— Tranquilo, no quiero importunarte. Simplemente admiro que alguien tan joven como tú se deleite con esta música.

— ¿Por qué cree que toco el piano?

— He visto como seguías el ritmo con tu cabeza, y con tus dedos bajo la mesa parecías seguir por momentos la trayectoria de las escalas.

— ¡Sí! Lo toco, claro que nada que ver con lo que él hace.

— Eso tiene arreglo, nadie nace sabiendo las cosas. Por cierto ¿has venido solo?

Eduardo frunció el ceño. ¿A qué venía tanto interés por su situación personal?

— ¿Qué pasa? ¿Es que hay que venir acompañado a sitios como este?

— ¡No! — contestó riendo — Claro que no.

— ¡Pues entonces métase en sus cosas!

— Bueno, no te alteres. Veo que no hemos empezado con buen pie. Aun así quiero proponerte una cosa.

Entonces el hombre sacó una tarjeta de visita de su bolsillo y añadió:

— Tengo junto con otro socio un pequeño club de jazz. No es tan conocido ni céntrico como este, pero a veces allí se juntan músicos para hacer pequeñas Jam session. Si te gusta la música y eres pianista tal vez te interese pasarte un día, seguro que te gustará.

Tras entregarle la tarjeta se levantó. Cogió su abrigo, puso en su cabeza un sombrero negro y se despidió con un leve gesto de mano.

Mientras Eduardo regresaba a su casa pensando en el extraño encuentro, releyó la tarjeta.

Fusión Jazz Club. Y una dirección del barrio de Malasaña.

Algunos días después decidió buscar en las tiendas de música algún libro o manual que le iniciara en aquella música. No había mucho donde elegir. Sì, había partituras sueltas pero pocos manuales explicativos. Se hizo con un breve método titulado "Introducción a la improvisación del blues y el jazz". Practicaba al llegar a su apartamento, siempre teniendo en cuenta la hora que marcaban las manecillas del reloj.

Una tarde de fin de semana, rebuscando cigarrillos en los bolsillos de sus chaquetas encontró la tarjeta de Fusión Jazz Club. Dudó que hacer, no tenía ningún plan que le llamase la atención. Pensó en ir, pero no se fiaba de lo que allí se encontraría. La invitación había resultado un tanto extraña. Pese a las dudas iniciales, la curiosidad, que según el dicho mató al gato, también a él le animó a acudir. Si de veras era un club de jazz podría resultar interesante. No conocía aquella dirección, necesitó tomar un taxi que le llevara a dicho destino. Al llegar se encontró una puerta con el anuncio de Jazz Fusión Club. De ella descendían unas escaleras. Bajó. Eran poco más de las diez de la noche y apenas había media docena de clientes en el pequeño local. Probablemente era una hora demasiado tarde para los clientes de la tarde y demasiado temprano para los de la noche. A mano derecha en un rincón bien visible, un pequeño escenario con un descolorido piano de pared, una batería y un amplificador. Al menos no le había mentido, era un local con música en vivo. Se dirigió a la barra y pidió un coñac. Mientras observaba como el camarero ponía sobre el giradiscos un nuevo vinilo de jazz, una mano se posó en su hombro. Al girarse se encontró frente el tipo que había conocido noches atrás.

— ¡Que grata sorpresa! Creía que no te animarías a venir.

— Ya ves, pues aquí estoy.

— Bueno. — dijo extendiendo la mano — Creo que deberíamos presentarnos. Yo soy Carlos, aquí todo el mundo me conoce por Charly ¿Y tú?

— Me llamo Eduardo, y casi todos me conocen por Eduardo.

— Perfecto – añadió riendo — Bienvenido a mi modesto local, luego te presentaré a mi otro socio.

— Durante un buen rato hablaron de música, de discos o de ambientes nocturnos de la ciudad. Eduardo pereció perder las reticencias que había tenido sobre Carlos la noche en que le conoció. Éste a su vez se empeñó en invitarle a otra copa para celebrar su primera visita. Más tarde le mostró el local. Subieron al escenario y curiosearon con los instrumentos que allí había y entraron en un pequeño compartimento lleno de fotos en sus paredes que hacía las veces de camerino. Se encontraban allí solos cuando Charly pasó la mano sobre el hombro de Eduardo y dijo:

— ¿Sabes que eres un chico muy atractivo?

Como impulsado por un resorte,Eduardo se echó hacia atrás y exclamó airado:

— ¡Eh, tío! ¿Pero de qué vas?

— Bueno, bueno, no te enfades. Solo he dicho que me gusta tu aspecto.

— ¡Déjame salir! ¿Acaso crees que soy maricón?

— No te ofendas, he visto en ti un chico solitario y pensé…

— Me importa una mierda lo que pienses, creo que no tenemos nada más que hablar.

Le apartó a un lado y se dirigió presuroso hacia la salida dispuesto a marchar. Charly le siguió y le alcanzó justo al pisar la calle.

— ¡Un momento! Déjame que te explique.

Pero él no parecía dispuesto a aceptar ninguna explicación. Por fin se paró ante la insistencia de su perseguidor.

— ¿Qué?

— ¡Vale!… me he equivocado contigo. No tenía ninguna intención de ofenderte. No soy ningún degenerado. Simplemente tenemos distintas orientaciones. No quiero que te vayas llevándote esta horrible impresión. La próxima vez que vengas compartiremos nuestro gusto por el jazz, no habrá nada más.

— ¡No habrá próxima vez!

Se fue sin mirar atrás. Sí, había algo raro desde el principio. Tenía que haberse dado cuenta de ello.

Habían pasado un par de meses desde aquella visita al club, cuando Eduardo acompañó una tarde a una amiga al barrio de Malasaña. Pretendían comprar un regalo en un anticuario que les habían recomendado. Una vez llegados a la calle de la dirección indicada, buscaron el establecimiento. A Eduardo le resultaba conocido el lugar y entonces reparó en el cartel anunciador de Fusión Club. Como quiera que ya hubieran llegado a las puertas del anticuario entraron. Su amiga pronto encontró un regalo a su gusto. Ya en la calle, ella encaminó sus pasos hacia el automóvil, pero él la retuvo.

— Es temprano para cenar ¿Por qué no tomamos algo aquí? –insinuó señalando hacia el rótulo del Fusión Club — Luego te llevaré a casa.

Ella caminó unos pasos y observó la escalera que descendía bajo el cartel.

— Parece un sitio un poco cutre.

— Bajemos y echemos una ojeada al ambiente.

Descendieron. En el interior había poco público. La música de un trompetista de jazz sonaba a buen volumen en el tocadiscos. Se sentaron en una mesa y esperaron a que el camarero les sirviera un par de refrescos. Estaban entretenidos en la conversación cuando a sus espaldas sonó la voz de Charly.

— ¡Vaya, quien está aquí! Creí que ya no volverías.

Eduardo un tanto a la defensiva respondió.

— Casualidades de la vida. Estábamos cerca y decidimos entrar.

— Me alegro, siento que la primera vez no te llevaras una buena impresión.

Luego dirigiéndose a la chica que le acompañaba.

— Permíteme que me presente, soy Carlos, el dueño de este modesto local.

Volviéndose hacia Eduardo añadió.

— ¿Es tu novia? tienes buen gusto.

— ¡No! solamente es una amiga.

— Pues sed bienvenidos. Tomad lo que queráis, estáis invitados.

Se fue durante unos minutos, al cabo de los cuales regresó.

— ¿Interrumpo si me siento con vosotros? Me gustaría decir algo.

Le observaron desconcertados pero asintieron.

— Verás. Una vez que hemos aclarado el malentendido que hubo entre nosotros y que no volverá a repetirse, tal vez podamos volver a nuestra primera conversación, motivo por el que te trajo hasta aquí.

Tanto Eduardo como su acompañante le miraron intrigados.

— Tranquilos, me estoy refiriendo a nuestra común afición musical. Me has dicho que eres pianista. ¿Qué tal si tocamos un poco juntos? Será divertido.

— Pero yo no sé desenvolverme tocando jazz.

— Bueno, no importa.Este es un pequeño local abierto al eclecticismo. No estamos en el Whisky Jazz. Los pocos clientes que hay a esta hora son amigos, a ellos igual les da lo que toquemos. Varios son músicos, seguro que estarán encantados de oír música y puede que alguno se anime a unirse.

— ¿Pero qué podemos tocar? Jamás hemos ensayado juntos.

— Elige tú. Yo soy bajista y aquel de allí es mi amigo Tomás, un excelente batería. Intentaremos seguirte.

Eduardo no parecía estar por la labor. La propuesta le cogía por sorpresa y le tenía un tanto acobardado. Entonces la chica que le acompañaba pareció entusiasmada con la petición.

— ¡Oh, sí! Tienes que tocar. Todo el mundo dice que lo haces muy bien y yo aun no te he visto.

Eduardo se sentía inseguro. Ahora se arrepentía de haber vuelto por allí.

— ¿Qué música sueles interpretar? — insistió Charly.

— Tenía un grupo con los que solía tocar rock and roll, pop, o algunas cosas de músicos como Ray Charles.

— ¡Fantástico! Conoces What I´d Say.

— ¡Por supuesto! Es mi preferida.

— Pues, ¿qué estamos esperando? Venga dime lo que estás tomando y nos llevaremos la consumición al escenario.

— Coca Cola.

—¿Como? ¿Así sola? Amigo mío, eso es malo para el espíritu. Déjame que te lo mezcle con un buen chorro de ron.

— Por fin, se dejó arrastrar hasta el escenario. Tomás se puso al frente de los tambores y Charly, antes de colgarse el bajo, le acercó un micro para que se animase a cantar. Hablaron durante un instante sobre la tonalidad de la canción, bueno, los tres la conocían, así que adelante con ella.

Echó un trago. Cerró los ojos mientras el líquido pasaba. El ron superaba con creces a la Coca Cola. Los demás le esperaban, marcó pues los primeros compases del riff de piano y el bajo eléctrico y la batería se unieron. Los pocos espectadores del bar fueron tomando posiciones en torno a los músicos y los nuevos en llegar se fueron sumando. Poco a poco se fue soltando. Charly y Tomás resultaron experimentados músicos capaces de acompañarle, e incluso algún músico más se unió a la jam. De no haber sido porque a su amiga se le hacía tarde, no hubiera sido extraño que las horas de la madrugada le hubieran sorprendido tomando copas y tocando el piano. Aquel fue el primero de muchos días más en el Jazz Fusión Club. Allí conoció a algunos de los músicos ligados a la aun precaria escena española del Jazz o el blues. Compartía conocimientos, inquietudes e impresiones. Resultó una verdadera escuela para él, y reforzó su pasión por la música. Con los años, al echar la vista atrás, recordaría aquellos días como un tiempo realmente feliz.

CAPÍTULO 27

De vuelta a Gijón, tras los días en casa de su madre recuperándose, Manuel se reincorporó a sus labores en la fábrica. Poco a poco aquel proyecto iba tomando color, hasta el punto que necesitaban hacerse con nueva maquinaria para atender la creciente demanda de sus estanterías metálicas. A Joaquín y a él se había unido definitivamente el joven aprendiz que le sustituyó durante su convalecencia. Rafael también seguía colaborando algunos días, cuando se lo permitía su trabajo en Industrias Continental.

Durante la primera semana tras el regreso, tan solo coincidió con Julia a medio día en el comedor. Apenas intercambiaban sonrisas o breves comentarios, ella siempre atareada y él guardando las distancias ante los demás. Pero en la cabeza de Manuel se libraba una batalla interna. Por momentos, la atracción por aquella chica era más fuerte que su amor por Elisa. Cierto que en la balanza había muchos momentos compartidos con la que hasta ahora era su novia, besos y promesas. No había sucedido nada de lo que se tuviese que arrepentir, se consolaba pensando. Todavía estaba a tiempo de cualquier cosa y dejaba en manos del azar la toma de sus decisiones. Cuando tras la jornada laboral regresaba a su habitación en La Estrella, Julia ya había partido hacia sus clases. Ella regresaba pasadas las diez de la noche. Solía pasar por la cocina donde su amiga la cocinera le preparaba una frugal cena. Luego corría hacia su cuarto para disponer de los únicos momentos de relax del día. Pronto caía rendida. En pocas horas, bien temprano, estaría lista para una nueva jornada laboral.

Eran más de las diez de la noche cuando Manuel entró en el bar restaurante de La Estrella. Podría ser un día cualquiera como tantos otros, mas no sería así en su caso para el devenir de los acontecimientos futuros. Se acercó a la barra y pidió una cerveza. Apenas quedaban clientes y el dueño se la sirvió dispuesto a entablar conversación.

— ¿Qué tal muchacho? ¿De retirada?

— ¡Sí! Ya queda poco por hacer.

Durante unos minutos hablaron de la marcha de la liga de fútbol y otros temas intranscendentes. En un momento de la conversación Manuel reparó en un par de libros que parecían abandonados en el extremo de la barra. Se acercó a ellos. Eran dos libros de texto y un bloc.

— ¡Vaya!, alguien se ha dejado unos libros.

El barman se encogió de hombros insinuando no saber quién podría ser el propietario. De la contigua cocina salió su esposa al escuchar la conversación y puntualizó:

— ¡Yo sé de quién son! Seguro que se los ha dejado Julia que estuvo hace un ratillo por aquí. Le entregué una carta que llegó de su hermana que está en Australia. Con los nervios se fue corriendo a su cuarto olvidándose de ellos.

Allí estaba la excusa ideal, como llovida del cielo. Varias veces se planteó subir hasta el cuarto de Julia, pero nunca se atrevió. Hoy tenía una razón.

— No se preocupe, antes de irme a dormir se los acerco en un momento.

Pagó la cerveza, recogió los libros y se fue. Subió las escaleras hasta el último piso donde se situaba la buhardilla. Llamó al timbre. La camarera que ocupaba la habitación contigua a Julia abrió la puerta. Manuel le indicó que traía unos libros para su compañera. Ella se hizo a un lado para que pasase y él llamó con los nudillos en la puerta de la habitación. Julia apareció. Sujetaba una cuartilla manuscrita en su mano, mientras trataba de enjugar una lágrima que rodaba por su mejilla.

— Perdona, creo que te olvidaste los libros en el bar.

Ella forzó una sonrisa y se lo agradeció. Entonces él añadió.

— ¿Ocurre algo malo?

Julia se percató de que tras él, la otra camarera intentaba controlar la situación.

— ¡Pasa! No es nada malo, es simple emoción.

Una vez los dos dentro del cuarto, cerró la puerta y dijo refiriéndose a su compañera.

— No soporto a la gente que aprovecha cualquier momento para cotillear sobre las vidas ajenas.

— Perdona mi intromisión, pero como he visto lágrimas en tus ojos pensé que te habría ocurrido algún contratiempo.

— ¡Oh, no! Recibí carta de mi hermana pequeña. Está muy lejos y la echo de menos.

— ¿Estábais muy unidas?

Se sentó sobre la cama y respondió con la mirada perdida.

— La realidad es que nos veíamos poco. Desde que murió nuestra madre siendo niñas, hemos tenido pocas oportunidades de estar juntas. Sin embargo, es la persona a la que más quiero del mundo, lo que queda de mi familia. Antes sabía que estaba cerca y cuando nos necesitábamos podíamos vernos, pero ahora…

Julia hablaba con la voz tomada por la emoción, y sus hermosos ojos estaban empañados por las lágrimas que trataba de retener.

— ¿Y tu padre, aun vive?— preguntó tímidamente Manuel.

— Mi padre se ha convertido en un auténtico desconocido.

Entonces se incorporó. Enjugó con su mano los restos lacrimales e intentó ahuyentar la nostalgia. Dio dos pasos hacia la mesa de estudio que amueblaba el extremo de la habitación y cambiando su tono de voz por otro más optimista añadió.

— ¿Como supiste que eran míos?

— Estaban en un extremo de la barra del bar. La patrona sugirió que eran tuyos y yo me ofrecí a entregártelos.

— ¡Gracias! Eres muy amable.

Manuel levantó la vista y observó la claraboya del techo a través de la cual se veía el exterior. Julia se percató y apagando la luz del cuarto comentó.

— Es mi ventana al universo. Cuando la habitación está a oscuras, puedo apreciar en las noches claras la luna y las estrellas. Me reconforta saber que en cualquier parte del mundo que se hallen nuestros seres queridos, mirando al cielo podemos ver lo mismo. Es como un vínculo de unión invisible.

Manuel sintió el cuerpo de la joven muy cerca del suyo. Cuando ella echó la cabeza hacia atrás para mirar al techo, sus largos cabellos le rozaron el mentón. A partir de ahí se dejaron llevar por sus impulsos. Él puso las manos sobre sus hombros y la atrajo hacia sí, quedando sus cuerpos pegados. Instintivamente buscó su boca y la besó. Ella le correspondió. Se dejaron caer sobre la cama. Le desabrochó la blusa y sin dejar de besarla recorrió su cuello, bajó por sus pechos y llegó hasta su pubis. Un mar de caricias inundó la penumbra de la habitación. No hubo prácticamente palabras, tan solo pequeños gemidos y entrecortados jadeos. Después de un tiempo impreciso, extenuados por el placer, quedaron postrados uno al lado del otro en silencio, intentando poner en orden sus sentimientos.

Julia se sentía rara tras haber cruzado por primera vez una línea imaginaria. Una de esas fronteras que no tiene vuelta atrás. Cierto que había tantos tabúes, prejuicios sociales y trabas religiosas sobre el sexo, pero aun así sentía una liberación. Era como romper con el pasado que la encarcelaba y aterrizar libre en el presente. A la vez era un adiós a su infancia, a sus utopías, a todo aquello que su amor platónico por Eduardo había significado. Toda persona necesita ser querida y correspondida. Ella también necesitaba de besos y caricias, necesitaba importar a alguien, no podía ser siempre una isla.

En Manuel, los sentimientos pugnaban en una lucha feroz. Se sentía dichoso y desgraciado a la vez. Nunca había sentido tanto deseo, ni tanta pasión por una mujer. Pero en la penumbra del cuarto, podía imaginar con claridad los ojos de Elisa pidiéndole una explicación a su traición. ¿Quién comprendería que amaba a dos mujeres a la vez? Julia, fue la primera en romper el silencio.

— Me alegro de lo que nos ha pasado ¿Y tú?

A él, las palabras parecían costarle más expresarlas, así que respondió besándola en la frente y abrazándola.

Los días siguientes para Manuel estuvieron llenos de dudas sobre como plantear su futuro. Joaquín fue su primer confidente, pero su compañero no tenía soluciones al problema. Ya le había advertido de que por aquel camino las cosas se complicarían. Adrián era aun peor consejero. Para él un problema solo es un problema si alguien lo considera como tal. Según su razonamiento ya quisieran todos los hombres tener locas a las mujeres a pares. Como Manuel no parecía compartir sus ideas, le propuso convertirse al islam, donde un hombre puede tener todas las mujeres que pueda mantener. Amigos aparte, lo realmente difícil era afrontar el tema ante su madre y por supuesto ante Elisa y su familia. A pesar de los propósitos que se hizo de ser sincero y abordar el tema con valentía, dejó que pasara el tiempo nadando entre las turbulentas aguas de la indecisión.

Tres días después, a su regreso de clase, Julia fue a buscar a Manuel. Estaba desconcertada. Tenía la sensación de que la estaba evitando. En cierto modo era verdad, pero él no lo reconoció. Cuando Julia le preguntó si se arrepentía de lo que habían hecho, si aquello solo había sido un momento de deseo pasajero, él no pudo aguantar la mirada de aquellos ojos verdes que parecían ser capaces de penetrar hasta el fondo de su alma. Reconoció que estaba enamorado de ella, que no la podía apartar de su pensamiento.

En ocasiones, cuando uno no se decide a tomar las decisiones difíciles que se nos presentan, el destino se encarga de decidir, o al menos de forzar esa elección. Esto fue lo que ocurrió en su caso unas semanas más tarde.

Al mediodía echó en falta la presencia de Julia en el comedor. Preguntó por ella y le indicaron que estaba indispuesta y había acudido al médico. A la noche se enteró por la compañera de piso que aquella tarde tampoco había acudido a clase. Subió hasta la buhardilla y llamó a su puerta. Esta se tardó en abrir. Al otro lado apareció la joven camarera. Estaba demacrada y en su mirada había rastros de haber llorado. Pasó al interior y la rodeó con sus brazos.

— ¿Qué te ocurre?

Julia bajó la mirada y dudó antes de ofrecer una respuesta.

— No sé como explicártelo, ni siquiera sé como explicármelo a mí misma. Estoy embarazada.

—¿Como? ¡No es posible! — exclamó poniendo un gesto de incredulidad.—

— No hace falta que salgas corriendo. Es mi problema. — Luego se sentó en el borde de la cama, ocultando su abatido rostro entre las manos.

Manuel dio unos pasos por la habitación, se sentía bloqueado por la realidad que acababa de descubrir. Solo fueron dos encuentros amorosos. Pese a lo mucho que deseaba estar con ella, había intentado evitarla hostigado por su conciencia y ahora se encontraba con esta situación. Sabía que para Julia había sido su primera vez y él era el único. Estaba claro que el primer día se les pudo haber ido de las manos. Pero, ¿qué importaba el como? Había que afrontarlo y no era fácil, nada fácil.

— ¿Qué va a ser de mí? ¿Como podré trabajar y cuidar a un bebé? —se preguntaba angustiada con un susurro de voz casi imperceptible.

Manuel, la observó en silencio durante unos instantes. En aquellas escasas semanas había vivido junto a ella un torbellino de emociones, sentimientos de culpa o de felicidad, mayor que todos sus años junto a Elisa. Ahora el destino le ponía en una encrucijada sin tiempo para decidir. Le estaba diciendo que llevaba un hijo suyo dentro de su vientre. Se sentó a su lado. Le acarició su largo cabello negro y dijo.

— No sé bien cómo lo haremos pero no estás sola, yo estaré a tu lado.

Julia se volvió. De sus ojos brotaban gruesas lágrimas y abrazándose a él tan solo pudo decir.

— Tengo miedo.

Aquella noche la pasaron juntos. Apenas pudieron dormir. Alternaron momentos donde conversar y confesar sus sentimientos, con tiempos de adormecidos silencios, en los que cada uno luchaba por ordenar sus ideas y ahuyentar sus fantasmas.

A la mañana siguiente, mientras trabajaban, Joaquín preguntó en varias ocasiones a su compañero el motivo de su aspecto demacrado y su actitud ausente.

— ¿Pero de veras te encuentras bien? Chico, tienes mala cara y estás muy raro esta mañana.

Por fin no pudo más y le confesó su situación. Su amigo y socio sacudió la cabeza. Era una difícil situación donde de poco valen los consejos.

En aquellos primeros días, los síntomas del embarazo hicieron cierta mella en Julia. En ocasiones sentía náuseas y mareos pero aguantó estoicamente para que nadie supiera de su situación. Además de la incertidumbre que le producía su estado, se sentía culpable de sus sentimientos. Nunca se había planteado ser madre, al menos por el momento. Se suponía que una noticia así debería llenar de gozo a cualquier mujer y ella en cambio lo veía como una desgracia. No por el hecho en sí, sino por las circunstancias de su vida. Para una mujer de clase obrera que quedaba embarazada no había otra posibilidad que ser madre en la España de los años sesenta. El aborto era algo impensable tanto moral como legalmente. Por otro lado, su futuro con Manuel era un horizonte lleno de incógnitas. Había pasado de ser casi un desconocido por el que se sentía atraída, a ser alguien con quien compartía el acontecimiento más importante de su vida. El futuro estaba lleno de sombras. ¿Hasta qué punto él estaba convencido de compartir su vida con ella? Eran unas circunstancias que les habían sobrevenido súbitamente, sin ninguna preparación para asimilarlas con serenidad.

En el caso de Manuel, existía un agravante. Su relación con Elisa era un secreto para Julia, lo mismo que ésta lo era para Elisa. Definitivamente no había tiempo para especular. Necesitaba tomar las decisiones ya. Sabía que éstas causarían un daño injusto, pero no tenía salida. No se trataba tan solo de elegir entre una y otra. Ahora en la balanza eran dos contra una.

La noche antes de partir hacia la casa de su madre, Manuel y Julia, volcaron todos sus sentimientos. Se prometieron luchar por su felicidad, aunque él no fue capaz de confesarle su relación con Elisa. Al día siguiente llegó a la aldea y reveló a su madre la intención de casarse con una desconocida y las circunstancias que lo rodeaban. Su madre quedó perpleja ante la noticia. Su respuesta fue un silencio acusador. Se escondió en su caparazón depresivo y se aisló.

El auténtico drama llegó cuando se enfrentó a Elisa con la verdad. Necesitaba soltárselo a bocajarro, sin tiempo para la duda o el arrepentimiento. La primera reacción de ella fue de estupor. Si no fuera una broma tan patética resultaría cómica. Pronto su cara cambió. ¿Como era posible zanjar de un golpe toda una vida? ¿Dónde quedaban todas sus promesas, sus besos, sus proyectos? Sería imposible narrar con palabras los profundos sentimientos que brotan del alma cuando te sientes traicionada por lo que más quieres. Tardó en comprender que no había vuelta atrás. Que no era flor de un día. Que él iba a tener un hijo con otra mujer. Al llanto y al reproche le siguió un histérico ataque de violencia. Manuel se tuvo que defender sujetándola hasta que alguien de su familia llegó atraído por los gritos. No le sería fácil olvidar las escenas que ocurrieron en los siguientes minutos.

Manuel huyó. Se refugió en su cuarto, en la casa de su madre y se tapó los oídos con la almohada. Pero las voces que escuchaba no se podían apagar porque sonaban acusadoras dentro de su cabeza.

En poco tiempo todos en la aldea conocían los hechos. El padre de Elisa se acercó para decirle que se había portado como un miserable.

Incluso Amelia, la prima de su madre, acudió incrédula a confirmar tan increíble noticia. Tan solo su madre no le formuló más reproches, se limitó a guardar un distante silencio. Él preparó sus cosas y se dispuso a partir aquella misma tarde. No había sitio para él en aquel lugar.

Cuando abandonaba el pueblo se encontró con Honorio, el marido de Amelia.

— ¿Regresas a Gijón, muchacho?

— ¡Sí! — confirmó cabizbajo.

— Has alterado a toda la aldea con la noticia.

— Ya lo siento — dijo apesadumbrado. — Nada más lejos de mi intención.

— Quizás no debiste llevar hasta estos extremos tus relaciones. Realmente nunca tendríamos que establecer compromisos hasta no estar seguros de cumplirlos.

— Ahora no me siento muy orgulloso de mí.

— ¿Y qué harás? ¿Tienes claro que junto a esa otra mujer está tu vida?

— Vamos a tener un hijo, creo que lo justo es que me case con ella. ¿No le parece?

Honorio se tomó una pausa y dijo:

— Un poeta hindú escribió:

Si te casas te arrepentirás
Si no te casas te arrepentirás
Te cases o no te cases te arrepentirás

— ¿Eso quiere decir que me irá mal? Inquirió Manuel.

— ¡No! claro que no, solo dice que hagamos lo que hagamos, nunca será perfecto. Pero se supone que algo debemos hacer, ¿verdad? Te deseo suerte muchacho. En cuanto a Elisa, es joven y también tendrá sus oportunidades.

Las siguientes semanas sirvieron para concienciarse de los cambios que se producirían en sus vidas. Necesitaban conocerse mejor, pero era difícil abrir sus corazones de par en par, liberando sus pequeños secretos y sus íntimos anhelos.

Julia siguió trabajando en el hostal, pese a que en ocasiones sentía náuseas y mareos que poco a poco parecieron remitir. También se resistió a abandonar las clases, era un objetivo por el que había luchado y no pensaba renunciar. Manuel le decía que debería cuidarse, que ahora lo importante era ella y su embarazo. No entendía del todo por qué aquella obsesión, se iba a convertir en madre y esposa, ¿qué más necesitaba? Pero en eso Julia no parecía dispuesta a ceder. Era como un símbolo de su autoestima y sus ideales.

Manuel estaba decidido a que la boda se celebrase lo antes posible. No solo estaba el hecho de que realmente deseaba tenerla junto a sí. Su preocupación por las apariencias siempre había sido un rasgo que le caracterizaba. Su hijo debía nacer en el seno de una familia ya formada. Por otra parte no deseaba que la novia se presentase en un día tan señalado con una prominente barriga. No quería que los rumores circulasen diciendo que lo hacían forzados por las circunstancias. Debían de ir con la cabeza bien alta, dueños de su decisión.

Adrián se ofreció como padrino. Él no tenía ninguna creencia religiosa. Consideraba que una boda tanto por el rito católico como por cualquier otro, no era más que una simple pantomima tradicional. Al fin y al cabo ¿quién puede jurar algo que le comprometa para toda una vida? Pero bien, si esto era el deseo de Manuel, allí estaba él a su lado. Brindarían con un Courvoisier como la ocasión lo merecía. No sabría explicar qué poderosos lazos le unían a Manuel, pero le sentía como de su familia.

Prepararon una discreta ceremonia. Solamente involucraron a los más íntimos allegados. De la aldea, solo Amelia y su marido Honorio asistieron al enlace. Indudablemente, la ruptura con Elisa había sembrado el malestar en la pequeña comunidad. Ellos acudieron en compañía de la madre de Manuel, quien tampoco veía con buenos ojos a Julia. La consideraba como una usurpadora que había robado el corazón de su hijo. Pocos invitados más. Marcelina con su familia y Joaquín. Para completar la lista un invitado de última hora, gracias a la mediación de Marcelina. Luciano, el padre de la novia. No fue un encuentro especialmente alegre. Entre ellos se había levantado un muro de indiferencia y frialdad que les había convertido en desconocidos.

La fecha del enlace fue un día de emociones contrapuestas. Julia, vestida con un sencillo traje blanco, estaba radiante. Apenas había llegado al tercer mes de gestación y aun no se le notaba. Estaba feliz y a la vez insegura. Ella tampoco tenía una excesiva ilusión por toda aquella parafernalia. Faltaban demasiadas personas queridas a su lado, empezando por su hermana Marta. Allí ante el altar, pensó en su madre. En cuánto la había echado de menos durante su vida. También recordó a la señora Heinz y su cariño. Y cuando dijo el sí quiero, involuntariamente, el recuerdo de Eduardo planeó sobre su cabeza. Era una despedida, como cuando uno emprende un viaje sin retorno.

Manuel miraba a la novia y se sentía realmente enamorado. ¿Quién dice que unas pocas semanas no sirven para estar seguro de que alguien es el amor de tu vida? Pero el remordimiento también tenía un lugar en su corazón. Hasta bien pasado el tiempo no se enteraría de que aquella mañana del día de su boda, Elisa rozó el umbral de la muerte al tomarse el contenido de un tubo de tranquilizantes. Por fortuna, su familia la encontró a tiempo. Forzaron sus vómitos y llegó con vida al servicio de urgencias. Ella nunca más regresaría a la aldea. Unos familiares que vivían en Oviedo, se la llevaron dispuestos a que rompiera con el pasado. Allí encontraría un trabajo y reharía su vida. Pero esa historia tomaría un camino que ya nunca convergería con el de Manuel.

Julia siguió trabajando en el hospedaje hasta que le fue posible, pese a las reticencias de su esposo. También consiguió acabar el curso académico antes de que el parto fuera inminente.

Alquilaron un pequeño piso. No tenía lujos pero a los dos les pareció fantástico tener un hogar propio. Eso era una asignatura pendiente en sus vidas. Para cuando nació su hija el negocio de las estanterías se abría paso, con las lógicas dificultades de los proyectos que empiezan de cero. Las jornadas de trabajo a veces se hacían eternas, pero Manuel volcaba todo su esfuerzo en sentirse orgulloso de sus logros. Él también lucharía por una vida mejor para su hija. De momento no nadaban en la abundancia, pero sobrevivían con dignidad.

CAPÍTULO 28

1966 daba sus últimos coletazos a ritmo de la música de Los Bravos, o de las canciones del representante español en Eurovisión, Raphael. Mientras, Eduardo intentaba saborear cada minuto de su existencia viviéndola con pasión. Como ejecutivo en la empresa del señor Matías no había conseguido grandes logros. No por falta de talento o por indolencia. Más bien, porque en lugar de priorizar la ambición, el status social, o el dinero, lo que le importaba era vivir su vida a salto de mata. Libre, independiente y despreocupado. El hijo de Matías le decía que esa actitud despreocupada era fácil. En su futuro no existían riesgos teniendo el aval y el dinero de su familia. No era del todo cierto. Edu no recurría al dinero de su padre, ni a su protección. Precisamente eso le hacía independiente. Él se ganaba la vida y la exprimía a su manera, dedicándole una parte de ella a su pasión por la música. De cualquier manera estaba bien considerado en el trabajo. No solo cumplía con eficacia, también aportaba ideas y estaba dotado de perspicacia y habilidad en su faceta de relaciones públicas.

Su éxito con las mujeres tampoco era desdeñable. Nada de amores apasionados o tortuosos. Sin promesas ni compromisos. Olvidados en la memoria parecían quedar los días de sentirse angustiado por un amor ideal como el de Julia. Quizás el alma de todo hombre y mujer pase en su vida por momentos de debilidad. Será entonces cuando el sentimiento del amor aprovecha para enajenar nuestros sentidos. Esa etapa parecía superada. Algunas chicas de las que surgían en su vida se esfumaban con la misma velocidad que habían llegado. Otras mantenían su amistad y aunque existía cierta intimidad, nada que estuviese sujeto a promesas ni obligaciones. En la comunidad de vecinos había quienes no veían con buenos ojos su actitud promiscua, afortunadamente los menos. La mayoría vivía sus vidas sin importarles lo que ocurría alrededor. Dos vecinos por encima del resto tenían controlados sus movimientos. La viuda del tercero; aquella señora parecía vivir en el ascensor. No había día en que no coincidiera cuando él llegaba o partía en compañía femenina. La buena mujer les miraba con ojos inquisidores, especialmente cuando las mini faldas de las chicas carecían de los suficientes centímetros de tela y rozaban la indecencia (según su criterio naturalmente). Por supuesto, el vecino del piso inferior se sumaba a las críticas. Su nombre era Santiago. Desde su jubilación, parecía que el único pasatiempo que tenía era "joder al prójimo" como acertadamente comentaba el portero del edificio. El típico gruñón para el que solo tiempos pasados fueron mejores. Cada vez que Eduardo decidía llevar invitados a su casa, por comedidos que se comportasen, aparecían sus quejas. Algunas veces, Edu sugería a sus amistades que por el bien comunitario, en su casa prescindieran de sus zapatos para evitar ruidos. Afortunadamente tenía en el portero del edificio un aliado que le ponía al día sobre los rumores vecinales.

En lo musical había hecho grandes progresos y hacia allí canalizaba sus mayores momentos de felicidad. Aunque vivir en España como músico profesional era una tarea complicada, y marcharse podría ser la solución, él no se había planteado dar tal paso, al menos por el momento. Disfrutaba de la música pop y rock de aquellos días. Era la banda sonora de su generación. Los temas de Los Bravos, Los Módulos, Los Beatles o Los Kinks. Pero el Jazz ocupaba el pedazo más grande de su corazón. Frecuentaba los pocos locales que en aquella época tenían relación con el Jazz en Madrid. El modesto Fusión Club era su preferido. A pesar de que aquel estilo musical tenía pocos adeptos, pudo asistir al nacimiento de grupos tan importantes como "Canal Street Jazz Band" que darían un impulso al movimiento jazzístico. A su vez, él tocaba y compartía ideas y experiencias con otros músicos venidos de acá y de allá. Fue importante en ese aspecto, la amistad que consolidó con un pianista de origen francés, Jean Luc Amenc, un músico habitual en el ambiente madrileño. De él aprendió muchos recursos y lecciones armónicas de gran utilidad para el futuro.

Una fría mañana de Enero, ya entrado 1967, decidió dejar aparcado su coche para tomar el metro, cosa que solía hacer a menudo. Descendió por las escaleras. En el último recodo del pasillo antes de llegar al andén, se topó con un saxofonista. Reclinado sobre su instrumento con un leve contoneo al ritmo de la melodía, se acompañaba de las bases rítmicas que tenía grabadas en un pequeño reproductor de cassette a pilas. Era un tipo de edad indefinida, con un llamativo aspecto y un sombrero de ala que ocultaba parcialmente su cara. Desde varios metros antes de llegar a él, se sintió atraído por aquellos sonidos. Al llegar a su altura se paró para escucharle con atención. Interpretaba el tema Take Five del músico Dave Brubeck. A Eduardo le cautivó aquella forma de interpretar. Se quedó parado observándole durante algún tiempo. Luego mecánicamente echó mano de unas monedas que llevaba en el bolsillo y las depositó en el estuche abierto a sus pies. Avanzó hasta el andén, la música aun le llegaba con claridad. Esperó la llegada del tren apostado en la esquina. Desde allí podía percibir los sonidos del saxo con nitidez y disfrutó de la corta espera.

Fue a la mañana siguiente cuando se volvería a encontrar con el sorprendente músico callejero. Pero esta vez no estaba tocando. Entró en un café, se apostó ante la barra y al girar la cabeza allí estaba el individuo. Con sus ropas coloristas y un tanto estrafalarias para la época, sus largas patillas y su inseparable sombrero, el hombre se percató de que Eduardo le observaba y se giró para decir con un notable acento extranjero.

— Buenos días, ¿te gusta la música?

Eduardo le miró sorprendido por la familiaridad con la que le hablaba el desconocido.

— ¿Por qué lo preguntas?

— Eres uno de los que más dinero me ha dado en el día de ayer. Supongo que la música tendrá algo que ver.

— ¿Recuerdas que yo te di dinero?

— Pues claro amigo. Si me preguntas sobre todos los que han pasado ayer ante mí, no sería capaz de reconocer a la inmensa mayoría. Pero cuando notas que alguien es capaz de parar las prisas cotidianas para disfrutar de unos momentos con lo que estás interpretando, a ese le recuerdas. Son pocos los que lo hacen. – Y añadió riendo— Y especialmente si deja unas monedas como premio.

Eduardo abrió los ojos con sorpresa y exclamó:

— ¡Joder! Si ni siquiera pensé que me habías visto.

— ¡No te fíes de las apariencias!

Seguidamente en tono amistoso extendió su mano con intención de presentarse y puntualizó.

— Me llamo Alexander ¿Y tú?

— Yo soy Eduardo.

— Bien, ya que eres una de las primeras personas que conozco en Madrid, estás invitado al café.

Eduardo puso cara de extrañeza, ¿como alguien que pedía iba a gastar su poco dinero en invitarle? Trató pues de rechazar el ofrecimiento pero Alexander insistió.

— Ya te he dicho que no te fíes de las apariencias. Yo no estoy pidiendo. Simplemente amenizo con mi música la calle y a quien le gusta mi trabajo me lo retribuye con su aportación. ¿No te parece que con una melodía sonando en el aire todo parece más optimista?

Aquello fue el inicio de una amena conversación. Alexander tenía un punto de vista muy particular sobre la vida. No se trataba ni mucho menos de un indigente o un marginal, sino de un auténtico bohemio. Pese a su notable acento extranjero se expresaba en un correcto castellano. Era de origen norteamericano como su padre, pero de madre Argentina, de ahí sus conocimientos del idioma español. Casi toda su vida la dedicó a la docencia musical en su California natal. Según le contó, un buen día decidió hacer un alto en su monótona existencia. Cogió su saxo y se fue a conocer mundo siguiendo la cola del viento y dejándose llevar. Siempre le quedaría su casa y su antigua vida a donde regresar, más por el momento se sentía a gusto viajando por el mundo. También le confesó que disponía de algunos ahorros de los cuales echaba mano en las emergencias. Pero por lo general, su propósito era conocer nuevos ambientes y músicos con los que tocar y ganarse la vida día a día.

Antes de despedirse, Eduardo le propuso quedar citados para aquella misma noche. Le llevaría al Fusión Club y allí conocería a otros músicos como era su deseo.

Al anochecer, Eduardo recogió a Alexander en la puerta del café y juntos se fueron hasta el club. Le presentó a sus amigos y juntos tomaron una copa dispuestos a presenciar la actuación que se anunciaba para aquel fin de semana. Al término de esta, Charly, el dueño del bar, propuso hacer una jam session. Alexander se incorporó al escenario con su saxofón. También Eduardo participó del evento. Resultó genial. La complicidad entre los distintos músicos fue total y el saxofonista extrajo de su instrumento brillantes pasajes llenos de sentimiento.

Ya estaba avanzada la noche cuando Alexander le comunicó que debía marchar. Necesitaba buscar una pensión económica donde pasar la noche. A Eduardo solo le bastaron un par de segundos para responder.

— ¡Tengo una idea! ¿Por qué no te vienes a mi casa? Ya es tarde para buscar una habitación.

— No quiero molestar, gracias. Estoy acostumbrado a buscarme la vida.

— No es ninguna molestia. Si te invito es porque no hay ningún problema para que te quedes en mi casa.

— ¿Y a tu familia no le parecerá mal?

— ¿Mi familia? No viven en esta ciudad. Tengo mi propia casa.

— ¡Vaya! Tan joven y ya eres un tipo independiente. No está mal.

—Pronto cumpliré los veintidós— replicó con aire de autosuficiencia, y añadió — Aun tenemos tiempo de tomarnos la última en el Whisky Jazz.

Cuando se despertaron al día siguiente ,el sol ya marcaba el mediodía. Eduardo buscó algo para desayunar mientras Alexander descubría el piano. Se sentó ante las teclas y comenzó a tocar.

— ¡Eh, también tocas el piano!

— Bueno, tan solo me defiendo. Mejor voy a por mi saxo y tocamos algo.

Apuraron el café y comenzaron a intercambiar ideas para interpretar juntos. La cosa se fue caldeando. Realmente surgió buen feeling entre ellos. Estaban completamente sumidos en sus interpretaciones, disfrutando del momento cuando el timbre de la puerta sonó con insistencia. Eduardo miró a través de la mirilla y descubrió la cara malhumorada de Santiago, el vecino del piso inferior. Se volvió hacia Alexander y dijo con resignación.

— Creo que tenemos problemas. Al vecino no le gusta nuestro ruido musical.

— Pero si es mediodía ¿A esta hora no se puede?

— Este tío es un caso especial. ¡Menudo cabrón!

Al sonido del timbre se sumaron unos impacientes golpes en la puerta. Entonces Alexander indicó.

— ¡Déjame a mí!

Acto seguido se dirigió a la puerta y la abrió. Para sorpresa de Santiago, tras la puerta no apareció su vecino habitual. Por el contrario, tenía ante sí a un hombre de mediana edad y corpulento aspecto. Vestía simplemente unos largos calzoncillos y una colorida camiseta. Llevaba su largo cabello alborotado y tenía una mirada desquiciada, con unos ojos que parecían querer salir de sus orbitas. Poniendo la más feroz de sus expresiones, Alexander gritó con su acento extranjero.

— ¿Se puede saber qué diablos quieres?

Santiago retrocedió con cara de susto. Intimidado, apenas balbuceó algo incomprensible. Su interlocutor aprovechó para continuar increpándole.

— ¡La próxima vez que vengas a molestar eres hombre muerto!

Alexander volvió a entrar en la vivienda y cerró la puerta tras de sí. Eduardo le miraba atónito ante su esperpéntica actuación. Instintivamente echó una nueva mirada a través de la mirilla y comprobó que el hombre aun estaba ante la puerta. Permaneció inmóvil durante unos segundos sin poder reaccionar y por fin emprendió el camino escaleras abajo.

— No te preocupes más por él. Éste ya no vuelve a molestar.

— Bufff… No sé qué decirte, es capaz de llamar a la policía.

— ¿Y de qué nos acusará? ¿De contaminación acústica a la hora de la comida? Venga, vamos a tocar, hace más ruido el tráfico de la calle que nosotros.

Eduardo no estaba muy convencido pero contra pronóstico nadie les vino a importunar. Al día siguiente, el portero les comentó con aire jocoso que el señor Santiago había acudido a él pues quería protestar airadamente ante la comunidad. Un señor con cara de loco, al cual nunca había visto, le había amenazado cuando acudió al ático a quejarse de los ruidos. El portero comentó entre risas, que él por su parte le había aconsejado al señor Santiago que debía de tener cuidado con aquel nuevo vecino. Se trataba de un hombre recién salido del hospital psiquiátrico, que estaba en proceso de curación y que tocar el saxofón era una importante terapia. Así que mejor le ignoraba ya que uno nunca se debe de fiar de un esquizofrénico.

Pocos días después, los dos amigos coincidirían con su gruñón vecino mientras esperaban el ascensor. El señor Santiago parecía acobardado, mas de pronto rompió el tenso silencio al entrar en el habitáculo.

— Ayer han tocado una melodía muy bonita, se ve que ya se van conjuntando de maravilla.

Luego descendió en su planta dejándolos atónitos.

— ¿Qué te dije chico? No solo no molestará más sino que se ha convertido en nuestro mejor fan.

Eduardo había convencido a Alexander para que se quedase en su apartamento por el momento. Para él no suponía ningún trastorno y se ahorraría un dinero importante. A esto había que añadir la decisión de intentar un proyecto musical en conjunto. Viviendo en el mismo lugar tendrían más tiempo para compartir ideas. Alexander contribuía a los gastos de la casa. Al principio, mientras Eduardo iba a la oficina, él buscaba algún rincón, preferentemente cerca del parque del Retiro y ofrecía su música a los viandantes. Aquello no era California, las normativas y la policía no parecían estar a su favor. Fue entonces cuando leyó el cartel. Un hotel ofrecía un puesto de organista para amenizar las cenas. No lo dudó, se presentó y le aceptaron. Al menos sería un comodo trabajo provisional.

Compraron algunos discos de Jazz o consiguieron partituras de típicos estándar en las que basar su repertorio. Tras unas pocas semanas de ensayo en el ático, Eduardo y Alexander se unieron a Charly. Se fueron a ensayar al Fusión Club en las horas en que el local permanecía cerrado. Por último consiguieron un batería y definitivamente el cuarteto estuvo listo para debutar por todo lo alto en el Jazz Fusión Club, que era como decir, en su propia casa.

Eduardo aprendía con rapidez a soltarse en las improvisaciones. Alexander le decía que el secreto era involucrarse en la interpretación. Se trataba de una conversación entre instrumentos. Cada uno hablaba desde su manera de sentir y los demás se sumaban a la conversación con su propio discurso.

Durante la primavera del 67 lograron varios contratos. Llegaron a actuar esporádicamente fuera de Madrid, pese a que el circuito de Jazz en vivo en el resto de España era muy limitado en aquel tiempo. Comenzaban a tener un cierto prestigio. Un representante les llegó a ofrecer actuar en el gran local de moda en Barcelona, el Jamboree Club. No lo llegarían a hacer.

Una mañana, Alexander le comunicó a Eduardo su intención de regresar a los Estados Unidos. Habían surgido algunos problemas familiares y necesitaba volver a California.
— Muchacho, nada es para siempre excepto la amistad.
Esas fueron sus últimas palabras antes de partir. Siempre lo recordarían como una experiencia maravillosa. Quién sabe, quizás sus caminos se volvieran a cruzar en otra ocasión. Si algún día Edu se iba a América, allí tendría una casa y un amigo.
También Charly decidió abandonar el grupo. Le satisfacía mucho, pero era difícil de compatibilizar con la atención del club.
En Gijón los rayos del sol luchaban con las nubes por imponer su ley. Para ser verano no hacía precisamente calor en Gijón, más si se comparaba con la temperatura que había dejado en Madrid. El automóvil que conducía penetró en el jardín y se paró ante la puerta de la casa. Las dos palmeras de la entrada seguían allí, robustas e impasibles, aguantando estoicamente el paso del tiempo. Isabella corrió a abrazar al recién llegado. Pasaron al interior. También Luisa acudió al recibimiento. La vieja criada le besó con cariño en la mejilla, a la par que le recriminaba aquella barba de dos semanas que lucía en su rostro. Aquello le hacía mayor. Más tarde, cuando su padre llegó, Eduardo sacó su equipaje del coche y repartió los regalos que había traído. Se sentía feliz cada vez que regresaba, quizás no tanto como su madre, pero muy feliz.
Durante la cena, el señor Rivera se interesó por las noticias que hasta él habían llegado sobre su inminente abandono de la empresa de Matías. Su hijo se lo confirmó. Don Alfredo le reiteró la posibilidad de sumarse a la empresa familiar. Eduardo la rechazó, sabía el interés que su padre tenía en ello pero no lo podía aceptar. No estaba cerrando las puertas para el futuro pero ahora necesitaba realizar sus planes. Era el momento de realizar sus sueños. Estaba preparado para dedicarse a la música como profesional. Era un reto que debía afrontar ahora que era joven y no tenía nada que perder. Luego la vida ya le pondría en su sitio.
Acabada la cena y tras una breve sobremesa subió a su cuarto. Estaba cansado del largo viaje y le apetecía relajarse en casa aquella primera noche. La habitación mantenía su olor especial. Quizás fuese el olor de la madera de los muebles, o algún producto para la limpieza de la casa. Fuese lo que fuese, aquel aroma le llevaba directamente al pasado. Repasó con la mirada todos los objetos. De la estantería extrajo un vinilo y lo puso cuidadosamente sobre el giradiscos. La música llenó el aire de notas y él abrió la ventana para que una fresca brisa penetrase. Pronto haría dos años desde su traslado a Madrid. El tiempo a veces pasa más deprisa de lo que uno es consciente. Curioseó en los cajones en busca de recuerdos. Al mirar las viejas fotos, intentaba

captar la emoción de aquellos momentos capturados en el papel. En uno de los álbumes apareció la entrada a la pista de baile de El Jardín, el día de su cita con Julia. La observó unos instantes, luego la enterró entre las paginas cerrando la puerta a la nostalgia.

A la mañana siguiente, tras el desayuno, comenzó la actividad para cumplir con su lista de citas y compromisos. Lo primero sería acudir a una sucursal bancaria para ultimar unos trámites. Lo siguiente era quedar con su amigo Guillermo. Tenían muchas cosas que contarse y comentar.

Salió de la oficina bancaria y se dirigió hacia la plaza de San Miguel. Allí, en el café que llevaba el mismo nombre, se encontraría con Guille. Era temprano y su colega nunca se había caracterizado por la puntualidad, así que paseó con calma disfrutando de la ciudad. Al llegar a la plazuela se detuvo un instante ante los escaparates de Almacenes Soto, donde se exponían una variada gama de instrumentos musicales. Luego cruzó la calle y se introdujo en el café. Cerca de un ventanal había un par de mesas libres. Se dirigió hacia una de ellas, desde allí vería llegar a su amigo. El camarero le trajo un vermut como había solicitado y un ejemplar del diario El Comercio.

Unos minutos más tarde una joven con un cochecito que portaba un bebé, se sentó en la mesa contigua. Eduardo apartó ligeramente su silla para que pudiera pasar y entonces se fijó en su cara. El corazón pareció darle un vuelco en el pecho cuando observó sus ojos. Aquellos ojos verdes los hubiera reconocido entre un millón de ojos. Estaban guardados en el fondo de su alma como una parte indisoluble de su ser. Durante un breve tiempo no dijo nada, tan solo observó su perfil. Mientras, ella revolvía con delicadeza el café que le acababan de servir. Al fin una palabra salió de su boca.

— ¿Julia?

— La joven mamá se giró y le observó confusa sin responder.

— ¿No me recuerdas? – volvió a preguntar.—

Una oleada de calor pareció inundar a Julia en su interior al reconocerle. Su aspecto había cambiado. Su ropa, la barba, el cabello largo, pero sin duda era él, como surgido de la nada. Había desaparecido por completo de su vida y sus recuerdos y de pronto estaba allí, como un fantasma del pasado.

— ¿Eduardo?

La cucharilla del café cayó involuntariamente de su mano y sintió un ligero temblor en sus piernas.

— Hace tanto tiempo— añadió.

— ¿Esta niña? — preguntó él.

— Es mi hija Laura. — respondió con voz vacilante.

Él le hizo un guiño a la pequeña y añadió.

— Es tan preciosa como su madre.

Ambos trataron de ocultar sus emociones. Cerraron con una imaginaria llave cualquier sentimiento que pudiera brotar de sus corazones y mostraron toda la frialdad que les fue posible. Eduardo comentó que estaba de paso en Gijón y ella que tomaba un café mientras esperaba a que su esposo la recogiese.

Habían pasado escasos minutos cuando Manuel llegó en busca de su mujer. Mientras se acercaba observó con atención al desconocido que hablaba con ella. Al llegar a su altura saludó. Julia se apresuró a presentarles.

— ¡Mira Manuel! Este es Eduardo, un amigo de la familia Heinz para la que yo trabajé.

Manuel echó su cabeza hacia atrás como para observar mejor y exclamó:

— ¡Joder, Eduardo! Ya decía yo que tu cara me sonaba.

Al momento, Edu cayó en la cuenta.

— Manuel... ¡Qué sorpresa! Menuda casualidad.

Julia no salía de su asombro. ¿Como podía ser que procediendo de ambientes tan distintos pudiesen conocerse? Había millones de hombres en el mundo y precisamente los dos únicos que a ella le habían importado en su vida, ¿eran amigos?

Para Manuel, ajeno al pasado que unía a su esposa con Eduardo, aquel encuentro casual había que celebrarlo. Pidió una consumición y tomó asiento.

— ¡Vaya! ¿Sabías que él y yo nos conocimos en un cementerio? — Dijo dirigiéndose a su esposa.

Julia con un gesto de extrañeza negó con la cabeza.

— Pues así fue — añadió riendo abiertamente.

Luego continuó hablando de como habían cambiado los tiempos. De lo maravilloso que fue conocer a Julia y de su lucha por sacar la fábrica de estanterías adelante. Finalmente, se tomó una pausa y añadió.

— Pero ya está bien de hablar de mí. ¿Y qué ha sido de tu vida?

— Pues ahora vivo en Madrid y me dedico a la música.

— ¿Como? ¿Tu familia no tiene una importante empresa naviera o algo así?

— ¡Sí! Pero yo no seguí la estela.

Entonces Eduardo vio aparecer a su amigo Guillermo. Era la excusa perfecta para salir de allí. No aguantaba más. Aquella situación rocambolesca le consumía. Se despidió con premura alegando que le venían a buscar. Manuel sacó una tarjeta del bolsillo y se la entregó rogándole que algún día les fuera a visitar.

Eduardo estrechó la mano de Manuel deseándole suerte. Luego al besar en la mejilla a Julia, cruzaron durante un instante sus miradas. Fue algo sutil, inapreciable para todos menos para ellos dos. Un relámpago de inmensa tristeza, una especie de adiós más fuerte que mil palabras.

Salió precipitadamente del café. Guillermo le siguió desconcertado, no entendía a qué venían tan repentinas prisas. Unos metros más adelante pareció recobrar la tranquilidad. Pidió disculpas a su amigo y le dio un sentido abrazo. Hacía tiempo que no se veían y tenían muchas cosas de qué hablar.

Guillermo le contó que del grupo musical ya no quedaba ni rastro, pero todavía muchos les recordaban. Especialmente, los primeros tiempos, cuando él había estado en la formación. Ahora ya no le preocupaba tanto el ligar, había conocido a una chica estupenda y pensaba sentar cabeza. Charlaron y rieron recordando viejas anécdotas y se desearon suerte para el futuro. Aun tuvo tiempo para reencontrarse con más amigos del pasado. El encuentro más emotivo fue en el último día de su estancia en Gijón. Recibió la visita de Gorostazu que llegaba a pasar unos días de vacaciones.

La niebla cubría gran parte de la costa la mañana que partió hacia Madrid. Su madre le acompañó hasta el automóvil llenándole de consejos y recomendaciones. Habían sido unos días felices. Era como recargar las pilas antes de emprender el camino. Una sola cosa rompió sus esquemas. El inesperado encuentro con Julia le devolvió por un momento la frustración angustiosa de no tenerla. Ahora estaba claro, el enigma de sus vidas estaba resuelto. Ya tenía todos los argumentos para olvidarla y lo haría. Estaba seguro, pero, ¿por qué cada vez que miraba en sus ojos presentía como una súplica para retenerle a su lado?

CAPÍTULO 29

Aquella noche, tras el encuentro, Julia apenas pudo conciliar el sueño. La repentina aparición de Eduardo le produjo un desasosiego difícil de explicar. No entendía porqué le había afectado tanto. Ahora estaba casada y tenía una hija que llenaba su vida. Su antigua relación del pasado no dejaba de ser una anécdota. Quería a Manuel y estaba segura de que él sentía lo mismo o más por ella. Sin embargo, cuando él le hizo el amor aquella noche, por un momento de forma involuntaria, cerró los ojos y se sintió en los brazos de Eduardo. Necesitaba cerrar el paso a la nostalgia y regresar al presente. Le costó algún tiempo enterrar aquellos sentimientos. Es posible que su estado anímico la hiciese más vulnerable. El giro repentino que había tomado su vida aun le costaba asimilarlo. Su dedicación a la familia y al hogar, la habían apartado de los estudios y lo añoraba. Por otra parte, Manuel no deseaba que volviese a trabajar fuera de casa. Eso era cosa del cabeza de familia.

Manuel volcaba todo su tiempo y esfuerzo en su trabajo. AJOMA seguía siendo una pequeña empresa casi artesanal, la cual iba poco a poco remontando el vuelo. Un distribuidor de ferretería les había hecho unos encargos que suponían una importante inyección para la economía. Probablemente necesitarían para ello ampliar la plantilla.

Un día, Adrián se presentó en casa de Manuel. En los últimos tiempos se dejaba ver poco. Siempre viajando y ocupado en sus asuntos. Para Julia, Adrián era una persona desconcertante e incluso enigmática. Su alto ritmo de vida, el aspecto de las mujeres de las que se solía acompañar, y sobre todo, aquella mirada inquisidora que parecía querer escudriñar el interior de sus interlocutores. Ella tenía la sensación de estar ante el tipo de persona que atrae los problemas, alguien que no inspira tranquilidad. Manuel le defendía. Cierto que sus ideas eran anárquicas, que se tomaba la vida por montera. Las únicas reglas por las que se regía eran las suyas propias, pero le había demostrado ser un amigo leal, un hombre de palabra. El padrino de su hija. Siempre tendiéndole una mano o apoyándole con su dinero.

Adrián le pidió que al día siguiente domingo le acompañase, necesitaba enseñarle una cosa. Eran las ocho de la mañana cuando le recogió en la esquina de la calle donde vivía. Le hizo subir al coche y tomaron la carretera de la costa que llevaba hacia Galicia. Entonces le indicó que deseaba enseñarle una casa que había adquirido en el concejo de Valdés, a unos cien kilómetros de Gijón. La susodicha compra parecía estar rodeada de cierto aire de misterio. Adrián le rogó que no debería contar a nadie lo que le iba a mostrar, ni tan siquiera a Joaquín. Tan solo quería compartir con él su adquisición.

Mientras transitaban por la serpenteante carretera con sus innumerables curvas camino del occidente asturiano, le explicó que la había comprado a través de terceras personas y no deseaba que nadie tuviese conocimiento de que aquella propiedad era suya. Sobrepasaron Querúas y un trecho más adelante tomaron una angosta carretera que les alejaba de la costa. Por fin, adentrados en las montañas y sobrepasadas un par de aldeas, Adrián detuvo el coche en un pequeño rellano junto a la carretera. Se apearon y ascendieron un centenar de metros por el camino bordeado de maleza. Llegaron hasta una vieja edificación de piedra y madera, no visible desde la carretera. Manuel se preguntaba asombrado, para qué necesitaba una casa en aquel remoto y solitario paraje.

— ¿Para qué la has comprado? ¿Te vas a esconder del mundo?
Adrián rió.

— Podría ser una idea, aunque no por el momento.

Seguidamente introdujo la tosca llave en la cerradura y la puerta se abrió. La casa olía a humedad y a falta de ventilación. Abrieron las ventanas de par en par, lo que sirvió no solo para ventilarla, también para iluminarla, pues no disponía de luz eléctrica. No había ningún mueble. Las paredes desconchadas pedían a gritos una buena capa de pintura y necesitaba una buena limpieza. Anexa a la casa, había construida una pequeña cocina de leña. Un lugar preparado para ahumar la matanza y servir de despensa. Entraron, la estancia no tenía ventanas. Adrián encendió una linterna que portaba y se dirigió hacia el extremo donde había un banco sobre una raída alfombra. Levantó esta y comenzó a rascar entre las maderas del suelo con una navaja. Por fin encontró un pequeño saliente. Tiró con esfuerzo de él y se abrió una trampilla en el suelo. Dirigió hacia allí el haz de luz; era un hueco de unos cuatro metros cuadrados que estaba vacío.

— ¿Como sabías de la existencia de ese habitáculo? – preguntó Manuel.

— Quienes mediaron para comprar esta casa me informaron de su existencia. Después de la Guerra Civil, uno de los familiares de quienes aquí vivían lo usaba como escondite para salvarse de sus perseguidores del bando nacional.

Luego, regresando hacia la casa añadió.

— Quizás algún día me sea útil.

Manuel no comprendía para qué quería aquella casa y menos qué pintaba él en ello. Adrián se lo explicó en el viaje de regreso.

— Es mejor que solo sepas lo imprescindible. En el mundo en que me muevo nadie te relaciona conmigo, y así debe ser en el futuro.

Le relató, que junto con el dueño del club de alterne de Cimadevilla, aquel en el que un día habían estado juntos, habían contactado con una organización que operaba desde Galicia. No le desveló la naturaleza de lo que se traía entre manos pero le aseguró que el negocio era muy interesante aunque tenía sus riesgos. Ahora su preocupación era tener un plan para guardarse las espaldas.

Manuel intentó reprocharle su estilo de vida tentando la suerte, con el peligro siempre por bandera. En cuanto a él, ni sabía ni quería saber en qué nuevos "negocios" estaba metido. Era algo que seguramente transgredía los bordes de la ley. Adrián le respondía con rotundidad:

— La única ley por la que me guío es la que yo me impongo y los únicos límites los que marca mi conciencia. No robo a honrados ciudadanos, no me como a los niños, ni maltrato a indefensos inocentes — y añadió —Necesito contártelo pues solo confío en ti. Debes estar tranquilo, no tiene por qué ocurrir nada malo.

Una vez regresó, Manuel tan solo contó a Julia que había ido a visitar la nueva casa adquirida por Adrián. Por supuesto, evitó que su mujer sospechase en que turbios asuntos se manejaba su amigo.

Durante los meses siguientes al nacimiento de su hija, Julia empleó todas sus energías en el cuidado de la pequeña, la atención a su marido y las tareas de la casa. Aquella rutina era como una carcoma que poco a poco va desgastando el ánimo. No es que pensara que su vida era desgraciada, por el contrario gozaba de una cierta estabilidad. Lo que ocurría es que había abandonado algunas de sus ilusiones y su marido era partidario de que nunca más fuese a trabajar fuera del hogar. Sin duda había un antes y un después. En sus últimos meses de soltera no podía decir que su vida fuese fácil, pero al menos era su propia dueña. Antes el futuro estaba ahí, con todo su abanico de posibilidades. Era independiente, salía, iba a clases…De pronto todo quedó zanjado, con una familia y unas responsabilidades claramente definidas. La verdadera juventud, esa que se vive plenamente cuando todo queda por hacer, cuando cualquier sueño puede ser posible de alcanzar, ya se había esfumado y lo peor era que casi sin disfrutarla.

Manuel se sentía satisfecho del curso de las cosas. Quería y deseaba a su mujer, aunque en ocasiones se sorprendía a sí mismo luchando contra fantasmas del pasado. No era capaz de enterrar por completo el sentimiento de culpa cuando pensaba en Elisa. Julia era tan distinta. Cuando estaba con Elisa, todo era tan sencillo. Ella no cuestionaba sus deseos, ni complicaba los sentimientos. Su única ambición hubiese sido ser la madre de sus hijos y vivir a su lado. Por el contrario, Julia valoraba otras metas. Poseía un espíritu inquieto e inconformista. Algunas veces, en los momentos de silencio que había entre ellos, se preguntaba qué pensamientos rondaban en su cabeza. Quizás al igual que él, ella también tenía guardado algún secreto en su pasado que no la hacía del todo feliz.

Las aspiraciones de Manuel pasaban primeramente por comprarse un automóvil. Joaquín ya se lo había comprado, pero claro, él no tenía una familia que mantener. Era principios de 1968, cuando con la ayuda de un pequeño crédito, pudo al fin estrenar un flamante Seat 1500. Julia propuso que para estrenarlo podrían ir a visitar la aldea donde vivía la madre de Manuel. No la veían con frecuencia, excepto en las pocas ocasiones en que ella había venido a Gijón. Manuel aceptó a regañadientes. Nunca había llevado a su esposa hasta allí y no sentía mucho interés en llevarla. Su madre les salió a recibir. Julia se preguntaba por qué la relación entre ella y su suegra nunca había sido muy entusiasta. Cuando estaban llegando ante la casa inesperadamente se cruzaron con la madre de Elisa. Ésta les miró de forma poco amigable al pasar. Manuel hizo un leve saludo y agachó la cabeza. Vaya, pensó Julia, no parecía tener muy buena relación con sus antiguos vecinos. La realidad era que Manuel siempre le ocultó la existencia de Elisa en su vida.

En su regreso a Madrid, Eduardo se dispuso a afrontar una nueva etapa. Una vez rescindida su relación laboral en la empresa de Matías, el reto de vivir de su vocación musical se presentaba incierto pero apasionante. Vivir como músico de jazz era harto complicado. Su madre, Isabella, puso a su disposición una cantidad de dinero que le permitiría vivir un tiempo hasta obtener una posición consolidada. Ella se creía en la obligación de ayudar a su hijo a hacer realidad sus sueños, por equivocados que éstos le perecieran a su marido.

En la primera noche, en la soledad de su apartamento, ideó la nueva estrategia a seguir. La nevera estaba vacía. Llevaba tres semanas fuera y lo único que encontró para llevarse a la boca fue un paquete de galletas saladas y una botella de vino. Se consoló, el hambre agudiza el ingenio. Copiaría de la filosofía de Alexander. Lo primero sería buscarse la vida. Al día siguiente necesitaba encontrar un trabajillo musical. No quería gastarse el dinero que sus padres le habían entregado, eso quedaría en reserva para emergencias. Además aun tenía en la cuenta dinero de la liquidación de su trabajo en la empresa de Matías. Se sirvió una copa y brindó por los nuevos tiempos.

A la mañana siguiente recorrió las tiendas de instrumentos musicales en busca de un anuncio de trabajo para músicos. Eligió una dirección.

Se buscaba pianista con repertorio de piano-bar para elegante hotel. Decidió probar. Llegó a la dirección indicada. Penetró en el oscuro y destartalado portal y llamó al timbre del entresuelo. Un hombre que rondaba los sesenta años de edad, vestido con un traje que probablemente en su día fuese blanco, le hizo pasar al interior. Eduardo expuso su intención de conseguir el trabajo del anuncio. El anfitrión meneó la cabeza. Lástima, dijo, la plaza ya estaba cubierta. Pero no debía de desesperar, había llegado al lugar idóneo. Él era uno de los más prestigiosos representantes artísticos de Madrid. Tras relatar algunas batallitas sobre su larga experiencia y sus logros como descubridor de grandes estrellas, le hizo pasar a una sala contigua. El desorden era completo, cajas mal apiladas, ropa esparcida sobre los descoloridos sillones y al fondo un piano con amarillentas teclas.

— Veamos muchacho, antes necesito valorar tus habilidades— dijo invitándole a sentarse ante el instrumento.
Eduardo accedió.
— ¿Qué desea escuchar?
— ¡Tú decides! eres el artista.
Eduardo deslizó sus manos fraseando algunas notas para probar el teclado. Sonaba chillón como el sonido de un clavicordio y algunas teclas emitían sonidos desafinados. Pese a todo siguió adelante e interpretó un estándar de la música americana. El hombre le interrumpió dándole unas palmaditas en la espalda.
— ¡Muy bien! Veo que eres un músico solvente. Tengo un trabajito ideal para ti, ¡Sígueme!
Regresaron al despacho. El representante tomó un libro de partituras de una estantería y preguntó.
— ¿Alguna vez has tocado un órgano eléctrico?
— ¡Sí! tengo un Hammond.
— Perfecto. Toma este libro de partituras, échales una ojeada y el fin de semana preséntate en el restaurante que te voy a indicar. Tendrás que amenizar las cenas de los clientes.
En la tapa del libro leyó "100 éxitos de siempre". Eduardo preguntó.
— ¿Como? ¿Quiere que los mire todos en tres días?
— No te preocupes, son partituras muy sencillas y simplificadas. Tocarás en un órgano de ritmos. Aprietas un botón y el ritmo seleccionado suena grabado. La mano izquierda no tiene problema. Tú pones el acorde y el órgano hace los bajos y el acompañamiento automáticamente. ¡El progreso, amigo mío!
Luego mientras le entregaba una tarjeta con la dirección, añadió.
— Procura hacerlo bien, es un sitio de prestigio. Grandes músicos han iniciado allí sus comienzos.
— ¿Y qué hay del dinero?

— Tú primero actúa este fin de semana. Luego el lunes te pasas por aquí y yo me encargo de pagarte.

En la tarde del sábado, acudió a su cita. El restaurante estaba situado en las afueras del casco urbano. Contaba con un descuidado jardín, y un polvoriento aparcamiento. En su interior, el aire portaba un olor a frituras y la decoración seguro que no se había llevado ningún premio a la elegancia. Lo cierto es que el glamour brillaba por su ausencia. Buscó al encargado y se presentó. Era un rollizo señor con estampa de luchador de sumo. Le indicó dónde estaba el comedor con el órgano de ritmos y le instó para que al día siguiente llegase con anterioridad para los preparativos. Edu no entendió a que preparativos se refería pero no dijo nada.

Los primeros comensales ya ocupaban las mesas. Se sentó ante el instrumento y comenzó a probar su funcionamiento. Poco a poco se hizo con el manejo de la selección de los ritmos y los sonidos. Abrió el libro de partituras y comenzó a tocar. La velada fue de lo más variopinta. Enseguida alguno le pidió que bajase el volumen para poder charlar, aunque otros le pidieron que lo subiera pues desde el fondo apenas se escuchaba. Para algunos la música les resultaba un muermo falto de ritmo, querían cosas más alegres. Cambió de estilo. Ahora otros se quejaban de que aquello era un comedor y no una sala de fiestas. Algunos le pedían que cantase, otros, más borrachos, querían ser ellos los cantantes. Varios niños le rodeaban manchando su chaqueta con las manos pringosas o metiendo sus dedos en las teclas y los botones. Incluso un grupo de maduras solteronas le tiraban besitos y se le insinuaban. Apenas había tenido descansos y estaba agotado. Por fin, a la una de la madrugada el comedor se vació y la velada llegó a su fin. Se disponía a marchar cuando un camarero le indicó que debía de ayudar a recoger el comedor. Eduardo se quedó sorprendido ante tal exigencia. Se dirigió hacia el encargado para aclarar aquella cuestión. Éste le dijo con rotundidad que si quería cobrar esa era una obligación, no iba a pagarle por tocar cuatro cancioncillas. ¡Ah! Y el próximo día tendría que llegar primero para ayudar a preparar el comedor.

Durante unos segundos, no supo reaccionar, mientras su mente procesaba las condiciones que le estaban imponiendo. Luego, visiblemente malhumorado, tomó su abrigo dispuesto a largarse sin más. Ya ni siquiera le importaba el dinero, por supuesto solo faltaba que además de tocar en aquella bazofia de local tuviese que hacer de camarero. ¿Este era el fabuloso sitio desde donde catapultar su carrera musical? Ahí se quedaban con su puto órgano de ritmos. Al pasar ante el almacén, vio la puerta abierta y decidió llevarse un par de botellas de whisky. Al menos no se iría de vacío.

El domingo acudió al Whisky Jazz. Allí se encontró con Tomás, el batería amigo de Charly. Aquel encuentro supondría un cambio en el devenir de las cosas. Tomás era un reputado músico. En su currículo figuraban sesiones de grabación o acompañamiento de artistas importantes del panorama musical. Él le propuso que probara suerte acompañando a algún artista de moda. No solo ganaría dinero, sería una experiencia muy positiva. Gracias a lo bien relacionado que estaba, le consiguió a Eduardo una prueba en el grupo que acompañaría a una estrella de nuevo cuño. Se trataba de una joven salida de uno de los populares festivales del momento, la cual había fichado por una importante discográfica.

El panorama de la música moderna estaba cambiando a pasos agigantados en aquella década. La consolidación de las emisoras de radio y fundamentalmente la televisión, habían acercado y popularizado a los artistas a unos niveles impensables dos o tres décadas más atrás. Las costumbres sociales y la mentalidad de las nuevas generaciones propiciaban este cambio. O quizás los cambios propiciaban nuevas actitudes y mentalidades.

Eduardo superó la prueba, reunía los requisitos. No solo tocaba bien, tenía juventud y buena presencia, lo apropiado para acompañar a una joven cantante dirigida al público juvenil. Pronto se vio viajando por provincias, viajes que se hacían eternos por aquellas, en su mayoría, deficientes carreteras, transitando en el furgón junto al resto de los músicos y sus respectivos instrumentos, mientras la estrella del show viajaba en un elegante Mercedes, acompañada de su representante. Pese a todo tenía su magia y le permitía ocupar su tiempo libre en estudiar y componer.

El sol estaba a punto de ocultarse por poniente. Parecía dejar un rastro de sangre sobre las escasas y deshilachadas nubes que poblaban aquella parte del cielo. Mirando desde los muelles pesqueros hacia el puerto de El Musel, se divisaba una vista fantástica. El mar en calma y el cielo rojizo inspiraban una sensación de bienestar. Julia sacó del bolso un lápiz y papel y escribió sobre la idea de un sol moribundo que dejaba tras de sí un cielo sangrante. Hacía algún tiempo, revolviendo entre sus pertenencias, encontró los cuentos que tiempo atrás escribió para los niños que cuidaba. Junto a ellos los restos de un diario inacabado. Sintió deseos de retomar la vieja afición de escribir. Al principio comprobó que era mayor el deseo que la inspiración. Escribir un diario resultaba poco estimulante. La vida cotidiana pasaba en una sucesión de días monótonos y carentes de emoción. Se había convertido en la típica ama de casa sin más proyecto que cuidar a su familia. No es que se sintiera desgraciada, pero, ¿qué contar? ¿Dónde estaban las apasionantes historias susceptibles de un guión digno de ser escrito? Pensando, encontró un reto, ¿por qué no probar a escribir poesía? Le gustaba. En muchas ocasiones se sintió emocionada ante la fuerza de algunos poemas. Tras los primeros intentos se sentía defraudada, era capaz de concretar algunas rimas, pero no pasaban de ser sencillos pareados o insulsos ripios. No pretendía hacer extensos poemas con trascendentales pensamientos, simplemente sencillos versos que expresasen las emociones que pugnaban por salir de su interior. Se concienció de su falta de técnica y de vocabulario. Necesitaba entender la compleja métrica y estructura que usaban los nuevos poetas. Volvió pues su interés por leer y aprender.

Para Manuel las inquietudes de su esposa no pasaban de ser un simple entretenimiento de quien no sabe en qué gastar el tiempo libre. Una noche, Julia le mostró su pequeña colección de cuentos. A Manuel le resultaron simples relatos simpáticos. Su comentario a modo de piropo fue:

— Nuestra pequeña Laura está de suerte, su mamá es una gran cuentista.

Julia era consciente de que su marido tenía otras preocupaciones más materiales y cotidianas que preocuparse por aquellas absurdas aficiones suyas.

La fábrica estaba a punto de conseguir su despegue definitivo. El tipo con que Joaquín había contactado hacía un tiempo como comercial, les había hecho una tentadora propuesta. Éste tenía un importante contacto con un funcionario muy relacionado con el departamento de fomento y obras públicas. Podía hacer de intermediario para vender significativas cantidades de sus productos, siempre y cuando obtuviese una suculenta comisión. Se trataba de un tema que habría de llevarse con discreción. Manuel veía con cierto recelo aquella operación. Él siempre había sido un tanto cobarde a la hora de arriesgar y más cuando las cosas tenían ciertos matices oscuros. Claro que le importaba el dinero y buscaba con ahínco progresar, pero le asustaba involucrarse en temas que parecían estar fuera de su control. Eran una pequeña empresa y no estaban preparados para asumir una producción a gran escala. Aquello significaba una gran ampliación. Hipotecarse en créditos por encima de sus posibilidades, ¿qué fiabilidad tenía aquella propuesta? ¿Era legal lo que les planteaban cuando les pedían tanta discreción?

Durante los meses siguientes, los acontecimientos se precipitaron. Zapico, el comercial impulsor de la propuesta, apareció con nuevos inversores entre los que él mismo se encontraba. Se estudió la viabilidad, se buscaron créditos y financiación o se evaluaron nuevos productos a fabricar como baldas metálicas. Antes de un año adquirieron nuevas infraestructuras para la ampliación de la fábrica. Manuel tenía la sensación de que todo se le iba de entre las manos, no obstante se dejó llevar. Joaquín estaba encantado de convertir el modesto taller en una gran empresa. Por su parte, Adrián opinaba que era bueno crecer, "dinero llama a dinero", argumentaba. Pero contra pronóstico, cuando las cosas pasaron de proyecto a realidad él se deshizo de su participación en la empresa. Consideró que sus objetivos estaban cumplidos y que Manuel ya no precisaba de su apoyo económico.

CAPÍTULO 30

Era miércoles 17 de julio del 68. Eduardo apagó la radio. El festival de la canción de Benidorm había finalizado con un ganador. Un tal Julio Iglesias que cantaba que "la vida sigue igual". Según para quién, pensó mientras abandonaba su apartamento. La realidad situaba aquellos días en una época de grandes cambios en el mundo. La primavera de Praga, el mayo del 68 francés, el movimiento hippie americano....En España el régimen franquista se aferraba a su ideario poniendo todos los medios a su alcance para mantener controlados a los españoles. No solo era un control político que coartaba la libertad de los medios de comunicación, seguía habiendo una estricta tutela sobre la moral. La censura aun se encargaba de decir lo que era bueno para la integridad espiritual de los ciudadanos. Todos los ámbitos eran susceptibles de pasar bajo la lupa de la investigación estatal. Se prohibía todo lo que oliese a subversivo, libros, discos, películas... La iglesia, de la mano del estado, supervisaba el sexo y la moral. Había que restringir a los españoles su libre albedrío y llevarlos por el camino correcto.

Subió en su automóvil y se dirigió al café la Cueva del Swing. Era un pequeño bar. En él, solían aparcar sus huesos algunos músicos inquietos, buscando un buen trago y el calor de la buena música. Willie era el propietario, un norteamericano afincado en Madrid desde hacía algunos años. Solía surtirse de excelentes vinilos que importaba de su América natal. Art Blakey, Carla Bley, y otros muchos artistas difíciles de conseguir para el público español. Aquella noche, algunos músicos asistían para confirmar su presencia en una sesión jazzística a celebrar en un colegio mayor. Eduardo era uno de los participantes. Vivir solamente del Jazz era harto complicado. Tan solo algunos privilegiados como Tete Montoliu, o Pedro Iturralde, quienes lograron acceder a otros circuitos internacionales, podían presumir de ello. La mayoría debían de compatibilizar su vocación con otras formas de ganarse la vida, dedicándose a la docencia, como arreglistas de música moderna, o acompañando a las figuras de la canción del momento. Ese era el caso de Eduardo; acompañar a una joven cantante de música ligera (como denominaban algunos críticos) de cierto éxito, no era el sueño de su vida. No obstante, él lo tomaba como una época de transición a la que intentaba sacar el mejor de los partidos. Aquella vida bohemia rodando por las salas de fiestas y los teatros del país tenía su aliciente.

Al llegar al local, saludó al grupo de personas que charlaban animadamente en torno a la barra del bar.

— ¡Eh, oiga! A esta hora no se permiten menores por aquí.— le dijo riendo Willie.

El comentario venía dado por su nueva apariencia. Durante los últimos meses había cambiado su imagen con asiduidad. No solo dejó que su cabello alcanzase una longitud considerable, probó a alargar sus patillas, dejar bigote, luego perilla y por fin barba. Ahora llegaba con un recorte de sus cabellos y la cara totalmente desprovista de todo pelo. Tenía veintitrés años pero sus facciones desnudas le hacían aparentar menos edad.

— Yo no soy Eduardo, soy su hermano que vengo a sustituirle — puntualizó con ironía señalándose.

Pidió de beber y se unió a la tertulia. Tras dudas e incertidumbres parecía que el concierto podría realizarse en el colegio mayor San Juan Evangelista. Los centros universitarios eran uno de los pocos hábitats donde las expresiones musicales o teatrales que se salían del formato comercial lograban tener apoyos. En aquellos días las cosas estaban revueltas. El cantante valenciano Raimon había actuado en la facultad de ciencias políticas de la Complutense a finales de mayo. Los hechos del mayo francés avivaron una pequeña chispa contestataria y reivindicativa que el régimen franquista se apresuró a sofocar. Los estudiantes madrileños se unieron en torno a la canción protesta para alzar su voz por la libertad. La universidad y su entorno eran vigilados ante cualquier mínimo atisbo subversivo, las actividades y los eventos deberían de pasar por la lupa de la censura.

— ¿Como están las cosas? — preguntó Eduardo.

— El viernes, definitivamente tenemos luz verde para celebrar el concierto y Lou Bennett será cabeza de cartel.

— Como nuestra música no tiene letra no la consideran tan peligrosa — apuntilló Tomás.

— Pues allá ellos. No saben lo transgresor y subversivo que resulta un acorde de quinta disminuida. –matizó alguien desde un rincón y todos rieron. Luego brindaron y disfrutaron de la noche.

Esporádicamente, Eduardo siguió colaborando y tocando jazz siempre que tenía ocasión. Aquella era una escuela permanente no solo musical, también de forma de vivir.

A principios del invierno viajó a Londres. Su hermano Alfredo había sido trasladado a Europa por la multinacional en la que trabajaba.

En Londres la vida parecía latir a otro ritmo. Alfredo y su familia le ofrecieron su casa si en algún momento decidía romper amarras y probar suerte en una ciudad donde el arte estaba a la vanguardia del mundo. A Eduardo le atraía pero era difícil dar un paso así, sin conocer a nadie.

Su verdadera oportunidad llegó cuando1968 estaba a punto de concluir. Recibió una carta en su domicilio de Madrid. Alexander se había trasladado a New York. Ejercía como docente en la nueva "Art & Music Academy" y le brindaba la oportunidad de cruzar el charco y probar suerte. Él, le conseguiría matricular como alumno y eso le daría derecho a la residencia en los Estados Unidos. Creía en su valía y le animaba a emprender aquella aventura.

No se lo pensó. Las cosas que dicta el corazón no se suelen pensar mucho. A principios de 1969, Eduardo tomó el avión que le llevaba hacia New York. El camino de su vida tomaba un nuevo giro, le llevaba a través del Atlántico a encontrarse con su destino. Alexander habitaba en un pequeño piso del Greenwich Village situado al sur de la isla de Manhattan. A Eduardo le resultó un lugar acogedor. La arquitectura de estilo colonial. Edificios que en su mayoría no sobrepasaban los cinco o seis pisos de altura, con sus típicas escaleras exteriores de emergencia. El laberinto de calles, de edificios peculiares, de patios arbolados y sobre todo de bares club y tabernas que trasmitían una atmósfera bohemia. Cerca del piso de Alexander estaba Washington Square Park con su arco de triunfo y su hilera de casas de ladrillo rojo flanqueándolo. Era el camino que tomaba a diario para asistir a las clases en la Art & Music Academie.

El aula de jazz de la cual Alexander, era profesor, era un proyecto innovador. Se impartía armonía, teoría e improvisación. El jazz sufría cambios convulsivos, como el resto de las expresiones artísticas y sociales en general. Durante los primeros años del siglo xx, del germen de músicas como el ragtime o el blues, nació el jazz. Desde aquellos primeros estilos venidos principalmente de Nueva Orleans, la evolución del jazz clásico fue enorme y continua. Al swing representado por grandes figuras como Duke Ellington o Benny Goodman, le sigue la consolidación del Bebop. Los fraseos asimétricos y la mayor complejidad en los ritmos, elevan y consagran aquel estilo musical. Artistas como: Thelonious Monk, D. Gillespie, o Charlie Parker, alcanzan prestigio mundial. América era en aquellos años un crisol donde se fundían culturas y razas. El país se agitaba en confrontaciones racistas y protestas antibelicistas contra la guerra de Vietnam. El movimiento hippie y la contracultura llegaban a su esplendor y las drogas irrumpían con fuerza desde la clandestinidad. Con este panorama, el jazz no era ajeno a la revolución. Ésta llegó de la mano del free jazz. No todo el mundo aceptó los nuevos conceptos,

Alexander era uno de los detractores. Como decía Charles Mingus, esa música consiste en una desorganización organizada, ser buenos a la hora de tocar mal. Eduardo trataba de entender aquel estilo que rompía las reglas de la armonía convencional, con una caótica estructura en las improvisaciones. Quizás habría que nacer negro y vivir aquella realidad específica para entender a músicos como Ornette Coleman.

Seis o siete semanas después de su llegada, Alexander buscó una sección de ritmo (bajista y batería) para formar un cuarteto junto con Eduardo. En principio, sin grandes pretensiones. Se trataba de ensayar para llevar a la práctica las ideas que a diario compartían. Edu estaba encantado. Había venido a aprender y a foguearse. Tener la posibilidad de subirse a un escenario, era tan necesario para un músico como el sol para una planta. Habría que añadir que unos dólares no vendrían mal. Más temprano que tarde necesitaría dinero.

La adaptación a la vida americana había sido total. Quizás la comida era lo que más echaba en falta de España. Un día consiguió un paquete de su familia con algunos encargos. Recibir comida no era fácil a través de la aduana. Su hermano le comentó, gracias a la experiencia de varios años en USA, como hacerlo sin problema. Con las viandas recibidas preparó una auténtica fabada asturiana. Los años viviendo independiente en Madrid le habían hecho un aceptable cocinero. La pinta no parecía muy apetitosa, le comentó Alexander. Daba vueltas a la morcilla sin atreverse a probarla. Minutos más tarde no quedaba una sola faba en el plato. Al éxito de la fabada siguió el de la paella. Alexander no resistió la tentación de invitar a sus amigos para mostrar la joya de cocinero que había fichado. Los jueves oficializaron las jornadas gastronómicas españolas. A cambio los invitados pagaban las copas en la posterior salida nocturna. No era extraño que casi todas las semanas Eduardo llamase a su familia en Gijón, y lo primero que pedía era que su madre le diera algún consejo o receta. Isabelle estaba asombrada, su hijo, ¿era músico o cocinero?

La vida artística de la Aldea (Village) como decían los neoyorquinos, era fascinante. Había locales con música en vivo de todos los estilos. El folk (no en vano Bob Dylan fue uno de los vecinos más ilustres), el rock, el jazz… Galerías de arte, tiendas de discos. Se respiraba un espíritu libertario y creativo. Eduardo se empapaba de ello como una esponja.

Era el final de la primavera. El sol ya había sustituido las nevadas del invierno, cuando se produjo el debut. Lo hicieron bajo el nombre de Alexander's Quartet. Fue en un pequeño club en el distrito de Queens. Tocaron una noche de prueba y se quedaron para tres más. Alexander negoció a través de un amigo un permiso de trabajo para Eduardo, con ello podrían incluso salir de gira por el país.

En la madrugada del 28 de junio regresaban a casa en el automóvil de Alexander. Descendían por la 7ª Avenida. Antes de poder girar en dirección hacia Washington Park un par de coches de policía les adelantaron. Llevaban las luces y las sirenas advirtiendo de la emergencia. El segundo vehículo les hizo maniobrar bruscamente para evitar la colisión, pero no se detuvo. El ambiente parecía enrarecido, para la hora que era, había bastante gente en la calle. La mayoría se dirigían o salían de Christophers Street. Aparcó, aun con el susto en el cuerpo por el incidente. Eduardo y él se miraron. ¿Qué leches pasaría? No era extraño que en ocasiones se produjeran redadas. El barrio tenía un cierto toque de clandestinidad, desde la época de los Speakeasies (bares donde se consumía clandestinamente alcohol durante la ley seca) y en la actualidad, eran varios los establecimientos que seguían regidos por la mafia. pero aquello parecía algo más importante. Desde la ventanilla, Alexander vio a Roald, era el dueño de una librería situada al lado de su casa. Descendió del auto y se dirigió a él.

— ¿Sabes qué está pasando? Esos policías han estado a punto de llevarnos por delante.

— Se ha liado una bien gorda. La policía ha efectuado una redada en la taberna Stonewall. Creo que intentaban detener e identificar a todos los homosexuales y lesbianas que allí se dan cita cada noche; parece que la cosa se les fue de las manos.

— ¿Tú estabas allí?

— Por supuesto que no. Yo soy heterosexual. Fue al salir de un café cercano cuando vi los incidentes. Algunos policías intentaban llevarse arrestados a varios de ellos y el resto apoyados por curiosos y clientes de otros establecimientos, increpaban y abucheaban. Ya casi había una muchedumbre cuando la cosa se puso violenta.

— ¿Y qué haces aquí solo?

— Espero que salga el amigo que me acompañaba, tengo miedo que se haya quedado atrapado en el tumulto.

A Eduardo le podía la curiosidad y abogaba por dirigirse al lugar de los acontecimientos, pero Alexander le disuadió de la idea. Era extranjero y lo que menos necesitaba eran problemas con la ley.

Durante los días siguientes se repitieron los incidentes. Los periódicos se hacían eco del tema, y en el barrio era el comentario del momento. Los homosexuales estaban dispuestos a reclamar sus derechos y salir de la clandestinidad. Eduardo cavilaba; cuán distinta era su vida en aquella parte del mundo, a la que viviría si se hubiese quedado en Gijón. Inevitablemente se acordó de Gorostazu, seguro que se hubiese identificado con aquellas reivindicaciones.

Para el otoño, el cuarteto ya tenía un pequeño prestigio adquirido. Aquel fin de semana habían sido contratados para actuar en un club cerca de los límites de Harlem. Faltaban algunos minutos para comenzar su actuación cuando Eduardo se dirigió hacia la barra para pedir una consumición. La camarera se giró para preguntarle qué deseaba tomar. El se la quedó mirando fijamente como hipnotizado. Era una chica morena y esbelta, pero fueron sus ojos verdes los que causaron impacto en Eduardo. Por un momento creyó estar viendo a Julia ante él. La camarera volvió a preguntar. Eduardo pareció entonces reaccionar y pidió una cerveza. Luego se dirigió pensativo hacia el escenario. Probablemente sus rasgos no fueran del todo parecidos a los de Julia. Con el tiempo su imagen se le hacía borrosa, pero sus ojos tenían la misma intensidad. Era como un flashback de su pasado. Una vez acabada la actuación regresó a la barra del bar y se quedó observándola. Ella se percató de su interés. Al principio pareció ignorarle y siguió sirviendo copas. Cuando ya la mayoría de los clientes abandonaban el local se plantó ante él y le preguntó:

— ¿Tienes algo que decirme?

A Eduardo, su descaro le pilló por sorpresa.

— ¿Qué quieres que te diga?

— ¡No sé! No apartas tus ojos de mí desde hace rato.

— Lo siento, ¿tanto se nota?

Ella apoyó sus manos sobre el mostrador y acercándosele hizo un gesto afirmativo con la cabeza, acompañado de un categórico ¡Sí!

—¡Tienes unos ojos irresistibles!— le contestó Eduardo contraatacando. La camarera sonrió y haciendo un sutil contoneo preguntó con ironía.

— ¿Solo los ojos?

Luego, se fue a atender a uno de los últimos clientes dedicándole un gesto de desdén en la despedida. Alexander se le acercó en aquel momento. Pronto cerrarían, era hora de irse a dormir.

Edu participó poco de la tertulia de sus compañeros en el trayecto de regreso. Una vez en el apartamento se dejó caer sobre la cama. Hacía mucho tiempo que el recuerdo de Julia no asaltaba sus pensamientos. Los ojos de aquella chica, su forma de mirar...Había algo químico que conectaba de algún modo a aquella mujer con Julia. No podía dormir. Se levantó a beber un vaso de agua. Como siempre, estaba haciendo una montaña de un grano de arena, pensó. Se dirigió al rincón donde estaba el piano eléctrico que tenía en la casa para estudiar. Se puso los auriculares para evitar que el sonido pudiese molestar y comenzó a tocar. Lo hacía de forma maquinal, dejándose llevar mientras su mente daba vueltas a los recuerdos. De pronto se paró. Las notas y los acordes que estaba tocando ¡sonaban tan intensos! ¡Tenían tanta carga de emoción! Se levantó en busca de papel, necesitaba escribir aquella música. Siguió tocando y escribiendo. Había una tormenta de ideas en su cabeza.

Ya era más allá del medio día cuando Eduardo se levantó. En el exterior caía una fina lluvia del plomizo cielo otoñal. Alexander le ofreció un café. Tenía curiosidad en saber qué mosca le había picado para levantarse de la cama durante la noche a tocar el piano. Edu respondió sin mucho entusiasmo que algunas ideas le rondaban en la cabeza.

— Tendrán que ser buenas para tanta urgencia — comentó Alexander. Edu tomó en su mano las partituras que había escrito la noche anterior y se sentó al piano. Primero probó deslavazadamente algunos de aquellos acordes. Luego arrancó con el tema que había compuesto. Alexander escuchó con atención. Al finalizar se le acercó.

— ¡Fantástico! Es lo mejor que te he escuchado. Hiciste bien en levantarte, las musas te han enviado su bendición— luego preguntó:

— ¿Tiene título?

— Creo que lo titularé "Los ojos de Julia".

— Deben de ser preciosos para tanta inspiración.

Al caer la noche, regresaron al club para su segunda actuación. Desde cierta distancia observó a la joven camarera comparándola con el recuerdo que tenía de Julia. Era atractiva, pero excepto por sus ojos y su forma de mirar, en lo demás había evidentes diferencias. La chica no parecía prestarle ninguna atención, así que se dirigió al escenario y pasó el resto de la velada sin acercarse por la barra del bar. Finalizados los dos pases de rigor, el encargado llamó a Alexander a su despacho para abonarle los honorarios. Poco después ambos salieron con gestos de mutua satisfacción. Alexander reunió a los muchachos en torno a la barra. El encargado quería invitarles a un último trago. Brindaron y departieron durante algún tiempo. La mayoría de los clientes ya habían abandonado el local y parte de las luces se habían apagado cuando la camarera se le acercó.

— ¿Hoy ya no te parezco tan irresistible?

Eduardo, sorprendido por el comentario, respondió:

— Creía que no te importaba mi opinión.

— A las mujeres siempre nos importa lo que piensan los hombres. Sobre todo si es bueno.

— Pues sigues siendo tan guapa como ayer.

— ¿Quieres acompañarnos a tomar algo? — y señalando a otra de las camareras, añadió — Lissa y yo solemos ir los domingos a The New Tavern, para finalizar la noche, ¿Te unes?

Eduardo aceptó. No todos los días te invita una bella mujer. Se despidió de sus compañeros y esperó a que las chicas acabaran su jornada. The New Tavern, se encontraba apenas a cincuenta metros del club. Aparentemente tenía aspecto de estar cerrado, pero las chicas llamaron a la puerta y un tipo con pinta de matón les permitió el paso. Uno de los camareros saludó efusivamente a Lissa, era su pareja sentimental y juntos se fueron. La otra chica se llevó a Eduardo a un rincón junto con un par de cervezas.

— Bueno pianista, ni siquiera sé tu nombre. Yo soy Cintia.
Eduardo se presentó. Los dos se enfrascaron en una animada conversación. Se sorprendió al enterarse que venía de España. Para ella todos los que hablaban español provenían de Centro o Sudamérica. Él no respondía a los rasgos latinos o caribeños. Sus ojos claros o su acento le diferenciaban. Le costó asimilar que los españoles eran europeos. Había tan pocos por allí que seguramente a muchos americanos les costaba ubicarles. La conversación se fue por derroteros imprevisibles. Él, relató como la vida le llevó hasta New York, y ella, cómo trabajaba de jueves a domingo de camarera hasta encontrar un trabajo acorde a sus expectativas. Al final, Cintia le propuso sin ningún reparo que se fueran a su apartamento. Una premisa debía de quedar clara. Nada de menciones al amor o al compromiso, solo era sexo de fin de semana.
Al día siguiente, Eduardo regresó al piso del Village. Aquella semana pensó en Cintia, pero ella le dejó claro: nada de ataduras, de teléfonos o de citas. Él ratificó sus palabras, había estado bien y lo mejor era dejarlo así. Si otra vez coincidían ya verían qué hacer. Alexander, ajeno al pacto, le preguntaba si no pensaban en darse una segunda oportunidad. Edu intentaba mostrarse duro. Había venido a América con un objetivo y no le iba a despistar ninguna mujer. Sin embargo, alguna vez consideró la posibilidad de pasar por el club a visitarla. Le gustaría volver a verla pero desistió. No sería él quien mostrara su debilidad.
Apenas habían pasado quince días cuando Eduardo y Cintia coincidieron en el café que había frente al Art & Music Academie. Cintia justificó su presencia en la zona por haber acudido a una entrevista de trabajo. Al término, recordó que él estudiaba allí y probó suerte. Eduardo admitió alegrarse mucho de verla y ella acabó cediendo en su orgullo y reconociendo que le gustaría tener otra cita. En las semanas siguientes ambos rompieron sus propias normas y buscaron momentos para repetir sus encuentros... ¿Amorosos? Bueno, llamémosles X.
Eduardo Rivera, estrenó la década recibiendo a 1970 durante su fugaz regreso a la casa paterna de Gijón. Fueron unan navidades breves pero intensas para cargar las pilas emocionales al calor de su familia. A su regreso a New York le esperaba una noticia. Un guitarrista, J Curtis, le proponía su incorporación a la banda con la que iba a grabar su primer disco. Alexander le animó a que accediera. Hay que aprovechar las oportunidades que la vida te presenta. Ya tendrían más ocasiones de tocar juntos. Eduardo aceptó el reto, ante él se abría una nueva etapa que exigiría lo mejor de sí mismo.
.

CAPÍTULO 31

La década de los setenta llegó a Gijón discreta y silenciosa. Sin grandes alardes que pronosticaran transformaciones radicales. Transformaciones, que durante aquella decena de años se iban a producir en España. Ni Franco, dirigente supremo, ni Carrero Blanco, su segundo al mando, sobrevivirían a la década.

En el día a día las cosas no parecían muy diferentes para Manuel. Aunque si se miraba atrás, los cambios habían sido impredecibles y sustanciales. AJOMA había recibido un impulso notable como empresa, especialmente con la construcción de su nueva fábrica. Antes de finalizar 1971 ya contaba con más de una treintena de empleados. La entrada de los nuevos socios y la concesión de nuevos créditos avalaban su expansión. Con ello consiguió un pequeño hueco en el pujante tejido industrial de la ciudad. En aquellos momentos, más del 80% de los trabajadores asalariados de Gijón trabajaban en el sector industrial. El mayor impulso había llegado a través de la creación de UNINSA y su nueva factoría de altos hornos. Ésta, absorbió a toda la industria siderúrgica Asturiana aunque posteriormente acabo absorbida por Ensidesa. Con ello llegaría un importante flujo de habitantes a la ciudad.

Manuel se volcaba en su trabajo. La fábrica le reportaba sus mayores satisfacciones pero también importantes recelos. Eso se traducía en más ingresos y también más preocupaciones. Al principio todo parecía fácil, Joaquín y él se encargaban de gestionar y sacar adelante el proyecto. Ahora su papel protagonista había perdido parte de su fuerza. Eran más a la hora de tomar decisiones y él no quería verse relegado a un segundo plano.

Julia veía desde una perspectiva más lejana los negocios de su marido. Él afrontaba el tema como una cuestión de hombres, por algo era el cabeza de familia. En esas cuestiones ella estaba en un segundo plano, pero tampoco deseaba mayor protagonismo. A finales de aquel año, Manuel y Julia compraron un piso en una zona céntrica de la ciudad. Eso significó abandonar el barrio aunque también hipotecarse.

Pero, ¿qué es un hombre sin aspiraciones? Manuel tenía claro que la vara de medir era "tanto tienes, tanto vales". En aquellos primeros años de matrimonio, resultaban una pareja exitosa a los ojos de los demás. Él era un joven apuesto y emprendedor, de carácter un tanto tímido y reservado. A pesar de su juventud, sus ideas eran en exceso conservadoras. Vivía demasiado preocupado por las reglas, las apariencias o los resultados. Julia también mostraba una actitud reservada y discreta, aunque era sencilla y asequible en el trato. Poseía una singular belleza, y pese a que huía de todo tipo de ostentación y artificio, era elegante y mostraba un cierto toque de distinción. En los primeros tiempos ambos parecían seguros de su mutuo amor. Sin embargo, había un cierto poso de insatisfacción o inseguridad en sus sentimientos que con el tiempo fue aflorando. Probablemente su relación surgió de una forma demasiado repentina. No había sido algo premeditado y madurado. Nació en unas circunstancias donde la vida les pilló a contrapié. Guardaban el pequeño secreto en su alma de una relación anterior inacabada. Los dos habían decidido enterrar el pasado y no parecían arrepentirse de los pasos dados a una vida en común, mas había algo invisible que entorpecía la felicidad completa. En ocasiones, Manuel esperaba de Julia la misma actitud o la misma entrega a la que Elisa le había acostumbrado, pero su esposa era muy distinta. Mientras Elisa no tenía otra pretensión que la de estar a su lado y emocionalmente dependía de él, Julia tenía sus propias ideas y aspiraciones. Hacían el amor con aparente pasión pero a veces surgían de forma espontánea incómodos silencios. Julia no es que echase de menos su relación con Eduardo, ésta en realidad nunca había existido. Tan solo era una especie de referencia para imaginar otra forma de haber vivido su vida. Probablemente para ellos dos, como dice en su canción Rubén Blades, "las cuentas del alma no se acaban nunca de pagar".

Un punto de desencuentro surgió. Manuel deseaba tener más hijos. Él había crecido como hijo único y siempre añoró tener hermanos. Su mujer no estaba por la labor. Tenían una hija, la pequeña Laura a la que adoraba. Ese era todo el bagaje que deseaba como madre. Él acabó por resignarse y buscar lo positivo de ser una pequeña familia.

Tampoco eran muy prolíficos en amistades. Manuel tenía una vida social más variada que su esposa. Principalmente en el entorno del trabajo. Pocos eran los amigos comunes de su confianza. Joaquín y su nueva novia, eran unos de los principales. Sus vecinos en el nuevo domicilio también se unieron a la escasa lista de allegados. Ellos tenían una hija pequeña y la amistad de las pequeñas unió a los padres. Algunas veces se juntaban con Adrián, pero las novias de éste además de peculiares eran demasiado efímeras para llegar a conocerlas. De cuando en cuando, Marcelina y su marido los visitaban o eran ellos quienes se trasladaban a Trubia. Para Julia, a falta de su hermana, ella era el nexo que la unía con su pasado. Manuel disfrutaba de sus amigos. Durante una época iban todos los domingos al fútbol mientras sus esposas se quedaban con los niños en el parque. Les gustaba organizar cenas o tertulias familiares en sus domicilios, o durante la época del buen tiempo, salir en sus coches a las playas de los alrededores. Para Julia resultaba más monótono, aunque no fuera totalmente consciente de ello. Para aquellas otras mujeres, todas sus inquietudes eran; sus hijos, sus maridos, o los programas de la tele y sus cotilleos. En cambio para ella, su mayor refugio eran los libros o hacer sus pinitos de incógnito como escritora.

A finales de 1973 la fábrica había crecido en estructura e importancia, y paralelamente en créditos y deudas. Manuel se encargaba de temas relacionados con la fabricación y los talleres. Los temas financieros prefirió dejarlos en otras manos empujado por las circunstancias. De todas formas no podía considerarse rico pero tenía una posición de holgura económica.

Una tarde, entradas las navidades, Manuel llegó al portal de su casa. Se disponía a encender la luz cuando una mano se lo impidió tirando de él hacia un rincón. Estaba a punto de repeler lo que él creía una agresión pero la voz de Adrián le pidió que se callase. Luego con un gesto hizo que le acompañase hasta el ascensor y subieron en él. Adrián apretó el pulsador del último piso. Su pelo y sus ropas estaban empapados y tenía el gesto desencajado.

— ¿Qué diablos te ha pasado? Preguntó con asombro Manuel.

— ¡Escucha! No tengo mucho tiempo. Necesito que me hagas un favor.

— ¿De qué se trata?

— Tienes que ir a Cimadevilla. ¿Recuerdas el club donde yo tengo un amigo?

— ¿Cuál, el del tipo gordo con el que creo que haces negocios?

— ¡Sí! Tienes que llevarle este sobre y decirle que mañana nos vemos donde el ya sabe. ¿Lo harás?

Manuel suspiró profundamente. Ya estaba Adrián con los sobrecitos y los misterios. El ascensor llegó hasta al final. Volvieron a tocar para bajar.

— ¿En qué jaleos te metes? ¿Qué hacemos dando vueltas en el ascensor?

— ¡Déjate de monsergas! Esto va en serio. Creo que me están siguiendo, no podíamos estar parados en el portal. Tú vuelve a subir a casa mientras yo me voy. Deja un tiempo prudencial y haz lo que te pido, por favor.

En cuanto el ascensor llegó nuevamente al portal, Adrián abrió la puerta y se fue precipitadamente, dejando a su amigo con un palmo de narices. Manuel subió a su domicilio. No sabía lo que a ciencia cierta debía considerar un tiempo prudencial. Esperó unos quince minutos y salió. Eran poco más de las diez de la noche cuando llegó a Cimadevilla. El casco antiguo se encontraba ambientado en la noche del viernes. Los bares y los garitos como El Gallo o La Cabaña, ofrecían su música en directo a base de flamenco o músicas hispanoamericanas. Tardó unos minutos en situarse hasta encontrar el club. Ya en el interior, buscó con la mirada al destinatario de su misiva. A primera vista no le vio. Ni siquiera sabía su nombre, así que cuando la primera de las chicas se acercó a ofrecerle su compañía la cortó en sus pretensiones. Lo único que deseaba era ver a su jefe con urgencia. Ella pareció poner reticencias a su petición; cuando el jefe no estaba visible no le gustaba que le molestasen. Manuel insistió. Por fin, el tipo gordo y grande, aun más de lo que recordaba, salió a buscarle.

— ¿Quien coño eres tú?

— Traigo un sobre para ti de parte de Adrián.

Hizo entonces un gesto para que se callase y le instó a seguirle. En la primera puerta del pasillo había un pequeño cuarto en el que entraron. Manuel entregó el sobre. Estaba dispuesto a marcharse y le dijo para completar su encargo:

— ¡Ah! Una cosa más, mañana debes de reunirte con él donde tú ya sabes.

El tipo con pinta de animal frunció el ceño y asintió. Luego pareció quedarse hipnotizado con la lectura del escrito que portaba el sobre. Manuel dio media vuelta y abandonó el puticlub lo más rápido que pudo.

Aquella noche llamó a Adrián al teléfono de su casa, pero no obtuvo respuesta. Pasaron varios días sin noticias de él. Manuel decidió pasarse por el negocio de licores. Necesitaba hablar con los empleados que desde hacía mucho tiempo trabajaban para Adrián. Estos le comentaron que hacía días que su jefe no pasaba por allí, cosa que por otra parte era habitual. Pero esta vez había algo diferente. Él les había dicho que por una razonable cantidad de dinero les traspasaría el negocio, con la condición de que se lo pensasen con rapidez. Un apunte más le comentaron por si le servía de algo. Durante al menos tres días, un hombre había estado merodeando por allí. Tendría unos sesenta años. Era alto y llevaba un bigote y perilla poblados de canas.

Regresó a casa preocupado. Durante el camino recordó la casa que Adrián había comprado hacía tiempo cerca de Luarca. Ahora empezaba a entender para qué la quería, probablemente estuviese allí.

Dos días después de la festividad de Reyes, recibió una llamada en el trabajo. Adrián le llamaba desde una cabina telefónica. Le citó para el final de aquella tarde en el mesón chino de Cimadevilla. Le rogaba que no lo comentase con nadie. Acudió a su cita puntual. El citado mesón se encontraba en una recóndita plazuela. Una vieja casa albergaba el pequeño local de interiores de madera. Adrián estaba sentado en la mesa del fondo, con una bufanda enrollada al cuello y barba de varios días. El resto del bar estaba prácticamente vacío. Tan solo un parroquiano charlaba en la barra con el chino propietario del bar, mientras se tomaba una pinta de vino.

— ¿Dónde te metes? Nos tenías preocupados.

— ¡Tranquilízate! Sé cuidarme. — contestó mientras con su mano llamaba al camarero.

Cuando se acercó, le pidió que sirviese dos licores. El camarero oriental regresó con la botella y llenó dos pequeños vasos con nihonshu. Adrián retomó el tema tras apurar de un trago la bebida.

— Siento recurrir a ti en estas circunstancias, pero eres la única persona en quien confío. De todas formas no tienes nada que temer, tan solo este favor y permanecerás completamente al margen.

— ¿Al margen de qué?

Pidió otro licor de arroz antes de contestar, e hizo al camarero que dejase la botella en la mesa.

— Desde hace algún tiempo llevo haciendo negocios con una gente… digamos que peligrosa. Entre otras cosas tienen estrecha relación con el contrabando y en los últimos tiempos con el tráfico de drogas que llegan a Galicia o al norte de Portugal principalmente desde Sudamérica. Mi amigo Marcos y yo colaborábamos en la cadena. Hace algún tiempo decidí parar. El tema de las drogas no me gustaba y era peligroso. Además, no necesitaba más dinero para vivir bien.

Tomó otro trago y respiró profundamente antes de continuar, ante la atónita mirada de su amigo.

— Ellos no son los únicos que hacen esto. Hay otras mafias y otros nuevos grupos que vienen con fuerza, pronto no habrá sitio para todos. La policía también les sigue la pista. Gracias a un chivatazo de alguien que nos debía un favor, pudimos saber que a Marcos, ya sabes, el gordo del club y a mí, nos preparaban una encerrona para que cargásemos con el mochuelo. No pudieron, nos adelantamos a los hechos y nos fuimos con todo el botín de la última operación.

Hubo un silencio, Manuel le observaba boquiabierto. Adrián continuó.

— Necesito ultimar unas cosas, antes de desaparecer de la circulación. Luego seguramente no nos volveremos a ver en una muy larga temporada.

— ¡Joder! ¿Como has podido estar tan loco? Siempre supuse que acabarías mal.

— ¡No, amigo! No voy a permitir que acabe mal. Solamente, yo fijo mis límites y tomo mis decisiones.

— ¿Y qué necesitas de mí?

— Como te he dicho no me puedo fiar de nadie. El otro día tuve que despistar a un tipo que me seguía. Es probable que haya varios que van tras de mí. Tal vez son ellos, la policía… aunque no se lo pongo

muy fácil. No puedo pasar por los sitios que me relacionan. Por la tienda, por mi casa. Ahí es donde necesito de ti.
Del bolso del abrigo sacó unas llaves y las depositó encima de la mesa.
— Necesito que recojas una cosa en mi piso. Tú puedes entrar y salir del edificio sin levantar ninguna sospecha.
— ¿De qué se trata?
— En mi habitación, en el último cajón del armario, hay un bolso de cuero con una correa para colgar en bandolera. Llévalo mañana hasta al aparcamiento que hay en la parte de atrás del estadio de El Molinón. Estaré aparcado bajo la pasarela que cruza el río hacia el nuevo recinto de la Feria de Muestras.
Dicho esto, Adrián se despidió, a la vez que le pedia disculpas por tener que utilizarle. Pagó y se fue solo, cada uno debía de ir por su lado.
Manuel regresó a casa y dudó si contarle a Julia la situación. Definitivamente le contó una versión suavizada de los hechos, que aun así dejó intranquila a su esposa. Lo de recoger el encargo lo dejó para la mañana siguiente. La noche le producía mayor inseguridad.
Antes de acudir al trabajo, a una hora más temprana de lo habitual, Manuel aparcó el coche frente a la playa y subió al piso de Adrián intentando cerciorarse de que nadie le observaba. Buscó en el armario y encontró el bolso. La curiosidad le pudo y miró en el interior. Emitió una especie de resoplido cuando descubrió el contenido. Entre otras pocas pertenencias, había una pistola y munición. —Esto se ha salido de quicio— masculló para sus adentros. Descendió a la calle. Iba temeroso de ser descubierto, sin embargo, el resto de los ciudadanos parecieron ignorar su presencia.
La pistola permaneció en el maletero del coche durante todo el día. A la hora acordada de la tarde, Manuel acudió a los alrededores del estadio para hacer la entrega. Una sensación de desasosiego le llevaba invadiendo durante todo el día. No se había atrevido a comentar nada ni tan siquiera a Joaquín. Primero dio una vuelta de reconocimiento pero no vio ni rastro del coche de Adrián. Seguidamente aparcó en el lugar convenido para la entrega.
Tan solo eran las seis de la tarde pero la noche ya había caído por completo y apenas había luz en aquel lugar. Un automóvil desconocido aparcó a su lado. Esto le puso en guardia. Inesperadamente salió del coche su amigo y abriendo la portezuela se sentó a su lado.
— ¡Menudo susto me has dado! Esperaba verte llegar en tu coche.
— Este es ahora mi coche, el otro estaba muy visto. ¿Has traído lo que te pedí?
— ¡Sí! ¿Pero qué vas a hacer con esa pistola? Creo que estás llegando demasiado lejos.
— Esto solo es para casos extremos. Tranquilízate, debo de jugar mis cartas. Ahora debes irte, siempre te estaré agradecido. Tan solo una

cosa; esta es la llave de un apartado de correos. Si en dos semanas no vuelves a saber nada de mí, entrega a la policía lo que hay allí si lo crees oportuno. Recuerda; ¡espera quince días!

Antes de que pudiese responder, Adrián le dio lo más parecido a un abrazo que pudo, por la estrechez del habitáculo del coche y se fue. Manuel regresó a su casa con un sentimiento de congoja en el corazón.

A la mañana siguiente, cuando Manuel se disponía a salir del portal de su casa, la portera se dirigió a él.

— Perdone, ayer un señor se interesó por usted. Me hizo algunas preguntas. Yo le dije en qué piso vivía pero él se fue sin más.

— ¿Como era? – preguntó poniéndose a la defensiva.

— Pues normal, un señor mayor, vestido con una gabardina oscura.

— ¿Llevaba barba o bigote?

— Creo que algo de barba canosa.

Manuel dio las gracias y salió a la calle. Miró a derecha e izquierda en busca de alguien con aquella descripción. No localizó a nadie. Podría ser el mismo tipo del que le hablaron los empleados de la licorería. Se dirigió entonces hacia su coche y lo puso en marcha camino del trabajo. La preocupación iba en aumento según pasaban los minutos. ¿Acaso le vigilaban también a él? ¿Como le habían localizado? Y, ¿qué podían querer de él? Demasiadas preguntas sin respuesta.

Aquel día no pudo contenerse. Contó a Joaquín el tema de su preocupación sin ahondar en algunos detalles. Joaquín estaba alucinado pero trató de restarle importancia a sus temores. Quizás fuese una casualidad las preguntas a la portera. ¿Qué pintaba él en los asuntos de Adrián?

Eran poco más de las dos de la madrugada, cuando Adrián cruzó por las empedradas callejuelas de Cimadevilla camino de la casa de Marcos. La vivienda estaba situada a pocos metros del club de alterne que regentaba. Al pasar ante este, notó que algo iba mal. El cartel luminoso estaba apagado y el bar cerrado. Era una hora inusual para que no hubiese ningún signo de actividad. Continuó su camino. La casa de Marcos era un pequeño y viejo edificio con dos alturas; planta y primer piso. En la parte de abajo tenía un local que utilizaba como almacén. Con precaución comprobó que no hubiese nadie por los alrededores. Se dirigió a la parte de atrás. El callejón terminaba en un minúsculo patio. A Marcos le servía para aparcar, no sin dificultad, su furgoneta. Las contraventanas de madera del piso estaban cerradas y no se apreciaba luz a través de las rendijas. Adrián decidió obrar con cautela. Aprovechando la oscuridad total del callejón, se subió sobre el techo de la furgoneta y se aupó al pequeño balcón enrejado. Pegó la oreja a la puerta. Al principio no escuchó nada. Agudizó el oído y le pareció oír alguna voz pero casi imperceptible. Era seguro que provenía de otra parte de la casa. De su bolsillo sacó una navaja. La parte superior de la puerta, tenía cuatro cristales protegidos desde el interior por una contraventana de madera. Con la navaja, procurando no meter ruido, raspó la masilla endurecida que unía los cristales a la madera. Necesitó varios minutos hasta hacer saltar las astillas que sujetaban el cristal. Éste se rompió en dos pero por fortuna pudo evitar que cayese al suelo. A continuación, presionando sobre la contraventana introdujo el filo de la navaja haciendo saltar la pequeña cancela que la cerraba. Entró sigilosamente, la habitación estaba vacía y oscura. A tientas, llegó hasta la puerta y la entreabrió. Al otro lado del pasillo, un tanto en oblicuo, se divisaba el salón. Su amigo Marcos estaba sentado en una silla atado de pies y manos de espaldas a él. Esperó para controlar la situación. Se oían pasos por el salón y de cuando en cuando las palabras de alguien a quien no podía ver. En cuanto se cercioró de que solo era un individuo el que vigilaba a su amigo, salió al pasillo con sigilo. Llevaba la pistola con la mano en el gatillo. Un reflejo en la ventana le hizo ver que el intruso estaba desprevenido de espaldas a la puerta, sirviéndose una copa. Entró con decisión y apuntó directamente al extraño.

— Levanta las manos y échate hacia atrás o te vuelo la cabeza.
Aturdido, aquel hombre se echó hacia atrás y se pegó a la pared.

— ¡Bien hecho, amigo! ¡Desátame rápido! — exigió Marcos.
 En primer lugar, Adrián cogió la pistola que el tipo aquel había dejado imprudentemente sobre la mesa para servirse el trago. Luego, sin dejar de apuntar, comenzó a cortar la cuerda que ataba los brazos de Marcos por su espalda al respaldo de la silla. Una vez conseguido aunque con cierta dificultad, entregó la navaja al dueño del club para que se cortase las cuerdas que ataban sus pies. Marcos se levantó enfurecido. Tenía la cara ensangrentada por los golpes recibidos. Se abalanzó directamente sobre el tipo que le había retenido. El secuestrador extrajo de su bolsillo una navaja para repeler la agresión. No fue suficiente. La gran envergadura de Marcos repelió el pinchazo y le propinó un duro golpe en el rostro derribándole. Antes de que pudiese levantarse, su pierna soltó un zapatazo que le derribó nuevamente estrellándole contra un armario. El individuo quedó tirado sin ningún amago de reacción. Se acercaron a él. Estaba inmóvil con los ojos abiertos. Adrián intentó incorporarle, pero descubrió que la sangre brotaba abundantemente de su cabeza tras su impacto contra la esquina del mueble.

— Creo que le has matado, tienes que tranquilizarte.
— ¿Tranquilizarme? Tenemos que largarnos de aquí. Pronto regresarán.
— ¿Quiénes?
— Eran varios, si no, no habrían podido conmigo. Los otros me obligaron a decir tu dirección. Se la di, sabía que allí no te encontrarían. Dejaron a este desgraciado para vigilarme pero pronto volverán.
— ¡Vámonos! Pero no podemos dejar este cadáver en tu casa.

— Tengo una idea, — sugirió Marcos— Saquémosle por el balcón y metámosle en mi furgoneta, rápido.

Le envolvieron la cabeza en una toalla para evitar que la sangre fuese dejando un reguero y Adrián le metió la cabeza en una bolsa de plástico. Marcos se bastó para transportarle a hombros. Apagaron las luces y se deslizaron por el balcón. Afortunadamente aquel rincón del barrio estaba oculto a ojos indiscretos. Arrancaron la furgoneta. Adrián le preguntó hacia dónde se dirigían.

— Lo mejor es que le arrojemos por los acantilados del Cerro de Santa Catalina. Puede pasar por un desgraciado accidente.

La parte norte del barrio de Cimadevilla terminaba en un promontorio. Entre las últimas casas y los acantilados, había un terreno elevado bajo la tutela del ejército. En aquellos días los militares ya no hacían un gran uso de aquellas instalaciones. Marcos dirigió su furgoneta a la parte más occidental del cerro. Era una noche oscura, lo que les favorecía. Cerca de una esquina, la alambrada estaba deteriorada. Con rápidos movimientos se colaron a través de ella y arrojaron el cadáver al mar. Posteriormente, huyeron de la zona como alma que lleva el diablo.

Durante varios minutos recorrieron las calles sin decirse una palabra, meditando los hechos ocurridos. Por fin Marcos detuvo el coche y habló.

— Las cosas se han complicado, pero al menos hemos salido de esta.

— Solo nos quedan dos días y dejaremos atrás toda esta mierda.

— apuntilló Adrián, luego añadió. — ¿A dónde irás hasta que nos vayamos?

— Me quedaré en casa de Dori, ella tiene las instrucciones para seguir llevando el negocio en mi ausencia.

— ¿Confías en ella?

Por supuesto, para mí es mucho más que una empleada. ¿Y tú, a dónde irás?

— Yo tengo un refugio seguro, lejos de aquí. Ahora llévame hasta mi coche.

Al despedirse, Adrián le recordó las consignas establecidas y la puntualidad. No habría otra oportunidad. En dos noches estarían navegando fuera de España.

A la mañana siguiente, Manuel conducía su auto cuando una noticia en la radio llamó su atención. Los guardacostas habían recogido un cadáver del mar en las inmediaciones del cerro de Santa Catalina. Por el momento se desconocían tanto la identidad como las causas de la muerte. Su corazón palpitaba deprisa. Pensándolo fríamente no sabía porqué se preocupaba, aunque desde que había visto la pistola de Adrián pensaba que todo era posible. Durante el día indagó sobre la noticia pero ningún dato nuevo transcendió. A la tarde se acercó a la licorería. Necesitaba saber si el hombre que había merodeado por el almacén de licores era el mismo que había interrogado a la portera. Los dependientes le comentaron algo imprevisto. El día anterior, Adrián apareció con los papeles del traspaso firmados para que se hicieran cargo del negocio. Cogió el poco dinero que sobre la marcha pudieron ofrecerle y desapareció. A partir de aquel día ellos eran los nuevos propietarios del establecimiento y se encargarían de pagar a los dueños la renta del local. Indudablemente tenía prisa. Sobre el desconocido, no le habían vuelto a ver rondando por allí.

La noche del jueves, Adrián llegó a los muelles del puerto del Musel. Le habían preparado una documentación falsa y tenía un pase como marinero del Centurión, un carguero con bandera chipriota. Él siempre había tenido estrecha relación con el mar. También quedaba claro que el dinero todo lo arregla. Subió al barco y esperó en vano la llegada de Marcos, pero no apareció. Llegada la medianoche, el barco soltó amarras y partió perdiéndose por el negro horizonte.

Manuel se disponía a subir en su automóvil. Abandonaba la fábrica camino de su domicilio para el almuerzo del mediodía, cuando Joaquín le llamó.

— Espera un momento. ¿Has leído el periódico?

Manuel negó con la cabeza. Joaquín apresuró el paso y se acercó.

— Mira esta noticia. ¿No es el tipo al que conocía Adrián?

Echó una ojeada al periódico local. Los titulares decían: Encuentran asesinado a tiros al dueño de un club de alterne. En un lado de la noticia la fotografía de Marcos. Un sudor frio recorrió la frente de Manuel. Cogió el periódico en sus manos y leyó. Su compañera sentimental, una tal Dori, le encontró muerto en su piso la tarde anterior. Los hechos estaban bajo secreto de sumario aunque se podía tratar de un ajuste de cuentas.

— ¿Crees que Adrián tiene algo que ver con esto? — preguntó Joaquín.

— ¡No lo sé! — contestó con voz queda.

Visiblemente afectado, se despidió. Arrancó el vehículo y se dirigió a su casa. Julia se interesó por el motivo de su desasosiego, era evidente que algo le preocupaba. Manuel intentó quitarle hierro al asunto. Realmente no sabía qué podía haber pasado. No quería que su esposa se sintiese preocupada y que aquello les pudiese afectar directamente.

Al día siguiente, sábado, leyó todos los periódicos locales en busca de más datos sobre la noticia. Pocas novedades se aportaban, la más notable era que fuentes policiales creían que podía haber relación entre el crimen y el cadáver rescatado del mar del hombre aun sin identificar.

A la tarde acompañó a su esposa y a una amiga, iban al cine con sus hijas pequeñas. Él decidió regresar a su domicilio. Caminaba con parsimonia mientras en su cabeza las especulaciones daban vueltas. De pronto, un hombre se situó a su costado para decirle:

— Perdone Manuel, ¿podríamos charlar un minuto?

Sobresaltado, se giró. Allí estaba el misterioso hombre, con su gabardina oscura y su perilla blanca.

— ¿Qué quiere usted de mí? y ¿como sabe mi nombre? —preguntó poniéndose en guardia.

— ¡No se altere! Todo se lo puedo explicar. Le he visto con su familia pero he preferido esperar a que estuviese solo.

— ¿Por qué me sigue? No creo que nosotros tengamos nada de qué hablar.

— Se equivoca. Sé que es amigo de Adrián y él está en un grave peligro. Créame, yo puedo ayudarle.

— Yo no sé nada de Adrián. Hace tiempo que no le veo... ¿Y por qué nos relaciona? Además, déjeme en paz y no me siga o avisaré a la policía. Yo a usted no le conozco de nada.

Dio media vuelta y aceleró el paso intentando alejarse, pero su interlocutor le dio alcance e insistió.

— ¡Mire! — dijo mostrando unas credenciales.— Soy policía jubilado. Necesito hablar con usted, no tiene nada que temer. Yo supongo que nada le relaciona con los asuntos de su amigo, pero hay gente peligrosa que podría suponer lo contrario.

Manuel se detuvo y le miró. Era un hombre que superaba los sesenta años, delgado y adornado de abundantes canas. Hablaba con marcado acento gallego. La expresión de su rostro y sus modales inspiraban cierta confianza. Al menos él sabía de qué iba el tema. Quizás hablar con él fuese la mejor solución.

— ¿Qué quiere de mí?

— Permítame que le invite a un café, se lo explicaré todo.

Así lo hicieron. Entraron en una cafetería y buscaron un lugar tranquilo donde acomodarse. Una vez atendidos por el camarero, Manuel preguntó como le había localizado.

—Aunque hace meses que me he jubilado, aun tengo buenos contactos en la policía. Pude saber que su amigo, además de poseer un negocio de distribución de licores, había sido socio de la empresa AJOMA a la que usted pertenece. Logré seguir el rastro de su amigo y una tarde le seguí hasta el portal donde usted vive, pero logró despistarme. Luego averigüe que quien vivía ahí era usted, su amigo y ex socio. Ya que no fui capaz de volverle a ver por más que vigilé su tienda y su domicilio, ahora necesito su ayuda para que me ponga en contacto con él.

— ¿Y para qué le necesita?

El ex policía, se acarició la barbilla con aire pensativo y luego mirándole a los ojos contestó:

— Mire, yo no sé lo que usted sabrá. Su amigo está en peligro. Hace dos días mataron a un hombre y él puede ser el siguiente.

— ¿Y por qué tiene tanto interés en salvarle?

El hombre hizo una pausa. Bebió de su copa y respondió.

— Yo necesito de su información y con ello puede que él se ayude a sí mismo.

A Manuel tanto misterio no le convencía. ¿Por qué un ex policía quería información si ya estaba jubilado?

— Yo no sé nada de lo que Adrián se trae entre manos, pero sigo sin comprender qué quiere sacar de todo esto.

— ¡Bien! Tiene razón, seré más explícito. Yo tenía un hijo, quizás tenía sus defectos pero era una buena persona. Regentaba un bar en la costa de Galicia. Desgraciadamente su relacionó con algunos impresentables, gente peligrosa que se mueve fuera de la ley pero que poseen dinero y buenas relaciones. Hace un año murió en un accidente. Sin embargo, yo tengo la certeza de que le mataron, aunque no se pudo demostrar.

Volvió a beber un trago con el que aclarar la voz tomada por un sentimiento de emoción y rabia.

— A la gente que yo considero culpables, no se les ha podido inculpar ni demostrar con pruebas, sus actividades ilegales, pero aunque me hayan jubilado yo no desistiré.

Manuel escuchaba con interés las palabras del desconocido. Ahora le intrigaba qué le podía ofrecer Adrián.

— Y si usted cree que mi amigo está dentro de esa organización, ¿por qué cree que le va a ayudar?

— Yo también tengo mis contactos. Hay indicios de que alguien les ha traicionado, y entre otras cosas se habrían hecho con mucho dinero de un cargamento. Creo que entre ellos está tu amigo, las muertes de estos dos días me lo confirman.

— Si la policía tiene esa información ¿por qué no actúan?

— Yo no te he dicho que esa información la haya conseguido de la policía.

Manuel sopesó la situación. Adrián le había dado la llave de un apartado de correos. Sus palabras fueron que si en quince días no tenía noticias suyas recogiese lo que allí había y lo entregase a la policía. Por el momento apenas había pasado una semana desde que se vieron. Tendría sus razones para poner ese plazo, no podía adelantar acontecimientos.

— ¿Y qué ganará poniéndose en contacto con usted?

— Si nos pasa la información se los quitaremos de encima.

— ¿Y qué le pasará a él?

— Siempre puede haber una salida.

— Bueno, haremos una cosa. Si Adrián se pone en contacto conmigo yo le avisaré. Con dos condiciones. Yo no quiero figurar en nada de esta historia, y segunda; tendrá que garantizar su seguridad a cambio de la información.

— Me parece justo, pero no olvide que el tiempo corre en contra.

Seguidamente intercambiaron sus números de teléfono. El ex policía debía de regresar a Galicia, pero volvería. Antes de despedirse le recomendó discreción, no debía de fiarse de nadie.

Durante los siguientes días, Manuel esperó noticias de Adrián. La falta de ellas provocó en él una gran ansiedad. Decidió probar suerte e ir en su busca. Se tomó un día libre para poner rumbo hacia la vieja casa que Adrián se había comprado tiempo atrás. No resultó una tarea sencilla. Tan solo había estado una vez. En cuanto se desvió de la carretera nacional todos los lugares se parecían. Al fin, harto de dar vueltas pudo llegar. La casa tenía el entorno tan descuidado o más que cuando la vio por primera vez. Excepto el camino que había sido limpiado de maleza para poder transitarlo, el resto estaba visiblemente descuidado. La casa permanecía cerrada, vacía y silenciosa. No había ningún signo de haber sido utilizada. Tan solo al marchar encontró restos recientes de un paquete de cigarrillos rubios como los que fumaba Adrián. Claro que eso no demostraba que fueran suyos. Aquel lugar no parecía aportarle ninguna solución.

Esperó escrupulosamente a que se cumpliera el plazo de los quince días. Para entonces ya había recibido un par de llamadas del ex policía desde Galicia, donde también crecía la impaciencia. Acudió a la oficina de correos e introdujo la llave en la taquilla del apartado. Su corazón martilleaba en el pecho con más fuerza que de costumbre. Adentro tan solo había dos sobres. Un grueso sobre marrón sin ningún signo exterior y un pequeño sobre blanco con la palabra Manuel. Abrió el sobre con su nombre, del interior sacó una tosca llave y un folio manuscrito que decía:

Querido amigo:
Si estás leyendo esto, quiere decir que han pasado los días y yo ya estoy muy lejos de ahí. Quiero agradecerte tu amistad y pedirte perdón por las molestias que te causé. Este sobre marrón debe de llegar a la policía. No quiero que seas tú quien lo entregue, pues aunque no tienes nada que ver, tan solo te reportará molestias. En el dorso de la página van escritos el nombre y el teléfono de un periodista del cual me puedo fiar, él sabrá qué hacer.
Que la vida que ahora nos separa, algún día nos vuelva a juntar.

P. D.

Supongo que la llave que te dejo sabes de dónde es. Cuando todo haya pasado, cógela y busca en lo más recóndito de la casa. Allí hay una botella de Courvoisier esperando tu brindis.

Manuel dudó qué hacer con el sobre. Claro que ahora no tenía a su amigo para consultarle. Finalmente pensó que entregársela al ex policía podría ser más útil. Él tenía una muerte que vengar. Dos días después, Manuel se encontró con el hombre de la oscura gabardina y blanca barba. Lo hicieron en un apartado café lejos de miradas indiscretas. Dentro del sobre había abundante documentación: Nombres, datos, algún número de cuenta, incluso fotografías y recortes de periódico. No sabrían si aquello serviría para destruirles, pero si les haría daño. Una cosa tendría que quedar clara, nunca más se volverían a ver. Eso era lo pactado, deberían de mantenerle al margen a él y a su familia.

Los días y las semanas se sucedieron disipando las preocupaciones. Cuando todo pareció quedar en el olvido, Manuel regresó a la casa de campo de Adrián. Empujó la chirriante puerta y penetró en la oscura y desolada estancia. Pocas cosas habían cambiado allí adentro desde que su amigo la comprase hacía ya tiempo. Se dirigió hacia el zulo escondido bajo la trampilla. Dirigió el rayo de luz de su linterna y observó que tan solo había una voluminosa caja en el centro del habitáculo. Descendió y la abrió. En la parte superior perfectamente ordenadas, una serie de botellas del coñac Courvoisier, tan apreciadas por su amigo. Cogió una, dispuesto a brindar un trago con el que cumplir su deseo. Entonces reparó en unas bolsas negras que había debajo. Extrajo una y la abrió. Su cara palideció, aquella bolsa contenía varios fajos de dinero en billetes. Abrió el resto de las bolsas, todas contenían dinero. Salió al exterior, necesitaba tomar aire. ¿Qué se suponía que debía hacer? Por un momento, la situación le superó. Trató de tranquilizarse y regresó al pequeño sótano para cerciorarse de que no era una alucinación. Contó uno de los fajos e hizo un cálculo, debía de haber más de tres millones de pesetas. Era una cantidad nada desdeñable en 1974. Entonces descubrió una nota escrita en grandes letras:

Esto te corresponde en pago a tu amistad, yo ya estoy servido. Olvídate por una vez de tus reparos. Quien roba a un ladrón tiene cien años de perdón.

No sabía qué decisión tomar. No podía dejar aquel dinero allí. Él no pensaba regresar nunca más y tarde o temprano alguien ocuparía aquella casa y se haría con la pasta. Si no lo cogía, ¿a quién se lo podía dar? ¿A sus dueños, una organización mafiosa?, ¿a su amigo Adrián que se lo había cedido?, ¿a la policía? Eso no era posible. Él había conseguido mantenerse al margen, ¿cómo explicar ahora que tenía parte del dinero? Durante largo rato permaneció sentado mirando aquellas bolsas. Realmente un buen trago de aquel coñac le sentaría bien.

Ya anochecía cuando llegó a Gijón. Subió a su casa y regresó al automóvil provisto de un par de maletas donde cargar las bolsas. Cuando entró en la casa, Julia le miró desconcertada.

— ¿Nos vamos de vacaciones? — sugirió.

Él abrió las maletas y mostró el cargamento. Julia quedó perpleja y boquiabierta. Manuel necesitaría toda la noche para explicarle y convencerla de que aquel dinero sería una carga que no podrían evitar. Bueno, ojalá de ahora en adelante todas las cargas que la vida les obligase a llevar fuesen así.

CAPÍTULO 32

En New York, Eduardo se entrevistó con el manager de J. Curtis y con el propio músico. Ellos ya le conocían de haberle visto tocar y deseaban su incorporación a la banda. El acuerdo no se hizo esperar. No solo participó en la grabación discográfica del joven guitarrista, también le acompañó por los escenarios durante una buena temporada.

Varios meses después, se encontraba en un estudio de grabación ejercitándose al piano, en espera de grabar unos jingles publicitarios para la radio. Era uno de esos trabajillos extras que alguna rara vez le salían. Tocaba su tema "Los ojos de Julia". De pronto, un tipo de nombre Lionel entró en la sala de grabación atraído por aquellos sonidos. Eduardo le comentó que era una de sus composiciones. Charlaron durante un tiempo sobre su música y sus ideas. Lionel trabajaba como productor discográfico para sellos jazzísticos tales como el reputado Blue Note. Le propuso grabar una maqueta, tenía interés en presentarle ante la compañía discográfica. A Eduardo la propuesta le pilló por sorpresa, necesitaba unas semanas para poder darle forma definitiva a sus ideas. Lo primero fue ir en busca de Alexander. Como era de esperar no le falló. No solo con sus consejos e ideas, también le consiguió a los músicos de acompañamiento. Necesitaba llevar un proyecto sólido si quería convencer. Por la cabeza de Eduardo rondaban ideas innovadoras. Quería impregnar a su música de las nuevas fusiones que revolucionaban el panorama del Jazz, de la mano de músicos como Miles Davis con su disco "In a Silent Way". Lionel estaba de acuerdo. Debía de sacar su propia esencia. Vale que admirara o estudiara a los grandes clásicos del Swing o el Bebop. Pero él no era negro, ni venia del Harlem o Nueva Orleans. Era blanco, joven y europeo. Había crecido con la generación del rock and roll y todo ello debería de salir en su música por alguna parte.

El productor no conseguiría un fichaje por la prestigiosa Blue Note Records. Quizás su estilo de fusión no fuese muy ortodoxo. Pero como ocurre en ocasiones, cuando una puerta se cierra, otra se abre. Poco después, le conseguía un contrato con una discográfica independiente que distribuía la poderosa Columbia Records.

Las sesiones de grabación fueron algo enormemente gratificante. Participaron algunos músicos de los que habían intervenido en la elaboración de la maqueta, aunque también Lionel trajo a nuevos miembros. Cómo no, por supuesto Alexander fue invitado a aportar un par de solos con su saxo. Eduardo estaba empeñado en poder elegir el diseño de la portada. Era una cuestión que le rondaba en la cabeza y necesitaba hacer valer su criterio. En la compañía discográfica no entendían su empeño en que la foto de la carpeta mostrase una parada de autobús. No encontraban la relación de aquella imagen con su música. Lionel bromeaba con el tema. Preguntaba que si con eso pretendía sacar algún tipo de subvención a la empresa de transportes urbanos; pero Eduardo tenía sus razones. Él pretendía mostrar un dibujo difuso de una solitaria parada de autobús. En ella un hombre aguardaba sentado con su maleta esperando partir. Era algo que seguramente solo para él tenía significado. Si el tema central del disco se llamaba "Los ojos de Julia", la parada del autobús era como un símbolo que para él significaba un antes y un después. Necesitaba sacar todos sus fantasmas del pasado y liberarlos para siempre, sin importarle que para el resto del mundo no tuviese sentido. Definitivamente el disco salió a la calle con su pequeño capricho en la portada del vinilo.

Aquel trabajo discográfico no llegó a las importantes listas de ventas, ni a ocupar grandes titulares en los medios de comunicación. Algunas reseñas en la prensa musical y una aceptable acogida en las emisoras que radiaban jazz fue el principal bagaje obtenido. Con el tiempo, sin embargo, supuso una buena tarjeta de presentación para que no le faltaran los contratos, alternando los pequeños clubs con los festivales de jazz que afloraban cada vez con más fuerza. Eran los primeros años de la década de los setenta, El jazz comenzaba a salir de los circuitos intimistas para penetrar en los festivales y conciertos. Grupos y músicos de nueva hornada como; Weather Report, Mahavishnu Orchestra o Chick Corea, atraían a un nuevo público más mayoritario y más juvenil.

Los viajes pasaron a ser su forma cotidiana de vida, lo que para un espíritu bohemio no suponía un gran sacrificio. Con el tiempo su música le traería de nuevo a Europa aunque para eso aun debía de esperar.

Durante algún tiempo Manuel y Julia decidieron no tocar el dinero que el azar había puesto en su camino. Quizás por temor a que se presentasen en su casa unos despiadados mafiosos reclamando el botín. Tal vez fuesen los policías quienes apareciesen para quitárselo y acusarles. Incluso Adrián podría volver a recuperarlo, alegando que lo necesitaba y se arrepentía de la donación. Nadie llegó. Eran casi tres millones y medio de pesetas y allí estaban esperando que alguien se decidiese a gastarlos. No es que fuese una fortuna para tirar cohetes, pero daba para mucho. Al principio, decidieron dar algunas pequeñas cantidades a la beneficencia, se lo pedían sus conciencias. Luego, por esa costumbre que tenemos los humanos de justificarnos y perdonarnos nuestros actos, decidieron invertirlo en su provecho.

Su situación económica era holgada. Con el trabajo de Manuel y su participación en la sociedad laboral podían vivir comodamente, aunque sin permitirse grandes derroches. Necesitaban invertir aquel dinero con prudencia y eficacia. Por un lado Manuel propuso liquidar la hipoteca del piso de forma gradual y con ello aun sobraba dinero. Julia, pronto encontró en qué utilizar la otra parte. Ayudaría a pagar el viaje de su hermana Marta y su familia desde Australia. Era un viaje largo y costoso, ida y vuelta desde el otro extremo del mundo. Desde su partida nunca había regresado. Ambas se perdieron sus respectivas bodas, el nacimiento de sus hijos... Ya era hora de que pudiese volver y vivir un reencuentro.

Marta, junto con su hijo y su marido, pudieron regresar durante unas cortas e intensas vacaciones. Julia pudo saber que pese a las optimistas y felices cartas que su hermana le enviaba al principio, en los primeros tiempos debió de superar días difíciles en aquellas lejanas tierras. Lejos de los suyos, sin conocer el idioma y trabajando duramente. Con el paso de los años las cosas mejoraron y aquel lejano país ocupaba ahora un hueco en su corazón. Cortos se les hicieron los días para contarse sus anhelos, sus secretos y disfrutar de sus familias. Pero como todo lo que empieza tiene un final, también llegó la hora de la partida. Se emplazaron para volver a verse, quizás la próxima vez en Australia.

Puede ser que algunas veces pensemos que la monotonía es un síntoma de aburrimiento. Días y épocas sin alicientes. Por el contrario, también pudiera ser que esa monotonía sea buena, significando que la vida transcurre sin grandes sobresaltos ni mayores contratiempos. En esos días, los pequeños acontecimientos son los que marcan las diferencias.

Durante algunas semanas, el piso contiguo había permanecido vacío. Aquella tarde, cuando Julia regresó a su casa, se encontró con una actividad inusual en el edificio debido a la mudanza de los nuevos vecinos. Al llegar a su planta, vio a una sonriente mujer dando órdenes a los operarios. Al percatarse de su presencia se presentó como su nueva vecina. Su nombre era Matilde. No sabría calcular su edad, probablemente rondase los treinta y cinco. A Julia su cara le resultó muy familiar, no podía precisar de qué o de dónde, pero la conocía. Durante la cena, su hija Laura comentó que una niña de su colegio vendría a vivir a su edificio y Julia cayó en la cuenta. Se conocían de coincidir en el colegio de sus hijas. Al día siguiente, le comentó a Manuel que sería interesante invitar al café a sus nuevos vecinos. Es importante la buena sintonía con quienes te rodean, especialmente si nuestras hijas son compañeras, alegó. Julia volvió a coincidir con su nueva vecina antes de finalizar el día y aprovechó el momento para invitarla, a ella y a su marido a un café de bienvenida en su casa durante el fin de semana. La respuesta de Matilde la dejó azorada. Aceptaba gustosa la invitación pero no acudiría con su marido, estaba oficialmente separada desde hacía meses. Aquella noticia pronto estaría en boca del resto de vecinos, como suele pasar, siempre más preocupados por los cotilleos de las vidas ajenas que de sus propias carencias.

Con el paso de las semanas, la amistad entre Julia y Matilde se fue afianzando. Matilde, además de una madre responsable y apuesta mujer, era una persona culta. Había realizado los estudios de filosofía y letras aunque nunca había tenido oportunidad de ejercer su carrera. El matrimonio y las responsabilidades como madre habían sido la causa. Tras el abandono del hogar por parte de su marido, buscó una forma de ganarse la vida y consiguió un contrato en las oficinas de una agencia de seguros. Nada que ver con su preparación, pero al menos era una forma de ganarse el sustento para ella y su pequeña. Entre ellas comenzó a existir una cierta afinidad en la forma de ver la vida. Juntas compartían el gusto por aficiones como la literatura o el cine.

Una tarde, durante la visita de Matilde a la casa de Julia, mientras ésta revolvía en sus cajones en busca de antiguas fotografías, su amiga reparó en unas coloristas carpetas. Allí guardaba enterrados en el anonimato los cuentos y poemas de su secreta afición. Julia sintió vergüenza de tener que mostrárselos, pero ante la insistencia accedió a que los viese. Para Matilde fue toda una sorpresa. Lejos de considerarlo algo ridículo o trivial le pareció algo emotivo. Leyendo algunas de aquellas cosas se podía apreciar sensibilidad y originalidad. Julia intentó disculparse de sus carencias. Por el contrario, su nueva amiga consideraba que realmente poseía talento. Seguramente necesitaba pulir y perfeccionar su estilo, pero tenía creatividad. La animó entusiasmada. No solo con conocimientos uno puede crear una obra, se necesita el don de la imaginación. Ella se prestaba a ayudarla y a corregirla en lo que fuese posible. Tenía que insistir, la práctica y el trabajo la ayudarían en su reto.

Días después, Matilde la animó a presentar uno de aquellos cuentos a un concurso navideño organizado por una editorial regional. No tenía nada que perder. Sin mucha convicción lo hizo, aunque no dijo nada ni siquiera a Manuel. El día que el teléfono sonó para comunicarle que su cuento había quedado entre los tres finalistas y deseaban publicarlo,

Julia quedó perpleja incapaz de reaccionar. ¿Era posible que su manera de escribir tuviese valor para alguien? Ella, una modesta chica con escasa preparación. Matilde la animaba:

— Conozco quienes poseen muchos conocimientos y son completamente idiotas ante la vida. La técnica y los conocimientos se pueden aprender, la imaginación, el talento o la sensibilidad, nacen con la persona. Tan solo es cuestión de cultivarlos.

La publicación de aquel cuento no solo supuso una satisfacción enorme para ella. También un enorme aliciente para aprender y seguir. Su esposo estaba sorprendido. En cuanto a su hija, aquello no solo la llenó de orgullo, se encargó de contar a los cuatro vientos los éxitos de su madre.

Ocupados en vivir como cualquier mortal, el destino volvió a barajar sus cartas. ¿Quién puede tener el control de los designios del Azar? Como bien escribió el poeta: "Cuando de nada nos sirve rezar, caminante no hay camino sino estelas en la mar".

No era precisamente en poemas en lo que Manuel ocupaba su mente cada día. Esa tarde las cosas en el trabajo estaban revueltas. Para ser exactos llevaban días de problemas y tensiones. Finalizada la reunión de trabajo, tras la jornada laboral, Manuel regresó a casa rumiando entre dientes sus discrepancias. Aparcó el automóvil y subió hasta su domicilio. Una sensación de malestar le invadía. Necesitaba una ducha y una sesión de relax en el sofá. La casa estaba vacía, su esposa y la niña aun no habían regresado de donde estuviesen. Súbitamente sintió un agudo dolor en el pecho. En alguna ocasión sintió algo parecido aunque esta vez no era comparable por su intensidad. Él siempre había rehuido las revisiones médicas. Consideraba que la mejor forma de no estar enfermo era no acudir a enterarse. Sintió que la vista se le nublaba y una enorme sensación de ahogo no le permitía respirar. Tambaleándose caminó hacia el teléfono, necesitaba ayuda. Es probable que cuando la muerte nos venga a visitar, presintamos que estamos ante el final. Nunca sabremos cual fue su último pensamiento, Manuel se desvaneció justo antes de llegar. Fue a caer de bruces sobre la mesilla donde reposaba el teléfono que se desparramó por los suelos.

Había pasado casi una hora hasta que Julia y la pequeña Laura entraron en la casa. Las luces estaban encendidas, síntoma de que Manuel ya había llegado. Laura llamó a su padre pero no obtuvo respuesta. Al llegar al salón un grito alertó a su madre. Julia corrió hacia el cuerpo inerte de su marido intentando reanimarle. Mientras, la pequeña salió precipitadamente en busca de la ayuda de sus vecinos. Las asistencias sanitarias llegaron minutos después, ya nada era posible hacer. Tan solo trasladar el cadáver para examinar las causas de su muerte.

El coche fúnebre llegó puntual la tarde siguiente. El ataúd fue introducido en la iglesia y tras él entró la comitiva. El órgano desgranaba sus notas tristes y lánguidas sobre las que destacaban los sollozos de la pequeña Laura. Julia permanecía a su lado como ausente. Hacía mucho tiempo que la vida no le daba un revés tan contundente. Mientras su mirada perdida observaba el trémulo palpitar de las llamas que consumían las velas, su mente recorría los recuerdos intentando retener el tiempo. Él se había ido de la misma forma súbita con la que había aparecido en su vida. En tan solo un par de días aparecía una brecha insalvable entre el ayer y el mañana. Sus ojos estaban secos y cansados de verter lágrimas. Al término del funeral, los últimos rezagados acudieron a ofrecer sus condolencias. Una mujer joven de ojos achinados y humedecidos por el llanto, acudió a estrechar su mano. Julia nunca la había visto y le intrigó su dolor. Ella tan solo dijo un "lo siento" y dando media vuelta subió en un pequeño automóvil donde un hombre la esperaba con la portezuela abierta y desapareció. Julia se percató de que su suegra las observaba con curiosidad. Se acercó a ella y preguntó si era alguna pariente lejana.

— Quizás debió de haber sido mucho más que éso — Contestó con frialdad la mujer. Aquellas palabras la hicieron meditar. ¿Cuántas cosas no sabía de su marido? ¿Cuánto la habría querido y como habría sido de feliz a su lado?

Si para Julia los días siguientes fueron duros, para Laura lo fueron mucho más. Cómo hacerle entender que la muerte no tiene lógica ni equidad. Matilde y algunos otros amigos se volcaron en sus atenciones. Poco a poco el tiempo fue haciendo que asumieran la nueva realidad.

La situación financiera en la que quedaron, sin ser excelente, al menos no era preocupante. El estado les proporcionaba una pensión de viudedad no muy abundante. Afortunadamente, Manuel había suscrito con sus otros socios un aceptable seguro de vida que compensaba la situación. Por otra parte, el piso era en propiedad y no tenían deudas pendientes que las pudieran inquietar. Un tiempo después, Julia vendió su participación en la empresa y se desligó de ésta.

Cuando las semanas fueron pasando, Julia fue saliendo de su letargo melancólico. Matilde la animaba a recuperar el entusiasmo por vivir. Entonces decidió escribir pero ya no sentía interés por escribir sencillos cuentos con finales felices, quería canalizar su tristeza en un relato que supusiese un verdadero reto. Matilde la ayudó y corrigió. Poco a poco se volcó en cuerpo y alma hasta conseguir terminar una novela. Fue como una terapia que le devolvió la ilusión.

La modesta editorial que había publicado un par de cuentos suyos, tan solo dedicaba su catálogo a las lecturas infantiles. Pese a todo, la ayudaron a buscar quien pudiese sentir interés en publicar su historia. No fue tarea fácil, pero a base de insistencia logró hacer realidad sus anhelos. El día que su libro fue publicado, Julia invitó a su amiga Matilde a brindar en su casa con una copa de coñac Courvoisier.

Nunca solía beber alcohol, mas en una ocasión tan especial seguro que a Manuel le encantaría allá donde estuviese. Brindarían con él de su botella de la suerte.

El tiempo no borra la memoria, pero sí cura las heridas. La vida pasaba, viendo crecer a su hija e intentando vivir cada momento como si fuera el último; aunque todavía era joven, no sentía interés en volver a mantener una nueva relación. Sentía que se había cerrado la puerta de su corazón y perdido la llave. Escribir, y sus amigas especialmente Matilde, llenaban su vida.

Una tarde Julia y Matilde llegaron hasta la taquilla del cine Brisamar. Era un pequeño local en el barrio antiguo donde se proyectaban películas de arte y ensayo. Es decir, aquellas películas lo suficiente mente buenas como para que a la gran mayoría del público no le interesasen. Compraron la entrada en la taquilla. La película anunciada era Zabriskie Point. Faltaban algunos minutos hasta que las puertas se abriesen y decidieron matar el tiempo echando una ojeada al escaparate de una pequeña librería y tienda de discos llamada Paradiso. La sorpresa se plasmó en el rostro de Julia ante la portada de un Lp de vinilo. Eduardo Rivera Group, escrito en gruesas letras doradas sobre un fondo negro. Instintivamente penetró en el establecimiento y se dirigió al encargado.

— Perdone, ¿este disco es nuevo?

— ¡Sí! creo que llegó esta semana.

Julia lo tomó en sus manos. En la contraportada una foto de un sonriente Eduardo sentado ante un piano y rodeado de varios músicos.

— ¿Le interesa su música?

No contestó, estaba como absorta contemplando aquella carpeta. Matilde intervino y preguntó:

— ¿Qué tipo de música es?

Es un estilo de Jazz moderno. Por cierto, no sé si sabrán que aunque está grabado en los Estados Unidos, Eduardo nació en esta ciudad.

Por fin Julia pareció reaccionar.

— ¿Tiene más discos suyos?

— No se lo puedo asegurar, pero sé que aun teníamos un ejemplar de su primera grabación. Por cierto para mí la mejor. Voy a mirar.

Mientras el vendedor buscaba en las estanterías, Matilde le preguntó intrigada.

— Chica, no tenía ni idea de tu interés por el Jazz.

Julia mostró una sonrisa de compromiso y se encogió de hombros. Entonces el dependiente llegó portando el disco con aire triunfal.

— ¡Ha habido suerte! Aquí lo tienen señoras.

— La cara de Julia palideció ligeramente, aunque trató de disimular su turbación. Se apresuró a coger el vinilo y dijo de forma resuelta al vendedor.

— Gracias, me llevo los dos. ¿Cuánto le doy?

El dueño del establecimiento le ofreció una bolsa y se dispuso a cobrarles. Desde luego era una compradora que no se andaba por las ramas. Una vez fuera de la tienda, Matilde preguntó intrigada.

— ¿Me puedes decir qué te ha pasado ahí adentro?

— ¿Qué me ha pasado? Tan solo que compré un par de discos.

— ¡No! Eso no ha sido una compra normal, ha sido una compra compulsiva y por cierto, pareciste sobresaltarte cuando viste el último disco que te ofreció. – Luego de una pausa añadió.— A propósito, déjamelo, no me dio tiempo ni a verlo.

Julia, sin mucho entusiasmo, entregó a su amiga lo que le pedía. Ésta observó la caratula. Un dibujo un tanto deslavazado, mostraba una especie de parada de autobús con una pequeña marquesina bajo la cual esperaba un hombre con su equipaje. Pero algo llamó más su atención. El título del long play era "Los ojos de Julia". Miró boquiabierta a su amiga. Luego tras volver a releer el título, la miró fijamente y preguntó incrédula:

— Julia… ¿Tus ojos?

Ella esbozó una sonrisa y miró al suelo. Pero su amiga no pensaba zanjar el asunto por la de buenas.

— ¡Claro que habla de ti! — exclamó con asombro. — El tipo de la librería dijo que el tal Eduardo es de Gijón. Y ¿por qué si no tu repentino interés musical? ¿Y el rubor que ahora te delata?

La agarró del brazo con entusiasmo y le dijo mientras llegaban a la puerta del cine.

— ¡Quiero que me lo cuentes con pelos y señales!

Julia le contó su fugaz historia con Eduardo. Jamás había hablado con nadie de aquel tema. Para decir verdad era algo que creía enterrado en el pasado. Mientras estuvo casada con Manuel siempre tuvo claro que su compromiso con él sería inquebrantable. Sin embargo aquel disco, su título, su portada, era como una señal, una especie de código secreto que le demostraba que aunque no hubo nada podía haber sido todo. Y Matilde compartía esa apreciación.

En la cabeza de Julia nació una idea que inspiraba y motivaba su creatividad. Si él aprovechaba su recuerdo para liberar sus sentimientos y plasmarlos en su música, tal vez ella los aprovechase para dotar de emoción sus historias.

CAPÍTULO 33

El automóvil se detuvo ante la casa. El conductor echó una ojeada al taxímetro antes de solicitar el importe del viaje. Incrustado en el salpicadero, el reloj digital marcaba las veintidós treinta del 14 de septiembre de 1989. Eduardo pagó la cantidad solicitada y descendió del vehículo. La casa estaba iluminada y el aire olía a tierra mojada. Subió los escalones, ni siquiera necesitó llamar a la puerta para que ésta se abriera. Sin duda le estaban esperando. Dejó el equipaje en un rincón y fue a abrazar a su madre.

— ¿Como va?

— Sigue resistiendo. — le respondió su hermano, quien se acercó atraído ante su llegada.

Isabella, con los ojos hinchados por el llanto, no era capaz de articular palabra alguna. Tan solo le tomó de la mano para conducirle escaleras arriba. Penetraron en el cuarto. Postrado en una blanca cama e iluminado por una tenue luz, don Alfredo Rivera aparecía inmóvil y postrado. Su hermana Elsa abandonó su sitio al lado de su padre para darle un beso de bienvenida. Luego todos rodearon al enfermo. Ya solo quedaba esperar el fin, le comentaron. Toda la medicación había sido retirada hacía al menos treinta y seis horas. Eduardo se inclinó y besó la frente de su padre, quien permanecía inmóvil sumido en el profundo sueño de la inconsciencia. Su madre le instó para que la acompañase a tomar algo caliente. Seguramente llegaría cansado de tan largo viaje pero él pidió quedarse allí. Había sido el último de los hijos en llegar y quería aprovechar su tiempo. Los demás abandonaron momentáneamente el cuarto. Él, acercó una silla al borde de la cama y se sentó. El señor Rivera permanecía inerte, apenas un leve sonido de su respiración indicaba que aun estuviese con vida. Cerró los ojos intentando recordarle mucho más joven, cuando a él le cogía en sus brazos siendo niño. ¿Por qué cuando uno mira atrás la vida parece tan efímera? Ya le habían dicho que en aquel estado de "coma" su padre nada podía sentir. ¿Como sabe nadie lo que realmente siente un moribundo? Puede que no de una forma consciente pero, ¿hay algo más? Eduardo le habló, no sabía si serviría de algo. Necesitaba decir lo agradecido que estaba por haberle tenido como padre. Quizás uno valora más las cosas cuando ya es tarde, pero es que con el tiempo, nuestra forma de ver las cosas cambia de perspectiva. Eduardo se levantó del asiento y se acercó para observarle mejor. De los ojos del moribundo, que permanecían cerrados e impasibles habían brotado un par de lágrimas. ¿Era eso posible en un ser que no siente?

Isabella regresó portando una taza de café caliente. Se la entregó a su hijo. Luego, acercándose a la cama, tomó la mano de su marido entre las suyas. Fue entonces cuando Alfredo exhaló un fuerte suspiro. Su boca se entreabrió y el gesto tensionado de sus facciones pareció relajarse. Rápidamente acudió el doctor, fiel amigo de la familia, él también estaba en la casa esperando el desenlace. Antes de finalizar aquel 14 de septiembre se certificó oficialmente la muerte de don Alfredo Rivera. Se diría, que hubiese estado esperando la llegada de su hijo menor antes de partir hacia la eternidad, logrando reunir a toda su familia en la despedida.

Con un escueto "La familia no recibe" intentaron mantener la intimidad del luctuoso hecho. Eran demasiados los amigos y conocidos. Isabella no tenía fuerzas para soportar la parafernalia de un pésame multitudinario.

En la tarde siguiente, algunos débiles rayos de sol pugnaban con las abundantes nubes por enviar su luz sobre la tierra. La comitiva puso rumbo a la iglesia donde un considerable gentío esperaba el cadáver. Pronto todo hubo acabado. Su padre pasaba a ser una imagen del pasado, alguien que solamente existe en la memoria de quienes le recuerdan.

Al despertarse a la mañana siguiente, los habitantes de la casa intentaban recuperar la normalidad de sus vidas. No era fácil zafarse del pesado lastre de la tristeza, pero la vida continúa hacia adelante inexorable. Al mediodía, celebraron una comida familiar antes de que cada uno retomase sus vidas cotidianas. Su hermano regresaba a Madrid, ciudad en la que residía desde que regresase a España. Ahora ostentaba el rol que su padre había ejercido en la empresa hasta su jubilación. Para su hermano Alfredo la vida había dado un giro radical. No solo por abandonar la multinacional para la que trabajaba y su vida en el extranjero, también por lo que supuso el divorcio con su ex mujer americana. De sus hermanas; Andrea regresaba a Madrid con su esposo e hijos, mientras que Elsa ahora vivía allí con su madre. Su marido, un cargo relevante en la administración, solicitó el traslado cuando la enfermedad de don Alfredo se agravó.

Finalizada la sobremesa, Eduardo salió al jardín. El tiempo había mejorado sensiblemente. Se recostó en un banco de madera viendo pasar las deshilachadas nubes sobre su cabeza. A su mente vino el recuerdo de una tarde allí mismo junto a su amigo Gorostazu, de aquello ya habían pasado casi treinta años. Miraban el cielo y hacían conjeturas sobre qué les depararía el destino. Qué lejos habían estado de imaginar los caminos que tomarían sus vidas. De vuelta a la realidad, llegó a la conclusión de que necesitaba un descanso. Parar un poco el ritmo trashumante que llevaba su vida. Volver a su raíz. Se lo podía permitir. En su profesión él marcaba sus condiciones y el dinero no era problema. Nunca fue una prioridad ni una obsesión. ¿Para qué vale tener más dinero de lo que uno necesita?

Le apeteció darse un garbeo por Gijón. Él solo, sin compañía. Volver a los lugares que hacía tiempo no recorría. Tomó uno de los coches de sus padres y se dirigió hacia el centro. Durante los últimos años había vuelto en varias ocasiones a Gijón pero siempre en fugaces visitas, incluida la que realizó para su exitoso concierto un par de años antes. La ciudad estaba en plena transformación. Nada tenía que ver aquella ciudad con la de sus recuerdos de niño en los años cincuenta. Aparcó y decidió pasear. Los muelles pesqueros habían cedido su espacio a las embarcaciones deportivas, ya no vociferaban las pescaderas ofreciendo su mercancía. Por su parte los muelles de El Fomento cambiaron su cara industrial y los desguaces de embarcaciones, por una cara más luminosa y turística. Se dirigió hacia el interior de la ciudad. Disfrutaba apreciando los cambios y ojeando los escaparates. Se detuvo frente a una gran librería. Algo llamó su atención. En el interior un pequeño cartel con una foto de mujer en el cual rezaba un anuncio:

La escritora Julia Menéndez firmará ejemplares de su última novela.

Entró en el establecimiento y observó de cerca el cartel. Nunca había sabido su apellido pero, su cara, sus ojos, su nombre, era ella sin lugar a dudas. Se dirigió a una de las dependientas que ordenaba libros tras el mostrador.

— Perdone señorita, ¿cuándo será la firma de libros? — y señaló hacia la fotografía.

La joven sonrió a modo de disculpa y añadió.— ¡Oh! Eso ya fue hace tiempo. Mis jefes lo mantienen ahí como recuerdo por la amistad que les une con ella.

— ¿Podría hablar con sus jefes?

— ¡Claro! Aquella señora del fondo que está hablando por teléfono.

Eduardo aguardó impaciente. Cuando por fin la mujer colgó el teléfono, se dirigió hacia ella.

— Perdone usted, ¿conoce a Julia Menéndez?

— Así es, ¿qué desea?

— Verá, es que me gustaría confirmar su identidad. Hace mucho tiempo que no vivo en Gijón. Estoy casi seguro de que ella es la misma persona con la que yo tuve un trato de amistad, pero estoy sorprendido, nunca supe que fuese escritora.

— Pues si que debe de llevar tiempo fuera. Ya es su cuarto libro. Quizás no sea muy prolífica en su obra y su fama no sea muy notable, ahora bien, le aseguró que es una gran escritora. Desde luego yo la recomiendo.

Eduardo necesitaba compulsar más datos.

— ¿Usted la conoce bien?

— Ya le he dicho que sí. ¿Qué quiere saber?

— Ella está casada y tiene unos cuarenta y cinco años ¿Es eso correcto?

— Para ser exactos creo que aun tiene cuarenta y cuatro. Y por cierto, la pobre enviudó hace ya bastantes años.

Estaba claro. Los datos se correspondían perfectamente, aunque le sorprendía mucho su viudedad. ¿Qué le podía haber ocurrido a Manuel para morirse tan joven?

— Me gustaría llevarme algún libro suyo, — solicitó Eduardo.

— ¿Cuál desea?

— Me dice que tiene cuatro publicados ¿verdad? Pues tráigame todos los que encuentre.

La buena mujer se dirigió a la trastienda y apareció con los cuatro libros.

— De ella los tenemos todos. ¿Para qué si no estamos los amigos?

Depositó los libros en el mostrador y Eduardo los examinó. Su cara reflejó un gesto de sorpresa ante uno de aquellos volúmenes. En la cubierta, un dibujo semejante al que él había utilizado en la portada de su primer disco. Una parada de autobús en la cual aparecía una solitaria mujer sentada en actitud de espera. Y un título sugerente "El largo camino". No siguió mirando. Pidió que le cobrase el importe y se fue rápidamente ansioso por llegar a casa.

La portada era tremendamente parecida entre su disco y el libro. No cabía duda, Julia se basó en su idea. El cambio más significativo aparte de los colores utilizados, era que en su parada había un hombre y en la de ella, una mujer. Nunca lo había querido reconocer, su portada de vinilo en el fondo había sido una especie de mensaje codificado. Solamente una persona en el mundo podía entenderlo y lo había entendido. No solo eso, a su manera le había devuelto el mensaje. Se sirvió un trago y comenzó a leer. Leyó hasta el amanecer. Devorando las palabras y los capítulos de una historia desgraciada. Una historia de amantes separados por una guerra, hasta cuyo final no habrá reencuentro. Mas el cruel destino idea una cadena de imprevistos y casualidades que prolongan la separación irremediablemente. Una idea flota por encima de las demás. Es posible que no conseguir los sueños sea triste, pero mucho más es no haber luchado por conseguirlos.

Era mediodía cuando se despertó. Apenas un café bebido y salió a la calle. Se fue decidido hacia la librería. Si eran amigos de Julia podrían indicarle su dirección. Esta vez no haría como en el pasado. Necesitaba pagar aquella cuenta pendiente del alma. Probablemente no tendría sentido pretender que después de veinticinco años las cosas serían igual, pero no podía obviar las señales. Si no intentaba conocer la respuesta nunca estaría en paz consigo mismo.

En la librería le dijeron que en aquellos momentos no creían que estuviese en su domicilio de Gijón. Allí normalmente habitaba su hija Laura. Sabían que tenía una casa lejos del mundanal bullicio, como a menudo ella decía. Un refugio entre las montañas. Pero en eso no le podían ayudar, pocos conocían la dirección.

Eduardo salió convencido de tener la respuesta. Una vez fue a buscarla a Noglés sin éxito, ya iba siendo hora de volverlo a intentar. Regresó a Somió, hizo unos pequeños preparativos y se despidió.

Recorrió veloz la autopista que le llevaba hasta Oviedo y de allí tomó la carretera que se dirigía al profundo y montañoso corazón de Asturias. En su cabeza una guerra de ideas contradictorias pugnaba por imponer sus razones. ¿Qué estaba haciendo? Actuaba como un adolescente siguiendo una corazonada ¿Acaso era lógico pretender recuperar a su edad un sentimiento idealista perdido en el fondo de la memoria? Pero necesitaba comprobar cuanto de real o irreal había en sus sentimientos. Aquella cita que nunca se produjo era como una asignatura pendiente. Quizás al verla ahora, comprendiese que eran dos extraños, que en realidad nada tenían que ver con aquel sentimiento idealista que había sobrevivido en sus corazones. Si así fuera, al menos podría poner punto y final a aquella historia. Seguiría su camino liberado de las amarras que le ataban al pasado.

El sol lucía magnífico en la media tarde cuando llegó a Bárzana. Bajó del auto para estirar las piernas y examinar cual era el camino que conducía a Noglés. Afortunadamente había sido asfaltado. Un muchacho que por allí pasaba, le aseguró que la carretera llegaba hasta el mismo pueblo. Al menos se ahorraría la caminata. El automóvil puso rumbo montaña arriba. La pequeña ermita seguía siendo la primera edificación del pueblo. Más adelante un ramillete de callejuelas se adentraba entre las casas. Preguntó a unos chiquillos que jugaban con una pelota qué camino tomar para salir hacia la otra parte del pueblo. Ellos le aconsejaron que la mejor decisión sería dejar allí su coche. En adelante no había más carretera asfaltada.

Aparcó. Atravesó el pueblo bajo la curiosa mirada de los lugareños, y enfiló el camino que le llevaba hasta la casa de La Reguera. El otoño anunciaba su inminente llegada, tiñendo las hojas de los árboles con su paleta de colores; ocres, gualdos o anaranjados. Llegó ante la casería. Los visibles arreglos habían devuelto al lugar gran parte del esplendor de antaño. Traspasó la puerta de la cerca. El perro que dormitaba junto a su caseta alzó las orejas y ladró al intruso. Eduardo, siguió avanzando con precaución hasta él en actitud conciliadora y este meneó la cola en señal amistosa. Dobló la esquina y se situó frente a la fachada principal. Atraída por la llegada del visitante, Julia salió de la casa. Le observó desde lo alto del soportal que precedía a la vivienda. Llevaba el pelo suelto, aunque más corto de como él la recordaba. A pesar del tiempo mantenía una agraciada figura, enfundada en un sencillo vestido azul que resaltaba sus formas. Permaneció en silencio mirándole como absorta. Eduardo ascendió los pocos escalones hasta situarse a su altura.

— ¡Hola, Julia!

Durante algunos segundos no hubo más palabras. Algunas veces un silencio encierra más intensidad que mil frases elocuentes. Un torbellino de imágenes y pensamientos cruzó a la velocidad de un relámpago por sus cabezas. ¿Como hubiesen sido sus vidas si el destino no les hubiese separado? ¿Mejores? ¿Más felices? ¿Aun estarían juntos amándose? Si la vida les había citado para aquel día otoñal de 1989 y no antes, tendría sus motivos. Nunca sabremos si el futuro de cada uno está predestinado desde el principio de los tiempos.

Lentamente, sus labios fueron acercándose hasta fundirse en un cálido beso. Luego, esbozaron una sonrisa al mirarse. Eduardo preguntó entonces, mientras le apartaba un mechón de cabello que caía sobre sus verdes ojos.

— ¿Y ahora, qué?

Julia mostró la puerta entreabierta invitándole a pasar y respondió:

— ¡Lo primero!... Empezaremos por conocernos.